Joseph R. Garber
Der Schacht

SERIE PIPER

Zu diesem Buch

Jeden Morgen kurz vor 7.00 Uhr genießt Dave Elliot noch einmal die Stille seiner Chefsuite im 45. Stockwerk Midtown New York, bevor sein Arbeitstag beginnt. Aber dieser Tag ist anders als alle Tage zuvor: An diesem Tag versucht jeder, der Dave begegnet, ihn umzubringen. Sein Chef macht den Anfang, als er ihm mit durchgeladener Pistole und der festen Absicht, ihn zu erschießen, gegenübertritt. Und der fünfzigstöckige Büro-Tower scheint zu wimmeln von Leuten, die nur eines wollen: Dave Elliots Leben. Er hat vierundzwanzig Stunden Zeit, um herauszufinden, warum. Dave kämpft einen fast aussichtslosen Kampf gegen einen überlegenen Gegner, der alle Vorteile auf seiner Seite hat. In dieser Situation erwachen in ihm plötzlich wieder alle Instinkte und Überlebenstechniken, die er längst vergessen zu haben glaubt. Ein fulminanter Thriller, mit meisterhafter Präzision geschrieben.

Joseph R. Garber, geboren 1943 in Philadelphia. 1963 bis 1966 diente er in der U.S. Army. Er arbeitete für verschiedene große Wirtschaftsberatungsfirmen, erst in New York, dann in Kalifornien. Heute lebt er als Literaturkritiker und Kolumnist für das Magazin »Forbes« in Woodside / Kalifornien.

Joseph R. Garber
Der Schacht

Roman

Aus dem Amerikanischen von
Christian Spiel und Sonja Hauser

Piper München Zürich

Christian Spiel übersetzte die Seiten 1–224,
Sonja Hauser die Seiten 225–367.

Von Joseph R. Garber liegt in der Serie Piper außerdem vor:
Im Auge des Wolfes (2872)

Taschenbuchsonderausgabe
Mai 2002

Titel der amerikanischen Originalausgabe:
»Vertical Run«, Bantam Books, New York 1995

Umschlag: ZERO, München
Foto Umschlagvorderseite: photonica
Foto Umschlagrückseite: Terry Lorant
Satz: FotoSatz Pfeifer GmbH, Gräfelfing
Druck und Bindung: Clausen & Bosse, Leck
Printed in Germany ISBN 3-492-26026-8

www.piper.de

INHALT

Für Sven Oresman, Elster genannt,
ein Vogel, besser als die, die man
in diesem Buch findet

Der Mensch ist aus biologischer Sicht
– neben allem, was er sonst noch sein mag –
schlicht das fürchterlichste aller Raubtiere.

William James

Prolog

Dann begannen wir unseren Ritt.
Meine Seele, eine vor Zeiten zerknitterte Schriftrolle,
begann sich zu glätten und lebte auf,
flatternd im Wind.

Robert Browning, *The Last Ride Together*

Zwei junge Männer zu Pferde.

Der größere der beiden, David Elliot, ist mager und dunkelhaarig, mit langen Beinen und Armen. Seine Augen sind voller Ernst, doch um den Mund schwebt ein Lächeln. Der kleinere, Taffy Weiler, ist gedrungen wie eine Bulldogge, sein drahtiges Haar ist so auffallend rot wie sein gebatiktes T-Shirt, und aus seinen blauen Augen funkelt nicht wenig Übermut.

Dave stammt aus Indiana. Taffy ist ein waschechter New Yorker. Sie haben sich in San Francisco kennengelernt, der Stadt, die in diesem Sommer angesagt war. Inzwischen sind sie enge Freunde.

Im September wird Taffy bei einer mittelgroßen Elektronikfirma in der Nähe von San José anfangen, einem Laden namens Hewlett-Packard, von dem nicht viele an der New York University gehört haben. Dave hat das R.O.T.C.-Programm für Studenten der Indiana University hinter sich gebracht und die Army vor sich; in der dritten Augustwoche wird er einrükken. Mit Sicherheit werden sie ihn nach Vietnam schicken.

Dieser Ritt ist ihre letzte gemeinsame Unternehmung. Am Ende des Sommers fängt für die beiden das Erwachsenenleben an.

Heute sind sie im Hochland der Sierras, mehr als 200 Meilen östlich von San Francisco. Gestern haben sie die Wasserscheide überquert, bei einem Mann mit gegerbter Gesichtshaut, der in einem Lieferwagen auf sie wartete, ihre Pferde und einen Lastesel abgeholt und ihren Ritt gen Westen in die wilde Bergwelt begonnen.

Hier, an einem steinigen Hang, in weit über 3 000 Meter Höhe, geraten ihre Pferde außer Atem. Es gibt keinen Pfad, die

Bergflanke ist steil. Der Boden besteht aus Granit, grau, schwarz geädert. Weiße Quarzbröckchen rutschen unter den Hufen der Pferde weg, und sie glitzern so stark in der Nachmittagssonne, daß man nicht hinsehen kann.

Von Zeit zu Zeit fährt sich Dave mit einer Hand über den üppigen Schnurrbart, den er sich in diesem Sommer zugelegt hat. Er ist stolz darauf, denkt, daß er ihn älter macht. Was nicht zutrifft.

Taffy sieht ihn etwas spöttisch an. »Du mußt mir etwas versprechen, *compadre*. Du mußt mir versprechen, daß du an dem Tag, an dem du einrückst und den Eid ablegst, den Schnauzer noch hast.«

»Der Schnauzer verschwindet. Aus mir wird ein hundertprozentiger amerikanischer Junge – mit Bürstenhaarschnitt und glatt rasiert«.

»O Mann!«

»O Mann, mach kein Gedöns und gib eine Dose her. Mit dir diskutieren macht mich soooo durstig.«

Taffy zieht eine lauwarme Dose Ballantine aus seiner Satteltasche. Er reicht sie Dave und dazu einen Dosenöffner. Dave macht die Dose auf, hebt sie rasch an den Mund und fängt den Schaum mit der Zunge auf. Dann schiebt er den Rand seines schlappen Strohhuts nach oben und wischt sich mit einem Taschentuch, einem von den sechs, die er auf Geheiß seiner Mutter eingepackt hat, den Schweiß von der Stirn. »Wie weit noch?« fragt er.

Taffy grinst ihn schief an. »Meinen Gewährsleuten zufolge müßten wir längst angekommen sein. Natürlich waren meine Gewährsleute damals sturzbesoffen.«

Dave lacht leise. Die beiden reiten weiter.

Es ist kurz vor Sonnenuntergang, als sie ankommen, eine gesegnete Stunde, in der der Himmel aufglüht und auf die sich die Stille der Berge senkt. Sie bringen noch eine kleine Steigung hinter sich und schauen in die Tiefe. Dave hält den Atem an. Das Herz bleibt ihm stehen, so schön ist der Anblick.

»Das ist vollkommen«, flüstert Taffy. »Genau, wie sie gesagt haben – einfach vollkommen. Stimmt's oder hab ich recht?«

Dave gibt keine Antwort. Er ist hingerissen von dem Bild: ein kleines Tal, fünf-, vielleicht sechsmal so groß wie das Stadion der Indiana State University. Es bildet einen beinahe exakten Kreis, auf drei Seiten von steilen weißen Felsen begrenzt, am anderen Ende eine hoch aufragende Wand aus Nadelbäumen, und in der Mitte ein kleiner See von einem intensiveren Smaragdgrün, als er je gesehen hat. Weiche Abendschatten liegen darüber. Nichts regt sich. Die Luft ist wie Sekt. Dave empfindet etwas, was er noch nie empfunden hat und wohl auch nie mehr empfinden wird. Er ist auf einer höheren Ebene, im Einklang mit sich selbst.

Plötzlich schießt mit dem Geräusch eines gefiederten Pfeils ein rot geschwänzter Falke vom Himmel herab. Seine Krallen packen ein kleines graues Tier. Mit einem triumphierenden Krächzen fliegt der Falke davon. Alles in Sekundenschnelle, jäh da und plötzlich entschwunden, und nur eine blitzende Schwinge bezeichnet seine Flugbahn. Daves Pferd scheut und bäumt sich auf. Dave tätschelt ihm den Nacken.

»Wir zelten am See, einverstanden, *compadre*?«

»Mir ist's recht«, antwortet Dave. Er hört nicht richtig zu. Er ist überwältigt, in Träumen verloren. Shangri-la, Bali Hai, Avalon, Armenia-in the-Sky, Oz, Wunderland, Barsoom – jeder hat sein eigenes Land der Träume. Dieses Tal gehört ihm. Seine Schönheit hat ihn ergriffen, ihn sich zu eigen gemacht. Er weiß, er wird dieses Tal nie vergessen, er weiß, daß ihn zeit seines Lebens, was es auch bringen mag, die Erinnerung an diesen Augenblick und an dieses Fleckchen Erde trösten wird.

Dieser eine Augenblick ist der schönste, den ihm sein Leben geschenkt hat, der schönste, den er jemals erleben wird, und in all seinen künftigen Jahren wird er sich sehnsüchtig daran erinnern. Das weiß er, und dieses Wissen stimmt ihn traurig.

1. Teil

Ein schlechter Tag im Büro

Obwohl Betrug in allen anderen Dingen
schändlich sein mag, ist er im Krieg
lobenswert und ruhmvoll, und jener,
der seine Feinde durch List überwindet,
ist ebenso zu preisen wie der,
der sie durch Gewalt bezwingt.

Machiavelli, *Der Fürst*

Kapitel 1

Wie Dave seinen Job verlor

1

Am Tag seines Verschwindens erwachte Dave Elliot wie an jedem Werktag um Punkt 5.45 Uhr. Fünfundzwanzig Jahre vorher hatte er in einem heißen, grünen Land den Trick gelernt, genau dann aufzuwachen, wann er wollte. Inzwischen war es zu einer Gewohnheit geworden, wie manches andere auch.

Dave schwenkte die Beine unter der Bettdecke hervor. Er warf einen kurzen leeren Blick auf die rechte Hälfte des Bettes, wo Helen, seine Frau, zu einer Kugel zusammengekuschelt lag. Der Panasonic-Radiowecker auf ihrem Nachttischchen war auf 8.20 Uhr gestellt. Wenn sie erwachte, um ihr kultivierteres Tagewerk zu beginnen, war er in seinem Büro im Zentrum Manhattans bereits fleißig bei der Arbeit.

Er trat in seinen begehbaren Schrank und zog seine Nikes, den Trainingsanzug, Socken und Stirnband aus einem Regalfach. Dann ging er mit bloßen Füßen zu der langen, niedrigen, viel zu modernen Spiegelkommode hinüber – die neueste Frucht von Helens Fimmel, die Wohnung aufzumöbeln –, kramte die Gürteltasche aus einer Schublade und warf eine zusammengerollte Garnitur frischer Unterwäsche, Brieftasche, Schlüssel und seine goldene Rolex-President-Uhr hinein.

Nachdem er die Gästetoilette benutzt und sich die Zähne geputzt hatte, ging er in die Küche. Das Betriebslämpchen an der Toshiba-Kaffeemaschine glühte grün. Die Digitalanzeige der Schaltuhr zeigte 5.48 Uhr. Er goß den Kaffee aus der Kanne in einen großen emaillierten Becher, geschmückt mit einer Abbildung der siebenundvierzig Ronin, ein Mitbringsel von einem Besuch im Sengakuij-Tempel während einer Geschäftsreise nach Tokio. Er schüttete den Kaffeesatz aus dem Filterkorb, füllte den Wassertank auf und stellte die Schaltuhr auf 8.15 Uhr. Helen brauchte ihren Morgenkaffee genauso wie er. Oder sogar noch mehr – nach dem Aufstehen war sie absolut ungesellig, und erst wenn sie die Tür ihrer Galerie in der Lexington Avenue aufschloß, zeigte sie wieder ihre vollendeten Manieren.

Warmer, starker Kaffee rann Dave durch die Kehle. Er erschauerte vor Entzücken.

Etwas Weiches streifte sein rechtes Bein. Er griff nach unten, um die Katze unterm Kinn zu kraulen. »Bon matin, ma belle«, sagte er, da er wußte, daß alle Katzen mit Vorliebe französisch sprechen. Die Katze, die »Apache« hieß, machte einen Buckel, streckte sich und schnurrte.

Helen konnte den Namen »Apache« nicht ausstehen. Sie hatte mehr als einmal von Dave verlangt, dem Tier einen anderen zu geben. Zweitehen führen zu mehr Konzessionen als Erstehen. Dave wußte das aus Erfahrung, und er wußte daher auch, daß er auf das Verlangen seiner Frau eingehen sollte. Doch der Name einer Katze ist der Name einer Katze; mit den Wünschen des Besitzers hat er nichts zu tun. Und so nannte Dave nach fünf Ehejahren das Tier noch immer »Apache«, während Helen – die es als Blondine gewohnt war, ihren Kopf durchzusetzen – von »dieser Katze« sprach.

Apache trottete davon, um ihre morgendlichen Runden zu machen. »Au revoir, Apache«, flüsterte Dave und tat so ein bißchen seiner Selbstachtung Genüge, die durch zu viele Kompromisse befleckt war.

Mit unstatthaften Gedanken über den Unterschied zwischen Katzen und Miezen mit Katzenkrallen ging er die *New York Times* holen, die draußen vor der Wohnungstür lag. Die nächsten paar Minuten saß er am Tisch im Eßzimmer, trank in kleinen Schlucken seinen Kaffee und blätterte flüchtig die Zeitung durch. Er las nichts gründlich. Sein morgendliches Ritual, die Zeitung zu überfliegen, war nur ein Vorwand, um die erste Tasse Kaffee des Tages zu genießen.

Als er zum Wirtschaftsteil kam, bemerkte er, daß seine

rechte Hand sich nach oben bewegt hatte und ganz unbewußt auf die linke Brustseite tippte. Eine durchtriebene, sardonische Stimme – für Dave war es sein Schutzengel – flüsterte: *Immer noch gierig nach einer Zigarette? Zwölf Jahre ist es jetzt her, daß du damit aufgehört hast, und noch immer will der Körper seinen Schuß Nikotin am Morgen. Hör mal, Junge, vielleicht solltest du dir doch wieder Tabakaktien zulegen.*

»'n Morgen, Mr. Elliot. Schöner Tag zum Laufen.« Der Portier hielt es für seine Pflicht, den Joggern unter den Bewohnern des Hauses jeden Tag zu versichern, daß es ein schöner Tag zum Laufen sei.

»Guten Morgen, Tad. Steht heute was über Litauen in den Zeitungen?«

Tads Vorfahren waren in den 80er Jahren des letzten Jahrhunderts in die Vereinigten Staaten ausgewandert. Für Tad war das erst gestern gewesen. Er war superpatriotisch gesinnt, was das Land seiner Ahnen betraf. In den drei Jahren, seit Dave und Helen die Wohnung gekauft hatten, war kaum ein Tag vergangen, an dem Tad nicht irgend etwas über Litauen auf Lager gehabt hätte.

»Nichts in den *News* oder in der *Times*, Mr. Elliot. Aber ich krieg ja die Zeitungen aus Wilnius mit der Post. Normalerweise kommen sie am Mittwoch oder Donnerstag. Ich erzähl Ihnen morgen, was es Neues gibt.«

»Wunderbar.«

»Was haben Sie denn mit Ihrer Hand angestellt?« Tad deutete auf den Verband um Daves linke Hand, der mit Leukoplast befestigt war.

»Ich bin gebissen worden.«

Tad blinzelte. »Sie nehm' mich wohl auf den Arm?«

»Nein, wir... das heißt, meine Firma hat so Forschungslabors draußen auf Long Island gekauft. Ich war gestern zu einer Betriebsbesichtigung dort. Einer der... äh... Mitarbeiter hat zum Ausdruck gebracht, daß er mit dem neuen Management nicht einverstanden ist.« Dave grinste etwas schmerzlich. »Und dabei war es nicht einmal eine feindliche Übernahme.«

Tad lachte herzlich, während er die Eingangstür aufstieß. »Das haben Sie erfunden, nicht?«

»Nein. Sowas kommt in der Wirtschaft oft vor – daß die Hand gebissen wird, die Gutes tut.«

Wieder gluckste Tad. »Ich glaub, ich kann froh sein, daß ich nur ein Portier bin, Mr. Elliot. Schönen Tag noch.«

»Ihnen das gleiche. Bis morgen.«

»Klar, Mr. Elliot. Schönen Tag noch.«

Samstags und sonntags lief Dave erst nach Westen, über die 57th Street bis zur 5th Avenue und von dort nach Norden, Richtung Central Park. An diesen Tagen war das Joggen ein pures Vergnügen. Auf den Straßen waren weniger bedrohliche Irre unterwegs – jedenfalls schien es so –, und der Jogger konnte sich auf das Laufen konzentrieren. Und das beste an den Wochenenden war, daß Mark von der Columbia University im Norden kam und zusammen mit seinem Vater joggte. Mark, sein und Annies Sohn, war Daves ganzer Stolz. Das gemeinsame Joggen mit Mark war für Dave der Höhepunkt der Woche, die Sache, auf die er sich am meisten freute.

Dave versäumte nie, Helen aufzufordern, an ihren Läufen am Wochenende teilzunehmen, aber sie war nicht dazu bereit. Nach ihrem Geschmack fehlte es dem Schweiß eines Joggers an Exklusivität. Sie bevorzugte das schicke Transpirieren, das einem teure Fitness-Center oder noch teurere Privattrainer herauspressen.

Aber egal. Mark lief mit ihm, und ob es regnete oder die Sonne schien – das Joggen war ein Vergnügen.

An Werktagen weniger. Einerlei, wie man lief, gleichgültig, wo man lief, immer hieß es: aufpassen. Bestimmte Straßenzüge waren zu meiden, enge Straßen waren riskant. Nur die Leichtsinnigen joggten unter Brücken oder Überführungen, und die Vorsichtigen begannen mit dem Laufen erst, wenn es

Tag wurde. Bei einem Lauf am frühen Morgen warf sogar ein Mann wie David Elliot, der auf der ganzen Welt keinen Feind hatte, gelegentlich einen mißtrauischen Blick über die Schulter.

Seine Werktagsroute führte ihn auf der 57th Street nach Osten zum Sutton Place, dann auf der York Avenue in nördlicher Richtung, bis er eine Fußgängerbrücke über den FDR Drive erreichte. Er lief den Weg längs des East River entlang, bis er die höheren neunziger Straßen erreichte. Wenn er dort angekommen war, machte er kehrt und lief dieselbe Strecke zurück. Nachdem er die Brücke zum zweitenmal überquert hatte, joggte er westwärts zur Park Avenue und dann auf dieser in südlicher Richtung bis zur 50th Street.

In der Regel war es kurz nach sieben Uhr, wenn er sein Büro betrat.

Als Vorstandsmitglied seines Unternehmens hatte David Elliot Anspruch auf die Vergünstigungen, die seinem Rang zustanden und die er zu schätzen wußte. Seine Suite im 45. Stock bestand aus einem 800 Quadratfuß großen Arbeitsraum, teuer und geschmackvoll ausgestattet, einem großen begehbaren Schrank, einer diskreten Bar und einem richtigen Badezimmer mit Wanne und Dusche.

Dave badete und duschte gerne heiß. Dampf erfüllte das Badezimmer, während er sich am ganzen Körper zweimal einseifte. Noch unter der Dusche nahm er einen Gilette-Rasierapparat zur Hand und eine Dose Rasierschaum von der schmalen Platte über den Wasserhähnen. Er benutzte beim Rasieren nie einen Spiegel und konnte sich auch nicht erinnern, je einen benutzt zu haben. Auch diese Gewohnheit hatte er sich in einem Krieg zugelegt, an den er sich ungern erinnerte.

7.20 Uhr.

Mit einem Handtuch um die Taille trat David Elliot aus dem Badezimmer in sein Büro. Auf dem Mahagoni-Sideboard hinter dem Schreibtisch, gleichfalls aus Mahagoni, stand eine

Toshiba-Kaffeemaschine wie die bei ihm zu Hause. Sie piepste dreimal und zeigte damit an, daß sein Kaffee fertig war. Dave füllte einen schokoladenbraunen Becher. Der Becher war mit dem erhabenen, silbern emaillierten Senterex-Logo verziert.

Dave nahm einen Schluck und seufzte selig. Ein Leben ohne Kaffee wäre nicht auszuhalten!

Er bemerkte – verdammt! –, daß das Aquarell über seinem Sideboard schief an der Wand hing. Alle paar Wochen verschob irgendein Vandale von dem Reinigungstrupp, der nachts arbeitete, das Bild. Es war zwar nur eine kleine Irritation, aber durchaus imstande, wachsenden Ärger zu erzeugen.

Er stellte die Tasse auf einem Untersatz aus Messing ab (ebenfalls mit eingeprägtem Senterex-Logo) und schob das Bild gerade, Hua Yen, die Darstellung eines schlafenden Tigers aus der Mitte des 18. Jahrhunderts – sehr hübsch anzusehen, wertvoll, eine der netteren Vergünstigungen, wenn man für Senterex arbeitete. Der Vorsitzende des Mischkonzerns, Bernie Levy, ein Mann mit mehr Grips als die meisten Konzernbosse, überließ den Ankauf von Kunstwerken für die Räume der Unternehmensspitze weder teuren Innenarchitekten noch – schlimmer in den Folgen – den Ehefrauen seiner Führungskräfte, denn nur erstklassige Kunst, nur Werke von Meistern durften die Chefbüros der Konzernzentrale zieren. Und so schmückte eine Sechsergruppe von Kreidezeichnungen von Leonor Freni den Empfangsbereich im 45. Stock. In den Korridoren konnte man Oroszco, Rouault, Beckmann, Barlach und Ensor begegnen. An den Wänden verschiedener Chefmanagerbüros sah der Besucher Picasso, Munch, Thomas Eakins (im Büro des Chefs der Senterex-Rechtsabteilung natürlich), einen sündhaft teuren Matisse und einen erstaunlich abstrakten Whistler. Bernie Levy selbst hatte eine besondere Vorliebe für Camille Pissarro, von dem zwei Ölgemälde im Konferenzzimmer hingen. Natürlich bestritt Bernie, wie er nun einmal war, daß Senterex sich aus ästhetischen Gründen Kunstwerke zulegte; ja, wenn Besucher sich anerkennend über die Sammlung des Unternehmens äußerten, prahlte er mit dem materiellen Wert der Bilder und den gigantischen Summen, die ihr Verkauf dem Unternehmen einbringen würde. Aber das war gelogen. Bernie würde die Senterex-Sammlung niemals verkaufen, nicht ein einziges Stück daraus. Er hing zu sehr daran.

Dave trat ein paar Schritte zurück und sah sich den Tiger an. Er hing wieder gerade. Zumindest einigermaßen gerade.

Und jetzt brauchte er ein bißchen Musik. Er schaltete seine Stereoanlage an. Die Eingangstakte von Ding Shan-des Symphonie *Der lange Marsch* kamen sanft aus den Boxen. Dave stellte sich die Frage, warum die amerikanische Musik-Szene die chinesischen Komponisten ignorierte.

Da er seine eigene Frage nicht beantworten konnte, und da ihn die von Cliquen beherrschte Kulturpolitik noch weniger interessierte als die große Politik, schob er den Gedanken weg. Statt dessen griff er nach dem Becher und trank wieder einen Schluck. *Mein Gott, tut das gut!*

Dave war beinahe immer der erste, der ins Büro kam – zumindest der erste in der Management-Suite. Bernie Levy, der Chefdirigent des Mischkonzerns, erschien gewöhnlich erst gegen 8.00 Uhr, nachdem er um 6.50 Uhr in Short Hills, New Jersey, in seiner Limousine aufgebrochen war. Die übrigen Mitglieder der Unternehmensspitze trudelten zwischen 8.15 und 8.45 Uhr ein, je nachdem, welchen Zug sie in Greenwich, Scarsdale oder Darien nahmen, und immer stark abhängig davon, daß der betreffende Zug pünktlich fuhr. Die ersten Sekretärinnen stellten sich exakt um 8.30 Uhr ein.

Dave wußte also, daß er, wie er es am Morgen immer tat, splitternackt (bis auf ein Handtuch) an seinem Schreibtisch die Zeit vertrödeln, sich dabei die zweite Tasse Kaffee des Tages zu Gemüte führen und die Seiten des *Wall Street Journal* vornehmen konnte.

Ein paar friedliche Minuten später ging er, inzwischen die dritte Tasse Kaffee in der Hand, gemächlich in sein Schrankkabinett, um den Anzug auszusuchen, den er an diesem Tag tragen wollte.

Er wählte einen leichten, sand-, beinahe khakifarbenen. Die unerträglich feuchte Schwüle des Sommers war zwar abgeklungen, doch jetzt, Ende September, war es noch immer warm. Daves wollene Anzüge würden noch ein paar Wochen auf ihren Bügeln bleiben.

Nachdem er in die Hose geschlüpft war und die Füße in bequemen Slippers aus weichem Handschuhleder untergebracht hatte, nahm er ein frisches, gestärktes weißes Hemd aus der Verpackung. Er zog es an und wählte nach einigem Überlegen von der Krawattenstange einen hellgelben Binder mit einem blauen Motiv aus. Die Rückseite des begehbaren Schranks nahm ein Ganzfigurspiegel ein. Er zog die Tür dreiviertel zu, damit er sich begutachten konnte.

Nie gelernt, wie man ohne Spiegel eine Krawatte bindet, was? fragte sein Schutzengel.

Er musterte sich mit einem prüfenden Blick. *Nicht übel. Gar nicht übel.* Sein Taillenumfang hatte sich seit der College-Zeit nicht verändert. Siebenundvierzig Jahre alt, aber jünger wirkend. *Oh, du fescher Schlawiner, du wirst ewig leben.* Dave nickte, als wäre er auch dieser Meinung. Das tägliche Jogging, zweimal wöchentlich abends Konditionstraining mit Gewichten, Verzicht auf Tabak bis auf eine gelegentliche, hochgeschätzte Zigarre, eine Diät, über die sich nicht einmal Helen beklagen konnte, Alkohol in bescheidenen Quantitäten, nach allen Maßstäben...

»Davy?«

Die fragende Stimme kam aus dem Büro hinter ihm – Bernie Levys Stimme, der rauhe Brooklyn-Akzent unverkennbar. Dave warf einen Blick auf seine Rolex: 7.43 Uhr. Heute morgen muß der Verkehr nicht schlimm gewesen sein. Der Senterex-Vorsitzende war ungewohnt früh im Büro eingetroffen.

Dave glitt mit zwei Schulterbewegungen in seine Jacke, schob den Krawattenknoten unmerklich nach links, nahm die

Tasse mit dem Kaffee in die Hand und drückte die Tür des begehbaren Schranks auf.

»Ja, Bernie. Was gibt's?«

Bernie stand mit dem Rücken zum Schrank. Erst als er sich umdrehte, sah Dave die Waffe.

2

Hier im Dschungel gibt es zweierlei Zeit – die lange Zeit und die langsame Zeit. Normalerweise hast du es mit der langen Zeit zu tun. Du sitzt unter einem Baum oder in einer strohgedeckten Hütte oder in einem einfachen Zelt, oder vielleicht gehst du auf Zehenspitzen im Gänsemarsch durch die Wildnis, und nichts passiert. Stunden vergehen, ohne daß was passiert. Dann schaust du auf deine Timex und stellst fest, daß erst fünf Minuten vergangen sind, seit du den letzten Blick darauf geworfen hast. So sieht die lange Zeit aus.

Die zweite Art Zeit ist die langsame Zeit. Du hörst dieses typische dünne, metallische Schnappen, wenn ein AK-47-Sturmgewehr durchgeladen wird. Dann Geschützfeuer und Explosionen und Schreie und ringsum das Pfeifen von Kugeln, jede einzelne davon auf dich gezielt – eine Ewigkeit lang, die kein Ende nehmen will. Und wenn nach Stunden schlotternder Angst und kochender Wut das Schießen aufhört, kehrst du aus der Hölle zurück und schaust auf deine Timex.

Was schätzt du? Ganze fünf Minuten sind vergangen, seit du den letzten Blick darauf geworfen hast.

Die langsame Zeit. Die Uhr erstickt im Sirup. Männer weinen, weil die Sekunden so langsam vergehen. Sie sind bei den MACV-SOC. Ihr Oberarmabzeichen zeigt einen Totenkopf mit Reißzähnen, der ein grünes Barett aufhat. Sie sind die ganz harten Jungs, die schlimmsten überhaupt. Nichts kann sie aus der Ruhe bringen. Sie schauen auf ihre Uhren. Sie heulen.

Eines Nachmittags – in der Luft hängt noch der Geruch von Kordit und heißem Messing – legt First Lieutenant David Elliot seine Timex aus gebläutem Stahl auf einen moderndenBaumstumpf, haut ein frisches Magazin in seine 45er Colt-Automatic Modell 1911A und schießt die Uhr in Stücke.

Die Pistole in Bernies Hand wirkte lächerlich winzig. Bernie war mehr als zehn Zentimeter kleiner als Dave und an die zehn Kilo schwerer. Seine Hände waren groß und fleischig. Darin verschwand die Waffe beinahe. Sie war mit Nickel überzogen. Dave hätte darauf gewettet, daß sie Griffschalen aus Elfenbein hatte. *Kleines Kaliber,* wisperte Daves Schutzengel. *Eine 25er? Vielleicht eine 22er. Nicht viel Durchschlagskraft. Allerdings aus dieser Entfernung schon.*

»Bernie, warum haben Sie...«

Bernie Levy wirkte erschöpft. Seine Augen waren gerötet und von dunklen Flecken umgeben, als sei er zu lange nicht zum Schlafen gekommen. Sein Gesicht, früher einmal scharf geschnitten wie das eines Falken, war mit den Jahren schwammig geworden. Seine Wangen zitterten von einer inneren Erregung, deren Grund Dave nicht zu deuten wußte. *Wie alt ist er? 63, nicht?* Dave dachte: Ich müßte es eigentlich genau wissen.

»... eine Waffe in der Hand?«

Bernies Augen waren ausdruckslos, die Lider halb geschlossen. Sie wirkten wie die eines Reptils, kalt und blicklos. Nichts, überhaupt nichts stand darin. Dave erwartete, etwas darin zu sehen. Nur was, das wußte er nicht.

»Warum denn um Himmels willen?«

Bernie bewegte die Hand ruckartig nach vorne und hob die Pistole.

Gott im Himmel, er drückt gleich ab!

»Bernie, los, sagen Sie doch was.«

Bernie Levy stülpte die Lippen nach außen, preßte sie zusammen und lockerte sie dann. Dave sah, wie sich Bernies Hand anspannte.

»Bernie, sowas können Sie doch nicht tun. Nicht, ohne was zu sagen. Bernie, um Gottes willen...«

Bernie Levys Schultern zuckten. Er fuhr sich mit der Zunge über die Lippen. »Davy, es geht... Wenn ich nur eine andere Möglichkeit hätte... Sie ahnen ja nicht, Davy...Bernie Levy gibt sich selbst die Schuld, und Gott wird ihm nicht vergeben. Davy, Davy, Sie können nicht ermessen, wie furchtbar das für mich ist.«

Seltsamerweise war Dave drauf und dran zu kichern. Beinahe. »Es wird Ihnen mehr weh tun als mir, was? Wollen Sie das damit sagen, Bernie?«

Bernie seufzte und schob die Lippen vor. »Immer zum Spaßmachen aufgelegt, Dave, immer ein Witz auf der Zunge.«

Die Finger, die die Waffe hielten, spannten sich wieder an.

Langsame Zeit. Der Kaffee war zwar nicht mehr brühheiß, aber doch heiß genug. Eine ganze Ewigkeit schien zu vergehen, bis er Bernies Gesicht, seine weit geöffneten Augen, erreichte. Der Kaffee brannte sich regelrecht in sie hinein. Bernie schrie auf. Dave trat ein, zwei Schritte auf Bernie zu und hielt dabei den linken Arm tief und gerade nach vorne ausgestreckt. Er brauchte Stunden dafür – direkt auf die Mündung von Bernie Levys schwankender Pistole zuzugehen.

Er fegte Levys Arm hoch und stöhnte auf, so weh tat ihm seine bandagierte Hand. Er rammte Levy ein Knie in die Leistengegend. Levy gab ein Geräusch von sich wie ein Autoreifen, aus dem die Luft entweicht. Die Pistole fiel ihm aus der Hand. Dave fing sie in der Luft auf. Levy war nach vorne eingeknickt, sein Kopf jetzt in der Höhe von Daves Taille. Dave hieb ihm mit dem Pistolengriff wuchtig auf den Hinterkopf. Zweimal.

Levy lag regungslos auf dem Boden. Dave stand über ihm, rang keuchend nach Luft und wartete darauf, daß die Uhr sich wieder auf Normalzeit umstellte. Vor allem aber fragte er sich, was er um Himmels willen jetzt tun sollte.

Der Büroalltag in einer Unternehmenszentrale ist nicht ohne seine aufregenden Momente. Es gibt Schurken und Helden,

Triumphe und Niederlagen und so manchen Zusammenstoß kampflustiger Kontrahenten. Freundschaften werden geschlossen und wieder gekündigt, scharfe Worte werden gewechselt, bittere Rivalitäten entstehen, ja, es kommt sogar zu offenen Streitigkeiten. Doch Konflikte in der Spitze eines Großunternehmens werden in der Form interner Machtkämpfe, nicht mit Fäusten und Waffen ausgetragen. Derlei bekommt man nur im Fernsehen vorgesetzt, und selbst da gehen bloß in den blöderen Sendungen Topmanager mit Schußwaffen aufeinander los.

Diese Gedanken zuckten David Elliot durch den Kopf, während er sich bemühte, ruhiger zu atmen. Er spulte die letzten paar Sekunden zurück, fand darin aber nicht den geringsten Aufschluß, warum ihm sein Boß, ein Mann, den er zu seinen Freunden gezählt hatte, mit einem Schießeisen gegenübergetreten war. Mit einer geladenen Schußwaffe.

Es sei denn, er hatte sich einen dummen Scherz leisten wollen.

Ein Scherz. Jetzt sag...

Dave wurde flau im Magen. Dann warf er einen Blick auf die Pistole. Eine Baby-Browning. Kein Spielzeug. Keine elfenbeinernen Griffschalen. Er nahm das Magazin heraus.

Kein Scherz.

Was aber dann? Was konnte Bernhard Levy, einen ausgeglichen-vernünftigen Manager, wie Dave nur je einen erlebt hatte, dazu veranlaßt haben, mit einer Pistole auf einen seiner Mitarbeiter zu zielen?

Nichts. Es gab nicht einmal den Schimmer eines Grundes, der das erklären konnte. Noch am Morgen des vergangenen Tages, kurz bevor er zur Besichtigung des Neuerwerbs auf Long Island aufbrach, war Dave in Bernies Büro gesessen und mit ihm eine Reihe von Marketingberichten durchgegangen. Es war ein gutes Gespräch gewesen, in einem herzlichen, freundschaftlichen Ton, und es hatte damit geendet, daß Bernie Daves Empfehlungen guthieß.

Kein einziges negatives Wort war gefallen. Nicht einmal eine Andeutung davon.

Irgendwas aus früherer Zeit? Unwahrscheinlich. Dave leitete eine Handvoll der zwei Dutzend Senterex-Abteilungen. Er dirigierte sie reibungslos, und die Ergebnisse waren immer wie erwartet. In diesem Bereich gab es keine denkbaren Konfliktursachen.

Nicht, daß er und Bernie immer in allem ein und derselben Meinung gewesen wären. Bernie war ein Schnäppchenjäger, ein Zusammenkäufer im großen Stil und von der alten Schule. Er war als Sohn von Einwanderern in den Straßen Brooklyns groß geworden. Ohne jedes Kapital außer seiner großen Energie, einem Riecher für günstige Gelegenheiten und einer Nase für kluge Auf- und Zukäufe hatte er Senterex gegründet und zum Erfolg geführt.

Und Bernie kaufte noch immer Firmen auf. Es lag ihm im Blut, er konnte die Finger nicht davon lassen. Es gab nichts Schöneres für ihn, als kleinere Unternehmen zu entdecken – manche gerade noch in der Gewinnzone, andere nicht –, die er für wenig Geld erwerben und anschließend hochbringen konnte. Manche behielt er als Teil seiner Sammlung. Andere stieß er wieder ab, aber nie mit Verlust. Alle entsprachen seiner Vision von finanzieller Synergie. Hie und da kam es vor, daß andere Senterex-Manager Objekte von Bernies Kaufwut nicht so gut fanden und ihn deshalb kritisierten. Dave selbst hatte entschieden gegen Bernies Entscheidung opponiert, die Lockyear Laboratories zu kaufen, und sich noch mehr gesträubt, als sie ihm unterstellt wurden, nachdem der Deal gelaufen war.

Aber konnte das der Beweggrund sein, ihn umlegen zu wollen? Völlig undenkbar!

Konnte es sich um etwas Persönliches handeln? Habe ich, fragte sich Dave, irgend etwas getan, worin Bernie eine Kränkung oder einen Akt des Verrats sah? Unwahrscheinlich. Bernie lebte zurückgezogen, sein Privatleben war tabu. Dave begegnete ihm nie bei Einladungen. Ihr Verhältnis war freundschaftlich, beschränkte sich aber weitgehend auf das Senterex-Territorium im 45. Stock.

Und jetzt hatte Bernie ihn töten wollen. Ohne die Spur einer Erklärung. Nur ein Schießeisen und die traurigen Worte: »Bernie Levy gibt sich selbst die Schuld, und Gott wird ihm nicht vergeben«.

»Zum Teufel, Bernie!« Dave flüsterte, obwohl er nur mit sich selbst sprach. »Wenn du schon jemanden erschießen willst, dann erschieß doch irgendeinen, der was Besonderes ist. Nicht einen Durchschnittstypen wie mich.«

David Elliot kannte sich, er wußte genau, was für ein Mensch er war: ein Durchschnittstyp, der brav ein gewöhnliches, berechenbares Durchschnittsleben lebte. Sicher, in seinen jungen Jahren, schon als Heranwachsender, auf der Farm in Indiana, hatte er sich nach mehr gesehnt, als einem Farmerjungen eigentlich zustand – nach großen Heldentaten, nach Orden und Ruhm. Aber er hatte rasch gelernt, daß diese Dinge ihren Preis haben. Und so war er heute, und das schon seit langer Zeit, einfach ein gewöhnlicher Durchschnittstyp. Ach was, Durchschnitt traf es noch nicht einmal. Er war so alltäglich, daß er in nichts von der statistischen Norm abwich. Wie beschreibt man den durchschnittlichen Manager mit gehobenem Einkommen? David P-für-Perry Elliot lautet die Antwort. Zwei Ehen, eine Scheidung, keineswegs besonders religiös, in Finanzdingen konservativ, soziale Einstellung gemäßigt-liberal, körperlich in guter Form, Football-Fan, Baseball-Muffel, liest weniger, als er sollte, sitzt mehr vor dem Fernseher, als er sollte, ist langweilig monogam und etwas prüde, gerät trotzdem hin und wieder in Versuchung, arbeitet im Durchschnitt 56 Stunden pro Woche, macht sich Sorgen um die Aktienkurse, schimpft über die Steuern, hält sich vom Glücksspiel fern, nimmt keine Drogen und freut sich nicht auf seine alljährliche Generaluntersuchung. Er macht Urlaub, wo die anderen Leute Urlaub machen. Er trifft sich in seiner Freizeit mit Leuten, die er auch sonst trifft. Er hält sich an die üblichen Konventionen. Seit fünfundzwanzig Jahren hat er sich der Durchschnittlichkeit verschrieben. Er hat sie bejaht, hat vom Leben nicht mehr verlangt als das, was alltäglich ist. Und das ist es, was für ihn das »Gute« bedeutet. Er ist, verdammt noch mal, nichts als ein durchschnittlicher Alltagsmensch.

Also, Bernie, wie kamst du auf die Schnapsidee, mich umzubringen?

Dem Durchschnittsmenschen David Elliot fiel auf diese Frage keine Antwort ein.

Dave warf einen Blick auf seine Uhr. Es war genau 7.45 Uhr. Zwei Minuten. Die langsame Zeit war zu Ende. Jetzt, erkannte er, war nur *eines* wichtig: Hilfe holen. Vielleicht hatte Bernie irgendeinen Anfall erlitten. Vielleicht einen Hirnschaden davongetragen oder...

...oder weiß Gott, was, knurrte sein zynischer Engel. *Aber was, das ist belanglos. Mein Freund, du hast gerade den mit einer Pistole fuchtelnden Boß eines Unternehmens, dessen Aktien an der New Yorker Börse derzeit acht Milliarden Dollar wert sind, auf dem teuren Teppich deines Büros k.o. gehen lassen. Ihm eins übergebraten. Jetzt hast du Probleme am Hals, die deine Fähigkeiten weit übersteigen. Außerdem hast du ziemlich hart zugeschlagen. Was passiert, wenn er nicht nur bewußtlos ist, sondern zum Beispiel...? O Scheiße...*

Dave steckte die Pistole in eine Tasche seiner Anzugjacke. Er verließ das Büro, holte tief Luft und rannte den langen, teppichbelegten Korridor hinunter. Er hoffte, daß einer seiner Kollegen früher als sonst eingetroffen war. Oder eine der Sekretärinnen. Oder die Empfangsdame. Oder überhaupt irgend jemand.

Er kam bis zum Empfangsbereich am Ende des Flurs. Dort, gleich hinter der Ecke, standen zwei Männer mit kalt blickenden Augen. Kaum hatten sie ihn gesehen, griffen sie unter ihre Jacken.

David Elliots Uhr lief wieder langsamer.

3

Dave zwang ein Lächeln auf sein Gesicht. »Guten Morgen, ich heiße Pete Ashby. Kann ich Ihnen behilflich sein?

Die beiden Männer erstarrten. Der größere kniff die Augen zusammen und musterte scharf Daves Gesicht.

»Warten Sie auf Dave Elliot? Er kommt morgens meistens als erster. Ich bin gerade an seinem Büro vorbeigegangen. Die Tür ist noch verschlossen.«

Die beiden Männer entspannten sich, allerdings nur ganz wenig. Sie waren nicht so groß wie Dave, aber kräftig, *richtige Brocken, wie Gewichtheber, Catcher oder Arbeiter an Preßlufthämmern.* Die Kragen ihrer bügelfreien Konfektionshemden hatten mindestens Größe 46. Ihre Anzugjacken, braun die eine, grau die andere (und nicht, wie Dave konstatierte, ganz aus Naturfaser) hatten den lockeren Schnitt, wie muskulöse Männer ihn bevorzugen – wenn auch keine so weit geschnitten war, daß sie die Umrisse ihrer Schulterhalfter kaschieren konnte.

Sie kennen dich nicht, Junge. Du hast Glück. Sie wissen nicht, wie du aussiehst. Allenfalls haben sie ein Foto von dir gesehen, das aber nicht gut war. Cool bleiben, könnte sein, daß du dich durchmogelst.

Der größere der beiden, ein Mann mit breitknochigem Gesicht und ergrauendem, kurzgeschnittenen Haar, sagte: »Nein, Mr. Ashley...«

»Ashby, Pete Ashby. Ich bin Vizepräsident der Ingenieurabteilung.«

»Entschuldigung. Also, Mr. Ashby. Mein Kollege und ich sind hier, um mit Mr. Levy zu sprechen.« In seiner Stimme war ein Anflug des Appalachen-Akzents – östliches Tennessee, westliches North Carolina. Viele fanden diesen Akzent klangvoll, aber bei Dave löste er ein Kribbeln auf der Haut aus.

»Mr. Levys Büro ist am Ende des Korridors links. Er kommt normalerweise um diese Zeit. Soll ich für Sie nachsehen?«

Der größere der beiden warf rasch einen Blick nach links. Zum erstenmal wandten sich seine Augen von Daves Gesicht ab. »Nicht nötig«, sagte er. »Er hat gesagt, er wollte sich hier mit uns treffen.«

Dave spürte, wie seine Handflächen vom Schweiß feucht wurden. Die Türen zum Empfangsbereich für das Senterex-Management waren bis 8.30 Uhr verschlossen. Ohne einen Schlüssel kam keiner herein. »Kann ich Ihnen Kaffee oder sonst irgendwas holen, Mr.... äh, ich glaube, ich hab Ihren Namen nicht mitbekommen.«

»John.« Eine kleine Pause entstand. Der Mann gab seinen Namen nicht gerne preis. »John Ransome. Und das ist mein Kollege Mike Carlucci. Wir sind... Wirtschaftsprüfer. Wir sind hier, um... um mit Mr. Levy den Prüfungsbericht durchzugehen.

So, Coopers Lybrand heuert neuerdings pensionierte Football-Verteidiger an, um die Bilanzen ihrer Kunden zu erstellen. Wer's glaubt, wird selig.

»Freut mich, Sie kennenzulernen.« Dave stellte fest, daß keiner der beiden Männer Anstalten machte, ihm die Hand zu schütteln. »Na, wie wär's mit Kaffee? Ich hol Ihnen welchen. Alle auf dieser Etage haben ihre eigenen Kaffeemaschinen. Die meisten Firmen haben ja eine Teeküche oder...«

Klappe, Klappe, Klappe! Du kommst ins Labern. Du vermasselst noch alles.

»... jedenfalls, mein Kaffee ist durchgelaufen. Ich kann...«

»Nein, danke, Mr. Ashey.«

Das war dein zweiter Versuch, du Mistkerl, du durchtriebener.

»Ashby.«

»Entschuldigung. Ich kann Namen einfach nicht behalten.«

Daves Hirn arbeitete auf Hochtouren. Die beiden Männer mußten etwas mit dem zu tun haben, was Bernie ein paar Minuten vorher getan – beziehungsweise zu tun versucht – hatte. Es konnte keine andere Erklärung dafür geben, daß sie um diese Zeit im Empfangsbereich der Management-Etage waren. Aber was für eine Rolle spielten und wer waren sie? Die Halfter, die sich unter den Jacken der beiden abzeichneten, sagten ihm... ja, was? Waren es Polypen? Mafiosi? Leute vom KGB? Mit was für einer Sorte Gangster hatte Bernie sich eingelassen?

»So, ich sollte mich jetzt an meinen Schreibtisch setzen. Mr. Levy müßte jede Minute eintreffen. Wenn Sie mich also bitte entschuldigen wollen...«

»Aber gewiß. Lassen Sie sich nicht aufhalten.«

Am Empfangsbereich stießen vier Korridore zusammen. Daves Büro lag wie die Arbeitsräume der anderen Abteilungschefs am Ende des südlichen Flurs. Bernies Suite war an der gegenüberliegenden Seite des Gebäudes, nahm die Nordostecke ein und hatte die beste Aussicht. Die Chefs der Finanz-, Rechts-, Personalabteilung und so weiter hatten ihre Büros Richtung Osten. Ein kurzer Flur führte in westlicher Richtung durch doppelte Glastüren zu den Aufzügen.

Dave begann sich in westlicher Richtung zu entfernen.

Verkehrt, du Schwachkopf, verkehrt! Du hast doch gesagt, deine Kaffeemaschine ist auf dieser Etage. Du kannst nicht zu den Aufzügen gehen...

Er blieb ruckartig stehen. Die beiden Männer sahen zu ihm her. Ihr Gesichtsausdruck hatte sich verändert.

Dave versuchte ein Lächeln zu improvisieren. Es mißlang ihm. »Sie haben nicht zufällig einen Stapel *Wall Street Journals* neben dem Aufzug gesehen? Sie legen sie gewöhnlich gleich vor den Glastüren ab.« Kläglich, aber vielleicht kam er damit durch.

Der Mann, der sich Ransome nannte, schüttelte langsam den Kopf. Sein Blick war ausdruckslos geworden.

Dave nickte und wandte sich Richtung Osten. Er ging durch den Empfangsbereich auf den Flur zu. Er spürte eine kleine brennende Stelle in der Mitte seines Rückens. Dieses Gefühl hatte er seit fünfundzwanzig Jahren nicht mehr erlebt, zum letztenmal, als er auf Patrouille in feindlichem Gebiet war.

Charlie ist hinter dir. Charlie hat ein Gewehr. Scheiße, jetzt legt Charlie an. Er nimmt dich aufs Korn. Er krümmt den Finger um den Abzug. Junge, Junge, Charlie wird sich gleich einen grinsen...

Jeder Nerv in seinem Körper brannte lichterloh. Schweiß trat auf seine Stirn und rann ihm über die Wangen. In seinem Hals brannte es säuerlich – die Kotze kam ihm hoch.

Jetzt im Korridor. *Beinahe in Sicherheit. Noch zehn Sekunden, und du bist außer Sichtweite.* Er wäre am liebsten schreiend losgerannt. Er spürte seine Knie wackeln. Das Pochen seines Herzens war ohrenbetäubend. *Cool bleiben. Du kannst es schaffen, genauso wie damals...*

Vier Meter weiter im Flur war eine Nische. Sie war für ein Fotokopiergerät vorgesehen gewesen, das dann nie installiert wurde. Als Dave daran vorbeikam, hörte er hinter sich Ransomes weich gedehnte Stimme. »Ach, Mr. Elliot, da wäre noch was anderes.«

»Ja.«

Au, Scheiße!

4

Dave schmiß sich in die Nische. Seine Schulter prallte hart gegen die Wand. Im Verputz platzten vier gezackte Löcher auf. Kleine kreidige Brocken flogen durch die Luft. Stechend drang ihm Staub in die Augen. Er ließ sich auf den Boden gleiten und fingerte Bernies Pistole aus der Tasche. Zwei weitere Einschußlöcher in der Wand. Die einzigen Geräusche, die er hörte, waren die dumpfen Einschläge der Kugeln im Gips. Ransome und Carlucci schossen mit Schalldämpfern.

Er zog die Füße nach hinten und suchte an der Wand hinter sich Halt. Er zog den Verschluß der kleinen Automatic zurück und warf sich, als er ihn losließ, bäuchlings nach vorne in den Korridor.

Carlucci kam gerade in den Flur, einen Schritt vor Ransome, mit beiden Händen den Griff seiner Waffe umklammernd. Die Mündung zielte hoch, ein ganzes Stück über der Stelle, wo Dave lag. Dave schoß zweimal und dann noch zweimal. Carlucci stoppte. Ein Blumenstrauß, Blutrosen, blühte aus seiner Hemdtasche. Die Kinnlade fiel ihm herunter. Er flüsterte: »Maria, Muttergottes, hab Erbarmen...« Dave rollte sich zurück in die Nische.

Ransome gab, noch aus dem Empfangsbereich, einen schlecht gezielten Schuß ab, sprang dann rasch nach links und war aus dem Blickfeld.

Dave starrte die kleine, glänzende Pistole auf seiner Handfläche neugierig an. *Sieh an,* gab sein Schutzengel von sich, *genau wie beim Radfahren, nicht? Wenn man mal gelernt hat, wie's geht, vergißt man's nie wieder.*

Aus dem Empfangsbereich war Ransomes Stimme zu hören, leise, aber noch vernehmbar. »Rebhuhn, hier spricht Rotkehlchen. Drossel hat's erwischt. Ich stehe unter Beschuß. Wiederhole: Stehe unter Beschuß.«

Schau an, er hat ein Funksprechgerät, und er hat einen Kumpel.

Ransome schwieg und lauschte. Die Antwort konnte Dave natürlich nicht hören.

»Zum Waffenteam, positiv, Rebhuhn. Zum Arzt, negativ, dafür ist es zu spät. Das Gelände absperren, negativ. Was wir hier machen, soll wie eine Privatveranstaltung aussehen, und dabei soll es auch bleiben.« Wieder verstummte er. »Zum Mitschreiben. 1.85 groß, 75 Kilo schwer, mittelkräftig und sehr gut in Form, Haar hellbraun, Scheitel links, teurer Haarschnitt, kein Bart, Augen braun. Keine Brille, keine besonderen Kennzeichen. Moment, falsch: keine besonderen Kennzeichen außer einem Verband um die linke Hand. Leichter, khakifarbener Anzug, Jacke zweireihig, keine Weste. Weißes Hemd, gelbe Krawatte mit blauem Muster. Goldene Manschettenknöpfe mit Onyxen...« Eine Sekunde Stille. »... ein Onyx ist ein glänzender schwarzer Stein, Rebhuhn. Mein

Gott, wo haben Sie euch denn aufgegabelt? Weiter: schwarze Slipper ohne Quasten. Goldene Uhr am linken Arm. Ehering am Ringfinger. Und noch was: Ergänzen Sie Beschreibung durch ›bewaffnet und gefährlich‹.« Ransome schwieg wieder und antwortete dann: »Im Moment? Im Moment ist er ganz obenauf, wie ein Nigger mit einem Messer. Er glaubt, er hat die Situation im Griff. Hat er aber nicht.« Ransome machte eine letzte Pause und sagte dann: »Kein Problem. Wir können warten. Keiner von uns beiden geht hier so schnell weg. Roger, 45. Stock, stimmt. Rotkehlchen Ende.«

Ransomes Stimme war gelassen, ohne eine Spur von Aufregung, und sein Gebirglerakzent bewirkte bei Dave, daß sich die Härchen an seinem Nacken aufstellten. Sein Herz schlug jetzt rascher, der Atem kam stoßweise. Diese Stimme, diese gottverfluchte Appalachenstimme... ganz ähnlich wie die Stimme von Sergeant Michael Mullins... dem vor langer Zeit selig entschlafenen Sergeant Mullins...

Jetzt ist nicht die richtige Zeit, um Erinnerungen nachzuhängen, Freundchen. Jetzt heißt es überlegen. Rasch überlegen und...

»... scharf nachdenken, meine Herren.« Der Ausbilder im Überlebenstraining ist ein schlanker, überaus energischer Colonel in einem perfekt geschnittenen Kampfanzug. An seiner Haltung, der Art, wie er dasteht und sich bewegt, ist etwas, was seinen Zuhörern sagt, daß er mit seinem Unterrichtsgegenstand aus eigener Erfahrung vertraut ist. Der Colonel ergeht sich nicht in abstrakten Theorien.

»Meine Herren, möchten Sie wissen, wie wir zu einem Mann sagen, der unter Beschuß in Panik gerät? Also, meine Herren, die technische Bezeichnung für einen Mann, der im feindlichen Feuer die Nerven verliert, lautet ›Ziel‹. Ein Soldat dieser Sorte ist ein Soldat von der Sorte, die vor dem Ende des ersten Spielabschnitts von der Gegenseite als abgeknallt verbucht wird. Ergo dürfen Sie nicht in Panik geraten, wenn Sie hören, daß ein Geschoß auf Sie zukommt. Sie dürfen sich nicht furchtsam ducken. Sie dürfen keinerlei Furcht oder Erregung empfinden. Statt dessen müssen Sie überlegen. Es gibt nur eines: denken. Nur Logik und Vernunft können Sie retten. Und was sagen uns Logik und Vernunft, meine Herren? Sie sagen uns folgendes: Wenn jemand auf Sie schießt, besteht die einzige rationale Reaktion darin, diesen Feind – leidenschaftslos und rasch – daran zu hindern, daß er noch einmal auf Sie schießt. Zu dieser Handlungsweise, meine Herren, gibt es keine vernünftige Alternative.«

Dave ging im Geist den Grundriß des 45. Stockwerks durch. Der Korridor, in dem er jetzt in der Falle saß, führte nach Osten an einem Halbdutzend fensterloser Büros vorbei – Kämmerchen, in denen die Gehilfen und Assistenten des Managements sitzen. Der Abstand zwischen den Türen zu diesen Büros betrug jeweils gute vier Meter. An seinem Ende stieß der Flur auf einen anderen Korridor, der sich um das Gebäude herumzog. Das war der Bezirk der Unternehmensspitze.

Noch etwas anderes: die Notausgänge für den Brandfall. Es gab drei davon, schwere metallene Türen, die auf Treppenschächte führten. Eine davon... ging von diesem Korridor ab... aber wo? Sieben bis zehn Meter weit weg, nahm er an. Wenn Ransome so gut schoß, wie Dave es ihm zutraute, dann würde er, Dave, längst tot sein, ehe er hinkam.

Aber du hast ja sowieso nicht mehr lange zu leben, nicht? Ransome hat gerade etwas von einem »Waffenteam« erwähnt. Die Typen befinden sich vermutlich unten in der Eingangshalle und brauchen nur so lange, wie der Fahrstuhl braucht. Wenn's hoch kommt, bleiben dir vielleicht noch drei, vier Minuten bis zu deinem letzten Atemzug.

Ransome, dachte Dave. Der einzige Weg hinaus führt über Ransome. Dave formte mit den Händen einen Trichter um seinen Mund und rief: »Hey, Ransome!«

»Ja, Mr. Elliot, womit kann ich Ihnen dienen?« Ransomes

Ton war neutral, ausdruckslos. Wenn man überhaupt etwas dazu sagen konnte, dann, daß er sich entspannt anhörte.

»Das mit Ihrem Freund Carlucci tut mir leid.«

»Kein Problem. Ich habe den Mann kaum gekannt.«

»Gut. Außerdem werden Sie zugeben, daß *Sie* daran schuld waren.«

»Was Sie nicht sagen – wieso denn das?« Ransome hörte sich völlig desinteressiert an.

»Sie waren sein Vorgesetzter. Und außerdem hätten Sie sich sagen müssen, wenn der Typ Bernie entkommen ist, dann hat er beinahe mit Sicherheit Bernies Waffe an sich genommen.«

Nach kurzem Überlegen sagte Ransome: »Das könnte man so sehen.« Noch immer war in seiner Stimme keine Spur eines Gefühls.

Damit wirst du keinen Erfolg haben. Du schaffst es nicht, ihn aus dem Gleichgewicht zu bringen. Übrigens bin ich mir sicher, daß das Waffenteam inzwischen in den Aufzügen ist.

(Denken Sie nach, meine Herren. Denken Sie schnell und denken Sie genau.)

Dave spähte um den Rand der Nische. Sie war nur ungefähr einen Meter tief, und die Wände waren wie alle in der Managersuite mit einer steifen, beigefarbenen Stofftapete bedeckt. An sechs Stellen waren Einschußlöcher in der Wand. Sonst war nichts zu sehen außer einem kleinen roten Kasten mit der Aufschrift FEUERMELDER.

Dave griff mit seiner verbundenen linken Hand nach oben, riß das Kästchen auf und den Hebel nach unten. Durch die Korridore gellte ein greller Sirenenton. Wie das Kreischen einer Kreissäge, die Blech durchsägt. Dave taten die Plomben in den Zähnen weh.

Ransomes Stimme übertönte das Heulen. »Bringt Ihnen nichts, Mr. Elliot. Wir werden der Feuerwehr melden, daß es ein blinder Alarm war.«

Dave brüllte zurück: »Überlegen Sie ein bißchen weiter, Ransome.«

»Was meinen Sie... Ach so! Gut gemacht, Mr. Elliot. Sie haben die Aufzüge zum Stehen gebracht, das meinen Sie, ja? Es ist gesetzlich vorgeschrieben, daß sie automatisch ins Erdgeschoß zurückkehren, wenn Alarm ausgelöst wird. Das ist clever ausgedacht. Wirklich schlau.«

»Danke.«

»Mein Kompliment. Sie haben ein bißchen Zeit herausgeschunden, womit ich nicht gerechnet hatte. Ich kann Ihnen aber versichern, daß meine Leute die Treppen benutzen werden.«

Ransome schien zu verstummen, aber es war nicht so. Dave vernahm kurz darauf die Stimme wieder, kaum hörbar neben dem Geheul der Sirene. Vermutlich erklärte er über Funk die Lage.

Ou, ou. Das ist nicht gut. Das kannst du nicht brauchen, daß er mit seinen Leuten spricht. Er muß mit dir sprechen.

»Ransome!«

»Ja, Mr. Elliot.« Zugleich mit der Antwort verstummte die Sirene. Dave fuhr zusammen, als das Heulen unvermittelt abbrach.

(Man darf nicht in Panik geraten. Man darf sich nicht ängstlich ducken.)

»Heißen Sie wirklich Ransome?«

»Nein.«

»Und wie steht's mit John?«

»Ebenfalls nein.«

»Möchten Sie mir Ihren richtigen Namen sagen?«

»Nein.«

»Was dagegen, wenn ich weiterhin Ransome zu Ihnen sage? Oder wäre Ihnen John lieber?«

Ransome überlegte. »Ransome ist besser.«

»Okay, dann also Ransome. Mr. Ransome, ich möchte Sie um einen Gefallen bitten.«

»Schießen Sie los.«

»Sagen Sie mir, warum Sie hier sind. Ich meine, was soll das alles eigentlich?

»Tut mir leid, geht nicht. Ich kann Ihnen lediglich sagen, daß es nichts Persönliches ist. Ich hoffe, das freut Sie.«

(Sie müssen nachdenken. Es gibt nur eines: denken.)

Dave ließ ein bißchen Bitterkeit in seine Stimme einfließen. »Vielen Dank. Und warum können Sie es mir nicht sagen? Egal, worum es sich handelt, hab ich nicht ein Recht darauf, es zu erfahren?«

»So ungefähr.«

Er wittert den Köder. Versuch's jetzt mit ein bißchen Jammern.

»Na schön, wie Sie meinen. Was für Optionen habe ich? Können wir uns nicht irgendwo in der Mitte treffen?«

»Leider nein, Mr. Elliot. Es gibt nur eine einzige Möglichkeit, diese Geschichte zu Ende zu bringen. Es Ihnen leicht zu machen, ist das Beste, was ich bieten kann. Denken Sie an Ihre Militärzeit, und es wird Ihnen klar sein, was ich meine.«

Dave biß sich auf die Unterlippe. Was, fragte er sich, weiß dieser Kerl über meine Vergangenheit bei der Army? Eine Frechheit, dieses Thema anzuschneiden!

»Was soll damit gemeint sein?«

Ransomes Ton wurde wärmer. Der Wechsel der Modulation war zu spüren, wenn auch nur ganz schwach. »Ich habe gestern abend Ihre alte 201er-Akte studiert.«

Erst gestern abend? Was zum Teufel...?

Ransome sprach weiter: »Wie sich gezeigt hat, haben wir dieselbe Schule durchlaufen und dieselben Kurse absolviert, Sie und ich. Onkel Hos Eliteakademie der eleganten Formen. Sie waren einer vom R.O.T.C., und ich war ein Dreimonatswunder. Wie wir da hinkamen, tut nichts zur Sache. Wichtig ist dagegen, daß wir, obwohl ich vor Ihnen dort war, in denselben Einheiten, in denselben Gegenden und in derselben beschissenen Hölle waren. Wir hatten sogar denselben Vorgesetzten...«

»Mamba Jack«, entfuhr es Dave. Es wurde schlimmer und schlimmer.

»Yeah, Colonel Kreuter. Ich war in seinem Team, genau wie Sie dann. Und Jack nahm nur *eine* Sorte Männer – Männer, wie ich einer bin und wie Sie einer sind. *Diese* Sorte Männer.«

Dave zwang sich zu einem Lachen. »Ransome, wollen Sie mir erzählen, daß Sie mich für einen total abgebrühten Typen halten?«

»Sie kennen sich doch aus, Kamerad. Sie geben einem nicht die grüne Kappe, wenn man nicht so ein Typ ist. Sie haben eine getragen, ich hab eine getragen. Wir sind, wer wir sind.«

Davon wollte Dave nichts wissen. »Mag ja sein, aber *ich* bin seit vielen, vielen Jahren ein ganz anderer Mensch.«

»Das glaub ich Ihnen nicht. Wenn man einmal einer von uns war, ist man *immer* einer von uns.« Ransomes Gebirglerstimme war jetzt klangvoll, getragen vom Stolz des Kriegers. »Es ist genauso, wie wenn einer Kommunist oder Katholik ist. Man kann nie mehr aussteigen. Denken Sie darüber nach – Sie haben noch immer alles drauf; Sie sind noch heute ein Profi. Wenn Sie mir nicht glauben, dann fragen Sie doch Carlucci.«

»Ich hatte Schwein.«

»Glaube ich nicht.«

(Nur Logik und Vernunft werden Sie retten.)

Dave schraubte die Stimme höher, sprach schneller und mit gespielter Nervosität. »Okay, okay, worauf wollen Sie hinaus?«

»Auf was ganz Einfaches. Sie haben sich während Ihrer Militärzeit ehrenhaft geführt, fast bis zum Schluß...«

Dave schoß zurück: »Manche würden sagen, das war der einzige ehrenhafte Teil.«

»Mag ja sein«, sagte Ransome, »aber wir wissen doch beide, von was für einer Sorte *die* sind. Ich will darauf hinaus, daß Sie unsere Uniform getragen und bei den Besten gedient haben.«

»Und?«

»Und deswegen haben Sie bei mir etwas gut.«

Dave schraubte die Stimme noch höher. »Was denn?« Es hörte sich beinahe schrill an.

»Einen Gefallen. Nur einen einzigen. Zuerst werfen Sie mir

dieses lächerliche Pistölchen her, das Sie da haben. Dann kommen Sie raus und nehmen die *Position* ein. Sie erinnern sich doch an die *Position*, ja? Auf die Knie, Hände hinten unter den Arsch. Sie senken den Kopf, und den Rest besorge ich. Einfache, saubere Arbeit. Das ist das beste Angebot, das ich Ihnen machen kann, Mr. Elliot. Sauber, schnell und schmerzlos. Wenn nicht – tja, Kumpel, dann werden wir hier einen schönen Saustall veranstalten.«

»Großer Gott?« Dave quetschte die Worte wie in panischer Angst heraus. Er wollte, daß es sich für Ransome nahezu – aber nicht ganz – hysterisch anhörte. »Das ist Ihr bestes Angebot? Gott im Himmel!«

»Überlegen Sie 's sich. Es könnte schlimmer aussehen.«

(Und was sagen uns Logik und Vernunft, meine Herren?)

Dave schlüpfte aus seiner Jacke und zählte bis fünfzig. »Äh! Äh!« stöhnte er.

»Kommen Sie schon, Mr. Elliot, seien Sie vernünftig. Machen Sie es sich leicht.«

»Sie könnten nicht... ich meine... wir könnten nicht, wie soll ich sagen? Die Sache bereden? Wenn Sie mir nur sagen könnten, wo das Problem liegt...«

Nicht zu dick auftragen, sonst merkt er was.

»Ich wollte, ich könnte, aber ich kann nicht, Mr. Elliot. Denken Sie an die Zeit zurück, als wir beide in derselben Branche tätig waren. Erinnern Sie sich, wie es damals zuging? Es tut mir leid, aber genauso steht die Sache jetzt. Also machen Sie schon, Mr. Elliot. Wir wissen beide, wie diese Dinge ablaufen, und ebenso wissen wir beide, daß es keine andere Möglichkeit gibt. Finden Sie sich damit ab, Mensch; je länger Sie zögern, um so schlimmer wird es. Bitte, Mr. Elliot – wollen Sie sich die Sache nicht lieber leicht machen?« Ransomes Ton war sanft, mitfühlend, drückte Zuspruch aus.

(Die einzige rationale Reaktion besteht darin, den Feind daran zu hindern, daß er auf Sie schießt.)

»Äh... ich meine...äh... Können wir denn nicht... äh...«

Dave holte mit dem rechten Arm aus und schleuderte seine zusammengeknüllte Jacke in den Korridor. Ein kleiner Hagel schallgedämpfter Pistolenkugeln zerfetzte sie noch in der Luft.

Dave lächelte und registrierte die Zahl der Schüsse, die Ransome abgegeben hatte. Seine innere Stimme, sein Schutzengel quetschte mit einer Daffy-Duck-Stimme heraus: *Natürlisch isch dir klar, dasch dasch Krieg bedeutet...*

5

Er hatte den Krieg nicht gehaßt. Damals, vor einem Vierteljahrhundert, keine Spur von Haß auf den Krieg. Bei anderen schon. Nicht bei David Elliot. David Elliot hatte ihn eher genossen – jedenfalls bis ihm klar wurde, was der Krieg allmählich aus ihm machte.

Besonders hatte er ihn dann genossen, wenn seine Feinde gut waren. Je besser die Feinde waren, desto mehr hatte es ihm gegeben. Wenn man wußte, daß die Gegner harte, clevere Burschen, Profis waren, hatte das etwas an sich, was das Ganze... was das Ganze... beinahe zum Genuß machte.

»Ransome, ich betrachte das als eine verdammt unfreundliche Geste.«

»Ich verstehe Ihren Standpunkt, Mr. Elliot, aber versuchen Sie mal, die Situation aus meiner Sicht zu sehen – ich bemühe mich ja nur, meinen Auftrag hier zu erledigen.« In Ransomes Ton war nicht einmal die Andeutung einer Entschuldigung.

Los, Ransome, mach schon! Bitte, Ransome, bitte! Du weißt doch, daß du es tun mußt.

Dave schlug das Herz bis zum Hals. Er zwang sich, tief einzuatmen, zu hyperventilieren, seinen Adrenalinspiegel hochzuhalten, wappnete sich für das, was er jetzt gleich tun würde. Hochpuschen, hochpuschen, hochpuschen! Genau das hatte Mamba immer gebrüllt, ehe das Blei durch die Luft flog. Hochpuschen!

Yeah!

»Ich dachte, Sie betrachten uns als Kameraden.«

»Glauben Sie mir bitte, daß das aufrichtig gemeint war, Mr. Elliot.«

Spitz die Ohren. Mach dich bereit.

Daves Beinmuskeln zitterten vor Anspannung. Wie besessen rieb er mit dem rechten Daumen den Zeigefinger.

»Ich werde Ihnen ab sofort kein Wort mehr glauben.«

»Das kann ich respektieren.«

Jede Sekunde jetzt, jede Sekunde...

Das Geräusch war nur ganz schwach zu hören. Nur ein leises Klicken. – Das Geräusch, so hoffte Dave inständig, das entsteht, wenn ein Magazin aus einem Pistolengriff herausgeholt wird.

Das muß es sein. Wenn nicht, dann hat dein letztes Stündlein geschlagen.

Er zerrte den Hebel des Feuermelder-Kastens herunter und zog sich daran hoch. Die Sirene gellte los und erfüllte den Korridor mit ihrem Geheul. Dave schnellte aus einer Nische heraus und raste mit weit ausgreifenden Schritten, pumpenden Ellenbogen und vorgestrecktem Kopf los. Er rannte, so schnell er konnte – wie er jeden Morgen rannte, nur schneller – auf die Stelle zu, wo, wenn die Götter ihm gnädig waren, der Mann, der sich John Ransome nannte, mit einem vorübergehend nicht geladenen Schießeisen kauerte.

Und die Götter waren ihm gnädig. Ransome lag flach auf dem Bauch in der Empfangshalle, Kopf und Schultern in der klassischen Position eines liegenden Schützen in den Korridor abgewinkelt. Vor ihm lag ein leeres Magazin. Er hatte sich auf die Seite gerollt, um die Waffe nachzuladen. Während Dave auf ihn zuflog, sah er, wie ein Ausdruck der Wut über das Gesicht huschte. Der Typ wußte, daß er aufs Kreuz gelegt worden war.

Na, vielen Dank, Mr. Ransome. Sehr entgegenkommend von Ihnen, sich in diese Stellung zu begeben – fürs Scheiben-

schießen ideal, aber ein bißchen von Nachteil, wenn man beweglich sein muß.

Ransome zog die Knie an und hob abwehrend die Arme. Dave war fast bis auf zwei Meter herangekommen. Ransome rappelte sich in eine kauernde Stellung hoch und machte den Versuch aufzustehen.

Es würde knapp werden. Zu knapp. Dave würde zu Bernies Pistole greifen müssen, und das wollte er nur im äußersten Notfall tun. Aber er mußte, sonst...

Eines, das hatten ihm seine Ausbilder in Fort Bragg eingeschärft, darfst du im Nahkampf keinesfalls, unter gar keinen Umständen tun: den Gegner treten. Vergiß alles, was du irgendwann mal über Karate, Judo oder Kung-Fu gehört oder gelesen hast. Vergiß Batman und vergiß Bruce Lee in der Fernsehserie *Green Hornet*. Das ist alles Hollywood-Blödsinn, das hat mit dem wirklichen Leben nichts zu tun. Im wirklichen Leben kann dein Gegner zwanzig verschiedene Dinge tun, während du ein Bein in der Luft hast, und neunzehn davon gehen für dich tödlich aus. *Niemals treten*! Die Ausbilder hatten es immer wieder gebrüllt. *Niemals treten*!

Er trat Ransome mit aller Macht ins Gesicht.

Dieselbe Schule und die gleichen Lehrgänge? Haben Sie das nicht gesagt, Mr. Ransome? Wenn das stimmt, dann waren Sie darauf nicht gefaßt, was?

Der Absatz von Daves Fuß erwischte Ransome voll unter dem linken Wangenknochen, schleuderte seinen Kopf nach hinten und kippte ihn auf den Rücken. Dave winkelte den rechten Arm zu einer Art Speer ab und knallte den Ellenbogen mit voller Wucht gegen Ransomes Solarplexus. Ransomes Gesicht wurde kalkweiß. Dave riß den Arm zurück, streckte die Handkante und zielte auf die Spitze von Ransomes Kinn, um ihm den Rest zu geben.

Es war nicht mehr nötig. Ransomes Gesicht erschlaffte, seine Augen schlossen sich.

Dave schob den rechten Arm über Ransomes Hals und

drückte brutal zu. Ransome machte keinen Muckser mehr. Dave zog dem Gegner das rechte Augenlid hoch. Nur das Weiße war zu sehen. Die meisten Menschen können ihre Augen nach hinten drehen. Einem geübten Mann gelingt es überzeugend, den Bewußtlosen zu spielen. Dave schnippte einen Finger gegen das Weiße von Ransomes Auge. Nicht die geringste Reaktion. Das schafft keiner. Ransome war hundertprozentig bewußtlos.

Eine Zigarette war jetzt Daves größter Wunsch.

Nach dem Inhalt seiner Brieftasche war John Michael Ransome Vizepräsident eines Vereins, der sich »The Specialist Consulting Group« nannte. Der verewigte Mark Carlucci war bei derselben Organisation Mitarbeiter in gehobener Stellung gewesen. Auf keiner der Visitenkarten stand eine Adresse, nur eine Telefonnummer mit der Vorwahl 703 – Virginia. Auch die beiden Führerscheine enthielten keine Adresse, sondern nur eine Postfachnummer – dieselbe für Ransome wie für Carlucci.

Na, ist das nicht ein hübscher kleiner Zufall? Daves innere Stimme hörte sich, zumindest in diesem Augenblick, ein bißchen selbstzufrieden an.

»Sperling, hier spricht Rebhuhn. Melden Sie sich.« Carluccis Funkgerät war ein kleines, schwarzes Ding ohne Markennamen oder sonst einen Hinweis auf die Herstellerfirma. Carlucci hatte es sich an den Gürtel geschnallt. Jetzt trug es Dave, ebenfalls am Gürtel.

»Roger. Hier spricht Sperling. In dieser Bruchbude gibt es verdammt viele Stufen.«

»Wo sind Sie? Geschätzte Ankunftszeit?«

»Wir sind im 33. Stock im südlichen Treppenschacht, und die Männer brauchen eine Verschnaufpause. Geben Sie uns drei Minuten, Rebhuhn.«

»Sind Sie mit drei Minuten einverstanden, Rotkehlchen?«

Dave antwortete. Er bemühte sich, Ransomes weichen, gedehnten Appalachendialekt nachzumachen. »Geht in Ordnung.«

»Roger. Macht eine Pause, Sperling. Rebhuhn Ende.«

Geschafft.

Dave trat rückwärtsgehend ein paar Schritte von Ransome weg. Obwohl sein Gegner bewußtlos und mit seinem eigenen Gürtel gefesselt war, wollte Dave ihn nicht aus den Augen und auch nicht aus dem Visier der höchst merkwürdigen Pistole lassen, die er dem verewigten Mark Carlucci alias Drossel aus der Hand genommen hatte.

Mit diesem Schießeisen solltest du dich ein bißchen näher beschäftigen.

Später. Nicht jetzt.

Er hob den Hörer des Telefons am Empfangstresen ab, drückte auf die Neun für einen Anschluß außerhalb des New Yorker Stadtgebietes und wählte die Nummer auf Ransomes Visitenkarte. Eine kurze Pause, bis die Verbindung hergestellt war. Der Apparat am anderen Ende klingelte einmal, dann meldete sich eine mechanische Stimme: »Berechtigungscode eingeben.«

»Hallo, könnte ich mit Mr. Ransomes Sekretärin sprechen?«

»Berechtigungscode jetzt eingeben.« Es war eine Art Roboter, ein Computer-Telefonist. Dave drückte auf ein paar Knöpfe und gab eine Nummer ein, wie sie ihm gerade einfiel. »Zugang verweigert.« Klick.

Dave zuckte die Achseln. Wenn er Antworten bekommen wollte, mußte er sie sich anderswoher beschaffen. Bis dahin...

Er ging zu der Stelle zurück, wo Ransome lag. Der Mann war noch immer bewußtlos. Aber selbst wenn er wach wäre, würde er Dave nichts erzählen. Ransome war nicht der Typ, den man leicht zum Sprechen bringt. Ein stundenlanges Spezialverhör – ein Verhör im MACV-SOC-Stil – wäre notwendig, wenn man ihn weich machen wollte.

Dave wollte gerade Ransomes Brieftasche auf dessen Brust zurücklegen. Doch dann hielt er in der Bewegung inne, zog die

Stirne kraus und öffnete die Brieftasche. Er zählte die Scheine ab, die sie enthielt – dreiundachtzig Dollar. Es gefiel ihm wirklich nicht, was er da tat.

Ach was, denk dir nichts. Mehr als einmal können sie dich nicht aufknüpfen.

Wenn er wirklich in einem so großen Schlamassel steckte, wie er annahm – *was definiert »Schlamassel« besser, als eine Bande Revolvertypen auf dem Hals zu haben?* –, dann brauchte er Bargeld. Die eigenen Kreditkarten zu benutzen, wäre selbstmörderisch. Jede Kreditkarten-Transaktion in den USA wird elektronisch festgehalten. Man kauft etwas in einem Geschäft, die Kassiererin steckt deine Karte in eines dieser kleinen, grauen Verifone-Geräte, und ein ferner Computer hält deinen Einkauf fest. Das Gerät registriert automatisch Namen und Adresse des Geschäfts. Wenn jemand wissen will, wo du bist – wo du dich genau aufhältst –, braucht er nur ein paar Computer anzuzapfen. Und wenn du dumm genug bist, Geld aus einem Automaten zu holen, geht alles noch einfacher.

Dave faltete Ransomes Geldscheine zweimal zusammen und steckte sie in seine Hosentasche. Anschließend entleerte er Carluccis Brieftasche. 67 Dollar. Er sagte sich, daß er auch Bernie Levys Taschen hätte filzen sollen, aber dafür war es nun zu spät. Er war bereits einmal in sein Büro zurückgekehrt, um eine kleine Überraschung für Ransomes Waffenteam vorzubereiten. Es noch einmal aufzusuchen, wäre nicht ratsam.

Statt dessen betrat er durch die Brandschutztür den westlichen Treppenschacht. Mit ein bißchen Glück würde er nur drei Stockwerke höher Hilfe finden.

6

Über Fluchttreppen für den Brandfall verfügt jedes Bürohochhaus. Meistens bestehen sie aus Beton, in manchen Fällen aber auch aus Stahl. Das hängt ganz von den Bauvorschriften ab. Der Treppenschacht hier bestand aus betonierten Stufen.

Der Schacht erinnerte Dave an einen Knastfilm, ungefähr aus dem Jahr 1939. Die Wände waren grau, eine wie die andere. Die sterile Monotonie wurde nur von den isolierten Röhren und kleinen, rot emaillierten Kästen auf jeder fünften Etage unterbrochen, in denen sich aufgerollte Feuerlöschschläuche befanden.

Die Stufen selbst waren so breit, daß drei Personen nebeneinander gehen konnten. Sie führten vom Dach des Gebäudes bis zum Erdgeschoß hinab, eine Spirale aus Beton. Auf jeder Etage war ein gut zwei mal dreieinhalb Meter großer Absatz, und ein zweiter befand sich auf halber Höhe zwischen den Stockwerken. 50 Etagen, 100 Treppenabsätze, und jeder Absatz war mit dem nächsten durch zwölf Stufen verbunden. Keine Orientierungspunkte bis auf die emaillierten Metallschilder mit der Ziffer des jeweiligen Stockwerks.

Von jedem Treppenabsatz führten die Stufen in einem 180-Grad-Winkel weiter. Zwölf Stufen hoch, dann in Gegenrichtung weiter. Wenn man zu schnell lief, wurde einem schwindlig.

Schwindlig... wenn du leicht Höhenangst bekommst, dann schau nicht über das Geländer hinunter in den Schacht.

Dave nagte an der Unterlippe. Der Abstand zwischen den Treppen bot genügend Platz für einen Mann. Wenn man auf eine einfache Weise Schluß machen wollte, brauchte man nur durch eine Brandschutztür zu gehen, einen Treppenabsatz zu überqueren, die Beine über das kalte Eisengeländer zu schwingen und...

Na, wir sind ja heut morgen in einer heiteren Gemütsverfassung!

Die obersten fünf Stockwerke des Gebäudes beherbergten Howe & Hummel, eine Anwaltskanzlei. Ihr Seniorpartner, Harry Halliwell, der Daves Anwalt war, arbeitete in einem überdimensionierten Büroraum an der Ecke der 48. Etage. Harry Halliwell war wie Dave ein Frühaufsteher und passionierter Jogger. Die beiden Männer begegneten einander oft an der Kreuzung 50th Street/Park Avenue, wenn Harry von seiner Stadtvilla in Murray Hill aus in Richtung Norden lief und Dave aus der Gegenrichtung kam.

Für Dave war Halliwell nicht nur sein Anwalt, sondern er zählte ihn auch zu seinen besten Freunden. Fünf Jahre zuvor waren Dave und Helen bei Harrys Hochzeit mit Susan Brautführer und Brautführerin gewesen. Mindestens einmal im Monat, manchmal auch öfter, gingen die beiden Ehepaare abends zusammen aus. Einmal hatten sie gemeinsam Urlaub auf Hawaii gemacht, wobei Harry allerdings am Strand zumeist sein Handy am Ohr hatte.

Wenn es irgendeinen Menschen gab, der Dave jetzt helfen konnte, dann war das Harry. Mit seinem präzisen logischen Denken und seiner zurückhaltenden Art war Harry ein ganz besonderer Anwalt. Mehr noch als das: Er war einer jener seltenen Männer von unzweifelhafter Lauterkeit, die sowohl von Politikern als auch von Wirtschaftsbossen als »ehrliche Makler« bezeichnet werden. Er wurde zugezogen, wenn es darum ging, Konflikte zwischen Gewerkschaften und Management, zwischen der Wirtschaft und der Regierung und zuweilen sogar zwischen Staaten zu schlichten. Wie erbittert der Streit zwischen den Kontrahenten auch sein mochte, Harry gelang es immer, einen Kompromiß auszuhandeln, den beide Seiten als fair empfanden.

Harry schien alle Welt zu kennen, und alle Welt schien ihn zu kennen. Die Liste seiner Mandanten reichte von Forbes-400-Topmanagern bis zu Mafiabossen. Es gab kein Problem, mit dem Harry nicht fertig wurde.

Und hoffentlich verstand er es auch, einen Mandanten zu beraten, auf den anscheinend ein Kopfgeld ausgesetzt war.

Dave lief die Stufen hinauf, wobei er immer gleich zwei auf einmal nahm. Er lief, wie er sein ganzes Leben gelaufen war, und er lief perfekt. Als er die 48. Etage erreichte, schnaufte er nicht einmal.

Er drückte gegen die Brandschutztür. Sie rührte sich nicht. Er rüttelte am Griff. Die Tür war abgeschlossen.

Ist doch klar, Junge. Die Brandschutztüren lassen sich nur von innen öffnen. Es geht nicht anders. In dieser Stadt gibt es zu viele Durchgeknallte auf den Straßen.

Kein Problem. Dave konnte sich mit seiner Platinkarte von American Express nicht von seinen Schwierigkeiten freikaufen, aber das hieß nicht, daß sie zu überhaupt nichts zu gebrauchen war. Seine Ausbilder – nicht die von den Special Forces in Fort Bragg, sondern die anderen, die nie ihren Nachnamen nannten – hatten ihm zusammen mit anderen nicht gerade legalen Tricks beigebracht, wie man Schlösser knackt.

Der Schnappriegel klickte. Die Tür öffnete sich.

Ein paar Augenblicke später stand er vor Harrys Büro. Die Tür stand einen Spalt weit offen, dahinter brannten die Lampen. Er hörte gedämpft Harrys Stimme, der gerade telefonierte.

Dave klopfte leise an die Tür und trat dann ein. Harry lag in seinen Sessel gefläzt, noch in den Jogging-Sachen. Seine Füße ruhten auf dem mit Papieren überhäuften und von Kratzern verunzierten Parsons-Tisch, den er als Schreibtisch benutzte. Die Bücherregale hinter ihm quollen über von losen Blättern, Aktenordern und einem erstaunlichen Kunterbunt von allem möglichen Schnickschnack, den er sich im Laufe seiner mehr als dreißig Berufsjahre irgendwie und aus weiß Gott welchen Anlässen zugelegt hatte.

Der Anwalt sah zu Dave hinauf, zog eine Augenbraue hoch und sprach weiter in den Hörer. »Doch, doch... ich verstehe durchaus. Wirklich. Machen Sie sich keine Gedanken. Der Kongreß wird einlenken. Ich habe mit Bob gesprochen und nehme an, daß wir uns auf halbem Weg treffen können. Nein, das glaube ich nicht. Aber nein! Was Sie nicht sagen! Entschuldigung, ich habe jetzt einen anderen Termin. Ach ja, und es tut mir leid, daß ich nicht zu Chelseas Geburtstagsparty kommen konnte. Sie hat doch sicher mein Geschenk bekommen, nicht? Gut. Aber natürlich. Keine Ursache. Ja, bis bald.«

Mit einem Seufzer legte er den Hörer auf. »Ach, ist das ein Leben!« Er runzelte die Stirn und blickte dann lächelnd hoch. »Es ist wieder einmal so weit, wie jedes Jahr. Anhörungen für die Bewilligungen von staatlichen Mitteln. Man sollte doch meinen, Exekutive und Legislative hätten nach 200 Jahren gelernt, wie man sich zusammenrauft.« Er zeigte auf eine silberne Tiffany-Kanne. »Kaffee, David?«

»Ja, danke, ich kann einen gebrauchen.«

»Setz dich und erzähl mir, was dich zu dieser unchristlichen Stunde in meine Kanzlei führt.« Harry hob die Kanne hoch, sah sie an und verzog das Gesicht.

Dave holte sich einen Stuhl her. Er versuchte sich die passenden Worte zurechtzulegen, um auszudrücken, was er loswerden mußte. Er fand sie nicht. Statt dessen sprudelte es aus ihm heraus: »Harry, es ist Wahnsinn, aber Bernie hat gerade versucht, mich umzubringen.«

Halliwells Augenbrauen schossen wieder nach oben. Er nahm den Deckel der Kanne ab und spähte hinein. »Das ist natürlich ein Witz.«

»Nein, es ist kein Witz. Und er war nicht der einzige, der es probiert hat. Noch zwei andere Kerle sind auf mich los – Revolvermänner, Harry.«

Harry schüttelte die Kanne und zog die Stirn kraus. »Allerhand, anscheinend hab ich die in weniger als einer halben Stunde ausgetrunken. Nicht gut fürs Herz, soviel Kaffee. Revolvermänner, sagst du? Aber sehr tüchtig können die nicht gewesen sein, so wie du...« Er machte eine Pause, hielt die Kanne vor sich in die Höhe und betrachtete Daves Gesicht.

Dave nickte. »Nein, es ist kein Witz. Im 45. Stock liegt eine Leiche. Vielleicht sind's auch zwei. Ich bin in der Bredouille.

Harry nahm die Füße vom Schreibtisch. Er stand auf und flüsterte: »Ist das wirklich dein Ernst?«

Dave nickte wieder.

»Und wie hast du es...äh...geschafft...?«

»Mit Glück, Harry. Meine alten Reflexe und Glück. Und

wenn ich nicht in der Form wäre, in der ich bin, wär ich jetzt vermutlich tot.«

Harrys Augenbrauen stiegen hoch, so weit es nur ging, verharrten so ein paar Sekunden und senkten sich dann zu einem Stirnrunzeln. »O je, o je... ach, du meine Güte...«

»Ich brauche Hilfe.«

Harry zeigte sein geübtestes, professionellstes Lächeln. Das Lächeln, bei dem seinen Mandanten wohler wurde. »Die bekommst du, aber zunächst einmal gibt's Kaffee für dich. Und für mich auch.«

Er kam hinter seinem Schreibtisch hervor. »Was immer dein... Problem auch ist – ich habe den Eindruck, daß seine Lösung viel mehr Koffein verlangt, als für uns beide zuträglich ist. Ich gehe mal die Kanne auffüllen.«

Er ging an Dave vorbei und auf die Tür zu. Er wählte nicht ganz exakt den passenden Zeitpunkt für das, was er als nächstes tat, sonst hätte Dave nicht aus dem Augenwinkel den blitzenden Bogen bemerkt, den das schwere Silbergefäß in der Luft beschrieb.

Dave schmiß sich nach links. Die Kaffeekanne prallte auf die Lehne seines Stuhls, nur wenige Zentimeter neben seinem Kopf. Sie entglitt Harrys Hand und rollte über den Teppich.

»Harry! Was zum Teufel soll denn...?« Dave war aufgesprungen. Harry wich mit gerötetem, verzerrtem Gesicht zurück, Richtung Tür.

»Du bist ein toter Mann, David! Ein toter Mann!«

Dave stand mit offenem Mund da – wie vor den Kopf geschlagen. Irgend etwas, aus Säure und Eis gemacht, breitete sich in seinem Magen aus. »Harry...«

Aber Harry drehte sich um und rannte aus dem Raum.

7

Bisher hatte er sich auf seine Intuition verlassen und eine ordentliche Portion Glück gehabt. Aber jetzt brauchte er einen *Plan.*

Ransome war ein Profi, und Profis waren auch seine Leute. Sicher lauerten unten in der Eingangshalle Männer, die die Aufzüge und die Feuertreppen bewachten. Ransome hatte ihnen gesagt, wie Dave aussah und wie er angezogen war. Zu dieser frühen Stunde war die Eingangshalle leer. Ransomes Leute würden ihn sofort erwischen, wollte er versuchen, aus dem Gebäude zu entkommen.

Ein Telefon zu suchen und Hilfe herbeizuholen kam nicht in Frage. Er konnte keinen Freund anrufen, ebensowenig seine Frau oder seinen Bruder. Er konnte nicht einmal die Polizei anrufen. Jedenfalls nicht jetzt. Nicht, bevor er wußte, warum – warum, warum, warum – sein Boß, einer seiner besten Freunde, und mehrere Leute, die er nicht einmal kannte, ihn töten wollten.

Denn wenn sie es auf ihn abgesehen hatten, dann hatten sie es vielleicht auch auf einige andere Leute abgesehen. Und Dave wollte auf keinen Fall Menschen, die er mochte, in Gefahr bringen.

Außerdem würde er es allein schaffen. Zumindest eine Zeitlang. Er war einmal vor langer Zeit hervorragend ausgebildet worden, und das kam ihm jetzt zustatten. Anscheinend hatte sein Körper die Lehren nicht vergessen, die sein Verstand schon seit langer Zeit ablehnte.

Das machte ihm angst. Mehr, als Bernie ihm angst gemacht hatte. Oder Harry. Oder Ransome. Oder das Geräusch der einschlagenden Kugeln, ganz nahe, zu nahe der Stelle, wo man sich verkrochen hat.

Nach all diesen Jahren schien unter seiner Haut noch immer der Mann zu leben, zu dem er beinahe geworden wäre. Und niemand – weder Ransome noch sonst einer – konnte ihm mehr angst machen als *dieser* Mann.

Dave mußte sich ein Versteck suchen, einen Platz, wo er sicher war und sich einen Plan zurechtlegen konnte. Er glaubte zu wissen, wo er es finden könnte.

Er befand sich jetzt im 40. Stock. Hier war Senterex' Arbeiterviertel, hier schufteten die unteren Ränge des Personals. In diesem Teil der Senterex-Burg gab es keine teuren Kunstwerke zu sehen. Den größten Teil der Etage nahm ein Labyrinth aus kleinen, abgeteilten Räumen ein, besetzt mit einfachen Buchhaltern, Auftragsbearbeitern und anderen Arbeitsbienen. Sie arbeiteten alle genau von 9.00 bis 17.00 Uhr. In der gesamten Etage war also mit Sicherheit jetzt niemand anzutreffen.

Im 40. Stock lag auch die Cafeteria für die Angestellten, ein weißgetünchter Raum mit Tischen, die Resopalplatten hatten, und etlichen nebeneinander aufgereihten Verkaufsautomaten. Dave ging daran vorbei, blieb stehen und drehte sich um. Er brauchte etwas aus der Cafeteria. Genauer gesagt, zwei Dinge...

Er steckte einen gestohlenen Dollar in einen Geldwechselautomaten. Vier Vierteldollarmünzen klapperten in die Mulde. Zwei davon drückte er in den Kaffeeautomaten. Ein Papierbecher erschien unten. Der Automat rülpste und spuckte eine dampfende braune Flüssigkeit in den Becher. Dave nahm ihn heraus.

Autsch, der kocht ja fast!

Er trank einen Schluck, viel zu heiß und...

Brrr! Pfui! Schauderhaft! Das ist der miserabelste Kaffee, den du seit deiner Zeit bei der Army getrunken hast. Wenn ich in diesem Laden angestellt wäre, würde ich mich beim Umweltschutzamt beschweren!

Zögernd probierte er es noch einmal. *Nein, an dieses Zeug gewöhnst du dich nicht und willst dich auch nicht daran gewöhnen.*

Er ging hinüber zur Theke, wo Gewürze, Geschirr und Bestecke bereitgehalten wurden. Einen flüchtigen Augenblick lang dachte er daran, seinen Kaffee mit einer verdächtig gefärbten Substanz zu verlängern, die tatsächlich die Bezeichnung »Künstlicher Kaffeesahneersatz« trug, ließ es dann aber lieber doch bleiben. Statt dessen holte er sich aus den Besteckkästen zwei Gabeln aus rostfreiem Stahl und ein Messer. Dann ging er mit beschwingten Schritten wieder hinaus in den Korridor.

Wo ist es gleich wieder? Früher war es doch nur ein paar Schritte hinter der Ecke und...

Die in gebrochenem Weiß lackierte Tür sah ramponiert aus. Sie hatte zwei Schlösser, das Standardschloß wie an allen Türen von Senterex-Büroräumen und außerdem ein massives Riegelschloß. Neben der Tür hing ein graues Schild mit der aufgeprägten Angabe RAUM 4017 – TELEFONZENTRALE.

Dem Riegelschloß war nicht leicht beizukommen. Dave spitzte die Lippen, ließ sich Dinge durch den Kopf gehen, die ihm in grauer Vorzeit beigebracht worden waren, und machte sich mit den beiden Gabeln an die Arbeit.

Kapitel 2

Das Tier in der Tiefe

1

In jedem größeren Unternehmen, in jedem Konzern gibt es mindestens *ein* Mitglied der Führungsspitze, das der Ansicht ist, seine Leute – und seien sie noch so tüchtig – seien nicht tüchtig genug, aber diesem Mißstand könne man abhelfen. Ohne viel Mühe. Von heute auf morgen. Dafür brauche es nicht mehr als ein bißchen Schulung, ein bißchen Anregung, das richtige Trainingsprogramm zur Motivationssteigerung.

Tja – aber welches ist das richtige? Es gibt ja so viele.

Topmanager dieses Typs sind zutiefst davon überzeugt, daß es das »richtige« Programm tatsächlich gibt. Es ist ein Zauberelixier, das, wenn man es erst einmal gefunden hat, auf alchemistische Weise gewöhnliche, brav und fleißig schuftende Angestellte in unvergleichliche Muster an Produktivität verwandelt.

Dieses kleine Wundermittel, diesen Stein der Weisen findet man möglicherweise in einem Buch oder auf einer Videokassette oder in einem Software-Programm, am wahrscheinlichsten aber erscheint es auf einem dreitägigen Seminar, veranstaltet von irgendeiner Organisation mit einem sonderbaren Namen, die ihren Sitz – wie anders? – im nördlichen Kalifornien hat.

Aber egal, wo das Zaubermittel zu finden ist und wie es beschaffen sein mag – es existiert, und sobald es dingfest gemacht ist, wird es auf das Personal die gleiche Wirkung haben wie das Wort SHAZAM auf Billy Batson, wenn es aus einem durchschnittlichen Jugendlichen einen Superhelden macht. Ein Donnerschlag, ein Blitzstrahl vom Himmel – und siehe da: Captain Marvel!

Es war David Elliots Pech, daß bei seinem Arbeitgeber Senterex der oberste Verfechter dieses speziellen Dogmas zugleich auch der oberste Boß war: Bernard E. Levy.

Bernies Begeisterung für die neuesten Moden im Reich der Managementtheorie kannte keine Grenzen. Er machte sie sich alle, jede einzelne, mit religiösem Eifer zu eigen. Schlimmer noch: Nachdem er in der Kirche dieses oder jenes oder wieder eines anderen Hohenpriesters der Unternehmensproduktivität neu geboren worden war, verlangte er von seinem ganzen Managerkader, sich ihm und den anderen Neubekehrten anzuschließen.

Während seiner sechsjährigen Tätigkeit in der 45. Etage hatte Dave die Handreichungen von nahezu einem Dutzend Motivationszauberern, Managementerleuchtern und Verhaltensgurus über sich ergehen lassen müssen. Er hatte in endlosen Wochenendseminaren gesessen, die von den gerade aktuellen Professoren der Betriebswirtschaft abgehalten wurden, hatte sich mit seinen Kollegen am Esalen Institute in Bottichen gesuhlt, die mit heißem Wasser gefüllt waren, zusammen mit ihnen im Aspen Institute in Saunas geschwitzt. In einem Camp zur körperlichen Grundausbildung hatte er Seite an Seite mit seinem keuchenden, im Gesicht hochroten Boß gejoggt. Und ein Jahr später hatte er ihn bei einem »Erlebnisabenteuer zur Stärkung des Teamgeistes« zusammen mit einem anderen Teilnehmer von einem Berg heruntergeschleppt, wo Bernie sich einen Knöchel verstaucht hatte. Ein anderes Mal hatte Bernie die gesamte Unternehmensspitze an der University of Arizona in einen fensterlosen Raum eingesperrt, wo die Männer einen ganzen Tag damit zubringen mußten, stumm »Brainstorming«-Ideen in Personalcomputer zu tippen. Dave hatte sogar ein sogenanntes »Wolverine Management Seminar« mitgemacht, das, so weit er es sagen konnte, hauptsächlich darin bestand, daß man in dem Konferenzsaal herumsaß und wölfisch das glühende Verlangen hinausheulte, die Konkurrenten mit Haut und Haaren zu fressen.

Erst ein paar Wochen vorher hatte Bernie einen sogenannten »Organisationspsychologen« engagiert. Der Mann, der, wie die meisten von Bernies hochgeschätzten Medizinmännern, sein Gewerbe von Kalifornien aus betrieb, kam nach New York und traktierte die Topmanager von Senterex mit Mustererkennungstests und Frage- und Antwortsitzungen.

Dave war nur eine einzige dieser Sitzungen in Erinnerung geblieben, weil er dabei etwas über sich selbst, ja, überhaupt etwas gelernt hatte.

Der Psychologe hatte Dave einer Reihe von Präferenzfragen in freier Assoziation unterzogen.

»Welche Farbe haben Sie am liebsten?«

»Grün.«

»Irgendeinen bestimmten Ton?«

»Smaragdgrün.«

Grün wie eine grüne Flasche.

»Was ist Ihr Lieblingsauto.«

»Was ich fahre? Einen Mercedes.«

»Nein, was Sie gerne fahren würden.«

»Einen Porsche würde ich gerne fahren.«

»Einen smaragdgrünen Porsche?«

»Nein. Ich denke, einen gelben.«

«Gelb ist eine sexuelle Farbe. Wußten Sie das schon?«

»Nein, aber es überrascht mich nicht.«

»Wenn Sie als ein Tier reinkarniert würden, als welches Tier würden Sie gerne wiederkommen?«

»Als ein Seeotter.«

»Warum das?«

»Die lassen sich einfach von der Flut treiben, nicht?«

»Als welches Tier erwarten Sie wiedergeboren zu werden?«

Dave gab keine Antwort.

»Na los, Mr. Elliot. In welchem Tier würde Ihr Schicksal – Ihr Karma sozusagen – Sie reinkarnieren?«

Dave schüttelte den Kopf. »Ich habe keine Ahnung. Ich renne gerne. Vielleicht würde ich als irgendeine Art Reh oder was Ähnliches wiedergeboren werden.«

»Aha, als Gejagter, nicht als Jäger?«

»Wie Sie meinen.« Doch die Antwort, die sich in Daves Kopf bildete, das Karma, das zu haben er befürchtete, hatte mit friedlichen Pflanzenfressern nichts zu tun.

»Haben Sie Phantasien?«

»Natürlich.«

»Machtphantasien?«

»Hat die nicht jeder?«

»Leistungsphantasien?«

»Sicher.«

»Ich meine nicht: Erfolg haben.«

»Das ist mir klar.«

»Von welcher Leistung träumen Sie in Ihren Phantasien? Von welcher Superleistung? Dem Gipfel Ihrer Träume?«

Ohne langes Nachdenken sprudelte es aus Dave heraus: »Mark Twain.« Dann wurde er rot.

Der Psychologe sah ihn perplex an. »Mark Twain? Würden Sie mir das bitte erklären?«

Dave war verlegen. Er hatte noch nie jemandem von seiner Mark-Twain-Phantasie erzählt, nicht einmal Helen, die ohnehin davon nicht angetan gewesen wäre. Ja, er hatte sich den Wunschtraum selbst kaum eingestanden. Stotternd sagte er: »Die Leistung, von der ich träume... sehen Sie... Ich würde gerne ein Buch schreiben... ein Buch über Mark Twain. Ja, ich würde gerne eine Studie über sein Leben und sein Werk verfassen. *Davon* träume ich.«

»Einen Bestseller?«

»Nein, nicht unbedingt. Aber wenn es von der Kritik gut aufgenommen würde, das... na ja, das wäre angenehm, finden Sie nicht auch?«

»Das ist jetzt wirklich sehr interessant, Mr. Elliot. Die meisten Leute aus der Wirtschaft, die in ähnlichen Positionen sind, haben Phantasien, in denen es um den Sport geht – ein Baseball-Team zu kaufen, ein exzellenter Golfspieler zu werden, um die Welt zu segeln, lauter solche Dinge. Aber Sie, Mr.

Elliot, träumen von etwas ganz anderem. Sie träumen davon, einen Platz in der Welt der Literatur zu erringen. Das ist höchst sonderbar.«

Vor langer, langer Zeit hätte David selbst gesagt, daß dies tatsächlich höchst sonderbar war.

2

Es war einmal ein junger Mann, der will Rechtsanwalt werden, aber sein eigentlicher Ehrgeiz strebt nach Höherem. Anwalt zu werden ist nur ein erster Schritt auf seinem Weg. Sein wahres Ziel ist die Politik. Ein Sitz im Senat, die Gouverneursvilla, ein Ministeramt, vielleicht sogar... na ja, wer weiß, wie weit er es bringen wird.

Er wird eine angesehene juristische Fakultät absolvieren müssen, vorzugsweise die von Harvard oder der Columbia University. Und sein Abschluß muß so gut sein, daß er ihn als Assistenten eines Richters am Obersten Bundesgericht oder zumindest am Obersten Berufungsgericht qualifiziert. Anschließend wird er ein paar Jahre für die Regierung des Bundesstaats arbeiten, Kontakte knüpfen, Beziehungen zu den richtigen Leuten anbahnen. Danach ist er dann so weit, daß er für ein Amt kandidieren kann. Zuerst das Parlament des Bundesstaates. Später etwas Höheres. Er ist für die Politik geschaffen.

Er grinst, während er sich die Bonmots ausdenkt, mit denen er bei Fernsehdebatten brillieren wird. Schon sieht er im Geist sein lächelndes Konterfei in den Zeitungen, auf Wahlplakaten, auf den Titelseiten von Nachrichtenmagazinen... wie er im Rampenlicht steht, auf dem Podium, am Rednerpult... stolz und aufrecht und beliebt und geachtet, dynamisch, eine Führungspersönlichkeit... und natürlich ein Anwalt der Menschen. Das auf alle Fälle. Mehr als alles andere. Er wird der Mann sein, den man »das Gewissen des Senats« nennt oder etwas Ähnliches. Wie Jimmy Stewart in diesem alten Film wird er derjenige sein, der...

Das sind natürlich so Träumereien. Mit ihrer Hilfe hält er sich wach, während er für den Hungerlohn von 75 Cents pro Stunde die zweite Nachtschicht in einem Werk für Alu-Strangprofile, ungefähr zwanzig Meilen von der Universität entfernt, hinter sich bringt. Wegen seiner Vorlesungen, der Arbeit zu Hause, der Ausbildung im Reserve Officer Training Corps und der Jobs, mit denen er seine hohen Studiengebühren bezahlt, bleiben ihm an den Wochentagen in der Regel nur vier Stunden Schlaf. Das Defizit holt er dann an den Wochenenden nach.

Er hat sich ein *cum laude* zum Ziel gesetzt. Er schafft es beinahe, aber eben nicht ganz.

Die R.O.T.C.-Ausbildung macht ihm nichts aus. Der Drill ist auf eine geistlose Art entspannend, und der theoretische Unterricht stellt keine großen Ansprüche. Gegen das R.O.T.C. hat er nur einzuwenden, daß es ihn – in diesem Jahr melden sich mehr junge Amerikaner dafür als jemals zuvor – zwingt, mit diesen Sportskanonen, den Kerlen aus den Verbindungen und den Ingenieurstypen Umgang zu haben, denen es tatsächlich Spaß macht, Soldat zu spielen. Doch das ist nur ein kleiner Einwand, leicht aufgewogen durch das Stipendium, das er auf diese Weise bekommt, und durch die Gewißheit, daß eine ehrenvoll abgeleistete Dienstzeit – am besten mit ein paar Auszeichnungen – für einen aufstrebenden jungen Politiker ein wichtiger Pluspunkt sein wird.

Er bekommt seine Auszeichnungen, das schon. Eine davon ist ein »Bronze Star«. Aber mittlerweile sind die Orden belanglos, und ebenfalls belanglos ist inzwischen ein ehrenvoll abgeleisteter Militärdienst. Die Kriegsgerichtsverhandlungen haben noch längst nicht begonnen, als er von seinen politischen Träumen Abschied nimmt. David Elliot sehnt sich nicht mehr nach einem Leben im Rampenlicht der Öffentlichkeit, nach politischer Macht, sondern er möchte sein Dasein möglichst behaglich, möglichst im Wohlstand verbringen und sich – von Behaglichkeit und Wohlstand einmal abgesehen – möglichst unauffällig durch die Welt schlängeln, ohne Spuren zu hinterlassen.

Das vietnamesische Dorf My Lai ist bei der Army noch immer in frischer Erinnerung. 400 oder 500 Zivilisten – man wird sich auf die genaue Zahl nie einigen –, von den grünen Jungs der Kompanie C systematisch abgeschlachtet. Da Krieg herrscht und die Opfer unbewaffnete und wehrlose Zivilisten sind, hält man sich getreulich an all die ehrwürdigen Traditionen: foltern, vergewaltigen, skalpieren. Was eben im Krieg so üblich ist.

Von diesen Vorfällen hat die Presse immerhin so viel Wind bekommen, daß die maßgeblichen Stellen enorm in Verlegenheit geraten. In noch größere Verlegenheit aber werden sie durch Lieutenant David Perry Elliot gebracht.

Als die Verhandlungen vor dem Kriegsgericht näherrücken, beschließen SIE – groß geschrieben! –, langsam, behutsam und mit einem hohen Maß an Geheimhaltung vorzugehen.

Die sich hinziehenden Prozeduren haben für Dave zur Folge, daß er zur Untätigkeit verdammt ist und daher Zeit im Überfluß hat. Er steht unter Arrest, Kontakte mit der Außenwelt sind ihm untersagt. Außer seinen täglichen – manche würden sagen: zwanghaft betriebenen – Fitness-Übungen bleibt ihm nur das Lesen, um die Zeit totzuschlagen.

Er war nie ein großer Leser. In seiner High-School-Zeit hat er die obligatorische Lektüre absolviert – mit Bedacht ausgewählte Werke, die demonstrieren sollten, daß Lesen etwas Langweiliges ist. Als er aufs College ging, hatte er zwischen seiner Nachtarbeit und den Vorlesungen kaum Zeit für etwas anderes als für seine Lehrbücher. Auch bei dem, was danach kam, blieb ihm zum Lesen nicht viel Muße.

Doch während dieser Monate, in denen er auf den Beginn der Prozesse wartet, bleibt ihm außer Lesen nicht viel zu tun. Und so liest er, was er in die Hände bekommt, hauptsächlich die paar abgegriffenen und zerlesenen Bände, die im Aufenthaltsraum für unverheiratete Offiziere vorrätig sind.

Zwei Passagen, auf die er stößt, beeindrucken ihn tief. Die erste stammt von Hiram Ulysses Grant, infolge eines Schreibfehlers in West Point später in Ulysses S. Grant umbenannt. Die zweite ist aus der Feder von Mark Twain.

Die erste, auf dem Sterbebett niedergeschrieben von dem vielleicht größten und sicherlich zögerlichsten General, den Amerika jemals hervorgebracht hat: »Die Erfahrung beweist, daß der Mann, der gegen einen Krieg auftritt, den sein Land zu Recht oder zu Unrecht führt, im Leben wie in der Geschichte keinen beneidenswerten Platz einnimmt. Für ihn persönlich ist es besser, wenn er für Krieg, Pestilenz und Hunger eintritt, als sich gegen einen Krieg zu stellen, der bereits begonnen hat.«

Und die zweite, von dem braven Sam Clemens – Mark Twain: »Patriotismus ist Patriotismus. Diese Gesinnung als Fanatismus zu bezeichnen, kann sie nicht herabsetzen; nichts vermag sie herabzusetzen. Selbst wenn sie ein politischer Fehler ist und tausendmal ein politischer Fehler, schadet ihr das nicht. Sie ist ehrenhaft – immer ehrenhaft, immer edel – und genießt das Vorrecht, den Kopf hoch tragen und den Nationen stolz ins Gesicht blicken zu dürfen.«

Seither liest David Elliot regelmäßig Mark Twain.

3

Hinter der verschlossenen Tür der Telefonzentrale in Sicherheit besprach Dave mit seinem zynischen Schutzengel die Situation.

Zählen wir mal in der Sache des wahrscheinlich bald dahinscheidenden David Elliot die Fakten auf, einverstanden, Junge? Vielleicht kannst du dir irgendeinen Reim auf dieses Chaos machen. Vielleicht findest du sogar einen Hinweis, wie du deine Haut retten könntest.

Vermutlich nicht.

Schon, aber schließlich hast du ja mit deiner Zeit nichts Bes-

seres anzufangen. Also, erste Frage: Wer ist Ransome, und wer sind seine Kumpane?

Stumm antwortete Dave: Genaugenommen weiß ich nur, wer er früher war und woher er kommt. Sondereinheiten. Verdeckte Kriegführung.

Genauso wie ich – in Armeeuniform, aber nicht eindeutig der Army unterstellt. Kein bloßer Muskelprotz. Sie haben nie Typen nur wegen ihrer Muskeln aufgenommen.

Und was sonst noch?

Einer, der überlebt. Kamikaze-Piloten brauchten sich erst gar nicht zu bewerben. Wir spielen nicht die Helden, und wir kämpfen nicht bis zum letzten Blutstropfen. Das hat Mamba Jack uns immer wieder gepredigt.

Köpfchen, Fitness und ein Überlebensinstinkt. Eure Grundvoraussetzung für das Geschäft. Und was folgern wir daraus?

Nicht viel. Als der Krieg zu Ende war, kehrten die meisten von uns, die in dieser Branche tätig waren, nach Hause zurück. Wir haben »abgerüstet« und versucht, im Zivilleben wieder Tritt zu fassen. Diejenigen, die das nicht taten... na ja, manche sind dabeigeblieben, jedenfalls soviel ich gehört habe. Nicht unbedingt bei der Army, aber weiterhin aktiv.

Also steht Ransome vielleicht im Dienst der Regierung?

Ausgeschlossen. Wieso sollte jemand als Organ der Regierung mich umbringen wollen? Ich habe nicht das geringste mit Politik zu tun. Ich unterschreibe keine Petitionen. Ich schließe mich keiner Bürgerinitiative an. Ich geh ja nicht einmal wählen, zum Teufel!

Trotzdem, wie man weiß, hat die Regierung schon...

Blödsinn! Ich glaube nicht, daß ich in den letzten fünfundzwanzig Jahren mit irgend jemand im Dienst der Regierung auch nur gesprochen habe.

Und im sechsundzwanzigsten Jahr?

Ausgeschlossen. Wenn sie mir den Mund stopfen wollten, hätten sie es damals getan. Nicht jetzt. Es wäre hirnrissig, so lange damit zu warten. Außerdem ist das heute alles Vergangenheit. Niemand interessiert sich mehr dafür.

Vielleicht ja, vielleicht nein. Aber wenn Ransome keiner von Los Federales ist, was ist er dann?

Wer kann das sagen? Vielleicht ein Söldner. Manche haben sich nach dem Krieg woanders anheuern lassen. Sie wurden Söldner – vertraute »Berater« von Diktatoren, in Singapur, in Ecuador, im Irak oder weiß Gott wo. Irgendwann stoße ich auf sie in irgendeiner Story über Chile oder Südafrika, und im nächsten Jahr höre ich dann, daß sie in Äthiopien oder in Guatemala gelandet sind. Colonel Kreuter selbst, der gute alte Mamba Jack, zog eine eigene Firma auf. War Dog Inc. nannte er sie. Hunde des Krieges GmbH.

Du glaubst, Kreuter hat Ransome geschickt? Daß Mamba Jack nach all den Jahren jetzt abrechnen will?

Nein. Sollte Kreuter irgendwann mal beschließen, offene Rechnungen zu begleichen, würde er das persönlich tun. Nicht, daß das ein Trost wäre.

Also?

Also tappe ich nach wie vor im dunkeln.

Wie sieht's mit der Mafia aus?

Ausgeschlossen. Wirtschaftsbosse machen keine Geschäfte mit Gangstern, außer im Film. Und schon gar nicht Bernie Levy. Er wäre der letzte, der sich mit der Mafia einlassen würde. Ich kenne keinen Mann aus dem Business, der in moralischen Dingen so skrupulös ist – ganz und gar Herr Saubermann.

Herr Saubermann hat vor kurzem versucht, mit einer Browning deine Lebensspanne zu verkürzen.

Wem sagst du das?

Wie steht's mit Harry? Er hat diesen Gangster, Joey Wieheißt-er-gleich-wieder, verteidigt, diesen Mafiaboß aus New Jersey.

Harry verteidigt vielleicht einen Gangster vor Gericht, aber er würde nie mit einem gemeinsame Sache machen.

Die Feds nicht, die Mafia nicht. Vielleicht ist die Elektrizitätsgesellschaft sauer, weil du vergessen hast, deine Stromrechnung zu bezahlen.

Laß mich doch in Frieden! Ich habe so wenig Anhaltspunkte, daß ich nicht einmal raten kann, was hier eigentlich vor sich geht.

Ein paar Anhaltspunkte hast du schon. Zum Beispiel hat Ransome gesagt, er hätte deine 201er-Akte gelesen.

Meine Personalakte bei der Army. Seine Anspielung, daß ich fast bis zum Schluß ehrenhaft gedient hätte, zeigt, daß er weiß, was drin steht. Aber das darf eigentlich niemand erfahren. Die Unterlagen wurden versiegelt. Sie bekamen den Stempel »Top Secret« und wurden im Geheimarchiv des Generalanklägers der Army eingeschlossen. Niemand kann meine 201er-Akte lesen, es sei denn, er hat dafür eine Genehmigung von höchster Stelle. Oder kennt jemanden, der eine solche hat.

Ein weiteres Rätsel: Nicht Ransome, sondern Bernie kam daher, um dich abzuknallen. Wie erklärst du dir das?

Ransome ist ein Profi. Ich vermute, daß er schon seit langem in dieser Branche arbeitet – was immer das für eine Branche ist. Er versteht sein Handwerk, und es macht ihm nicht das geringste aus, Leute umzubringen. Warum hat er Bernie vorgeschickt? Wenn man es auf mich abgesehen hatte und Ransome zur Hand war, warum ließ er einen Zivilisten wie Bernie den Versuch machen, die Sache zu erledigen? Ich weiß es nicht.

Laß dir mal die Inszenierung durch den Kopf gehen, Junge.

Richtig. Du hast recht. Das hätte ich beinahe übersehen. Sie haben es im Büro versucht. Warum dort? Warum haben sie mich nicht aus einem fahrenden Auto abgeknallt, während ich beim Joggen war, oder abends, während ich zu Fuß nach Hause ging? Darauf gibt es nur *eine* Antwort. Die Antwort lautet, daß es im 45. Stock eines Bürohochhauses an der Park Avenue am frühen Morgen nicht sehr viele Zeugen gibt. Keiner, der Fragen stellt. Es wäre in aller Stille abgegangen, und niemand hätte etwas davon erfahren. Denk dran, daß Ransome gesagt hat: »Es soll wie eine Privatveranstaltung aussehen, und dabei soll es auch bleiben.«

Und deshalb...

In einer strohgedeckten Hütte sitzt Colonel Kreuter vornübergebeugt beim Kerzenschein an einem Klapptisch. Keiner nennt ihn Colonel Kreuter. Sie nennen ihn Mamba Jack. Der Spitzname kommt von der Schwarzen Mamba, einer Schlange, deren Gift aus einem Neurotoxin besteht, das so rasch wie kein anderes zum Tod führt – ein Biß, und zehn Minuten später bist du im Jenseits.

Mamba Jack ist auf seinen Spitznamen stolz.

Auf dem Tisch vor dem Colonel steht eine zu drei Vierteln gefüllte Flasche Black Label. Zwischen seinen Lippen hängt die Kippe einer Lucky Strike ohne Filter. Er macht noch einen letzten, tiefen Zug und wirft dann den Stummel auf den Lehmboden. Er lächelt Dave an. Sein Gebiß ist blendend weiß, und er hat die längsten Eckzähne, die Dave jemals gesehen hat.

»Also, da wär ja unser junger Luuu-tenant Elliot, putzmunter und quietschvergnügt.« Mamba Jack spricht ein lang gedehntes Osttexanisch, den Akzent eines waschechten Redneck. Wenn Dave nicht vom Schreibstubenhengst der Kompanie erfahren hätte, daß Kreuter von der Militärakademie West Point als Drittbester seines Jahrgangs abgegangen ist, würde er ihn für einen Provinztrottel halten.

»Wird langsam Zeit, find ich, daß Sie Ihre Jungfräulichkeit verliern, Luuu-tenant.«

»Sir?«

Kreuter grinst ihn dreckig an. So wirkt er wie Walt Disneys Großer Böser Wolf, und das weiß er auch. »Ich hab nen kleinen Job für Sie. Wie's aussieht, hat sich Charlie gleich nördlich der Entmilitarisierten Zone so nen russischen Major organisiert. Un' der Russe dort wird langsam 'n bißchen lästig. Wie's scheint, beschafft er für sie Waffen und Nachschub, un' außerdem berät er sie auch noch. Die Schießeisen sind mir eigentlich egal, un' der Nachschub stört mich auch nicht weiter, aber daß er die Typen berät – das, Junge, geht mir schwer auf den Wekker. Der Kerl ist sozusagen ein Stachel in mein Fleisch geworden. Un' darum möcht ich, Luuu-tenant, daß Sie mit ein paar Mann die Zone durchqueren un' besagtem Russki Mamba Jacks aufrichtigstes Mißfallen über die Situation mitteilen.«

»Sie möchten, daß ich ihn mitbringe, Sir?«

»Aber nein. Wozu denn, um Himmels willen? Was soll ich denn mit einem stinkenden alten Russki anfangen? Kann nicht mit ihm sprechen. Null Ahnung von der Sprache. Außerdem braucht hier niemand keine lebendigen Russen, die angstschlotternd in den Ecken liegen. Hab so schon genug Ärger mit der Polatick.«

»Ausschalten, Sir?«

»Yessir, Luuu-tenant Elliot, das ist die gebräuchliche Ausdrucksweise. Aber keinen Saustall anrichten. Keine Leichen un' keine Spuren. Was wir erreichen wollen, Luuu-tenant Elliot, das ist, daß der Boß von diesem ollen KGB-Major ein bißchen kribbelig wird. Er soll sich Sorgen machen, daß sein Junge abgehauen is, daß er hier unten bei uns is und redet un' quasselt un' alles verpfeift, was er weiß. Er soll Alpträume kriegen, daß dieser Major da im Fernsehn auftritt un' mit Mike Wallace un' dem guten ollen Walter Cronkite quasselt. Kapiert, Luuu-tenant? Verstanden, was wir von Ihn' wollen?«

»Ja, Sir.«

»Un' das wäre, Luuu-tenant?«

Du weiß natürlich noch, was du geantwortet hast? fragte Daves sarkastischer Schutzengel.

Auf dem Linoleumboden des Telefonraums hockend dachte Dave an seine Antwort zurück und lächelte dabei doppelsinnig. »Ja, Sir«, hatte er gesagt, »Sie möchten, daß der Major von der Bildfläche geschafft wird.«

Richtig. Und jetzt möchte jemand anders, daß du von der Bildfläche geschafft wirst.

4

Anfang der siebziger Jahre, als Dave ins Berufsleben eintrat, waren die Telefonvermittlungszentralen noch große, lärmerfüllte Räume. Sämtliche Geräte waren elektromechanisch – ein endloses Nebeneinander von klappernden Relais und klikkenden Schaltern. Damals verlangte es viel Aufwand, die Nebenstellenanlagen in Schuß zu halten, und in der Regel erschien ein- oder zweimal pro Woche ein Trupp von Monteuren der Telefongesellschaft, die an den Geräten herumfummelten. Dave, der anfangs in der Verwaltung der – wie es damals hieß – First National City Corporation arbeitete, erinnerte sich noch an sie. Es waren durch die Bank stämmige Mannsbilder, ein bißchen übergewichtig, zwischen deren Zähnen Zigarrenstummel steckten. Sie trugen alle dicke, graue Arbeitshosen und hatten irische oder italienische Namen.

Das Wichtigste: Sie hatten Spinde in den Telefonräumen. Mit Ersatzkleidung, Overalls, Jacken, manchmal Arbeitsschuhen. Dave hatte etwas Ähnliches in dem Raum zu finden gehofft, in dem sich die Schaltanlage von Senterex befand. Doch er hatte kein Glück. Die Tage der elektromechanischen Telefonzentralen waren dahin. Moderne Anlagen sind klein, kompakt und computerisiert. Das einzige Geräusch, das es hier gibt, ist das Surren der Kühlventilatoren.

Ja, es gab einen Spind in dem Raum. Doch außer winzigen elektronischen Teilen und farbigen Drahtspulen auf den Regalbrettern enthielt er nur zwei alte Nummern des Magazins *Hustler*, einen Werkzeuggürtel und ein Paar Handschuhe. Der Gürtel und die Handschuhe kamen ihm sehr gelegen für das, was er vorhatte.

Der einzige andere nützliche Gegenstand in dem Raum war ein an der Wand befestigter gelber Telefonapparat. Nach einer Stunde gründlichen Überlegens hatte Dave beschlossen, von ihm Gebrauch zu machen. Er wollte seinen Bruder anrufen. Nicht Helen. Helen konnte mit Krisen nicht gut umgehen und war immer rasch dabei, an allem, was schiefging, ihm die Schuld zu geben. Dave war schon vor langer Zeit zu dem Schluß gekommen, daß er, wenn seine zweite Ehe funktionieren sollte (und daran lag ihm sehr viel), ganz allein mit allem fertig werden mußte, wenn es schwierig wurde.

Schwierig. In diese Kategorie paßt die jetzige Situation nicht schlecht, was?

Ja, es war besser, wenn er seinen Bruder anrief, als sich mit Helen herumzuschlagen. Frank würde zwar die Spucke wegbleiben, aber zumindest war darauf Verlaß, daß er etwas unternahm. Helen dagegen – *»Zicke« ist der Ausdruck, nach dem du suchst* – würde ihm nur die Ohren volljammern. Das und vorwurfsvolle Fragen stellen, für deren Beantwortung er keine Zeit hatte und auf die er ohnehin keine Antworten wußte.

Dave betrachtete das Telefon, sah auf seiner Uhr nach, wie spät es war, und war schon drauf und dran anzurufen, als aus dem Funkgerät knisternd Ransomes Appalachenakzent kam. »Hier spricht Rotkehlchen.«

»Bei Ihnen alles okay, Rotkehlchen?« Dave erkannte die Stimme – sie gehörte dem Mann, der sich Rebhuhn nannte. Sein Ton war forsch, militärisch knapp. Vielleicht war er wie Ransome ein ehemaliger Offizier.

»Nicht viel passiert. Das meiste hat mein Stolz abbekommen, Rebhuhn.« Dave nickte beifällig. Die Antwort war genau richtig. Ein bißchen Verärgerung zur Schau stellen (aber *nie* eine Entschuldigung), das ist das Schlaueste, was ein Kommandeur tun kann, nachdem er eine Aktion verpatzt hat.

»So«, fuhr Ransome fort. »Und jetzt möchte ich einen umfassenden Lagebericht, aber bevor Sie mir den geben, rufen Sie die Basis an. Ich möchte, daß das kleine, schwarze Telefonverzeichnis des Objekts sichergestellt wird. Seine Frau, seine Ex-Frau, sein Sohn, sein Bruder, sein Arzt, sein Zahnarzt, sein Makler und der Typ, der ihm die Schuhe wienert. Seine Nachbarn und seine Freunde. Sämtliche seiner Bekannten. Hört sie alle ab und zwar sofort. Wenn das Objekt einen Anruf macht, sofort die Verbindung unterbrechen. Ich möchte nicht, ich wiederhole, *ich möchte nicht*, daß das Objekt auch nur ein einziges Wort mit irgend jemandem spricht. Verstanden, Rebhuhn??«

»Positiv. Ich kümmere mich darum.«

»Sir?« eine andere Stimme. Nicht Rebhuhn und nicht so professionell.

»Ja, Eichelhäher«, antwortete Ransome.

»Sir... ähm... so, wie die Dinge stehen, das Objekt auf der Flucht und so weiter, finden Sie nicht, man könnte uns ein bißchen Näheres erzählen über die... ähm...«

»Negativ. Ihr wißt alles, was ihr wissen müßt.«

»Ich meine nur, Sir... zum Beispiel, warum wir hinter diesem Kerl her sind. Würde es nicht mehr bringen, wenn wir Bescheid wüßten, warum...«

»Kein Wort mehr darüber, Eichelhäher. Stellen Sie keine Fragen. Glauben Sie mir, für Sie ist es besser, wenn Sie nichts wissen.«

»Sir...«

»Rotkehlchen Ende.« Das Funkgerät verstummte.

Dave nagte an der Unterlippe, zog die schon zum Telefon ausgestreckte Hand zurück und revidierte seine Pläne. Allerdings telefonierte er später trotzdem. Er rief die Nummer 411 an – die Auskunft.

Auf seiner Uhr war es 9.37 Uhr. Beinahe Zeit, sich auf den Weg zu machen. Er trank den Rest seines inzwischen lauwarm gewordenen Kaffees und verzog das Gesicht. Es gehört wenig Können und noch weniger Geld dazu, eine halbwegs anständige Tasse Kaffee zu machen. Er fragte sich, warum die Hersteller von Kaffeeautomaten das nicht hinbekamen.

Dann stand er auf und schnallte sich den Werkzeuggürtel um die Hüften. Der Gürtel war breit, aus gelbbraunem Leder und behängt mit Schraubenziehern, einer Isolierzange, einem Lötkolben, einem blauen Telefonprüfgerät, an dem Leitungsdrähte baumelten, und ein paar sonderbaren Utensilien, deren Verwendungszweck ihm schleierhaft war. Der Gürtel war ein nützlicher Fund, denn er trug dazu bei, sein Äußeres zu verändern. Er stopfte zwei dicke Arbeitshandschuhe vorne in den Gürtel, damit die auffallende Schnalle des Gucci-Gürtels verdeckt wurde, der seine gelbbraune Hose hielt.

Auf einen Telefonhandwerker achtet niemand. Er gehört zum Inventar.

Dave hatte den Scheitel seines Haars verlegt, die Krawatte abgenommen, die Kragenstäbchen herausgezogen, den Verband um seine linke Hand entfernt und die Hemdsärmel hochgekrempelt. Unter den wohlmanikürten Fingernägeln hatte er dicke Schmutzränder. Außerdem wollte er im Gehen die Lippen leicht geöffnet halten und durch den Mund atmen. Ein Arbeiter wie jeder andere, der seinem Job nachgeht.

Das größte Problem waren seine Schuhe. Man sah ihnen an, wie teuer sie waren; ein Handwerker konnte sich solches Schuhwerk nicht leisten. Er hoffte inständig, daß sie niemandem auffallen würden, und verwünschte sich, weil er nicht darauf gekommen war, die Turnschuhe aus dem Schrank in seinem Büro zu holen.

Ein weiteres Problem: Er mußte auf die Toilette. Einen Augenblick lang überlegte er, ob er sein Schlupfloch verlassen und durch den Flur zur Herrentoilette spurten sollte, sagte sich dann aber, daß es das Risiko nicht wert sei. Der Druck auf seine Blase war jedoch so unangenehm, daß er nicht die Viertelstunde abwarten konnte, nach der er die Telefonzentrale, den 40. Stock und das Senterex-Gebäude überhaupt verlassen wollte. So, wie er seine bevorstehende »Absetzbewegung« geplant hatte, blieb wenig Spielraum für einen Ausflug aufs Klo. Und wenn er dann draußen auf der Straße war – auf der Insel Manhattan gibt es nicht sehr viele öffentliche Toiletten, und kluge Leute benutzen sie ohnehin nicht.

Zögernd pinkelte er in den Kaffeebecher und füllte ihn bis zum Rand.

Eine neue Stimme kam aus Carluccis Funkgerät. »Rotkehlchen, hören Sie mich?«

Ransome antwortete: »Hier Rotkehlchen.«

»Hier spricht Amsel. Rotkehlchen, es ist etwas danebengegangen.«

»Ich habe den Eindruck, das ist nicht das erste Mal.« Ransome sprach in einem gleichbleibenden Ton.

»Positiv. Aber das ist jetzt ganz was Neues. Basis hat gerade Drossel aus seinem Leichensack herausgeholt und mit der üblichen Behandlung angefangen.«

»Und?«

»Die Leute berichten, daß seine Waffe fehlt.«

»Was mich nicht überrascht.«

»Und das Funkgerät ebenfalls.«

Es folgte ein langer Augenblick des Schweigens. Dann murmelte Ransome ausdruckslos: »Ich bin außerordentlich enttäuscht, das zu hören.«

»Das Objekt hat also jedes Wort mitgehört, das wir gesprochen haben.«

»Das ist mir inzwischen klargeworden, Amsel. Alle Positionen herhören. Ich habe Ihnen etwas mitzuteilen. Ich möchte auch, daß unser Mr. Elliot zuhört. Mr. Elliot, bitte bestätigen Sie.«

Daves Daumen zuckte in Richtung auf die Sendetaste. Aber er drückte sie nicht.

Ransome holte tief Luft und ließ sie dann ausströmen. »Mr. Elliot?« sagte er. »Mr. Elliot? Na schön, wie Sie wollen. Bisher haben Sie ja Ihren Willen bekommen. Alle übrigen: aufpassen. Ich werde jetzt kurz das Programm für den Rest dieser kleinen Veranstaltung skizzieren.«

Ransomes Ton war glatt. Er sprach langsam und klar, ohne die geringste Spur einer Gefühlsregung. »Ich brauche Zwei-Mann-Teams im Erdgeschoß. Ich brauche zusätzliche Beobachter in den Aufzügen und auf den Treppen und zwei Reserveteams auf Abruf draußen vor dem Gebäude. Rebhuhn, sagen Sie der Basis, man soll diese Leute raschestmöglich herbeordern. Mr. Elliot, ich denke mir, Ihre gegenwärtige Planung sieht vor, sich während der Mittagspause oder am Ende des Arbeitstages abzusetzen. Sie hoffen, nehme ich an, daß man Sie unter den vielen Leuten nicht bemerken wird. Aber Sie werden bemerkt werden. Darauf können Sie Gift nehmen. Sie werden aus diesem Gebäude *nicht* hinauskommen. Wir führen, wie Sie sicher gefolgert haben, diese Operation unter strenger Geheimhaltung durch, und wir wollen Unbeteiligte wirklich nicht beunruhigen. Für alle die braven, anständigen Leute, die hier arbeiten, wird alles seinen gewohnten Gang gehen. Heute abend, nachdem alle das Gebäude verlassen haben, werden wir Etage um Etage absuchen. Rebhuhn, informieren Sie die Basis, daß ich Hunde brauchen werde. Hunde, Mr. Elliot. Ich bin sicher, daß ihnen die Jogging-Sachen, die Sie in Ihrem Büro haben, eine gute, zuverlässige Spur liefern werden. Wenn ich nicht ganz schiefliege, dürfte bis Mitternacht alles vorbei sein.«

Ransome legte eine Pause ein und wartete auf eine Reaktion. Dave lieferte ihm keine. Er stand nur regungslos da, den Kopf leicht nach links geneigt, und lauschte einem unangenehm vertrauten Vokabular und Sprechrhythmus.

»Kein Kommentar, Mr. Elliot? Nun, dann eben nicht. Lassen Sie mich in aller Offenheit sagen, daß ich Ihr Verhalten von heute morgen ungehörig finde. Allerdings sollte mich das angesichts Ihrer militärischen Vergangenheit wohl nicht überraschen. Ich nehme an, Sie wissen, welchen Teil Ihrer Vergangenheit ich meine, ja?«

Dave stöhnte leise auf.

»Nun ja, Sie haben mich überrascht. Vielleicht haben Sie sich selber auch überrascht. Und weil ich gerade bei Überraschungen bin, möchte ich Ihnen die beruhigende Mitteilung machen, daß die Falle, die Sie in Ihrem Büro aufgestellt haben, planmäßig funktioniert hat. Wir haben zehn Minuten gebraucht, bis wir dahinterkamen.«

Dave hatte eine Vorrichtung gebastelt, die Bernies 25er Automatic in den Fußboden feuern ließ, sobald jemand die Bürotür öffnete. Er hatte gehofft, Ransomes Männer würden glauben, daß er sich dort zum letzten Gefecht verschanzt habe. Offenbar waren sie auf den Trick hereingefallen.

»Noch was anderes, Mr. Elliot. Ich habe meine Waffe untersucht. Was Sie damit gemacht haben, war ein hübscher Einfall – mein Kompliment! Wenn ich die Büroklammer nicht entdeckt hätte, die Sie in die Mündung geklemmt haben, hätte ich beim nächsten Schuß eine schöne Überraschung erlebt, nicht?«

Wenn das alles ist, was du entdeckt hast, dann steht dir vielleicht noch eine zweite Überraschung bevor, du Arsch.

»Mir kommt gerade der Gedanke, daß Ihre gute Ausbildung – die beste, die Uncle Sam zu bieten hat – nicht allein den Schlamassel erklären kann, den Sie hier veranstalten. Ich habe den Eindruck, Mr. Elliot, Sie haben das im Blut. Ich glaube, was Sie tun, kommt rein aus dem Instinkt. Und das macht Sie zu einem besonders gefährlichen Mann.«

Wieder machte Ransome eine Pause.

»Aber so einer bin ich schließlich auch.«

Dave spürte, wie sich seine Lippen verkniffen. Ransome fing an, Druck zu machen. Er führte irgend etwas im Schilde... zweifellos irgend etwas, was er in einem Standardwerk über psychologische Kriegführung gelesen hatte.

»Ich habe bisher zwei meiner Leute verloren, einen durch Ihre Schießkünste, den anderen durch einen unglücklichen Zufall vor Ihrem Büro. Ich möchte nicht noch einen verlieren. Deshalb werde ich Ihnen jetzt einen Vorschlag machen. Angesichts Ihrer gegenwärtigen Situation wären Sie gut beraten, darauf einzugehen. Ich hoffe also, daß Sie so vernünftig sein werden mitzuspielen.«

Vernünftig? Gott im Himmel! Der Kerl will dich umbringen, und er möchte, daß du mitspielst!

»Das Angebot sieht folgendermaßen aus: Ich werde mich

mit meinen Vorgesetzten in Verbindung setzen und mich um ihre Zustimmung bemühen, daß ich Ihnen gewisse Fakten mitteilen kann. Ich hoffe, sie überzeugen zu können, daß sich eine Übereinkunft erzielen läßt, wenn Ihnen diese Fakten zur Kenntnis gebracht werden. Vielleicht läßt sich auch erreichen, daß meine derzeitigen Weisungen revidiert werden. Dabei geht es, wie Ihnen sicher schon klar geworden ist, um Strafmaßnahmen. Zu diesem Zweck – daß Sie und ich über die Bedingungen sprechen, unter denen die Bestrafung aufgehoben werden kann – müssen wir miteinander sprechen. Deshalb tun Sie bitte, was ich Ihnen sage, Mr. Elliot. Es ist wirklich sehr, sehr wichtig. Wir werden jetzt gleich die Frequenz unserer Funkgeräte wechseln. Sobald das geschehen ist, werden Sie außerstande sein, unsere Sendungen zu empfangen. Ja, Sie werden überhaupt nichts mehr hören. Behalten Sie jedoch Ihr Funkgerät ständig, ich wiederhole, *ständig* bei sich und lassen Sie es eingeschaltet. Sollten meine Vorgesetzten entscheiden, daß wir beide über einen Abschluß dieser ganzen Geschichte verhandeln dürfen, werde ich die Frequenz wieder so einstellen, daß Sie mich hören können. Ich wiederhole: Lassen Sie Ihr Funkgerät eingeschaltet. Ich werde mich wieder bei Ihnen melden, schon ziemlich bald, hoffe ich.«

Nach einer letzten Pause fügte Ransome hinzu: »Ich würde es wirklich begrüßen, wenn Sie sich dazu äußern wollten, Mr. Elliot.«

Na, mach schon, Junge, sag was. Laß es einfach raus.

Dave drückte die Sendetaste und sprach. »Ransome?«

»Ja, Mr. Elliot?«

»Rein mit dem kalten Mops in den heißen Pops.«

Ransome sog mit einem scharfen Geräusch die Luft ein. »Mr. Elliot, mir drängt sich allmählich der Eindruck auf, daß Ihnen die Reife fehlt, die man bei einem Mann Ihres Alters und Ihrer Lebenserfahrung erwarten sollte. Trotzdem und trotz Ihrer ungehörigen Bemerkung werde ich Ihnen jetzt etwas sehr Wichtiges mitteilen. Ich sollte es zwar für mich behalten, sage es aber trotzdem. Im Augenblick sehen Sie Ihre optimale Chance darin, aus dem Gebäude hinauszukommen. Aber lassen Sie sich gesagt sein, Mr. Elliot, daß das *nicht* Ihre optimale Chance, sondern die *allerschlechteste* Lösung für Sie wäre. Sollten Sie es schaffen, dieses Gebäude zu verlassen, wird etwas passieren, was schlimmer ist als der schlimmste Alptraum, den Sie jemals geträumt haben.«

5

Das Funkgerät verstummte, wie Ransome es angekündigt hatte. Mit einem Achselzucken schob Dave es in seine Hemdtasche und griff nach dem Telefon. Schon beim ersten Läuten wurde am anderen Ende abgehoben. »Hier ist WNBC-TV, Kanal Vier, Lokalnachrichten. Kann ich etwas für Sie tun?«

Dave hatte ursprünglich vorgehabt, am Telefon mit einem Akzent zu sprechen – irisch oder arabisch oder spanisch wie irgendein Lateinamerikaner. Aber wenn die Sache klappen sollte, mußte er den Ausländer überzeugend mimen, und er war sich nicht sicher, ob er das hinbekommen würde. Es war einfacher, wenn er wie ein ganz gewöhnlicher, konventioneller Wirrkopf daherredete. An die war man in New York gewöhnt.

So rasch seine Zunge plappern konnte, ließ er die Worte heraussprudeln: »Könnt ihr mir helfen? Nein. Aber ich kann euch helfen. Ich kann allen Leuten helfen. Und das werd ich auch tun. Mir reicht's jetzt. Ich habe *genug*! Jetzt geschieht was! Erinnert ihr euch an diesen Film ›I am mad as hell, and I'm not going to take it anymore‹? Und ich laß mir das auch nicht mehr bieten. Und deswegen werden die jetzt sterben!«

»Sir?«

»Ströme von Blut. Das siebte Siegel wird gebrochen. Und siehe, ein fahles Pferd, und der darauf saß, des Name hieß Tod. Ich bin der Tod, und ich bin heute gekommen, die Ungerechten zu richten. So wird das große Babylon in den Staub geworfen, und keiner wird es mehr finden. Heute morgen bringe ich das Feuer des Herrn, und es wird das Böse hinieden vertilgen!«

»Sir, ich komme nicht ganz mit.«

»Denn draußen sind die Hunde und die Zauberer und die Hurer und die Totschläger und die Abgöttischen und alle, die lieb haben und tun die Lügen. So ist meine Rede und ich verkünde, daß sie noch heute in die Grube gestoßen werden!«

»Ja. Gewiß, Sir. Aber kann ich...«

»Ecke 50th Street/Park Avenue. Schickt ein Kamerateam hin. Sagt ihnen nur, sie sollten die Mitte des Gebäudes anpeilen. Sie werden es sehen. Heute morgen. Bald. Satan und seine Legionen gehen pleite. Sie gehen pleite mit einem großen Knall. Verstehen Sie, was ich meine? Mit einem großen Knall!«

»Sir? Sir? Sind Sie noch da?«

»Ich schon. Aber die nicht mehr lange! Sie werden in der Hölle schmoren!«

»Bitte, kann ich Sie etwas fragen? Nur eine einzige...«

»Können Sie nicht!« Dave hängte den Hörer ein. Er gestattete sich ein befriedigtes Feixen.

6

Schon Minuten später hörte er, daß mit der Räumung des Gebäudes begonnen wurde. Einen Augenblick später rüttelte jemand an der Tür der Telefonzentrale und rief: »Ist da jemand drinnen? Hallo? Wir haben eine Bombendrohung bekommen. Alle müssen das Gebäude verlassen.«

Gelungen. Daves sarkastischer Schutzengel jubelte. *Die Fernsehtypen haben die Polente alarmiert. Die Polente hat ihr Räumkommando losgeschickt. Ransome hat sie nicht daran hindern können, eine Räumung anzuordnen, selbst wenn er es versucht hätte. Und einen Versuch hätte er nicht gewagt – einer von Ransomes Sorte geht davon aus, daß die Drohung durchaus ernst gemeint sein könnte. Irgendein durchgeknallter Spinner hätte ja tatsächlich in diesem Gebäude eine Bombe deponieren können. Die Chancen stehen vielleicht hundert zu eins dagegen, aber passieren könnte es. Und du weißt, wenn du wirklich versuchen solltest, eine Räumung zu verhindern und dann wirklich eine Bombe hochginge, dann, John Ransome, wie du dich nennst, wäre es sogar mit deinem Seelenfrieden vorbei.*

Wieder wurde am Türknauf gerüttelt. »Jemand da drinnen?« Dave gab keine Antwort. Dann hörte er, daß der Betreffende wegging.

Er zwang sich zu warten. Nicht lange, und draußen wurde es ruhiger. Nur noch ein paar eilige Füße kamen vorbei. Dann trat Stille ein. Er öffnete den Schnappriegel und drückte die Tür auf. Er trat hinaus, blickte nach rechts und links. Niemand zu sehen. Er spähte den Korridor entlang und betrachtete die Wand des querlaufenden Flurs. Er horchte, ob das Geräusch klappernder Absätze auf dem Linoleum zu hören war, und hielt Ausschau nach einem Schatten auf dem beige gestrichenen Gips.

Es ist eigentlich kein Beige, nicht? Mehr ein Braungrau oder wie Milchkaffee, was?

Wer schert sich denn um die Farbe?

Möchte ja nur einen Beitrag leisten.

Überzeugt, daß inzwischen alle fort waren, spurtete Dave durch den Korridor, bog nach rechts ab und rannte an der Cafeteria vorbei. Leer. Alle Leute fort. Nächster Halt...

Das Großraumbüro der Buchhaltung. 5 000 Quadratfuß teuerster Büroraum, in kleine Zellen aufgeteilt durch graue...

Mehr taubengrau, würde ich sagen.

... Trennwände mit Stoffbespannung. Jede der Zellen enthielt einen kleinen Schreibtisch, einen Stuhl und ein Aktenschränkchen mit zwei Schubfächern.

Dave war groß genug, daß er über die Trennwände blicken konnte. Er eilte an ihnen vorbei und warf im Vorüberhasten in jede Zelle einen raschen Blick. In dieser Umgebung, die mit Bedacht so gestaltet war, daß sie keine Individualität zuließ, hatte jeder, der hier arbeitete, seiner Zelle eine kleine persönliche Note verpaßt. Hier saß eine Garfield-Puppe auf einem Aktenschränkchen; dort stand eine Vase mit frischen Azaleen, woanders waren Fotos oder bunte Malereien von Kindern an den grauen oder vielmehr taubengrauen Trennwänden befestigt. Ein oder zwei Kunst-Poster; ein Foto von einem Schloß in Bayern und die Aufnahme eines Paars, das an einem hellen, goldenen Strand steht; ein Amateur-Ölbild; ein Flugzeugmodell; ein Stück Pseudostickerei mit den Worten DIE ZÜCHTIGUNG VON MITARBEITERN GEHT WEITER, BIS SICH DIE ARBEITSMORAL BESSERT.

Nirgends aber fand er, was er brauchte. Und die Zeit drängte.

Da! Mist! Nein. Nicht die. Die gehören einer Frau.

Dave knirschte frustriert mit den Zähnen. Es war etwas so Einfaches. So einfach und doch so wichtig. Es müßte doch leicht zu finden sein. Irgend jemand läßt immer...

Aha!

Eine Lesebrille. Mit Stahlgestell, eine Männerbrille und ungefähr die richtige Größe. Irgend jemand, der weitsichtig war, hatte sie abgenommen, bevor er die Etage verließ. Bei den meisten Bombendrohungen handelt es sich um blinden Alarm. Der Besitzer der Brille hatte sie wohl nicht gebraucht und sie deshalb nicht mitnehmen wollen, als er hinunterging. Er hatte angenommen, daß er in ein paar Minuten zurück sein würde.

Dave setzte die Brille auf. Die Welt, die er vor sich sah, verkleinerte sich und verschwamm. Er nahm sie wieder ab und drückte die Gläser heraus. Aus einiger Entfernung – so hoffte er – würde niemand bemerken, daß das Gestell leer war.

Es muß funktionieren. In einer Menschenmenge bist du einfach einer von vielen hochgewachsenen Trotteln mit Brille. Keine Krawatte, keine Jacke, Werkzeuggürtel, Brille und eine Hose, die als khakifarbene Arbeitshose durchgehen könnte –

yeah, du wirst es schaffen. Außer Ransome ist dir keiner von ihnen Auge in Auge gegenübergestanden. Du machst dich jetzt auf die Socken, Junge.

Und das tat er dann auch – durch den Korridor, einen anderen Flur lang, durch eine Brandschutztür, in einen Treppenschacht und dann...

Sch...

Auf der Treppe waren Leute, und nicht nur ein paar Nachzügler. Noch immer kamen welche aus den oberen zehn Etagen herunter. Zu Hunderten, dicht an dicht.

Zuerst das Positive: Einige von diesen Leuten kommen vielleicht aus dem 45. Stock. Es könnten Freunde von dir sein. Und jetzt das Negative: Du hast Bernie und Harry für Freunde gehalten...

Dave warf verstohlene Blicke auf Gesichter. Kein bekanntes darunter. Er fädelte sich in das Gedränge ein. Wachsam spitzte er die Ohren; vielleicht entdeckte er die Stimme von jemandem, den er kannte oder der ihm möglicherweise erkennen würde.

»... schätzungsweise wieder die Araber.«

»Nein, ich war im Büro, als der Anruf kam. Sie nehmen an, daß es einer von den verblödeten Iren ist.«

»Ich bin irischer Abstammung.«

»Oh. Na schön, dann eben...«

Nein. Diese Stimmen hatte er noch nie gehört.

Dicht vor ihm zwei Frauen. »...und dann sagt er, er denkt, daß er mich aus dem Textverarbeitungsteam rausholen und sich direkt unterstellen kann. Aber ich weiß nicht, er kommt mir so unheimlich vor.«

»Schätzchen, er ist Anwalt. Die sind schon unheimlich, wenn sie auf die Welt kommen.«

Er kannte keine der beiden.

Zwei weitere Stimmen, weiter weg. Dave strengte sich an, um zu verstehen, was sie sagten. »...mit einem schriftlichen Angebot in zwei Wochen. Nicht, daß sie unser Angebot annehmen oder unser Honorar akzeptieren werden. Das tut *diese* Firma nie.«

»Warum das? Die wissen doch, daß irgend jemand die Sache machen muß, oder nicht?«

Die beiden Männer, der eine jünger, der andere älter, waren tadellos gekleidet und leisteten sich, wie zu sehen war, einen teuren Friseur. Dave schätzte, daß sie von dem Beratungsunternehmen McKinley-Allan waren, das seinen Hauptsitz auf den Etagen 34 bis 39 hatte. Die Firma, die Tageshonorare von 3 000 Dollar und mehr berechnete, war, wenn nicht das angesehenste, so doch sicher das teuerste Unternehmen in dieser Branche.

Der ältere der beiden Männer, vermutlich einer der Chefs, antwortete mit einer Stimme, die an Orson Welles erinnerte: »Das liegt daran, daß – und das werden unsere einsichtigeren Kollegen zugeben – die Tätigkeit eines Unternehmensberaters sich letzten Endes nicht von der einer gewöhnlichen Prostituierten unterscheidet – der Konkurrent, den wir am meisten fürchten müssen, ist der begeisterte Amateur.«

Der Jüngere lachte ein bißchen zu derb und zu laut. Der Ältere warf ihm einen tadelnden Blick zu. Dave erkannte sein Filmstarprofil. Es war Elliot Milestone, einer von McKinley-Allans bekanntesten leitenden Angestellten.

Du bis ihm nur ein einziges Mal begegnet. Vermutlich erinnert er sich nicht mehr an dich. Sei aber trotzdem vorsichtig.

Wieder eine andere Stimme, diesmal hinter ihm. Sie bediente sich einer Sprache, wie man sie nur in Konferenzsälen und Chefetagen zu hören bekam – ein verbindliches Topmanageridiom mit vielen mehrsilbigen Wörtern. »...sagen Sie doch Bernie, wir sollten uns ernsthaftestens überlegen, ob wir nicht den Sitz des Konzerns aus New York weg und anderswohin verlegen wollen.« Dave fuhr zusammen. Der Mann, der das gesagt hatte, war Mark Whiting, Finanzchef von Senterex. »Die Steuerlast ist entsetzlich, das Pendeln eine Zumutung, und wer hat es denn, verdammt nochmal, nötig, jedesmal vierundvierzig Etagen treppab zu rennen, wenn es irgendeinem Wirrkopf einfällt, eine Bombendrohung durchzugeben?«

»Ich bin ganz und gar Ihrer Meinung.« Es wurde immer schlimmer. Diese Stimme gehörte Sylvester Lucas, dem Vizepräsidenten von Senterex. »Wir haben Angebote aus Arizona, New Mexico und Colorado vorliegen. Auch aus New Hampshire und Ohio...«

»Ohio können Sie vergessen.«

»Aber natürlich. Trotzdem, sie bieten alle erhebliche Vorteile in bezug auf Steuern, Lohnkosten und andere Ausgaben. Das könnte unseren Reingewinn um mehr als einen ganzen Punkt steigen lassen. Das würde unseren Börsenkurs ein beträchtliches Stück hochtreiben.«

»Davon hätten wir alle etwas.«

»Ganz richtig. Vor allem natürlich diejenigen von uns, die mit einem anständigen Posten Aktienoptionsscheinen am Profit beteiligt sind, würden gewisse Kursgewinne einstreichen.«

»Ja, verdammt! Warum heizen Sie Bernie nicht ein? Bringen Sie es doch bei der nächsten Vorstandssitzung aufs Tapet.«

»Und ob ich das tun werde. Ich würde ja jetzt, in diesem Augenblick, Bernie einheizen, wie Sie es ausdrücken, wenn nicht diese unselige Geschichte mit Elliot wäre.«

»Ähm. Ja. Jemand hat mir – unter dem Siegel der Verschwiegenheit – erzählt, daß da irgendwas aus der Vergangenheit hochgekommen ist. Vietnam. Soviel ich weiß, kommt das bei Leuten, die das Pech hatten, dort dienen zu müssen, durchaus vor.

»Ja? Das würde es erklären.«

»Und einige andere Dinge ebenfalls. Dieser Ransome hat mir allerhand über unseren ehrenwerten Kollegen gesteckt. Keine erfreuliche Geschichte. Anscheinend hat es noch andere Vorkommnisse gegeben. Ich habe vor, die ganze Angelegenheit dem Vorstand vorzutragen.«

»So! Bernie hat ja für später eine Sitzung anberaumt...«

Der Treppenabsatz im 17. Stock war inzwischen ganz nahe. Als Dave ihn erreichte, löste er sich aus dem Pulk, drehte sich zur Wand hin und fingerte an seinem Gürtel herum, bis Whiting und Lucas vorbeigegangen waren. Beinahe wäre ihm die Luft weggeblieben, obwohl er keineswegs außer Atem war.

7

Je näher die Menschen auf der Treppe dem Erdgeschoß kamen, desto weniger sprachen sie. Viele waren außer Atem und rangen keuchend nach Luft. Ein paar lehnten an den Wänden von Treppenabsätzen und massierten ihre Oberschenkel, die die Anstrengung nicht gewohnt waren.

Dave hatte keine Probleme mit seinen Beinen. Seine Joggermuskeln konnten mehr verkraften, als eine Treppe über vierzig Etagen herunterzulaufen.

Vor ihm war eine mattgrün gestrichene Tür mit zahlreichen Dellen. Eine große »I« war daraufgemalt, und zur Nachhilfe für diejenigen, die trotzdem nicht verstanden, stand auf einem Schild darüber ERSTER STOCK.

Es ist soweit. Wir erreichen die Endstation. Bitte, alle Fahrgäste zum Aussteigen bereit machen. Bitte vergessen Sie Ihr persönliches Gepäck nicht...

Das Schlimmste, was passieren konnte: Ransome wartete im Erdgeschoß an der Tür des Treppenschachts und kontrollierte jedes Gesicht, das an ihm vorbeikam. In diesem Fall mußte einer ins Gras beißen. Ransome hatte sein Schießeisen sicher nicht in der Hand. Das stand für Dave fest. Sicher war allerdings auch, daß Ransomes Hand in der Nähe seiner Pistole sein und er nicht zögern würde, sie zu gebrauchen; bei den Zeugen würde er sich hinterher entschuldigen. Sollte Ransome unten lauern, blieben Dave nur ein, zwei Sekunden, um...

Ihn zu töten.

Richtig.

Mit einem Schraubenzieher.

Durch einen Stich ins Herz.

Und dann haust du ab.

Dann haue ich ab.

Dave umschloß mit festem Zugriff einen langen Phillips-Schraubenzieher. Er zog ihn aus dem Werkzeuggürtel und drückte ihn dicht an den rechten Oberschenkel. Die Muskeln in seinem rechten Arm spannten sich an.

Er erreichte das untere Ende des Treppenschachts. Vor ihm schoben sich die Leute durch die Brandschutztür in die Eingangshalle. Dave drängte hinter ihnen her. Die Augen schossen Blicke nach rechts und links, der Schraubenzieher war bereit zum Zustoßen.

Doch Ransome war woanders. Dave wischte sich die Handflächen an der Hose ab. Er spürte die Feuchtigkeit durch den Stoff. Das war schlecht. Der Schraubenzieher hätte ihm zwischen den Fingern durchrutschen können.

So weit, so gut. Du wolltest ihn ja sowieso nicht kaltmachen. Aus dem Geschäft bist du raus.

Und zwar seit langer Zeit.

Dave holte langsam und tief Luft und versuchte sich auf das zu konzentrieren, was rings um ihn vor sich ging. Irgendwas stimmte nicht. Die Eingangshalle war gesteckt voll. Niemand kam weiter. Die Menschenmenge drängte zwar voran, kam aber nicht vom Fleck. Und die Leute waren gereizt.

Es ist einerlei, ob er oder sie ein/e in Harvard ausgebildete/r Anwalt/Anwältin oder ein Taxifahrer ist, der in Queens zur Welt kam. New Yorker sind New Yorker, und wenn sie dem ganz speziellen Ärger Luft machen, der nur frustrierten New Yorkern zu Gebote steht, sprechen sie alle mit dem gleichen Akzent. »Los, macht schon, Puppen!« »Wen meinen Sie mit ›Puppen‹?« »Was is'n da vorn los?« »Glauben Sie denn, ich veranstalte dieses verdammte Tohuwabohu?« »Hey, du Idiot, nimm die Pfoten von meinem Hintern!« »Das war nicht ich, Kleine.« »Nicht er, wer denn sonst?« »Auf geht's, da vorn!«

»Machen Sie Ihre Zigarette aus, sonst tu ich's für Sie!« »Versuchen Sie's mal.« »Drängeldochnichso.« »Paß auf, irgend so 'n Araber will jeden Augenblick den Laden hier abfackeln, also beweg dich mal ein bißchen.« »Wer soll der Araber sein, Spaghettifresser?« »Selber Spaghettifresser.« »Yeah?« »Yeah!«

Die Engstelle war an der hellen Glasfront der Eingangshalle. Vier von den sechs Drehtüren, die auf die Park Avenue führten, waren außer Betrieb. Damit blieben als einzige Ausgänge zwei Dreh- und zwei normale Türen.

Ich wette, diese Türen klemmen nicht zufällig.

Die Menge drängte durch die Halle darauf zu. Dave befand sich noch im hinteren Teil und hatte noch einen weiten – viel zu weiten – Weg vor sich, bis er draußen auf der Straße und damit in Sicherheit war. Da er um einiges größer war als der Durchschnitt der Leute vor ihm, konnte er über die Köpfe hinwegblicken. Sein Blick suchte nach Gefahrenstellen.

Dort sind sie.

Vier Gruppen von Männern standen dicht beieinander neben den Ausgängen, etwas seitwärts, wo sie von der Menge nicht bedrängt wurden. Sie waren groß und kräftig gebaut, wie Ransome, und trugen Konfektionsanzüge von der gleichen Sorte wie er. Jeder der Männer hatte den rechten Arm abgewinkelt und quer über die Brust gelegt, bereit, blitzschnell unter die Jacke zu greifen.

Durch den Druck im Rücken hatte Dave keine andere Möglichkeit, als sich voran zu bewegen. Er ließ den Blick nicht von den Wächtern. Die Augen der Wächter fixierten die Gesichter der Menschen, die den Ausgängen am nächsten waren.

Ein Mann neben Dave knurrte: »Die gottverdammte Hausverwaltung ist unfähig, die gottverdammten Türen in diesem gottverdammten Kasten in Schuß zu halten. Herzlich willkommen im gottverdammten New York.« Dave achtete nicht auf ihn.

Dicht hinter ihm schrie eine Frau auf: »Au, Sie stehn auf meinem Fuß!« Dave zog den Fuß hoch und entschuldigte sich.

»Also wirklich, manche Leute...« Dave ignorierte sie.

Jetzt war er beim hinteren Aufzugsflur. In dem Gebäude gab es zwei Liftgarnituren, eine für die oberen fünfundzwanzig, die andere für die unteren fünfundzwanzig Etagen. Jede dieser Liftgarnituren war durch einen eigenen Korridor seitlich von der Eingangshalle erreichbar. In einem dritten, kürzeren Gang zwischen den beiden Aufzugsfluren befand sich der Zeitungskiosk des Gebäudes.

Er hörte etwas. Zuerst achtete er nicht darauf. Es war nur eine weitere Stimme in der Menschenmenge, wenn auch ein bißchen lauter als die meisten anderen. Er hätte sie beinahe überhört. Die Männer neben der Tür nahmen seine Aufmerksamkeit in Anspruch. Hätte sich die Stimme nicht noch einmal gemeldet, hätte er sie ignoriert.

»Dort ist er! Dort hinten! Schaut! Dort hinten! Schaut!«

Dann fiel der Groschen. Er blickte in die Richtung. Er sah... er war perplex... er wollte seinen Augen nicht trauen...

»Der dort ist es! Dort hinten! Dort ist er! Packt ihn!«

8

Im Leben jedes Jungen gibt es einen See oder sollte es jedenfalls einen geben. Idealerweise findet sich dieser See an einem abgelegenen, schwer zugänglichen Ort, fern den Augen erwachsener Menschen. Er sollte tief sein (zum Tauchen), kühl (wegen der Sommerhitze) und von hohen, grünen Bäumen umgeben (damit man ungestört träumen kann).

In der besten aller möglichen Welten ist er auch ein bißchen gefährlich.

Daves See ist vollkommen, ganz ohne Vergleich. Er liegt hinter einer Kette niedriger Hügel – die Hänge gerade steil genug, daß sie vom Pflügen und Bepflanzen verschont bleiben – in einer Senke. Er fährt drei Meilen weit mit dem Fahrrad, zwischen hohen Maisstauden und wogenden Weizenfeldern, und kommt dann bei den Hügeln an. Noch einmal eine Viertelstunde, zuerst anstrengend bergauf und zuletzt das Rad schiebend, und er steht am Ufer seines Sees.

Das Gewässer mißt eine Dreiviertelmeile in der Länge und eine halbe in der Breite. Er ist größtenteils gesäumt mit grünbraunen Rohrkolben und verschiedenfarbenen Weiden. In der Mitte schwimmt ein wackliges, schlecht zusammengezimmertes Floß, das nur aus Brettern und 50-Gallonen-Fässern besteht. Niemand besucht diesen See außer Jungen in einem bestimmten Alter.

Vollkommen.

Dave wurde zum erstenmal im Alter von zehn Jahren in den heiligen Bezirk eingeladen. Es versteht sich von selbst, daß Jüngere an dem See nicht willkommen sind. Und es liegt auf der Hand, daß Heranwachsende über fünfzehn mit zunehmender Reife andere sommerliche Vergnügungen finden. Es ist das Reich der Jungen, und das wird es für ewige Zeiten bleiben.

Nicht, daß die Erwachsenen keine Ahnung von der Existenz des Sees hätten. Im Gegenteil. Sie wissen alle, daß es ihn gibt, und ausnahmslos alle, Männer wie Frauen, verbieten ihren Sprößlingen, den Ort aufzusuchen. »Dieser See – du bekommst Blutvergiftung, wenn du darin schwimmst. Außerdem wimmelt er von Wassermokassinschlangen, und der Grund ist mit Treibsand bedeckt.«

Toll! Treibsand! Und Schlangen! Wow!

In Wahrheit aber haben weder Dave noch irgendwelche seiner Freunde in dem See Schlangen, nicht einmal eine harmlose Ringelnatter, entdeckt. Und was den Treibsand angeht... Ach was, die Jungen wissen, wenn wirklich einmal einer von ihnen dem Treibsand zum Opfer gefallen wäre, hätte sich die Schreckensnachricht im Umkreis von hundert Meilen verbreitet und würde noch hundert Jahre später erzählt werden. Und da eine solche Nachricht nicht umgeht, braucht man auf die Treibsand-Theorie nichts zu geben.

Außer...

Außer daß eine der stärksten Lockungen des Sees seine Tiefe ist, und er ist wirklich sehr tief. Noch keiner hat es bis hinunter zum Grund geschafft, wenn er sich auch noch so sehr anstrengte. Also läßt sich die Existenz (beziehungsweise Nichtexistenz) des Treibsands nicht bestätigen. Vielleicht ist an der Gefahr doch was dran. Vielleicht besteht der Grund des Sees aus tückischem Schleim, der einen wie ein gigantischer, glitschiger Oktopus an den Beinen packt und, während man schreit und um sich schlägt, nach unten zieht, nach unten, nach unten...

Oder vielleicht lauert etwas anderes auf dem Grund des Sees. Etwas Lebendiges. Etwas, das einen verschluckt und keine Spur hinterläßt. Etwas Gefräßiges, das Gerüchte von Treibsand entstehen läßt, in Wirklichkeit aber ein gigantisches Untier ist...

... ein Hecht mit Fangzähnen...

... ein Tintenfisch wie in diesem Film...

... eine Muschel wie in diesem anderen Film...

... ein Dinosaurier, ein IchtyoweißderHimmelwas...

... eine schnappende Schildkröte, 500 Jahre alt und so riesig...

Man sieht, sie müssen tauchen, klar? Es geht nicht anders. Es muß einfach sein. Kein Junge kann dem widerstehen. Einer von ihnen wird es schaffen. Ganz bestimmt. Eines Tages schafft es irgendeiner. Und wenn es ihm gelingt, dann werden der Name des Helden und die Kunde von seiner großen Tat durch die Zeiten hallen.

Dave taucht. Die anderen Jungen vergnügen sich mit Hocksprüngen vom Floß oder platschen aufs Wasser wie ein Baumstamm. Dave taucht. Er arbeitet daran, perfektioniert seinen Sprung, klappt nach vorne und streckt sich, ehe er exakt wie ein offenes Taschenmesser durchs Wasser schneidet, tief und immer tiefer.

Eines Tages – Triumph! – schafft er es bis hinab zum Grund.

Das Wasser des Sees ist braun gefärbt und schlammig. Man

sieht nicht die Hand vorm Gesicht. Je tiefer man schwimmt, um so dunkler wird es. Schließlich ist gar nichts mehr zu sehen, überhaupt kein Licht außer einem matten, bronzefarbenen Glühen weit weg und hoch über dem Schwimmer.

An dem Tag, an dem er den Grund erreicht, ist sogar dieser Bronzeton verschwunden. Dave hat die Grenze hinter sich gelassen, bis zu der das Licht vordringen kann. Blind kämpft er sich nach unten. Er weiß, daß er eine größere Tiefe erreicht hat als sonst jemand bisher, in ein Reich, in das noch nie ein Junge gelangt ist. Voller Befriedigung darüber und obwohl er weiß, daß er umkehren sollte, macht er noch einen Zug, gerade nach unten, und greift mit den Armen nach vorne. Seine Hand streift etwas.

Schleim. Glitschig. Das Herz schlägt ihm bis zum Hals.

Der Tintenfisch!

Nein, Flechten von irgend etwas. Was? Unkraut. Unkraut auf dem Grund des Sees.

Ich hab's geschafft!

Er packt die Flechten mit den Händen und zieht sich nach unten. Vorsicht jetzt, es könnte tatsächlich Treibsand sein. Nein, nur ganz gewöhnlicher Schlamm. Er zerrt an den Flechten. Er will einen Beweis, ein Beweisstück, daß er, David Elliot, schließlich fertiggebracht hat, was alle erreichen möchten. Das Unkraut läßt sich leicht ausreißen.

Höchste Zeit jetzt umzukehren. War zu lange hier. Brauche Luft.

Mit einem Fuß kickt er sich aufwärts. Er hat sein Glück strapaziert, weil er so lange hier unten geblieben ist. Er hat das Gefühl, daß sein Gesicht vor Anstrengung hochrot ist. Speichel füllt seinen Mund. Er braucht jetzt wirklich Luft. Bis zur Oberfläche kann es nicht weit sein, oder?

Er strengt sich an, schwimmt mit langen, kraftvollen Zügen nach oben. Jetzt wird es schlimm. Er spürt einen stechenden Schmerz in der Gegend seiner Nebenhöhlen. Die Lungen tun ihm weh.

Jetzt sieht er das bronzefarbene Glühen. Es wird heller. Er hat nicht mehr weit. Alle auf dem Floß werden ausflippen, wenn sie sehen, was ich in den Händen habe. Rote Flecke, Streichholzflammen im Dunkeln, tanzen vor seinen Augen. Hell. Sehr hell. Jeden Augenblick kommt er an die Luft...

Seine Hände prallen gegen etwas Hartes. Wenn er nicht gerade mit einem Arm ausgeholt hätte, hätte er den Kopf dagegen gerammt. Er stößt trotzdem dagegen. Aber nicht hart. Das ist unwichtig. Wichtig ist jetzt nur, daß er unbedingt Luft braucht. Jetzt bitte, lieber Gott, *jetzt!* Irgend etwas läßt ihn nicht nach oben, läßt ihn nicht an die Luft kommen, hält ihn in dem dunklen, kalten Wasser gefangen, bringt ihn um, ertränkt ihn. Metallbänder schnüren seine Brust zusammen. Noch nie hat er so etwas Schmerzhaftes erlebt. Jeden Augenblick wird sich sein Mund öffnen, wird Wasser einströmen und seine Lungen füllen, er wird ertrinken, sterben. Er stößt und kämpft gegen das Ding, das ihn im Wasser, im Dunkel festhält, das ihn nicht an die Luft, zurück ins Leben lassen will. Es ist ihm feindselig gesinnt, Verkörperung des Bösen und des Hasses, und es will, daß er umkommt, und er kommt nicht daran vorbei, und gleich wird er den Mund öffnen und schreien und...

Es ist das Floß. Er ist unter dem Floß. Er stößt sich davon ab und platzt, blau im Gesicht und mit leeren Händen, an die Luft.

Bis er das siebenundvierzigste Lebensjahr erreichte, stand dieser Augenblick unter der Wasseroberfläche für die tiefste Verzweiflung, die David Elliot jemals erlebt hatte. Er konnte sich nichts Entsetzlicheres vorstellen, als keinen Hauch Atem mehr in sich zu haben und unter irgendeinem Ding im Wasser – ahnungslos, was es war – gefangen zu sein. Die Nähe des Todes verblaßt im Vergleich zu dem gräßlichen, hoffnungs- und trostlosen Grauen, wenn man erlebt, daß das Schicksal die Hand gegen einen erhoben hat und es *kein* Entrinnen gibt.

Doch nun, mit siebenundvierzig Jahren – kein gutes Alter

für solche Offenbarungen – mußte Dave entdecken, daß es eine Verzweiflung gibt, die noch schlimmer ist. Das entdeckte er, als er sah, wie seine Ehefrau, eine Frau, die zu lieben er sich aufrichtig bemühte, mit ausgestreckter Hand auf ihn deutete und schrie: »Das ist er! Dort hinten! Dort hinten ist er! Packt ihn!«

Kapitel 3

Eine Zwiebel besonderer Art

1

Seine innere Stimme war nicht gut aufgelegt und machte ihm Vorhaltungen, weil er sich genauso verhalten hatte, wie Ransome es sich zweifellos erhofft hatte.

Der Schock, den ihm Helens Verrat versetzte, machte ihn bewegungsunfähig. Er war wie paralysiert. Er sah sie bei den hohen Fenstern der Eingangshalle stehen, umringt von den düster blickenden Schergen Ransomes, und wollte seinen Augen nicht trauen. Sie sah zu ihm her und deutete auf ihn, um Ransomes Killer auf ihn zu hetzen. Es war nicht zu fassen. Es wollte nicht in seinen Kopf hinein. Helen war zu so etwas nicht fähig. Dave war hypnotisiert, ein Kaninchen, das wie versteinert vor der Schlange sitzt.

Nur vage behielt er in Erinnerung, was nun folgte. Von hinten rempelten ihn Schultern an. Eine nasale Stimme schimpfte: »Vorwärts, mach schon!« Ransomes Schläger drängten sich in die Menge, erzwangen sich freie Bahn durch eine Flut aufgebrachter New Yorker. Irgend jemand stieß ihn in den Rücken. »Mach los, Kumpel, wir müssen hier raus.«

Sein Körper rettete ihn. Sein Gehirn hatte damit nichts zu tun. Ein Krampf durchzuckte sein Zwerchfell. Er gab einen keuchenden Laut von sich. In diesem Gedränge konnte er sich weder bücken noch abwenden. Der Mageninhalt kam ihm hoch. Es würgte ihn, aus seinem Mund kam ein langes nasses Geräusch.

»Was 'n los, Mista?«

Der Mageninhalt ergoß sich aus seinem Mund und durch die Nase. Jemand rief gellend: »O Scheiße!« Die Menge wich zurück.

Irgend jemand stieß einen Schrei aus. Jeder New Yorker

weiß, wenn das Schreien losgeht, wird es Zeit abzuhauen. Und zwar schnell.

Die Menschenmasse in der Halle drängte wie eine große Woge auf die blockierten Ausgänge zu. Neben einer der Drehtüren ging ein hohes Spiegelglasfenster zu Bruch. Die Scherben fielen auf die Straße. Eine männliche Stimme brüllte vor Schmerz. Ein zweites Fenster zersplitterte. Leute stürzten durch den Scherbenhagel ins Freie. Ransomes Männer wurden von der andrängenden Flut mitgerissen. Einer ging schreiend zu Boden. Das Gebrüll ging in ein Winseln über und verstummte bald darauf.

Dave löste sich aus der Menge und stolperte in den Korridor mit den Aufzügen.

Ein paar Augenblicke später kam er benommen und schlotternd wieder zu sich – nicht mehr im Erdgeschoß. Er konnte nicht sagen, wo er sich befand und wie er hierher gekommen war.

Die Aufzugtüren waren offengestanden, die Lifts selbst außer Betrieb, bis sie entsprechend den Vorschriften reaktiviert wurden. Jeder einzelne Lift hatte, auch das Vorschrift, in der Decke eine Ausstiegsluke. Um sie zu öffnen, braucht man nur an vier Flügelschrauben zu drehen. Er hatte... er glaubte, er habe... er war sich nicht sicher, ob er... was getan hatte...

Genau wie im Film, Junge. Du und Tarzan.

Das hab ich doch nicht getan.

O doch, schau nur die Schmiere und den Dreck an deinen Sachen an.

Die Benommenheit verging langsam. Er beugte sich nach vorne, legte die Hände auf die Knie und zwang sich, tief Luft zu holen. Mein Gott! Es war schlimm gewesen. Ganz furchtbar. Er war nie so paralysiert gewesen seit...

Denk nicht darüber nach.

Helen! Warum? Wie kam sie... Was konnte...

Denk auch darüber nicht nach. Denk an was anderes. Zum

Beispiel, was du für einen scheußlichen Geschmack im Mund hast.

Er brauchte einen Schluck Wasser. Ein bißchen Seife und ein Waschlappen könnten auch nicht schaden.

Er blickte matt um sich. Wie es schien, war er... wo?... es kam ihm nicht vertraut vor, aber...

Der erste Stock. Er mußte im ersten Stock sein.

Was war im ersten Stock? Was zum Teufel befindet sich im ersten Stock *irgendeines* New Yorker Bürohochhauses? Die meisten dieser Gebäude haben ja nicht einmal einen ersten Stock. Ihre Eingangshallen mit den Aufzügen, reich geschmückt mit Marmor und modernen Skulpturen, sind so hoch, daß sie zwei oder drei Etagen einnehmen. Und in den paar Gebäuden, in denen tatsächlich das erste Stockwerk genutzt wird, sind die Büroräume auf dieser Etage am wenigsten begehrt – auf gleicher Höhe wie die Dächer von Bussen, dicht über der Kakophonie des New Yorker Straßenlärms, geschlagen mit ewig verdreckten Fenstern, die keine Aussicht bieten. Die erste Etage ist nur eine Bürde für die Eigentümer, nicht an den Mann zu bringen, unvermietbar.

Nach Daves Erfahrung hatten Geschäftsleute, die etwas auf sich hielten, keine Büroräume auf einer ersten Etage. Diese lagen immer weiter oben – droben in den Wipfeln, wo die Adler der Großunternehmen nisten. Niemand würde auch nur im Traum daran denken, mit einer Adresse auf der ersten Etage vorliebzunehmen – zumindest niemand, der nicht irgendwelche abseitigen, das Licht der Welt scheuenden Geschäfte betrieb. DU-du-DU-du DU-du-DU-du. Sie reisen jetzt durch eine andere Dimension.

Plötzlich erinnerte er sich wieder. Doch, er war schon auf dieser Etage gewesen. New Yorker Hausbesitzer vermieten gern Räume auf dieser Etage für eine vorübergehende Nutzung, auf eine Stunde oder auch auf ein, zwei Tage – wie Zimmer in einem Stundenmotel – an Leute, die (fragen Sie nicht nach dem Grund) so etwas brauchen. Oder die Besitzer bringen auf ihren ersten Etagen »luncheon clubs« unter, die nur Clubmitgliedern aus der Elite der höheren Stockwerke zugänglich sind. Mittelmäßiges Essen und überteuerte Weine, aber anständiger Service und ein diskretes Ambiente, wenn man einen Kunden von außerhalb beeindrucken will. (»Ich habe Suzy gebeten, uns zum Lunch Plätze im Club reservieren zu lassen...«) Wie alle Senterex-Führungskräfte war auch Dave Mitglied des Clubs in seinem Bürohochhaus. Seit Jahren hatte er davon keinen Gebrauch gemacht. Er war sich nicht einmal sicher, ob er den Namen des Clubs noch wußte. Es war etwas Britisches. Es war *immer* etwas Britisches. The Churchill Club? The Windsor Club? The Parliament Club?

Egal. In dem Club würde er Wasser und einen Waschraum finden. Ein Waschraum, das war zunächst einmal sein einziges Ziel. Einer mit Seife und fließendem heißen Wasser.

Er trat aus dem Aufzugskorridor im ersten Stock und wandte sich nach links. Der Gang hatte eine scharlachrot gemusterte Tapete, und an den Wänden hingen goldgerahmte Ölporträts verblichener englischer Premierminister, ausnahmslos Torys.

Richtig, der Prime Minister's Club.

Den Eingang bildete eine massiv wirkende Tür, furniert, was den Eindruck erwecken sollte, sie bestünde aus altehrwürdiger Tudor-Eiche. In Augenhöhe war ein kleines Messingschild angebracht:

NUR MITGLIEDER UND GÄSTE

Durch die Tür ging es in einen Vorraum mit Samttapete und weiteren Bildnissen verewigter englischer Politiker. Zur linken Hand stand das Pult des Chefkellners mit einem in Leder gebundenen Buch für die Reservierungen und einem Tintenfaß aus Messing samt einem – *nicht zu fassen* – Federkiel. Schwere Plüschdraperien mit lächerlichen goldenen Troddeln trennten den Vorraum vom eigentlichen Restaurant.

Die Toiletten sind auf der anderen Seite des Restaurants.

Der Speisesaal war groß und hell beleuchtet. Die Tische waren mit schneeweißen Tüchern bedeckt, auf denen schimmerndes Silberbesteck lag. An einem Tisch in der Mitte saß, der Tür gegenüber, vor sich ein halb geleertes Glas Orangensaft, Ransome. In der rechten Hand hielt er seine Pistole, die genau auf Daves Brust zielte. Der Ausdruck auf seinem Gesicht war neutral wie immer. Ohne ein Wort zu sagen drückte er ab.

2

Der Hahn schnappte. Ein dünner Rauchfaden trieb aus der Mündung der schallgedämpften Automatic. Der Fleck unterhalb von Ransomes rechtem Auge – eine Erinnerung an Daves Schuh – lief rot an. Über sein Gesicht huschte ein leicht gereizter Ausdruck. Er hob die linke Hand, um den Verschluß zurückzuziehen und neu durchzuladen. Inzwischen hatte Dave seine eigene Waffe gezogen. Ransome ließ die Hand wieder auf den Tisch fallen.

Die beiden Männer sahen einander wortlos an. Dave spürte, daß auf seinem Gesicht ein schwaches Lächeln aufblühte. Ransomes Miene veränderte sich nicht.

Dann brach Ransome das Eis. »Mr. Elliot, Sie sind wahrhaftig ein seltener Vogel. Sie wachsen mir allmählich ein bißchen ans Herz.«

»Ich möchte Sie nicht kränken, aber ich empfinde das genaue Gegenteil.«

»Dafür, Mr. Elliot, habe ich volles Verständnis.«

»Danke.« Dave machte eine kleine Geste mit der Hand, die die Pistole hielt. »Ich würde es übrigens gern sehen, wenn Sie Ihre Waffe losließen. Lassen Sie sie einfach aus Ihren Fingern rutschen. Und dann...«

Das Schießeisen, ein Zwilling der Pistole in Daves Hand, fiel mit einem dumpfen Ton auf den Teppichboden. Ransome sprach, ehe Dave seinen Gedanken zu Ende denken konnte.

»Wegstoßen, Mr. Elliot? So verlangt es die Tradition, und wenn ich auch sonst an nichts glaube, an die Werte der Tradition schon.« Ransome stieß mit der Schuhspitze dagegen. Die Pistole glitt knappe drei Meter weit weg. Ransome fuhr fort: »Ich frage nur interessehalber – haben Sie sich alle Patronen in dem Magazin vorgenommen?«

»Nur die erste. Wenn man nicht das richtige Werkzeug zur Hand hat, nimmt es sehr viel Zeit in Anspruch, das Geschoß herauszufieseln und das Pulver zu entfernen.«

»Wie mir bekannt ist.« Ransome wirkte völlig entspannt, ein ruhiger Typ, der mit einem flüchtigen Bekannten höflich plaudert. »Angesichts der Richtung, die unsere Beziehung im Laufe des heutigen Vormittags genommen hat, werde ich mir lieber doch auch die übrige Munition ansehen, wenn mir die Zeit dafür bleibt.«

Seine Selbstbeherrschung ist bewundernswert. Der Mann muß der coolste Typ auf dem ganzen Planeten sein.

»Was bringt Sie darauf, daß Sie diese Möglichkeit bekommen werden?«

Ransome zog eine Augenbraue hoch, während er auf die Mündung von Daves Pistole blickte, die jetzt auf seine Bauchmitte zielte. Er schüttelte den Kopf. »Sie bringen es nicht fertig. Ja, im Kampf sind Sie sicher imstande, einen Mann zu töten. Ich habe es schließlich erlebt. Aber mit kalter Überlegung? Ich glaube nicht.«

Genau wie erwartet, begann er wie beiläufig mit einem Messer zu spielen. Sein Gesicht zeigte eine Pokermiene, doch seine Pupillen weiteten sich. Die Muskeln an seinem Hals spannten sich an. Er war sprungbereit. »Nein, Mr. Elliot, Sie werden nicht auf mich schießen.«

Dave schoß auf ihn.

Die schallgedämpfte Pistole gab einen schwachen dumpfen Ton von sich, wie eine Faust, die in ein Kissen haut. Ransome heulte auf. Er umklammerte dicht unterhalb des Genitalbereichs seinen Oberschenkel, aus dem Blut quoll. »VER-

DAMMT, DU SCHEISSKERL, DU HAST MICH ANGESCHOSSEN. DU DRECKSACK, DU BASTARD, DU BESCHISSENER!«

Dave ignorierte ihn. Er war jetzt auf dem Fußboden, hatte sich fallen lassen, als er den Schuß abgab. Er rollte sich rasch nach links, einmal, zweimal, dreimal, und blickte dorthin, wo Ransomes zweiter Mann sein mußte.

Und war.

Dave zielte, holte Luft und drückte ab. Wieder schlug eine Faust auf das Kissen. Zweimal. Dreimal. Das Geräusch war ganz leise. Das Gesicht des zweiten Mannes verschwand in einem roten Regen. Er war nicht einmal mehr dazu gekommen, seine Waffe zu heben.

»ICH BRING DICH UM, DU SCHWEIN, DU SCHWANZLUTSCHER, DU DRECKSKERL. DU HAST MICH ANGESCHOSSEN.«

»Halten Sie die Klappe. Sie benehmen sich ja wie ein kleines Kind.« Dave hatte sich noch einmal herumgerollt und hob jetzt die Pistole in Ransomes Richtung.

»FICK DICH INS KNIE, DU DRECKSAU. FICK DICH, SAG ICH DIR, DU SCHEISSKERL!« Ransome hockte nach vorne gebeugt da und preßte beide Hände gegen die Wunde. Sein Gesicht war nach oben gerichtet. Er fletschte die Zähne. Die Augen rollten in den Höhlen. Er sah aus wie ein Dobermann, der außer Rand und Band geraten ist.

Angewidert zischte Dave: »Machen Sie kein solches Gedöns, Ransome. Es ist doch nur eine Fleischwunde, vielleicht nur einen Millimeter tief. Wenn ich Sie ernstlich hätte verletzen wollen, hätte ich es gekonnt. Das ist Ihnen doch klar.«

»FICK DICH, FICK DICH, FICK DICH, DU WAGST AUF MICH ZU SCHIESSEN, DU ARSCHGESICHT!«

Drei Tische – vier, wenn man Ransomes Tisch mitzählte – waren fürs Frühstück gedeckt. Irgend jemand hatte gerade eine morgendliche Besprechung abgehalten, als Dave seine Bombendrohung durchgab. Dave schnappte sich einen Krug mit Eiswasser von einem Tisch und schüttete den Inhalt Ransome ins Gesicht. »Ransome, nehmen Sie eine Serviette, drükken Sie die gegen Ihren Schenkel und halten Sie endlich die Klappe. So, wie Sie sich jetzt aufführen, krepieren Sie eher an einem Herzschlag als an diesem Kratzer.«

Das Eiswasser klebte Ransome das Haar auf den Schädel. Rinnsale liefen ihm die Wangen herunter. Sein Gesichtsausdruck ließ Dave erschauern. Es war First Sergeant Mullins Gesicht kurz vor dem Ende. Leise und mit kalter, eiskalter Stimme zischte Ransome: »Elliot, du Scheißhaufen, du hättest mir die Eier wegschießen können.«

»Das gehört zu den Risiken des Spiels, mein Bester. Außerdem haben Sie ja meine 201er-Akte gelesen. Da müßten Ihnen meine Schießergebnisse aufgefallen sein.«

»Dafür bring ich dich um.«

Dave seufzte. »Haben Sie nicht mal was Neues zu bieten?«

»*Wie* ich es mache, du Arschloch. Wie weh es tut und wie lange es dauert, *das* ist das Neue!«

»Vielen Dank dafür, daß Sie unsere Beziehung geklärt haben. Jetzt sitzen Sie mal nicht herum wie ein Blödmann und sauen alles mit Blut voll. Drücken Sie ein Stückchen Eis auf die Wunde. Dann tut's nicht mehr so weh und blutet auch weniger.«

Ransome fauchte, spitzte die Lippen und drehte sich seitwärts, um einen Eiswürfel aus einem Wasserglas zu fischen. Als er sich wegdrehte, versetzte ihm Dave mit dem Pistolengriff einen Schlag gegen den Hinterkopf. Ransome sackte auf die Tischplatte und glitt langsam auf den Boden.

Die Uhr in Ruhestellung. Die Zeit im Stillstand. Er hielt (*hallo, alter Freund*) eine geladene Waffe in der Hand. Sein Feind lag bewußtlos zu seinen Füßen. Lediglich aus Neugier richtete Dave die Pistolenmündung gegen Ransomes Schädel. Die Bewegung befriedigte ihn. Er zog mit dem Daumen den Hahn zurück. Das gab ihm ein noch besseres Gefühl.

Es wäre leicht, ganz leicht.

Aber gerade die leichten Sachen, die werden einem zum Verhängnis, nicht die schweren.

Fünfundzwanzig Jahre zuvor war David Elliot, damals nicht ganz bei Verstand, im Zentrum des Grauens gewesen und hatte das Gelübde abgelegt, daß er nie, *niemals* wieder im Zorn auf einen Menschen schießen werde. Ich werde, hatte er gelobt, nie wieder einen Menschen verletzen, nie wieder im Zorn handeln, keine Gewalttat mehr begehen. O Gott, ich will vom Krieg nichts mehr wissen.

Und nun hatte er, im Verlauf eines einzigen Vormittags, zwei Männer getötet. Es war einfach gewesen – so einfach wie immer – und ganz automatisch. Er hatte nicht das Geringste dabei empfunden.

Jetzt aber, in diesem Augenblick, mit einer Pistole in der Hand und im Visier ein Objekt, das sich lohnte, empfand er doch etwas – empfand er das Gefühl, etwas geleistet zu haben, die Genugtuung eines Mannes, der sein Handwerk versteht und es in perfekter Weise praktiziert hat. Angesichts zweier Leichen und des Geruchs von Kordit an seinen Fingern wußte er, daß er in Gefahr war, Gefallen an der Sache zu finden, neuerlich auf den Geschmack zu kommen, mit jeder Minute mehr.

Nein, dachte er, nie wieder. Niemals wieder. Er hatte beinahe den kürzeren gezogen. Sie hätten beinahe gewonnen. Jetzt geschah es wieder. Wenn er es zuließ. Aber er wollte, er konnte nicht zulassen, daß er zurückverwandelt wurde in jene Art Mann, zu der sie ihn einmal hatten machen wollen.

Ransome schätzte ihn anders ein. Ransome und seinesgleichen. Vermutlich glaubten sie zu wissen, was er vorhatte. Einen oder zwei Unbeteiligte als Geiseln nehmen. Einen Hinterhalt legen. Weitere Leichen produzieren. Eine Ballerei anfangen. Sich den Weg aus dem Gebäude freischießen.

Dave lächelte grimmig. Er drehte die Pistole von Ransomes Kopf weg, klinkte den Sicherungshebel ein, entspannte den Hahn und steckte die Waffe wieder unter seinen Gürtel. Er wußte zwar, daß sein Feind ihn nicht hören konnte, sprach aber trotzdem zu Ransome. »Von wie vielen Leuten läßt du die Ausgänge bewachen, Freundchen? Zwanzig? Dreißig? Mehr? Aber egal, wie viele es sind, ich werde nicht an ihnen vorbeikommen, was?« Dave warf einen kurzen Blick auf seine Hose, zerrissen und mit Fett beschmiert. »Nein. Ich bin ein richtiger Blickfang. Verdammt, so, wie ich aussehe, würden sie mich schon aus Prinzip umlegen. Aber hinaus komme ich, Ransome. Verlaß dich drauf. Und verlaß dich darauf, daß es dabei nach *meinem* Kopf geht, nicht nach *deinem.*

3

Es war dunkel hier, warm, gemütlich und sicher. Die Geräte in der Nähe gaben ein einlullendes Summen von sich. Die Luft war zwar ein bißchen abgestanden, aber nicht schlecht. Dave lag behaglich zusammengerollt auf der Seite. Sein Magen war gefüllt, und er hatte Lust auf ein Nickerchen. Es gefiel ihm hier.

Wolltest ja schon immer in den Mutterleib zurückkrabbeln, stimmt's, Junge?

Das perfekte Versteck. Etwas Besseres hätte er nicht finden können. Senterex hatte schon vor Jahren seine MIS-Abteilung über den Hudson nach New Jersey verlegt, und er hatte eigentlich angenommen, daß so ziemlich alle anderen New Yorker Unternehmen, einschließlich der Maklerfirmen an der Wall Street, den gleichen Schritt getan hatten. Büroraum in Manhattan ist zu teuer, um ihn an Computer-Hardware zu verschwenden. Außerdem sind Programmierer ein sensibles Völkchen und leisten mehr, wenn sie vom Druck des Großstadtlebens entlastet sind.

Zumindest eine New Yorker Firma aber hatte ihre Computer noch nicht umquartiert. Der Laden war ein Tochterunternehmen von American Interdyne Worldwide. American Interdyne, das sich in den achtziger Jahren eine der letzten Kamikaze-Übernahmen mit Junk Bonds geleistet hatte, stand derzeit unter der Aufsicht des Konkursgerichtes und eines besonders senilen Richters des Obersten Bundesgerichtshofs. Vielleicht war das der Grund, warum die Firma ihre Computer noch immer in der 12. Etage eines sündhaft teuren Bürohochhauses an der Park Avenue stehen hatte.

Wie teuer ist die Miete in diesem Schuppen überhaupt? Vierzig Dollar pro Quadratfuß, bißchen mehr, bißchen weniger.

Der Computerraum von American Interdyne war im ehrwürdigen, großdimensionierten Stil gehalten – mit Hochleistungsgroßrechnern, surrenden Peripheriegeräten und blinkenden Konsolen. Andere Unternehmen waren dabei, ihre gewaltigen zentralisierten Systeme abzuwracken und ihre störrischen, fünfzehn Millionen Dollar teuren IBM-Riesen durch schicke Workstations und superschnelle Netzwerke zu ersetzen. American Interdyne hatte das nicht getan. Seine Computer-Zentrale nahm eine ganze Etage ein, und ein Viertel davon beherbergte jene Art von massigen Großrechnern, die mittlerweile in den Augen der meisten Manager, unter ihnen auch David Elliot, Dinosaurier waren.

Aber er freute sich, sie zu sehen. Das Schönste an diesen Monstern, fand er, war ihre Komplexität. Die verwöhnten Riesen verlangten endlos Fürsorge und Betreuung. Ganze Heerscharen hochbezahlter Techniker, die sie verhätschelten. Eine eigene Stromversorgung. Eine leistungsfähige Air-condition. Endlose Reihen von Peripheriegeräten. Spezialgeräte zur Überwachung und Steuerung.

Und Kabel.

Unmengen von Drähten und Kabeln. Mehr, als man sich vorstellen kann. Großrechner-Anlagen verbrauchen haufenweise Kabel. Und diese Ungetüme werden nicht einfach ans Netz angeschlossen, und damit hat es sich. Ganz und gar nicht. Immer wieder muß man an den Verkabelungen herumfummeln, Ports, Stecker und Schnittstellen neu verbinden. Aha, die Festplatte ist mit dem Großrechner verbunden, und der Großrechner ist mit dem Vorrechner verbunden, und der

Vorrechner ist mit dem Mulitplexer verbunden... und jetzt vernehmt das Wort Gottes!

Und das bedeutete, daß man den Fußboden höherlegen mußte. Der Computerraum von American Interdyne war wie der jedes anderen Nutzers von Großrechnern auf einem erhöhten Fußboden eingerichtet. Darunter schlängelten sich die Drähte und Kabel. Der Bodenbelag selbst bestand aus abnehmbaren Platten, so daß sich der Computerstab, wann immer das notwendig wurde, Zugang verschaffen und die Verdrahtung neu konfigurieren konnte.

Dunkel, warm und gemütlich. Es war wirklich ganz friedlich unter diesem Fußboden.

Dave brauchte den Frieden. Nachdem er den Prime Minister's Club verlassen hatte, wäre er um ein Haar zweimal Männern vom Bombenkommando der New Yorker Polizei in die Arme gelaufen. Wenn sie ihn gesehen hätten... abgerissen, verdreckt, nach Kotze stinkend, auf den Armen geklaute Eßwaren und Sachen, die er brauchte, und dazu unter dem Gürtel zwei ganz und gar illegale Pistolen...

Wäre ein bißchen schwierig geworden, dich herauszureden, Freundchen. Besonders, woher du die Schießeisen hast.

Die Schießeisen waren automatische Pistolen. Die eine hatte Carlucci, die andere Ransomes zweitem Mann gehört. Beide gleiches Fabrikat und gleiches Modell, obwohl Dave nicht sagen konnte, welches Fabrikat und welches Modell. Keine der beiden Pistolen hatte einen Herstelleraufdruck oder eine Seriennummer. Beide hatten Kunststoffrahmen, handelsübliche Schalldämpfer, Laser-Visiereinrichtungen und gekrümmte Magazine, in die einundzwanzig Patronen paßten.

Die Patronen stimmten ihn nachdenklich – es waren TUGs, Abkürzung für *Torpedo-Universalgeschoß.* Dave hatte nicht gewußt, daß davon Versionen für Pistolen hergestellt wurden. Es handelte sich um Jägermunition, Geschosse, die tief eindringen, sich innerhalb des Körpers zerlegen und das Herz des Objektes herausschießen sollten. Ein Mann, der von einem solchen

Geschoß voll getroffen wurde, starb auf der Stelle, wo er stand; sogar ein Streifschuß würde ihn bewegungsunfähig machen.

Gleich oberhalb der Sicherungshebel hatten die Pistolen leicht versenkte Schieber. Dave nahm an, wenn man die Schieber nach vorne bewegte, konnte man die Pistole von Einzel- auf Dauerfeuer umschalten und sie gewissermaßen in Maschinengewehre verwandeln, die die Schützen in der Hand hielten.

Straßenfeger. Nicht ganz deine alte Ingram MAC mit dem WerBell-Sionics-Schalldämpfer, aber bösartig genug. 38er Automatic. 130 Züge für eine Mündungsgeschwindigkeit knapp unterhalb der Schallgrenze. Dadurch optimale Schalldämpfung. Durchschlägt das Ziel mit etwas mehr als 300 Fußpfund Energie. Au Backe!

Ebenfalls au Backe, wenn die Staatsgewalt eine unbefugte Person mit einer solchen Waffe erwischt. Dave nahm an, daß allein schon der Gedanke an ein solches Schießeisen ein Verstoß gegen das Sullivan Law war.

Was zu ein paar Fragen nach ihrer Herkunft und nach den Leuten, die sie tragen, Anlaß gibt.

In seinem sicheren Versteck unter dem erhöhten Fußboden, den Kopf auf ein Nest aus isoliertem 22-AWC-Draht gebettet, versuchte Dave, ein Nickerchen zu halten. Doch sein streitsüchtiger Schutzengel wollte es nicht zulassen. Natürlich ging es um das Thema Helen. Warum war sie an der Seite von Ransomes Schergen aufgetaucht? Wie hatten sie sie dazu gebracht, sich gegen ihren Ehemann zu wenden?

Dave bezweifelte, daß sie ihn mit voller Absicht verraten hatte. Vermutlich hatten ihr Ransomes Leute irgendeine üble Lüge (*oder, schlimmer,* warnte ihn seine innere Stimme, *irgendeine schmutzige Wahrheit*) aufgetischt, um sie dazu zu bringen, daß sie ihn identifizierte.

Was für eine Lüge? fragte er sich. *Was für eine Wahrheit?* konterte der Engel.

Weder auf die eine noch auf die andere Frage fand er eine

Antwort. Und ebensowenig konnte er sich – jedenfalls noch nicht – erlauben, die alternative Erklärung für Helens Verhalten zu durchdenken. *Vielleicht steht sie auf ihrer Seite. Vielleicht möchte sie, wie alle anderen auch, daß du stirbst.*

Unsinn. Er hatte schließlich fünf Jahre mit allem Einsatz daran gearbeitet, seine Ehe zum Erfolg zu führen.

Und wie sehr hat sie sich dafür eingesetzt?

Oh, halt die Klappe! Komm mir jetzt nicht damit.

Du weißt, was man von den Leuten sagt, die mit sich selber im Streit liegen und dann verlieren...

Dave knurrte und drehte sich auf die andere Seite, um eine bequemere Lage zu finden. Während er sich umdrehte, rutschte das Funkgerät weg, das er, zusammen mit siebenundachtzig Dollar, Ransomes totem zweiten Mann abgenommen hatte. Er zog es zu sich her und legte es dicht an ein Ohr. Es war leise gestellt. Früher oder später mußte der technische Stab von American Interdyne zurück in den Computerraum kommen. Die Leute sollten sich nicht fragen, woher dieses sonderbare – *für mich hört es sich wie ein Walkie-talkie an, Frank* – Geräusch kam.

Ein Gespräch war im Gang – »als hätte jemand ein Sandwich mit Ketchup fallen lassen und über den ganzen Boden verschmiert. Halb New York muß auf das Gesicht des armen Teufels getreten sein.«

Eine andere Stimme antwortete: »O Mann, ist das grausig. Es ist einfach grausig, so zu krepieren. Irgendeiner muß Don... muß Rotkehlchen anrufen, damit wir neue Befehle kriegen, verdammt nochmal!«

»Negativ. Rotkehlchen darf nicht angefunkt werden. Wir sprechen erst wieder mit ihm, wenn er sich bei uns meldet.«

»Mann-o-Mann. Die Bullen lassen jetzt wieder Leute in das Gebäude rein. Keine Ahnung, was wir tun sollen, aber ich finde, wir sollten unsre haarigen Ärsche hier wegbewegen.«

»Nicht ohne Befehl.«

»Scheiß auf den Befehl, Mann. Und noch was: Ich find's beschissen, daß nur Rotkehlchen und Rebhuhn wissen, was hier für eine Scheiße aufgetischt wird. Hör zu, Mann, wir sollen den Typen kaltmachen, ja? Keine große Sache, sagen sie. Nur einen Tag ehrliche Arbeit und für einen Tag ehrliche Kohle, richtig? Yeah, keine große Sache. Also gut, wenn es keine große Sache ist, warum zum Teufel erzählen sie uns dann nicht, worum es dabei geht? Ist ja nicht so, als wären wir nicht alle überprüft worden. Aber um Gottes willen bloß keine Fragen, sagt Rotkehlchen. Antworten gibt's keine, sagt Rotkehlchen. Darauf sag ich nur, Scheiße, sage ich. Willst du wissen, was ich denke? Ich denke, daß dieser Kerl, das Objekt, daß der irgendwas über irgend jemanden weiß. Ich meine, daß der irgendwas über einen von den Oberbonzen weiß. Und dieser Oberbonze, wer es auch...«

»Schluß damit!« Diese Stimme kannte Dave. Es war Rebhuhn.

»Nein, Mann, hören Sie...«

»Sagen Sie nicht ›Mann‹ zu mir, Grasmücke.«

Hmm. Wie sich das anhört, ist Rebhuhn genauso ein kalter Hund wie Ransome.

Grasmückes Stimme triefte vor Sarkasmus. »Verstanden – entschuldigen Sie, *Sir.*«

»Grasmücke, wenn Sie Probleme mit der Hierarchie haben, dann bin ich der richtige Mann, sie zu lösen. Und wenn irgendeiner von euch Schwierigkeiten mit seiner Aufgabe hat, dann rede ich gern mit ihm unter vier Augen darüber. Im übrigen wissen Sie alle, was Sie zu tun haben, und mehr brauchen Sie nicht zu wissen. Ist das klar, meine Herren?«

Der Zweithöchste von dieser Bande. Rebhuhn ist Ransomes Stellvertreter.

Irgendeiner murmelte: »Yessir.«

»Das hab ich nicht ganz mitbekommen, Soldat.«

»Entschuldigen Sie, Sir. Ich habe gesagt: Yes, Sir.«

»Machen Sie die Frequenz frei.« Das war Ransomes Stimme, sehr cool, aber doch nicht ganz so cool wie früher.

»Hier spricht Rotkehlchen. Unser Freund hat wieder ein Funkgerät.«

»Der Drecks...«

»Ich habe gesagt, Frequenz frei machen. Falls Sie es vergessen haben sollten – das heißt übersetzt: Haltet die Schnauze.«

Hört sich ein bißchen empfindlich an, was meinst du?

»Punkt eins: Ich werde gleich einen Frequenzwechsel veranlassen. Auf mein Signal gehen wir auf Xylophone Delta Nine über. Punkt zwei: Ich wünsche, daß alle auf der Stelle wieder ihre zugeteilten Positionen einnehmen. Punkt drei: Ich brauche für mich persönlich einen Verbandskasten. Punkt vier: Wir brauchen ein Aufräumteam im ersten Stock, im Restaurant, und dazu einen Leichensack.«

»Sie haben ihn erwischt, Rotkehlchen?«

»Negativ. Der Leichensack ist für Pirol.«

»Mann-o-Mann.«

»Schluß damit!« Dave bekam ein Klicken mit. Ransome inhalierte tief und blies den Rauch aus. Er hatte sich gerade eine Zigarette angezündet. *Na ja, wir haben alle unsere kleinen Schwächen.*

»Mr. Elliot, Sie hören doch jetzt sicher mit. Ich erkläre hiermit eine einseitige Waffenruhe.«

Um Mark Twain zu zitieren: *Ich habe den Verdacht, daß Ihr Freund ein bißchen sparsam mit der Wahrheit umgeht.*

»Ich wiederhole, Mr. Elliot, ab jetzt herrscht Waffenruhe. Wir kehren alle auf unsere Positionen zurück und legen eine kleine Verschnaufpause ein. Ich werde wie versprochen meine Vorgesetzten über den gegenwärtigen Stand der Dinge unterrichten und sie dringend ersuchen, einer Verhandlungslösung zuzustimmen. Meine Leute werden vorerst dort, wo sie sind, auf Wache bleiben. Und Sie, nehme ich an, werden so ziemlich das gleiche tun. Da ich die Ausgänge gesichert habe, bleibt Ihnen nichts anderes übrig, wenn Sie vernünftig sind.«

Ransome schwieg und wartete. »Eine Bestätigung wäre nützlich, Mr. Elliot.«

Dave drückte die Sendetaste an seinem Funkgerät und flüsterte: »Verstanden, Rotkehlchen.«

»Danke. Und noch etwas für Sie. Wir werden die Leitung dieses Restaurants anweisen, ihre Vorräte zu überprüfen. Sollte ein größeres Quantum Pfeffer fehlen, werde ich meine früheren Anweisungen entsprechend revidieren.«

Neben Daves Füßen standen drei Tüten mit Pfeffer. Er war immer skeptisch gewesen, wenn Kellner höflich fragten: »Frisch gemahlenen Pfeffer, Sir?« So, wie New York nun einmal ist, glaubte er eigentlich nicht, daß diese übergroßen hölzernen Pfeffermühlen tatsächlich frische Pfefferkörner enthielten. Nach seinem Dafürhalten waren sie nur aufgemotzte Reservebehälter, die den Gästen vorgaukeln sollten, sie bekämen, wofür sie zahlten. Er hatte in der Küche des Prime Minister's Club einen Trichter und drei Tüten mit gemahlenem Pfeffer entdeckt. Ja, so geht's zu in New York.

»Und das heißt, Mr. Elliot, daß Sie Ihre Zeit nicht damit vergeuden müssen, den Pfeffer für die Hunde durch die Gegend zu streuen.«

Schade; wenn man genug Pfeffer verstreut, geraten die Hunde außer Rand und Band und fallen ihre eigenen Besitzer an.

»Und jetzt, meine Herren, schalten Sie auf Xylophone Delta Nine um. Jetzt gleich.«

Dave erwartete, daß das Funkgerät verstummen würde, wenn Ransome und seine Männer die Frequenz wechselten. Doch einen Augenblick später meldete sich Ransome noch einmal. »Noch etwas anderes möchte ich Ihnen sagen, Mr. Elliot. Und da meine Leute jetzt nicht mehr zuhören, kann ich offen sprechen. Sie wissen als ehemaliger Offizier, was ein Kommandeur vor seinen Männern sagen kann, und was er nicht sagen kann.«

»Verstanden, Rotkehlchen.«

Ransome nahm einen langen Zug aus seiner Zigarette und blies dann langsam den Rauch aus. Dave hätte darauf gewettet, daß Ransome ganz bewußt so tief inhaliert hatte. »Also, ich habe mich dort unten gehenlassen, Mr. Elliot, und ich muß mich bei Ihnen entschuldigen. Ich verliere nicht so leicht die Beherrschung. Aber als ich das Blut zwischen meinen Beinen sah, dachte ich, Sie hätten meine Apparatur erwischt. Deswegen habe ich so reagiert, wie Sie es erlebt haben. Und dafür möchte ich mich entschuldigen. Ich weiß, ich habe mich danebenbenommen, und ich weiß, daß Sie durchaus das Richtige getan haben. Sie waren einer von Colonel Kreuters Männern. Er hat Ihnen die Regeln beigebracht, genauso wie mir. Einzelaktionen kommen nicht in Frage. Sogar der Lone Ranger hat seinen treuen indianischen Gefährten. Das war Ihnen klar. Sie wußten, daß ich einen zweiten Mann dabei haben würde. Und Sie haben sich exakt an die Regeln gehalten. Ich respektiere das. Ich hoffe, Sie verzeihen mir mein Benehmen und meine Sprache. Das ist aufrichtig gemeint. Ich gebe Ihnen mein Wort, daß so etwas nicht wieder vorkommen wird.«

Nicht schlecht. Direkt aus den Büchern über psychologische Kriegführung. Glaubwürdig, aufrichtig, verständig – für einen völlig Durchgeknallten, wohlgemerkt. Ransome hört sich beinahe wie ein netter Kerl an.

»Mr. Elliot? Hören Sie mich, Mr. Elliot?«

»Positiv, Rotkehlchen.«

»Ende der Durchsage.« Das Funkgerät verstummte. Ransome hatte auf die andere Frequenz umgeschaltet.

Dave legte den Kopf wieder auf die Kabel und machte es sich bequem. Er rülpste. Die Fressalien, die er im Prime Minister's Club hatte mitgehen lassen, hatten geschmeckt wie selten etwas in seinem Leben. Aber das war ja keine Überraschung. Schließlich lautet die erste Regel des Soldatenlebens: geklautes Essen schmeckt am besten.

»Pap hat immer gesagt, nimm dir ein Hühnchen mit, wo dir eins übern Weg läuft, denn wenn du's nicht selber brauchst, kannst du doch immer leicht einen finden, der's brauchen kann, und eine gute Tat macht sich immer bezahlt.« Von Huckleberry Finn stammt das.

Und die zweite Regel des Soldatenlebens lautet: Wenn die Ballerei aufhört, wird es Zeit, sich ein bißchen aufs Ohr zu legen.

Bald darauf war David Elliot eingeschlafen.

4

Die Tweedjacke gibt dem Ausbilder ein passendes professorales Aussehen. Er ist von durchschnittlichem Wuchs, wirkt aber größer. Seine Kopfhaltung mit der leicht angehobenen Nase verstärkt diesen täuschenden Eindruck. Sein Haar ist eher ein bißchen zu lang, aber gut und nach dem Geschmack der späten sechziger Jahre modisch geschnitten. Trotzdem wirkt es ein bißchen fehl am Platz in einem Raum voller militärischer Bürstenhaarschnitte.

Er hat einen ausgeprägten Neuengland-Akzent, nicht den irisch-gutturalen Mittelschichtton der Kennedys, sondern etwas Aristokratischeres. »Good afternoon, gentlemen.« Lieutenant Elliot und seine Kurskollegen haben den Vormittag damit zugebracht, die Einrichtungen zu besichtigen. Gegenüber Fort Bragg sind sie ein enormer Fortschritt. »Ich heiße Robert. Sie können mich mit ›Bob‹ anreden, sollte das Ihr Wunsch sein. Wie alle anderen, die Sie hier kennenlernen werden, habe auch ich es lieber, wenn man mich beim Vornamen anspricht. Was unsere Familiennamen angeht, da haben wir alle, fürchte ich, eine leichte Amnesie entwickelt.«

Die Kursteilnehmer kichern verständnisinnig.

»Die Ausbildung, die Sie hier im Camp P erhalten werden, wird Sie vielleicht überraschen. Unsere Institution hat sich nicht zum Ziel gesetzt, den Unterricht weiterzuführen, den Sie bereits erhalten haben. Wir gehen davon aus, daß Sie die ehrenvollen Künste des Soldatenhandwerks beherrschen. Wäre dem nicht so, dann wären Sie nicht hier. Unser Studienplan widmet sich einem anderen Handwerk, und dieses Handwerk hat zwei Dimensionen. Die Dimension, die Sie zweifellos am brennendsten interessiert, betrifft die äußeren Manifestationen unseres Handwerks – ungewöhnliche Waffen, teuflische Tricks, infernalische Geräte und die übrigen barbarischen Fertigkeiten, die von Saboteuren, subversiven Agenten und Attentätern verlangt werden. Natürlich werden wir Ihnen alle diese Dinge beibringen. Allerdings nicht sofort. Als erstes wollen wir uns auf die zweite Dimension des Handwerks konzentrieren, die psychologische, die innere, die geistige Dimension. Denn letzten Endes, meine Herren, wird das Spiel im Kopf gespielt, und der Verstand entscheidet darüber, ob es verloren oder gewonnen wird. Habe ich mich klar ausgedrückt?«

Ein paar der Anwesenden nicken. Ein Marineoffizier hinter Dave schnarrt: »Yes, Sir.«

»Versuchen Sie das Wort ›Sir‹ zu vergessen. An unserem College sind alle gleichgestellt. So, um zur Sache zu kommen: Als brave Amerikaner, meine Herren, sind Sie in einer Kultur aufgewachsen, in der Mannschaftssportarten ein hohes Ansehen genießen. Sie haben sicher alle schon bei vielen Spielen zugesehen und Ihre Mannschaft moralisch unterstützt. Gut möglich auch, daß Sie selbst mitgespielt haben. Jeder einzelne von Ihnen ist ein guter Mannschaftskamerad. Vielleicht haben Sie sogar ein paar Augenblicke sportlichen Ruhms erlebt. Wenn das zutrifft, dann dürfen Sie mit Recht stolz sein, denn der Mannschaftssport ist eine ehrenvolle Angelegenheit, ohne Zweifel. Leider Gottes aber hat er auch eine gewisse primitive Einfachheit und Struktur. Überlegen Sie: Das Feld hat nur zwei Tore. Dann gibt es nur zwei Mannschaften. Das Spiel hat eine vorgeschriebene Dauer und richtet sich nach einfachen Regeln, die Schiedsrichter wie Spieler kennen und respektieren. Manche meinen, der Sport sei eine Metapher für den Krieg und umgekehrt. Das trifft leider nicht zu, obwohl viele Leute bei uns in Amerika diesem Irrtum anhängen. Im Verlauf der kommenden Wochen werde ich Sie hoffentlich von diesem bedauerlichen Irrglauben befreien, denn der Krieg, und insbesondere die Art der Kriegführung, auf die Sie, meine Herren, sich vorbereiten, hat mehr als nur zwei Seiten und mehr als nur zwei Mannschaften. Und sie kennt auch keine festgelegten Regeln. Das Spiel, das Sie zu erlernen wünschen, besteht aus Schichten, wie eine Zwiebel. Schälen Sie eine Lage ab, dann wartet darunter die nächste. Dann noch eine und wieder eine. Ein Mann, der sich vorgenommen hat, das geheime Herz einer Zwiebel zu finden, wird eine bittere Enttäuschung erleben, meine Herren. Denn wenn er die Zwiebel bis aufs Herz abgehäutet hat, hat er zuletzt nichts mehr in den Händen. Die psychologischen Wirkungen dieser speziellen Erkenntnis können höchst beunruhigend sein. Meine Aufgabe besteht darin, Sie darauf vorzubereiten. Ich hoffe, Ihnen beibringen zu können, wie man unter die Oberfläche der Dinge blickt, wie man erkennt, wie viele Schichten die Zwiebel hat, und daß die Schichten selbst die Seele der Zwiebel sind. Das ist eine ziemlich wichtige Angelegenheit, meine Herren, denn wenn Sie diesen Kurs hinter sich haben und in den paradiesischen Höllen gelandet sind, in die wir Sie schicken werden, werden Sie rasch entdekken, daß unter der Oberfläche des Spiels ein anderes Spiel und unter diesem wieder ein anderes Spiel gespielt wird. Und die Spielregeln, meine Herren, sehen alle miteinander ganz, ganz anders aus.«

Mamba Jack kennt sich zu gut aus, um einen unbedarften First Lieutenant, erst seit drei Wochen im Land, als Anführer eines Liquidations-Kommandos durch die entmilitarisierte Zone zu schicken. Soviel reimt sich Dave Elliot zusammen, während er noch in Kreuters Hütte ist. Es liegt auf der Hand, daß Dave für den guten Colonel nicht viel mehr ist als ein Opferlamm.

Nicht, daß Mamba Jack sich in dieser Sache unfair verhielte. Er hat Dave genug – gerade genug – Hinweise gegeben, daß er die Wahrheit erahnen konnte.

Kreuter hat preisgegeben, daß der Russe, den Dave umbringen soll, ein KGB-Major ist. Außerdem hat er klargemacht: Das Problem mit dem Major besteht nicht darin, daß er den

Vietcong mit Nachschub versorgt, sondern daß er ihn mit Ratschlägen unterstützt.

Frage: Welche Art Ratschläge könnte ein Major des KGB dem Vietcong erteilen?

Antwort: Ratschläge, die sich auf KGB-Geheimmaterial stützen, und die Beschaffung solchen Materials ist das ureigenste Gebiet des guten, alten *Komitet gossudarstwennoi besopasnosti.*

Frage: Woher bekommt das KGB seine Geheiminformationen?

Antwort: Von Agenten und Informanten.

Dave sitzt in seiner eigenen strohgedeckten Hütte und trinkt warmes Bier, während er sich darüber den Kopf zerbricht. Dem Russen wird sein Material von einem Informanten zugespielt – vielleicht von einem der vietnamesischen Offiziere, die Kreuters Einheit zugeteilt worden sind, vielleicht auch von jemand anderem. Aber egal, wer derjenige ist, er muß eine hohe Position einnehmen und erstklassiges Material liefern. Weder Mamba Jack noch sonst ein Kommandeur würde ein Kommandounternehmen durch die Entmilitarisierte Zone riskieren, wenn es sich nicht um ein ernstzunehmendes Leck handelte.

Frage: Wie würde man es anstellen, diesen speziellen Verräter zu fassen?

Antwort: Mit einer Falle, in der man einen hochgestellten Cong fängt – oder, besser, den Russen.

Frage: Und mit was für einem Köder?

Antwort: Einem Trupp entbehrlicher GI's unter der Führung eines ebenso entbehrlichen First Lieutenant.

Dave soll in den Norden geschickt werden, um den Feind aus seiner Höhle zu locken. Kreuter erwartet, daß sie sich mit großem Getöse durch den Dschungel schlagen, sich dem Quartier des Russen so weit nähern, daß sie Aufmerksamkeiten erregen, unter Beschuß geraten und eine gewisse Verwirrung anrichten. Zugleich wird ein zweiter amerikanischer

Trupp – ein größerer, angeführt von Leuten mit mehr Erfahrung – die Operationsbasis des Russen seitwärts umgehen. Sobald die Ballerei losgeht, verlassen sie ihre Deckung und krallen sich ihre Beute. Das ist der Kern der ganzen Mission. *Unter der Oberfläche des Spiels wird ein anderes Spiel gespielt...*

Frage: Wie nennt man den Köder, der den Tiger anlocken soll?

Antwort: Eine Judasziege.

Frage: Wie oft kommt es vor, daß die Judasziege den Tiger frißt?

Antwort: Es gibt immer ein erstes Mal.

5

Dave hatte zwar nicht von Zwiebeln geträumt, aber als er erwachte, dachte er an Zwiebeln. Beziehungsweise an eine bestimmte Zwiebel. Ihre oberste Schale, sagte er zu sich, trägt den Namen Bernie Levy.

Erzähl mir mehr.

Leute wie Ransome schicken nicht Leute wie Bernie los, damit die die Drecksarbeit für sie machen. Das erledigen sie selbst. Dafür werden sie bezahlt. Ransome hätte Bernie nur dann die Sache überlassen, wenn dieser seinen Standpunkt so darlegte, daß er Ransome hätte überzeugen, ihn mit Argumenten in die Knie zwingen können. Bernie ist ein Dickschädel. Er ist weiß Gott ein Dickschädel. Wenn er einmal zu der Überzeugung gekommen ist, daß irgend etwas richtig ist, dann hält er an dieser Entscheidung eisern fest.

Das ist nur ein Teil der Antwort.

Den anderen Teil liefern seine Worte »Bernie Levy gibt sich selbst die Schuld, und Gott wird ihm nicht vergeben.«

Und?

Irgendwie glaubt Bernie dafür verantwortlich zu sein, daß Ransome meinen Tod will. Wenn er glaubt, diese Alptraumgeschichte sei seine Schuld, dann glaubt er vermutlich, es sei seine Aufgabe, mich umzubringen. Mehr als nur seine Aufgabe. Seine Pflicht. Bernie war früher bei den Marines. *Semper fidelis.* Das Wort Pflicht wird bei ihm ganz großgeschrieben.

Du glaubst, hinter diesem ganzen Schlamassel steckt Bernie?

Vielleicht nicht. Es wäre denkbar, daß er auch selbst nur ein Opfer ist, genauso wie ich. Ich tippe darauf, daß es sich so verhält. Er war vor die Wahl gestellt: Entweder macht Ransome mich kalt, oder er selbst erschießt mich. Als er in mein Büro kam, murmelte und stammelte er etwas davon, daß er keine andere Wahl hätte. Und das hat er damit gemeint. Er dachte, er sei es mir schuldig. Ich mußte wegen eines Fehlers getötet werden, den *er* begangen hatte. Er sei es mir schuldig, dachte er, selbst abzudrücken. Er sei es mir schuldig, das keinem Fremden zu überlassen.

Nette Geste.

Ehrenhaft, würde ich sagen. Bernie nahm die Sünde auf sein eigenes Gewissen. Sein Gewissen hat ihm wohl keine andere Wahl gelassen.

Okay, und auf was für ein teuflisches Spiel hat sich Bernie da eingelassen, und welche Rolle spielst du dabei?

Ich weiß es nicht. Ich kann nicht einmal raten.

Bist du dir sicher, daß du nicht Zeuge warst, als die Mafia zuschlug, oder was Ähnliches, als ich grade mal wegschaute?

Was habe ich gesehen? Was hab ich gehört? Wovon weiß ich etwas?

6

Irgend jemand ging über den erhöhten Fußboden des Computerraums. Eine männliche Stimme, Tenorlage, rief: »Es ist kurz vor halb vier, Leute. El Supremo möchte Sie alle im Konferenzsaal sehen. Er hat eine neue Verfügung von höchster Stelle bekommen.«

Jemand anders sagte seufzend: »Weitere Gehaltskürzungen.«

»Yeah«, ließ sich eine dritte Stimme vernehmen. »Zum Ausgleich der wachsenden Bürde der Sonderzulagen fürs Management.«

»Hört mal, Leute«, sagte der Tenor. »Ich weiß, das Klima hier bei uns ist rauh, aber wenigstens haben wir unsere Jobs noch.«

»Zumindest bis halb vier.«

Der Tenor ignorierte den Witzbold. »El Supremo sagt, er braucht euch eine Stunde. Steht zwischen jetzt und halb fünf irgendwas Größeres an?«

Eine Frau antwortete: »Nichts Großes, aber um vier Uhr soll eine Auftragsferneingabe über Außenstände laufen. Sie ist für Fort Pfusch bestimmt, unsere hochgeschätzte Unternehmenszentrale.«

»Okay, Marge, Sie machen das ja sowieso. Sie lassen die Besprechung aus und kümmern sich um die Sache. Ich bleibe in der Nähe, falls Sie irgendwie Unterstützung brauchen. Ich fahre ohnehin mit El Supremo im Zug nach Hause. Da kann er mich informieren. Für alle anderen: auf geht's. Ihr wißt ja, wie der Boß es haßt, wenn man nicht pünktlich zu seinen Besprechungen erscheint.«

Drei oder vier Leute stimmten den Eingangschor von *Showboat* an – »Niggers all work on de...«

»Hört auf damit!«

Absätze und Sohlen trappelten über die Platten des Fußbodens. David hörte, wie eine Tür geöffnet und dann zugeschlagen wurde. Einen Augenblick lang herrschte Stille. Dann kamen Schritte in seine Richtung. Leichtfüßig, fast trippelnd – eine Frau, die Frau, die Marge hieß. Sie blieb genau über seinem Kopf stehen.

Der Tenor sagte: »Machen Sie es auf der Konsole dort?«

»Ähm, ja.«

Die Schritte des Mannes, gewichtiger, tappten über Daves Kopf hinweg. »Das ist eine 3178er, nicht?«

»Na klar.«

»Das ist mir ganz neu, daß die noch immer produziert werden. Nicht gerade das richtige Terminal für diese Sache, was?«

»Wenn's klappt, dann klappt es, wenn nicht, dann eben nicht. So läuft es bei American Interdyne.«

»Schon, aber wie wollen Sie...?«

»Passen Sie auf, Greg, ich kleines Würstchen mache diesen Job jetzt seit sieben Monaten ganz allein. Sie brauchen nicht dazubleiben. Warum ziehen Sie nicht los, zu dieser Besprechung, und machen El Supremo eine Freude?«

Dave hörte, wie dieser Greg mit einer Schuhspitze über die Platten fuhr. »Ehrlich gesagt, Marge... eigentlich bin ich ja nicht deswegen hiergeblieben, um Ihnen bei der Arbeit zu helfen.«

»Aha!« Dave hatte den Eindruck, daß Marges Tonfall ein wenig schärfer wurde.

»Also, wenn ich... die Sache ist die, Marge, daß ich...ich hab ja schon einmal darüber gesprochen. Sie sind ein gutaussehendes Mädchen, und ich, finde ich, sehe auch nicht übel aus.«

»Das tun Ken und Barbie auch, aber trotzdem werden sie nicht in derselben Schachtel verkauft.« Dave hatte den Eindruck, daß das die Worte einer Frau waren, die dieses spezielle Gespräch schon einmal geführt hatte.

»Jetzt kommen Sie, Marge, ich bin der richtige Typ für Sie, das ist Ihnen doch klar.«

»Der richtige Typ für mich hat nicht Frau und Kind draußen in Great Neck.«

»Ich hab Ihnen doch schon mal erklärt, daß das passé ist. Möchten Sie Beweise sehen? Bittesehr! Ich kann Ihnen die Anwaltsrechnungen zeigen.«

»Vielen Dank, aber ich bleibe bei Nein.«

»Ich möchte ja nur, daß wir ein-, zweimal miteinander ausgehen. Ein bißchen auftauen und einen lustigen Abend verbringen. Ein paar Gläser zusammen trinken, nett essen. Vielleicht noch ins Kino. Einfach einander ein bißchen besser kennenlernen. Was ist denn daran auszusetzen? Warum wollen Sie es sich nicht einmal überlegen?«

»Greg, *eines* möchte ich ganz, ganz klar machen. Ich hab es mir überlegt. Und zwar gründlich.«

»Gut. Ich wußte ja, daß es...«

»Und ich bin zu dem Schluß gekommen, nein zu sagen.«

»Was? Warum denn?« Gregs Ton war etwas lauter, als die Höflichkeit gebot.

»Es gibt kein ›Warum‹, Greg, nur ein schlichtes, altmodisches Nein.«

»Sie nehmen mich nicht ernst. Hören Sie zu, Marge, mir ist ernst damit. Sehr ernst. Sie sind für mich wichtig geworden, und ich werde nicht hinnehmen... Hey! Laß mich nicht einfach stehen, Puppe!«

Jetzt kam es wohl zu einem Handgemenge. Marge hob die Stimme. »Lassen Sie mich los, Greg. Lassen Sie mich *augenblicklich* los!«

»Erst wenn Sie Vernunft annehmen und mich anhören. Wen glauben Sie eigentlich vor sich zu haben? Ich bin Ihr Boß, Marge. Haben Sie das vergessen? Ich bin derjenige, der Ihre Beurteilung schreibt und darüber entscheidet, wie Ihre Gehaltserhöhung ausfällt. Mir haben Sie es zu verdanken, daß Sie bei der letzten Kündigungsrunde nicht mit rausflogen. Und wenn Sie auch bei der nächsten verschont bleiben wollen, Puppe, dann reißen Sie sich gefälligst zusammen!«

»Was? Greg...«

»Vergessen Sie den Quatsch, den das Weiße Haus von wegen Hochkonjunktur erzählt. Das Leben draußen ist hart und kalt, und an gute Jobs kommt man nicht so leicht ran.«

»Nein, Greg, jemand anders...«

»Besonders wenn in Ihren Papieren ein dunkler Fleck ist. Wenn Sie aber bei American Interdyne bleiben, Marge, dann können sich Chancen ergeben. Vielleicht werden Sie sogar befördert, wenn Sie Ihre Karten richtig ausspielen.«

»Greg, jemand anders...«

»Scheiß auf den andern. Scheiß auf Ihren Boyfriend, Lady!«

»Nein, ich meine, hinter Ihnen.«

Greg, der ihr den Arm auf den Rücken gedreht hatte und ihn festhielt, warf einen Blick über die Schulter.

David Elliot lächelte ihn an, aber es war kein freundliches Lächeln.

7

Dave stupste Greg mit einer Zehe: Ja, der verschmähte Liebhaber war k.o.

Er schüttelte sein Handgelenk, um den Schmerz loszuwerden. Die Knöchel der linken Hand waren aufgeschürft, und aus der Wunde, jetzt ohne Verband, tropfte Blut.

Deine Hand ist schmutzig. Zu allem Überfluß wirst du dir noch einen Wundbrand holen.

Nach einem letzten Blick auf den völlig weggetretenen Greg schaute Dave zu Marge hoch.

Sein erster Gedanke: Tolle Wangenknochen. Sein zweiter Gedanke: Sie wird jeden Augenblick zu schreien anfangen. So sagte er rasch: »Hi, ich heiße Dave Elliot, und ich habe einen schlimmen Tag hinter mir.«

Marges Unterkiefer – kräftig, fest, hübsch – fiel herunter. Ihre grünen Augen (ein tiefes Grün, Smaragdgrün, grün wie ein kleiner Bergsee) hinter der übergroßen Brille mit rechteckigen Gläsern in einer roten Fassung waren weit geöffnet und starrten ihn an. Zweimal öffnete und schloß sie den Mund, gab aber keinen Laut von sich.

»Sogar einen sehr schlimmen Tag.«

Schmeichle dich ein. Tu ein bißchen jungenhaft, ein bißchen bekümmert.

Marge trat zurück. Sie machte eine matte Bewegung mit der rechten Hand, als wollte sie irgend etwas wegschieben.

»Ich seh wohl ziemlich verwahrlost aus.«

Schließlich brachte Marge murmelnd heraus: »Ganz schön untertrieben, mein Bester.«

»Einen wirklich ganz, ganz schlimmen Tag.«

»Und Sie stinken.« Sie rümpfte die Nase. Dave gefiel es, wie sich ihre Nase dabei verzog.

»Genaugenommen ist heute der schlimmste Tag meines Lebens. Passen Sie auf, Marge – so heißen Sie doch, oder? –, wenn Sie noch weiter zurückgehen, knallen Sie gegen die Wand. Ich geh jetzt dort hinüber, weg von der Tür. Wenn Sie also zum Ausgang wollen, versteh ich das.«

Marge spitzte die Lippen und sah ihn mit zusammengekniffenen Augen an. »Wirklich?«

»Doch, ja.« Sie war eine attraktive Person. Was das betraf, mußte man Greg recht geben. Ein bißchen klein, vielleicht 1,60 Meter, aber wohlproportioniert. Schwarzes Haar, schimmernd wie blank geriebene Kohle. Mitte Zwanzig. Lustige grüne Augen, und die Lippen zum Lächeln geschaffen. Eine niedliche jüdische Nase, die irgendwie, ja, keß war...

Willst du dir nicht lieber solche Gedanken aus dem Kopf schlagen, Freundchen? Die Kleine mußte heute schon einmal mit einer Anmache fertig werden.

Marge drückte sich mit dem Rücken an die Wand und ließ Dave nicht aus den Augen. Sie schob sich Stück für Stück an der Wand entlang, bis sie die Tür erreichte. Als sie die Hand auf dem Knauf hatte, sprach sie wieder. »Ich muß mich wohl bei Ihnen irgendwie bedanken. Wegen diesem Miesling Greg, meine ich. Also, vielen Dank.«

»Nichts zu danken.« Dave blickte auf sein ehemals blütenweißes Hemd hinab. Er wischte an dem Dreck herum, der daran klebte. Es half nichts.

Sie sah ihn an, legte den Kopf etwas schief und stemmte die Hände gegen die Hüften. »Und damit hat es sich? Sie sagen ›nichts zu danken‹, und das wär's dann gewesen?«

»Ja, so ziemlich, denke ich.« *Sachte, sachte beim Angeln.*

»Sie kommen da unter dem Fußboden raus wie irgendein

Stephen-King-Untier, machen kurzen Prozeß mit diesem Casanova und dann heigh-ho Silver, und fort ist der unbekannte Maskierte – wollen Sie das damit sagen?«

Es wird Zeit für ein jungenhaftes Lächeln. Los, Kamerad, du mußt erreichen, daß sie dir glaubt.

Er seufzte und senkte den Blick. »Es hörte sich an, als brauchten Sie Hilfe. Gegen Greg, meine ich. Und...« Er hob den Blick und grinste. »...ich mußte sowieso irgendwas tun, um... Ich weiß nicht... um mich aufzuheitern oder zu zeigen, daß ich ein anständiger Kerl bin oder sonstwas. Und deshalb... vielleicht hab ich ihm deswegen eine vor den Latz geknallt... vielleicht hab ich es ebenso für mich selber wie für Sie getan.«

»Was sagen Sie da?« sagte sie vorwurfsvoll. »Lösen Sie Ihre Ego-Probleme immer damit, daß Sie andere Leute zusammenschlagen?«

»Ich weiß nicht. Ego-Probleme hatte ich bis heute keine.«

Sie betrachtete ihn mit einem geradezu klinischen Blick, Zentimeter für Zentimeter, von Kopf bis Fuß. Dave hatte den Eindruck, sie versuchte sich vorzustellen, wie er unter dem ganzen Dreck aussah. Schließlich sagte sie: »Sind Sie in... wie soll ich sagen?... irgendwie in Schwierigkeiten?«

Wieder gab er einen tiefen Seufzer von sich. »Das ist die Untertreibung des Jahres.«

Sie legte die Hände an die Hüften, blies die Wangen auf und legte den Kopf etwas schief. Dave fand die Wirkung hinreißend. »Okay, ich weiß, ich werde das bereuen, aber egal. Ich denke, ich bin Ihnen etwas schuldig für...« Sie bedachte den auf dem Boden liegenden Greg mit einer geringschätzigen Handbewegung.

Perfekt. Jetzt gib ihr noch eine letzte Möglichkeit, vom Haken loszukommen.

»Marge, ich brauche Hilfe. Ich würde Sie gern darum bitten. Aber ich möchte nicht, daß Sie das Gefühl haben, Sie stünden in meiner Schuld.«

Marge blies die Luft aus. »Okay, Mr... Wie heißen Sie gleich wieder?«

»Elliot. Dave Elliot.«

»Na schön, Mr. Elliot. Sie haben fünf Minuten, auf der Wanduhr dort. Hören wir uns mal an, was Sie zu erzählen haben.«

Sie klopfte leicht mit einem Fuß auf die Bodenplatten und berührte mit einem Finger ihre Unterlippe. Schließlich begann sie zu sprechen. »Und das soll ich glauben?«

Dave zuckte die Achseln. »Dort an der Wand ist ein Telefon. Rufen Sie bei Senterex an. Mein Apparat hat die Nummer 4512, und meine Sekretärin heißt Jo Courtner. Ihr Anschluß hat die Nummer 4511. Sagen Sie ihr, Sie seien die Sprechstundenhilfe meines Zahnarztes und möchten den Termin verschieben lassen, den ich für morgen vereinbart hatte. Schweber heißt der Zahnarzt übrigens. Warten Sie ab, was passiert.«

»Welche Nummer hat der Hauptanschluß?«

Dave nannte sie ihr. Sie wählte, verlangte den Nebenanschluß 4512 und sprach in den Hörer. »Guten Tag, hier spricht Marge aus der Praxis von Dr. Schweber. Mr. Elliot hat für morgen einen Termin bei uns, den wir leider verschieben müssen.« Sie machte eine Pause und lauschte. »Ach so, und haben Sie eine Idee, wann er zurückkommt?« Wieder eine Pause. »Erst in einigen Wochen, sagen Sie. Dann rufe ich vielleicht Mitte nächsten Monats nochmal an, ja? Okay. Gut. Danke und schönen Tag noch.«

Sie hängte ein. »Sie sind aus New York weg. Dringliche Familienangelegenheit. Niemand weiß, wie lange Sie wegbleiben werden.«

»Rufen Sie jetzt meinen Bruder an. Wenn es etwas Dringliches in der Familie gibt, ist er sicher auch in Indiana. Sagen Sie, Sie rufen aus der Kanzlei meines Anwalts an – Harry Halliwell heißt der –, und Sie müßten mit ihm wegen des Trust-Fund auf Widerruf sprechen, den ich eingerichtet habe.«

Marge rief an. Sie zog die Augenbrauen hoch, als sie die Antwort hörte. Nachdem sie wieder eingehängt hatte, sagte sie: »Ihr Bruder sagt, Sie seien auf einer Geschäftsreise nach Tokio und würden erst in vier Wochen zurückkommen.«

Dave legte sein bestes, sein wärmstes Lächeln auf. »Ich könnte wirklich Hilfe gebrauchen, Marge.«

Sie schüttelte den Kopf und blickte starr auf den Boden. »Sehen Sie, ich bin ja nur eine kleine Angestellte. Leute mit Schußwaffen... Mafia oder weiß Gott was... und außerdem haben Sie...wie soll ich sagen?... Leuten Schaden zugefügt.«

Marge verstummte, leckte sich die Lippen und warf einen Blick auf den bewußtlos daliegenden Greg.

Vorsicht, Junge, sonst geht sie dir durch die Lappen.

Dave fuhr sich mit den Fingern durchs Haar. »Nur aus Notwehr.«

Ihre Augen ruhten noch immer auf Greg.

»Verstehen Sie was von Schußwaffen, Marge?«

Ihre Lippen wurden schmal. »Als ich acht Jahre alt war, ist meine Familie nach Idaho gezogen. Ein Land der Waffennarren. Alle gehen auf die Jagd. Ich habe sämtliche Arten von Waffen gesehen, die es überhaupt gibt.«

»Dann sehen Sie sich die mal an.« Dave griff hinter seinen Rücken und zog eine der Pistolen heraus, die unter seinem Hemd versteckt waren. Er ging in die Hocke, legte sie auf den Boden und beförderte sie mit einem kräftigen Schubs zu Marge hin. »Die hab ich einem von Ransomes Leuten abgenommen.«

Sie bückte sich und hob die Waffe auf. Mit dem Respekt eines Meisterschützen hielt sie sie in der Hand. Nachdem sie sie ein paar Augenblicke begutachtet hatte, nickte sie. »High-Tech-Zeug, was? Sowas habe ich noch nie gesehen.«

Dave schwieg. Er wartete einfach darauf, daß sie einen Entschluß faßte.

Das tat sie. Sie warf einen Blick auf den Sicherungshebel, packte die Pistole am Lauf und ging von der Tür weg. Sie hielt ihm das Schießeisen hin. »Mir scheint, Sie stecken wirklich in der Bredouille, Mister.«

Er nahm ihr die Pistole ab und steckte sie unters Hemd. »Ja, ich brauche Hilfe. Nur ein bißchen. Nichts, was Sie in die Sache hineinziehen könnte. Das verspreche ich Ihnen. Ehrenwort.«

Du Lügner!

»Nein, ich...«

»Nur drei Bitten, nicht mehr. Die erste: Besorgen Sie mir eine Rolle schweres Stoffklebeband oder irgendwas in der Art – womit ihr hier die Drähte unter dem Fußboden umwickelt. Die zweite: Beschaffen Sie mir ein kleines Tonband- oder Diktiergerät. Die dritte: Passen Sie draußen im Korridor auf, während ich mir auf der Herrentoilette Gesicht und Hände wasche und mich umziehe.«

»Gehn Sie auf die Damentoilette.«

»Wie bitte?«

»Die Frauen auf dieser Etage arbeiten alle in unserer Abteilung und sind jetzt in einer Besprechung. Die Damentoilette ist sicherer.«

8

Frisch gewaschen, erheblich weniger duftend und mit Gregs Hose und Hemd bekleidet, erschien Dave wieder im Computerraum.

Marge betrachtete ihn mit einem beifälligen Blick. »Sie sehen aus wie ein richtiger Computerheini. Die Brille schief, die Hose zu kurz, das Hemd hängt heraus. Jetzt fehlt Ihnen nur noch so ein Hemdtaschenschoner aus Plastik für die Kulis des pedantischen Programmierers.«

»Danke. Wenn ich weiße Socken und Turnschuhe hätte, wäre meine Tarnung vollkommen.«

Greg war zwar fünf Zentimeter kleiner und sein Taillenumfang eine Nummer größer, trotzdem aber paßten seine Klamotten Dave nicht schlecht. Daß das Hemd so weit war, hatte sogar entschiedene Vorteile, denn so ließen sich die Waffen leichter verbergen. Anders verhielt es sich leider Gottes mit Gregs Schuhen. Sie waren zu klein. Dave trug noch immer seine augenfällig teuren Bally-Slipper. Die mußte er loswerden.

Marge wog das kleine Diktiergerät in der Hand, das sie Dave besorgt hatte. »Sind Sie sicher, daß das klappen wird?«

»Ich hoffe es. Es ist meine beste Chance.«

»Und Sie sind auch sicher, daß Sie dieses Funkgerät richtig eingestellt haben?«

Dave hatte im Laufe des Morgens zwei Funkgeräte erbeutet – das erste von Carlucci und das zweite von dem Mann, den er im Prime Minister's Club erschossen hatte. In seinem Versteck unter dem Fußboden des Computerraums hatte er die beiden Geräte untersucht. Beide hatten auf der Rückseite kleine abnehmbare Deckel. Darunter fand Dave eine Reihe winzig kleiner roter Leuchtdioden, die ohne Zweifel Frequenzcodes anzeigten. Unmittelbar unterhalb der Leuchtdioden befanden sich mehrere Kippschalter.

»Ja, Marge, das Funkgerät ist richtig eingestellt.«

»Ich drücke also nur diese Sprechtaste und spiele Ihr Band ab?« Sie deutete mit einem langen, schlanken Finger darauf. Dave gefielen lange Finger. Wurstfinger stießen ihn ab. Marge, fand er, hatte wunderschöne Finger. Und nicht nur das. Sie war in seinen Augen in allem das Gegenstück zu seiner Frau – hübsch gerundet, während Helen mager à la New York war; zierlich und nicht, es mußte gesagt werden, zu groß wie seine Ehefrau; praktisch-lebensklug, nicht kühl-kultiviert – und unverklemmt erotisch, wohingegen Helen...

Hey, Freundchen! Ja, du!

Er zwang sich, seine Gedanken wieder auf das zu richten, was jetzt wichtig war. »Ganz recht. Sobald Sie eine Stimme hören – egal, welche –, spielen Sie das Tonband ab. Aber erst, wenn Sie außerhalb des Gebäudes sind. Sollten Sie eine Stimme hören, solange Sie in diesem Haus sind – einfach ignorieren. Wenn sich Ransome meldet, ehe Sie von hier weg sind, muß ich mir was Neues einfallen lassen.«

Sie holte tief Luft und warf ihm ein Lächeln zu. »Und was wird aus Greg?«

Nettes Lächeln!

»Früher oder später wird ihn schon jemand hören. Entweder das, oder die Putzkolonne findet ihn heute nacht, wenn saubergemacht wird. Bis dahin rührt er sich von hier nicht weg.«

Sie blickte auf ihre Schuhe. »Übrigens, ich wollte Sie schon fragen – warum haben Sie denn so viel von diesem Zeug um seinen... na, Sie wissen schon... um seinen kleinen Johannes gewickelt?«

»Wenn es soweit ist, daß jemand das Klebeband von diesem Clown abzieht, dann möchte ich, daß er ›Au!‹ schreit.«

Sie kicherte. »Sie sind gemein, Mr. Elliot.« Ihr Lächeln erhellte den Raum.

Und sie hatte ein gewisses Etwas in ihrem Blick. Zumindest hatte Dave diesen Eindruck. Oder vielmehr, er *hoffte*, daß sie ein gewisses Etwas in ihrem Blick hatte. »Yeah«, sagte er schelmisch grinsend, »so bin ich, gemein wie ein Köter auf dem Schrottplatz.«

Sie hob das Kinn an. Ihre Wangen färbten sich. »Aber nicht gemein zu allen Leuten?«

Marges Stimme war weicher geworden, Daves Stimme dagegen heiser. »Nein, nicht zu allen.« Er tat einen Schritt nach vorne. Reiner Reflex. Marge tat das gleiche. Es war keinerlei Überlegung dabei. Dave stellte fest, daß es in dem luftgekühlten Raum wärmer geworden war. Die Wärme war nicht unangenehm. Mehr eine linde sommerliche Brise.

Sie stand jetzt vor ihm. Ihre Augen funkelten. Nur ein paar Handbreit trennten sie voneinander. Entweder deutete er die Signale falsch, oder sie *wollte*, daß er ihr näher war. Es zog ihn zu ihr hin und umgekehrt. Eine Art Magnetismus begann zu wirken – real, augenblicklich, unentrinnbar. So etwas kam selten vor, aber es kam vor. Manche Leute nennen es Liebe auf den ersten Blick, obwohl es das natürlich nicht ist.

Ein ganz und gar verrückter Gedanke zuckte durch Daves Kopf. Der Gedanke gefiel ihm, und das Verrückte daran gefiel ihm, und am meisten gefiel ihm Marge Cohen, und deshalb...

Er riß sich zusammen, mit einem Ruck an seinen psychischen Zügeln, so jäh, daß es weh tat. Auch nur zu *denken*, was er gedacht hatte, war so grundverkehrt, daß es an Irrsinn grenzte, wenn es nicht gar selbstmörderisch war. Und diese junge Frau hineinzuziehen, die ohnedies schon zu weit in die Sache hineingeraten war...

Immerhin ist dir wenigstens noch ein Rest an Skrupeln geblieben, Freundchen.

Er ergriff Marges Hand und schüttelte sie, so wie er einem Kollegen die Hand geschüttelt hätte. »Dank für all Ihre Hilfe, Marge. Wirklich vielen, vielen Dank. Aber ich setze mich jetzt mal lieber in Bewegung. Ihre Freunde – Ihre Kollegen aus dieser Abteilung – werden ja wohl bald von dieser Besprechung zurückkommen.«

Ihre Augen funkelten noch heller. »Okay, aber ich möchte noch sagen, daß ich mit meinem vollen Namen Marigold Fields Cohen heiße. Sehn Sie mich nicht so an, ich wurde 1968 geboren, und meine Eltern lebten damals in San Francisco. Es ist nicht meine Schuld, daß sie mir so einen blöden Namen verpaßt haben. Jedenfalls, so stehe ich im Telefonbuch. West 94th Street, gleich beim Broadway. Wenn Sie aus diesem Schlamassel heraus sind, rufen Sie mich an, okay? Sie könnten auch mal vorbeischauen.«

Dave erwiderte ihr Lächeln. Sie war einfach reizend. Er war völlig betört, drauf und dran, etwas Unüberlegtes zu sagen. Etwas sehr, sehr Unüberlegtes...

Schade, daß du ein glücklich verheirateter Mann bist. Oder vielleicht bist du's gar nicht mehr.

Oder vielleicht war er es nie gewesen.

»Wird gemacht, Marigold.« Er bemühte sich um einen aufrichtig wirkenden Ton. Vielleicht gelang es auch.

»Unterstehen Sie sich nicht noch einmal, Marigold zu mir zu sagen!«

»Nie mehr! Ich verspreche es hoch und heilig. Aber jetzt noch eine letzte Sache.«

Marge nickte eifrig.

»Ich möchte auf gar keinen Fall, daß Sie wegen dieser Geschichte in Schwierigkeiten geraten. Niemand soll Verdacht schöpfen, daß Sie mir geholfen haben. Aber wenn Greg gefunden wird, werden Fragen gestellt werden. Und dafür schwebt mir ein absolut perfektes Alibi vor. Niemand wird auf die Idee kommen, es in Frage zu stellen. Es ist Ihnen doch klar, daß Ihr Alibi hieb- und stichfest sein muß, ja?«

»Klar. Und wie sieht es aus?«

»So.« Dave verpaßte ihr einen Aufwärtshaken unters Kinn. Er fing sie auf, als sie bewußtlos nach vorne kippte, und ließ sie sanft auf den Fußboden gleiten. Dann nahm er alles Geld aus ihrem Portemonnaie. Das arme Kind hatte nur dreiundzwanzig Dollar bei sich. Er ließ ihr jedoch die U-Bahn-Marke, damit sie nach Hause fahren konnte.

Kapitel 4

Alles im Kopf

1

Die Leitung des Unternehmens, das Daves Büroturm errichtet hatte und verwaltete, hatte – eine Ausgeburt des lächerlichsten Aberglaubens – beschlossen, daß er kein dreizehntes Stockwerk bekommen sollte. So wurden die Etagen mit elf, zwölf, vierzehn, fünfzehn numeriert, als wären die Götter oder die Dämonen, die Pech und Unglück verhängen, so dumm, daß sie nicht zählen könnten.

American Interdyne nahm nur zwei Etagen ein – zwölf und vierzehn. Der Empfang befand sich im 14. Stock.

Die Empfangsdame kroch auf allen vieren auf dem Boden umher, suchte mit zusammengekniffenen Augen den Teppichboden ab und schniefte dabei. Dave starrte sie mit offenem Mund an.

Sie war die Karikatur einer Yuppie-Frau aus den achtziger Jahren. Der Saum ihres Rocks aus reiner Naturfaser und mit Fischgrätmuster reichte ein ganzes Stück bis unters Knie. Ein Football-Stürmer hätte sie um die Schulterpolster ihrer dazu passenden Jacke beneidet. Die weiße Baumwollbluse war derart gestärkt, daß sie vermutlich krachte, wenn sich die Trägerin bückte, und die burgunderrote Schleife an ihrem Hals ähnelte einem toten Vogel aus einer vom Aussterben bedrohten Spezies. Die Garderobe der Frau schien geradezu herauszuschreien, daß sie bei Alcott & Andrews gekauft worden war – und dieses Geschäft hatte schon Jahre zuvor dichtgemacht.

»Entschuldigung«, sagte Dave so höflich, wie es ihm unter diesen Umständen möglich war. »Ich komme von der Telefongesellschaft.«

Sie hob den Kopf und blickte mit zusammengekniffenen Augen in seine Richtung. »Bewegen Sie sich nicht *(schnief)*.

Bleiben Sie stehen, wo Sie sind und rühren Sie sich nicht vom Fleck.«

»Eine Kontaktlinse verloren?«

»Beide *(schnief)*, ist das zu glauben?«

»Kann ich Ihnen suchen helfen?«

»Nur *(schnief)*, wenn Sie aufpassen.«

»Ich paß auf.«

Dave ging in die Hocke und begann mit den Augen den Teppichboden abzusuchen. Nahe der Stelle, wo die Frau herumkroch, erspähte er einen schwachen Lichtreflex. »Ein bißchen links von dort, wo Sie die Hand haben, dort, wo der Zeiger auf elf Uhr zeigt. Sehn Sie sie?«

»Ja, danke *(schnief)*. Eine gefunden, die andre fehlt noch.«

»Die ist genau nördlich davon.«

»Oh, großartig. Ich hab sie *(schnief)*.«

Die Frau absolvierte ihr Ritual. Sie befeuchtete einen Finger, hob die Nasenspitze himmelwärts, zog die Augenlider nach oben und setzte die Linsen ein. Dave fand die Darbietungen von Kontaktlinsenträgern nur eine Spur weniger abstoßend als die von Leuten, die in der Öffentlichkeit in der Nase bohren.

Sie zog aus einer Schachtel auf ihrem Schreibtisch ein Papiertaschentuch und betupfte damit ihre Augen. Das Papier färbte sich vom Maskara dunkelrot.

»Ist Ihnen was ins Auge geraten?« Noch während Dave das fragte, wußte er schon, daß es ein Fehler von ihm war.

»Nein.« Sie schluckte, schniefte und tupfte eine Träne weg. »Ich. Ich... ich...«

Dave konnte es nicht ausstehen, wenn Leute vertraulich wurden, die er nicht kannte.

»... ich habe geweint.«

Andererseits brauchte er diese Frau. Um einen mitfühlenden Ton bemüht, fragte er seufzend: »Ach, Sie haben Kummer?«

Zehn Minuten später wußte Dave über die Lebensgeschichte der Empfangsdame mehr, als er wollte. Sie hatte Ende der achtziger Jahre an einem der besseren Lehrinstitute ihren Magister in Betriebswirtschaft gemacht, bei einer Investment-Bank an der Wall Street einen Job bekommen, dann im Zuge der jüngsten Kündigungswelle im Bankgewerbe ihren Arbeitsplatz verloren und einfach keine neue Stellung gefunden, bis sie sich in ihrer Verzweiflung bei American Interdyne International um die Position einer Empfangsdame bewarb und genommen wurde.

Dave gab tröstende Geräusche von sich.

»Und so bin ich hier in diesem Saftladen gelandet *(schnief)*, und ich zahle noch immer meine Kredite fürs Studium ab und kann kaum meine Katze durchfüttern *(schnief)*, und mein Exgatte hat auch seinen Job verloren und kann nichts für unser Kind beisteuern *(schnief)*, und als Sprechstundenhilfe bei meinem Zahnarzt würde ich mehr verdienen, und mein Hauswirt macht mir die Hölle heiß *(schnief)*, und... und...«

Dave berührte ihre Hand. »Und was? Mir können Sie es ruhig sagen.«

»Ich bin wieder am Hintern abgetatscht worden.«

»Von wem, von Greg?« Dave schluckte. Das war ein Fehler gewesen. Zum Glück hatte ihn die Frau nicht mitbekommen.

»Von dem auch. Von allen hier. Von diesem Ekel, dem Vorstandschef dieser Ekelfirma, jedesmal wenn er in diese eklige Stadt kommt, bis hinunter zu diesem ekligen Bürovorstand!«

Dave verschränkte die Arme über der Brust und schloß die Augen.

Zuerst Marge und jetzt diese Frau. American Interdyne hat anscheinend eine ganz eigene Unternehmenskultur.

»Die ist auch ein Miststück.«

»Wie bitte?«

»Der Bürovorstand ist eine Frau.«

Später, nachdem Dave sie beruhigt hatte, brachte er seine Bitte vor. Sie lächelte vertrauensvoll und gab ihm das Gewünschte.

Er war so verständnisvoll gewesen, hatte ihr so hilfreiche Ratschläge erteilt, daß sie nicht einmal darüber nachdachte. Außerdem trug er noch immer den Werkzeuggürtel eines Telefonhandwerkers um die Taille. Er mußte ihr lediglich versichern, das Ding zurückzugeben, wenn er fertig war.

Einen Schlüssel.

Schamlos lügend, gab ihr Dave das Versprechen. Sie warf einen Blick auf ihre Uhr. »Werden Sie bis fünf damit fertig sein? Ich geh um fünf nach Hause.«

Dave lächelte sie ein letztes Mal an und sagte: »Vermutlich nicht. Aber ich lege ihn einfach unter Ihre Schreibunterlage. Ist Ihnen das recht so?«

»Aber natürlich. Oder in die mittlere Schublade.«

»Wie Sie wollen. Ach, noch eine abschließende Frage. Kennen Sie eine Frau, die Marge Cohen heißt? Sie arbeitet unten in der Computerabteilung.«

Die Empfangsdame nickte.

»Vielleicht rufen Sie sie bei Gelegenheit an. Sie ist in Ordnung, und so viel ich weiß, kennt sie sich damit aus, wie man mit Belästigungen am Arbeitsplatz umgeht.«

»Ich werde sie heute abend anrufen, wenn ich zu Hause bin.« Sie schwenkte das Telefonverzeichnis von American Interdyne.

Dave wandte sich zum Gehen. »Sie sagten, die Telefonzentrale befindet sich auf dieser Etage, ja?«

»Einfach den Korridor lang und dann links.«

»Vielen Dank. Bis bald.«

»Bis bald.«

Sie hatte ihm den Hauptschlüssel für die Versorgungs- und Vorratsräume von American Interdyne gegeben. Mit ein bißchen Glück konnte er sich damit zu jedem Geräte- und Lagerraum des Gebäudes Zutritt verschaffen. Telefonräume, Aufbewahrungsräume der Putzbrigade. Die kleinen Kämmerchen, wo die Gebäudeverwaltung, die Elektrizitätsgesellschaft und etliche andere Firmen dies oder jenes und weiß Gott was noch aufbewahrten.

Dieser Schlüssel war genau das, was er brauchte.

2

Dave war gerade damit beschäftigt, sich einen Überblick über die Bestände im Vorratsraum von American Interdyne zu verschaffen, als Ransome das Unverzeihliche tat.

Zischend meldete sich das Funkgerät in Daves Hemdtasche. Aus dem Lautsprecher ließ sich Ransomes Appalachenakzent vernehmen, der Dave inzwischen quälend vertraut war. »Mr. Elliot, bei mir hier ist jemand, der mit Ihnen sprechen möchte.«

Daves Kinnlade spannte sich an. Was kam jetzt? Wieder ein billiger Trick? Ein bißchen psychologische Kriegführung, um die Beute aus dem Gleichgewicht zu bringen? Irgendwas, was sein Selbstvertrauen zerstören sollte oder bei ihm Zweifel...

»Ich weiß aus Ihrer Akte, daß Loyalität nicht zu Ihren persönlichen Tugenden gehört. Keine Loyalität zu Ihrer Fahne und auch nicht gegenüber Ihren Kameraden. Immerhin hoffe ich aber, gibt es für Sie doch Bande, die Sie mit Ihrem eigenen Fleisch und Blut verknüpfen.«

Was?

»Dad?«

Nein!

»Dad, hörst du mich?«

Mark, sein Sohn. Sein einziges Kind. Aus seiner ersten Ehe. Sein und Annies Sohn.

»Dad, ich bin's, Mark.«

Er studierte im vorletzten Semester an der Columbia University, wohnte in einem Studentenheim in der West 110th Street und kam mindestens einmal in der Woche nach Manhattan, um mit seinem Vater essen zu gehen. Die eifersüchtige Helen kam nie mit. Sie wußte, daß Mark der wichtigste Mensch in Daves Leben war.

»Dad, hör mir bitte zu.«

Der Junge wollte Philosoph werden. In seinem ersten Jahr an der Uni hatte er die Einführungsvorlesung belegt. Irgend etwas daran hatte ihn im Innersten berührt. Er fand Sinn bei Platon, Bedeutung bei Kant und begeisterte sich für Hegel. Aus eigenem Antrieb, ohne von seinen Professoren dazu angespornt zu werden, hatte er in seinem zweiten Jahr an der Uni Martin Heideggers *Sein und Zeit* von vorne bis hinten gelesen, sämtliche 500 eng bedruckten Seiten, und darüber einen kritischen Artikel verfaßt, der, *mirabile dictu*, zur Veröffentlichung angenommen wurde.

»Bitte, Dad. Die Sache ist wichtig.«

O Ransome, du Dreckskerl, wie kannst du es wagen, meinen Sohn in diese Geschichte hineinzuziehen? Das wirst du mir büßen. So wahr mir Gott helfe, wirst du das büßen!

»Du *mußt* mich anhören, Dad.«

Dave, der bezweifelte, daß er seit seiner Studentenzeit das Wort »Philosophie« auch nur in den Mund genommen hatte, bestärkte Mark begeistert in seinen Interessen. Wenn andere Väter vielleicht mißbilligend den Kopf geschüttelt hätten, wenn ihr Sohn seine College-Jahre in ein Studienfach investierte, das bekanntermaßen brotlos war – na ja, um so dümmer von ihnen.

»Ich bin unten, Dad. Mom hat einen Flieger genommen. Sie wird in ein paar Stunden da sein.«

Ich werde dich umbringen, Ransome. Ich werde dich kaltmachen und meine Hände in deinem Blut waschen.

»Dad, du mußt mich anhören. Dieser Agent Ransome hat mir alles erzählt. Er hat mir die Unterlagen gezeigt, Dad.«

Was für eine schauerliche Lüge hat er Mark aufgetischt?

»Es ist auch anderen passiert, Dad. Du bist nicht der einzige. Es waren zwanzig oder fünfundzwanzig von euch. Sie haben euch heimlich Drogen gegeben. In Vietnam, Dad, bevor ich auf die Welt kam, haben sie euch Drogen gegeben.«

Ich werde dich mit meinen Messern zerstückeln. Ich werde

dich in meinen Feuern rösten. Ransome, Ransome, du Ausgeburt des Bösen, endlos werden die Folterqualen sein, die ich dir bereiten werde!

»Es war ein Experiment, Dad. Sie wußten nicht, was passieren würde. Aber die Droge, Dad, die Droge hat Langzeitwirkungen... Sogar nach all diesen Jahren kommt es wieder hoch. Die Leute können den Verstand verlieren, Dad. Selbst nach dieser langen Zeit können sie verrückt werden. Die Army versucht, die Sache unter dem Deckel zu halten. Sie versuchen, alle ausfindig zu machen, die damals das Zeug bekommen haben. Sie sagen, sie haben ein Mittel dagegen. Sie sagen...«

Was? Was sagen sie? Jetzt kommt das Ärgste. Das, von dem Ransome hofft, daß es mich um den Verstand bringen wird.

»...Dad, sie sagen, daß es auch genetische Wirkungen hat. Sie sagen, sie müßten auch mich untersuchen. Sie sagen, es ist vermutlich der Grund, warum Mom... warum Mom diese Schwierigkeiten hatte.«

Angela. Seine Flamme auf dem College. Heirat im Lenz. Ein Kind, ihr Sohn. Zwei Fehlgeburten. Eine schwere Depression. Zuflucht beim Alkohol. Scheidung. Dann eine psychiatrische Behandlung, zweite Heirat, zwei reizende Töchter und ein Leben in Harmonie und Glück mit einem anderen Mann.

»Dad, du siehst Dinge, die es nicht gibt. Aber das ist nicht deine Schuld. Es kommt von den Drogen, Dad. Von dem schlimmen Zeug, das all diese Jahre in deinem Organismus gewesen ist. Sie haben mir die Befunde gezeigt. Auch die von den anderen haben sie mir gezeigt. Es tritt bei euch allen auf. Irgendwas passiert mit deinem Körper, wenn du auf die fünfzig zugehst. Das löst es aus. Du fängst an, dir Dinge einzubilden, Leute zu sehen, die mit Schußwaffen, Messern und anderem Zeug hinter dir her sind. Du beginnst zu glauben, daß alle hinter dir her sind. Und darum versuchst du jetzt, sie zu erwischen, bevor sie dich erledigen. Es spielt sich alles in deinem Kopf ab, Dad, aber sie können es kurieren. Wenn du dich stellst, können sie es kurieren. Wenn nicht, wird es sich verschlimmern. Und zwar schnell, Dad, ganz schnell. Du mußt dich von ihnen behandeln lassen. Es gaukelt dir Dinge vor, die es gar nicht gibt. Es bewirkt, daß du Menschen Schlimmes antun willst. Dad, laß dir um Himmels willen von Agent Ransome helfen. Deswegen ist er ja hier, Dad. Er meint es gut mit dir. Er ist hier, weil er dir helfen will.«

Es tat wohl, die Pistole in der Hand zu spüren. Ein Finger liebkoste den Abzug. Er fühlte sich angenehm glatt an. Er ließ den Daumen über den Sicherungshebel gleiten und drückte ihn runter. Dann stellte er den Schiebehebel von Einzel- auf Dauerfeuer. Mit jedem Augenblick, der verging, hob sich seine Stimmung mehr.

»Spürst du sie nicht, Dad? Die Wut? Ist dir nicht klar, daß du über das, was du jetzt fühlst, absolut jede Kontrolle verloren hast?«

Wie gottverdammt recht der Junge hat!

3

Töten, töten, töten, das wollte er.

»Letzten Endes, meine Herren, bringt es viel, viel mehr, den Geist des Feindes zu brechen, als ihn körperlich zu vernichten.«

Er konnte es kaum erwarten, daß die Kugeln pfiffen.

Das hat der gute, alte Professor Robert-sagen-Sie-Rob-zumir gesagt.

Er war in der zweiten Etage.

Und dann hat er noch gesagt: »Wenn Sie das eine erledigt haben, wird das zweite ungleich weniger kompliziert.«

Er war durch einen blutroten Nebel dorthin gelangt.

Genau das will ja Ransome, Junge.

Der Nebel lichtete sich jetzt allmählich.

Du servierst es ihm auf einem silbernen Tablett.

Bald würde alles sichtbar sein, getaucht in ein reines Licht von großer Klarheit.

Herrgott! Siehst du denn nicht, was er mit dir macht?

Dave nahm das Magazin aus der Pistole und überprüfte es. Voll.

Ransome hat deine Frau belogen, er hat deinen Sohn belogen und er hat dich belogen. Es ist ein Köder! Eine Falle!

Er stieß das Magazin wieder in den Griff, zog den Verschluß zurück und ließ eine Patrone in die Kammer gleiten. Diese Kreatur zu töten würde ihm einen Hochgenuß bereiten.

Du tappst direkt hinein. Sie werden dir auflauern.

Dave wollte, daß sie ihm auflauerten. Er freute sich schon darauf.

»Ein Feind, der psychisch belastet ist, ist ein besonders verwundbarer Feind. Die Demoralisierten sind am leichtesten zu besiegen, die Mutlosen am einfachsten zu vernichten. So lautet das erste Prinzip der psychologischen Kriegführung und das erste Gebot unseres ehrenvollen Berufs.«

Unseres ehrenvollen Berufs? Welcher Beruf konnte damit gemeint sein? Ransomes Beruf? Mamba Jacks Metier? Sergeant Mullins' Handwerk? Mein eigenes?

Seine Hand umfaßte das Treppengeländer mit festem Griff. Es war aus Metall, grau lackiert und fühlte sich kalt an.

Kalt. Konzentriere dich auf das kalte Gefühl. Denk an nichts anderes. Nur an das kalte Gefühl.

Dave blieb stehen. Er stand regungslos da.

Gut. Jetzt einatmen. Tief und langsam.

Er zwang sich, so tief einzuatmen, wie er nur konnte, so tief, daß es weh tat. Er hielt die Luft an, bis es ihm vor den Augen flimmerte. Dann ließ er den Atem langsam ausströmen. Mit dem Hemdzipfel tupfte er sich den Schweiß von der Stirn.

Schon besser, Junge.

Er streckte die rechte Hand aus. Sie zitterte.

Genau das Richtige für Ransome. Typen mit zitternden Händen sind nicht gerade die besten Schützen auf der Welt.

Das war knapp gewesen. Ransome hätte ihn beinahe drangekriegt.

»Wer seine Feinde durch List überwindet, ist ebenso zu preisen wie der, der sie durch Gewalt bezwingt.« Machiavelli hat das geschrieben, erinnerst du dich? Weißt du noch, daß Professor Rob ihn immerzu zitiert hat?

Dave sicherte die Waffe und stellte sie wieder auf Einzelfeuer. Er versuchte sie wieder unter seinen Gürtel zu stecken. Es gelang ihm erst beim dritten Versuch.

Er wird es wieder probieren. Er wird alles tun, um dich völlig durcheinanderzubringen.

Dave wurden die Knie weich. Er sank auf die Stufen, wo er zitternd verharrte, bis seine Wut abebbte.

Es mußte Ransomes Trumpfkarte gewesen sein. Nichts Heimtückischeres hätte sich dieses Schwein einfallen lassen können, als Mark ins Spiel zu bringen, ihn zu überreden, daß er seinen Vater in eine tödliche Falle lockte, ihm Lügen aufzutischen...

Bist du dir sicher, daß es eine Lüge war?

Nein, das war er nicht. Das war ja das besonders Tückische daran. Es war *möglich*, daß ihm irgend jemand – irgendeiner von seinen eigenen Leuten – eine Experimentaldroge verpaßt hatte. Es wäre ja nicht das erste Mal gewesen, daß die Geheimdienstmafia sich etwas in dieser Art leistete. Mindestens ein bedauernswerter Handlanger der CIA hatte, ohne daß er etwas davon merkte, eine Dosis LSD verabreicht bekommen und daraufhin Selbstmord begangen. Erst fünfundzwanzig Jahre später hatte die Agency den Vorfall zugegeben und die Angehörigen des Opfers widerwillig entschädigt.

Noch andere Vorfälle hatte es gegeben. In den fünfziger Jahren hatte die Army über San Francisco Aerosol versprühen lassen, das mit einer Mikrobe, *serratia marcecens*, vermischt war. Ein Jahr später hatte eine Gruppe von Experten, die sich mit verdeckter Kriegführung befaßte, Glasballons, mit mäßig schädlichen Keimen gefüllt, auf die Gleise des New Yorker U-Bahn-Netzes geschmissen und anschließend beobachtet, wie sich unter den Fahrgästen Schnupfen und tropfende Nasen verbreiteten. Um die gleiche Zeit waren im Bundesstaat Utah ganze Schafherden verendet, als aus einem Geheimlabor eine nicht näher spezifizierte Substanz entwich. Außerdem hatte es Gerüchte über Biologen, Immunologen und Gentechniker mit einem unguten Interesse an den Ergebnissen von Experimenten gegeben, die die Nazis und Japaner im Zweiten Weltkrieg in Gefangenenlagern durchgeführt hatten. Dann diese Sache mit amerikanischen Gefängnisinsassen, denen infektiöse Viren, unerprobte Medikamente und – am übelsten – Spirochäten, Syphiliserreger, injiziert worden waren. Nahm man dann noch die von der Army durchgeführten Schauerexperimente mit radioaktiven Substanzen hinzu, die sie an ihren eigenen Soldaten vornahm, fiel es nicht schwer zu glauben, daß irgendein Spezialist für schmutzige Tricks es sich einfallen ließ, ein paar seiner Kameraden eine bewußtseinsverändernde Droge zu verpassen.

Die Geheimdienste hatten in einem rechtsfreien Raum agiert und ohne Bedenken riskante Experimente an Soldaten wie an Zivilpersonen ausgeführt. Es geschah ja schließlich nur im Interesse der nationalen Sicherheit Amerikas und war somit eine Notwendigkeit, da man – wie alle Leute – überzeugt war, daß die Sowjets genau das gleiche taten. Wenn dabei ein paar Laborratten, Gefängnisinsassen oder Männer in Uniform leiden mußten – war das denn ein zu hoher Preis für die Sicherheit der Demokratie? Als in den siebziger Jahren die Mitglieder eines Untersuchungsausschusses des Senats zum erstenmal von diesen Vorgängen erfuhren und sich darüber entsetzt zeigten, waren nicht wenige der Verantwortlichen mehr als empört. *Was soll denn die ganze Aufregung? Wir tun doch nur, wofür ihr uns bezahlt. Ihr könnt uns keine Vorwürfe machen – wir sind ja die Guten, nicht die Bösen.*

Ransome hatte sich eine besonders hinterhältige Lüge ausgedacht, um so hinterhältiger, weil sie sich glaubwürdig anhörte. Sie sorgte dafür, daß jeder – *jeder* –, der Dave kannte und ihm vielleicht beigestanden hätte, jetzt Ransomes Partei ergriff. Und noch besser für Ransome: Sie würde bei Dave Zweifel an sich selbst wecken.

Es könnte wahr sein, weißt du.

Ich weiß, bei Gott, ich weiß es.

Während er im schwachen Licht des Treppenschachts dasaß, die Arme um die Knie geschlungen, überliefen ihn kalte Schauer der Verzweiflung. Er wußte, daß er jetzt allein, ganz und gar auf sich allein gestellt war. Er hatte niemanden, mit dem er sprechen konnte, niemanden, der ihn anhören würde. Ehefrau, Kind, Freunde, alle, die eigentlich an ihn glauben sollten, glaubten die Lüge. Alle würden sich gegen ihn stellen, und es gab niemanden, dem er noch trauen konnte.

Aus solchem Stoff sind Alpträume gemacht, die Anfänge des Wahnsinns, jenes zunächst nur verwirrte, doch schon bald schwer gestörte Denken, das ganz normale Leute dazu bringt, nachts unters Bett zu gucken, ihr Telefon angezapft zu wähnen und sich allmählich in die Gewißheit hineinzusteigern, sie würden von unheilbringenden Kräften auf Schritt und Tritt überwacht. Vielleicht ist es die Regierung, vielleicht die »Trilaterale Kommission«, vielleicht sind es die Fremdlinge aus den Fliegenden Untertassen. Man kann niemandem trauen, weil ausnahmslos jeder einer von IHNEN oder einer von IHREN AGENTEN sein könnte. Und schon bald setzt man sich hin und schreibt seitenlange Briefe an die Chefreadaktion des *Scientific American*, oder man läßt es sein, weil die Redaktion vermutlich ebenfalls an der Verschwörung beteiligt ist. Und dann überlegt man, ob man sein Zimmer nicht mit Aluminiumfolie auskleiden soll, um die Funkwellen fernzuhalten. Und nachts schleicht man durch die Straßen und sprüht mystische Zeichen an die Mauern, um fremde Mächte abzuwehren. Und währenddessen plappert man vor sich hin, Sachen, die außer einem selbst kein Mensch begreift. Und schließlich verstaut man seine Habseligkeiten in einer Plastiktüte, um beweglicher zu sein, und sucht sich einen dunklen Winkel, wo man sich bei Tageslicht verstecken kann, denn SIE sind unterwegs, und SIE suchen nach dir, und SIE möchten dich im Fadenkreuz ihrer Waffen haben...

Die Psychoklempner nennen so etwas Paranoia, und wenn es ganz schlimm wird, landet man in der Gummizelle.

Denn Leute, die glauben, alle anderen auf der Welt trachteten ihnen nach dem Leben, können ziemlich gefährlich werden.

Kapitel 5

Ein Hauptspaß

1

Mit ein bißchen Glück war Marge – Marigold Fields Cohen, die vermutlich in jenem Sommer gezeugt worden war, in dem er in die hohen Berge der Sierra ritt und an einem See schlief, grün, vollkommen und unvergeßlich –, war Marge noch nicht bei Bewußtsein. Wenn es so war, hatte sie seinen Sohn nicht gehört. Wenn es so war, würde sie sein Tonband abspielen, sobald für Dave die Zeit kam, sich aus dem Staub zu machen.

Denk dir trotzdem lieber einen Eventualplan aus.

Richtig. Dave wollte nichts mehr, als Ransome und seinen Leuten aus dem Weg zu gehen. Aber wenn irgend etwas schiefging, bevor Marge das Tonband abspielte, brauchte er Gelände, das er rasch durchqueren konnte, seine Feinde hingegen nicht. Er war ihnen bis jetzt immer einen kurzen Schritt voraus gewesen und hatte ein weitgehend defensives Spiel gespielt. Jetzt war die Zeit gekommen, das zu ändern. Außerdem war er Ransome eine Revanche dafür schuldig, daß er seinen Sohn in die Sache hineingezogen hatte. Ja, er war Ransome so allerhand schuldig.

1, 2, 3, 5, 7, 11, 13, 17, 19, 23, 29, 31, 37, 41, 43, 47.

Primzahlen. Eine Primzahl, geteilt durch irgendeine Zahl außer eins oder sich selbst, ergibt einen Bruch. Die Primzahlen sind für Mathematiker eine unerschöpfliche Quelle der Faszination und leicht aufzuzählen, zumindest wenn einen nur die unter fünfzig interessieren.

Professor Robs Rede: »Meine Herren, können Sie sich vorstellen, wie blamabel es für einen Saboteur ist, wenn er in eine von ihm selbst gebaute Sprengfalle tappt? Überlegen Sie mal. Stellen Sie sich vor, Sie liegen da in den schwelenden Trümmern, ein Bein abgerissen oder die eigenen Eingeweide vor Ihren Augen! Stellen Sie sich vor, wie Sie sich ärgern würden, wenn Sie wüßten, daß das teuflische Ding, das den Schaden angerichtet hat, aus Ihrer eigenen Hand stammt. Herrgott – würden Sie nicht bis zu den Haarwurzeln erröten? Eines der eher peinlichen Erlebnisse, die das Leben bereithält, würde ich sagen. Damit Sie solche blamablen und demütigenden Situationen vermeiden, habe ich es mir zur Aufgabe gemacht, Ihnen heute ein bißchen Arithmetik beizubringen. Was ich Ihnen präsentieren und was Sie lernen werden, das sind ein paar schlichte mathematische Reihen. Derlei ist sehr nützlich, wenn es darum geht, die Schauplätze im Kopf zu behalten, auf denen Sie möglicherweise ein paar kleine Scherze zur Erbauung Ihrer Gegner vorbereitet haben.«

Es gibt sechzehn Primzahlen unter fünfzig. Auf sechzehn Etagen in den Treppenschächten stellte Dave Fallen auf. Sechzehn auf der südlichen, sechzehn auf der westlichen und sechzehn auf der östlichen Feuertreppe.

Seine Ausbilder im Camp P hatten viel Gewicht auf Einfachheit gelegt. Eine gute Falle ist eine einfache Falle. Wie in beinahe jedem Bereich menschlicher Bemühungen ist auch in der Kunst der schmutzigen Tricks KISS die beste Lösung.

Dave respektierte diese Philosophie. Seine Fallen – »Witze« hätten seine Ausbilder dazu gesagt – waren so ausgedacht, daß sie mit einem Minimum an Material ein Maximum an Wirkungen erzielten. Dazu gehörte dunkelgrünes Telefonkabel, das an den oberen Enden der Treppenabschnitte als Stolperdraht ausgespannt war; Eimer voll glitschiger flüssiger Seife (wie sie in den Seife-Spendern auf Toiletten zu finden ist), in den Ecken aufgestellt und rasch zur Hand für einen Mann, der vorüberrent; Gefäße mit klebriger Gummilösung, die darauf warteten, umgestoßen zu werden. Kanister voll brennbarer industrieller Reinigungslösung, so plaziert, daß sie bequem zu erreichen waren; dickeres Kabel, sorgfältig um ein Wasserleitungsrohr gewickelt und leicht abzurollen; eine Handvoll billiger Brieföffner, je drei mit Klebeband so aneinander befestigt, daß sie stachelige Hindernisse bildeten; elektrische Klammergeräte, an verschiedenen strategisch wichtigen Stellen deponiert; scheinbar harmlose Papierknäuel, die zwei Plattformen in den Schächten bedeckten; ein Feuerwehrschlauch, von seiner Trommel gerollt und fünf Treppen hochgezerrt, und noch ein paar andere Dinge.

Seine Lehrer wären stolz auf ihn gewesen. KISS – K*eep* I*t* S*imple,* S*tupid.*

Dave hatte Zweifel, daß alle seine Fallen ihren Zweck erfüllen würden. Viele von ihnen würden nicht einmal ausgelöst werden. Und diejenigen, bei denen es geschähe, würden den Opfern schlimmstenfalls Knochenbrüche oder Fleischwunden verpassen. Die meisten von ihnen bildeten nur Hindernisse, und keine einzige war garantiert tödlich. Das war aber auch nicht Zweck der Übung. Ihre Aufgabe bestand nur darin, Ransome und seine Männer am Vorwärtskommen zu hindern.

Andererseits, mein Freund, wenn du noch wirklich richtigen Schaden anrichten möchtest...

Im Wandschrank einer Putzkolonne hatte er fünf große Kartons mit je zwei Dutzend Flaschen Ammoniak-Reinigungsmittel gefunden. Ammoniak ist ein überaus gebräuchliches Mittel. Alle Leute verwenden es zum Fensterputzen, für die Reinigung von Toilettenschüsseln und als Scheuermittel. Man findet es in jedem Haushalt.

Im Camp P hatte man ihm einiges über gewöhnliche Haushaltschemikalien beigebracht. Man hatte ihn aufgeklärt, daß für den, der sich auskennt, die durchschnittliche Vorratskammer eines Hauses ein reiches Arsenal von Giften, Zünd- und Sprengstoffen darstellt. Keine geringe Zahl von »gewöhnlichen Haushaltschemikalien« liefert, im richtigen Verhältnis kombiniert, tödliche Waffen.

Darunter auch Ammoniak.

Vermischt mit Jod – in beinahe jedem Erste-Hilfe-Köfferchen zu finden – liefert Ammoniak ein Fällprodukt aus winzigen Stickstoff-Trijodid-Kristallen. Richtig behandelt und getrocknet ergibt diese Verbindung eine Substanz von ansehnlichem kommerziellen Wert. Ja, DuPont verkauft sie unter einem Markennamen, der im Bergbau wohlbekannt ist – als das perfekte Mittel, um den Zugang zu neuen Flözen freizusprengen. Das einzige Problem bei diesem Zeug ist seine Instabilität. Nur knappe sechzig Pfund Druck auf ein Häufchen Trijodid-Kristalle und...

Daves innere Stimme sagte vergnügt: *Und dann knallt's ein bißchen.*

2

Kurz nach 18.00 Uhr geriet Dave in einen Hinterhalt.

Während er seine Fallen plazierte, war er zu dem Schluß gekommen, daß Ransomes Schergen sich offensichtlich von den Treppenschächten fernhielten. Die Ausgänge im Erdgeschoß zu überwachen genügte, um zu verhindern, daß ihnen ihr Opfer entkam. Außerdem verkrümelten sich gelegentlich Raucher, die – Leprakranke des 20. Jahrhunderts – aus ihren Büros geflohen waren, in die Treppenschächte, um dort heimlich ihrem Laster zu frönen. Während ein Telefonhandwerker, der Drahtspulen die Treppen hinauf- und hinabtrug, für die Nikotinsüchtigen nichts Besonderes war, hätten patrouillierende Schlägertypen ihren Argwohn geweckt.

An Ransomes Stelle hätte Dave seine Männer angewiesen, bis lange nach Büroschluß die Treppenhäuser zu meiden. Leider Gottes waren die Bürostunden nun tatsächlich zu Ende, und ein paar von Ransomes Männern waren auf dumme Gedanken gekommen. Dave fragte sich, ob ihr Boß wußte, was sie im Schilde führten. Vermutlich nicht. Ein Mann wie Ransome würde einen so ungeschickt vorbereiteten Hinterhalt niemals gutheißen. Er war mit seinen professionellen Standards nicht vereinbar. Dave selbst fand ihn so stümperhaft ausgedacht, daß er für einen Profi geradezu ein Ärgernis war.

Man kriegt einfach keine brauchbaren Leute mehr.

Zwei von Ransomes Männern hatten sich im westlichen Treppenschacht postiert. Sie kauerten im 33. Stock in einem Winkel nahe der Brandschutztür. Einer der beiden, der sich zweifellos für besonders schlau hielt, hatte die Leuchtstofflampe über der Tür herausgedreht. Der betonierte Treppenabsatz, die kalten, grauen Wände und die Tür selbst waren in Schatten gehüllt.

Die Schatten verrieten sie. Hätten sie das Licht brennen lassen, hätte er vielleicht erst Lunte gerochen, als es schon zu spät war.

Der alte Trick, die Lichter abzuschalten. Diese Typen lesen zu viele Robert-Ludlum-Romane.

Sie konnten noch nicht lange dort sein. Während Dave letzte Hand an seine Fallen legte, hatte er in der vergangenen Viertelstunde zweimal die 33. Etage passiert.

Wenn man ihnen überhaupt was beigebracht hat, dann sind zwei andere im 32. Stock und lauern dort hinter der Tür. Übliche Taktik für einen Hinterhalt, direkt aus dem Lehrbuch.

Ihr Plan bestand vermutlich darin, ihn zwischen dem 32. und dem 33. Stockwerk in die Zange zu nehmen. Zwei Mann schießen von oben, zwei von unten. »Flankierendes Kreuzfeuer«, so hieß die technische Bezeichnung dafür.

Das Ziel wurde dabei in Tatar verwandelt.

Das heißt, daß die Vorstellung erst dann beginnt, wenn du die Mitte des nächsten Treppenabschnitts erreicht hast.

Dave stieg die letzten paar Stufen zur 32. Etage hinauf. Seine Absätze verursachten auf dem Beton ein Geräusch, das widerhallte. Die beiden Männer im Schatten wußten, daß er sich näherte. Sicher hatten sie ihn gehört, hatten seinen Weg die Stufen hinauf verfolgt und eifrig in ihre Funksprechgeräte gewispert.

Wie lange sind sie schon dort? Wie lange horchen sie schon? Hatten sie Zeit, Verstärkung herbeizuholen?

Das Treppenauge, der offene Schacht vom Dach des Gebäudes bis hinab zum Boden, war so breit, daß er seine lauernden Feinde sehen konnte. Die beiden hatten sich dicht an die Wand gedrückt. Beide hatten kurze, häßliche Sturmgewehre im Anschlag.

AR-15er? Nein, etwas mit größeren Magazinen und mehr Munition.

Dave blieb stehen und schnaufte vernehmlich, tat so, als wäre er außer Atem. Er zog einen Hemdzipfel heraus und wischte sich damit das Gesicht ab. Er atmete schwer. »Wie ich diese beschissene Treppe hasse!« murmelte er gerade laut genug, daß man ihn hören konnte. Einer der beiden Männer über ihm hielt sich das Funkgerät näher an den Mund.

Du Schwachkopf! Man kann nicht gleichzeitig in ein Funkgerät quasseln und mit einem Gewehr zielen. Haben sie euch denn gar nichts beigebracht?

Dave zog beide Schultern hoch und setzte sich wieder treppauf in Bewegung. Die zwei Kerle auf der nächsten Etage würden nicht schießen. Noch nicht. Sie wollten sichergehen, daß sie ihn erwischten, und die einzige Möglichkeit dafür bestand in einem Kreuzfeuer. Sie würden nicht schießen, bevor er die Plattform auf halbem Weg zwischen den Etagen 32 und 33 erreicht hatte. Das stand für ihn fest.

Doch diese Gewißheit half ihm nicht viel. Sein Herz hämmerte, und jetzt, mit einemmal, war er tatsächlich kurzatmig geworden. Auf seiner Stirn bildeten sich Schweißperlen. Ein kleiner Muskel unter dem linken Auge zuckte. Er hatte das Gefühl, daß ihm die Knie wackelten, und großes Verlangen nach einer Zigarette.

Es gibt Situationen, in denen man wissentlich in eine Falle geht. Manchmal tut man es, weil es die einzige Möglichkeit ist, den Feind aus der Deckung zu treiben. Manchmal tut man es, weil man sein Ziel nur dadurch erreichen kann, daß man die Falle zuschnappen läßt. Meistens aber tut man es, um die anderen selber in eine Falle zu locken.

Was die Sache durchaus nicht einfacher macht.

Das Muskelzucken unter seinem linken Auge war nicht zu beherrschen. Dort, wo die Adern am dichtesten an der Oberfläche liegen, prickelte es in seinen Handgelenken. Es bedurfte einer bewußten Anstrengung, um die Finger von seinen Pistolen zu lassen.

Dave stieg weiter treppauf. Eine Stufe. Zwei Stufen. Drei Stufen. Vier...

Jetzt war er, nur diesen Augenblick lang, unsichtbar. Die Typen im 33. Stock konnten ihn nicht mehr sehen. Sie nahmen jetzt sicher den Absatz acht Stufen vor ihm ins Ziel und warteten darauf, daß er ihnen vors Visier stolperte. Und die Männer hinter der Tür spannten die Muskeln an, bereit, hinauszustürmen. Die beiden Teams glaubten zu wissen, wo ihr Objekt war. Sie lauerten auf ihn, freuten sich schon auf ihr Opfer und dachten vielleicht daran, wie sie, wenn die Sache vorbei war, einander auf die Schulter klopfen, derbe Witze reißen, Zigaretten anzünden und sich gegenseitig versichern würden, alles in allem sei die Sache mit David Elliot kein besonders schwieriger Auftrag gewesen.

Dave legte die Hand auf das Treppengeländer – kalt, hohl, ein Rohr.

Er holte einmal tief Luft.

Er zog, stieß, schob und schwang sich hoch.

32 Etagen bis zum Erdgeschoß. Wenn es danebenging, dann ging es daneben, und das war's dann.

Er sprang durchs Treppenauge, über das Geländer auf der anderen Seite und landete auf den Fußballen. Es war ein kurzer, leichter Sprung gewesen – nur *ein* gefährlicher Augenblick, der ihn von der Plattform über der 32. Etage zu der darunterliegenden beförderte.

»Scheiße!« Eine Stimme von oben. Schallgedämpfte Geschosse schlugen dort ein, wo er gelandet war. Doch Dave war schon weg.

Er packte das Geländer und raste treppab, zwei, drei Stufen auf einmal nehmend. Er mußte den nächsten Treppenabsatz hinter sich bringen. Wenn er noch auf den Stufen von der Etage 31 abwärts war...

Die Brandschutztür flog krachend auf. Schuhe trampelten auf Beton.

... dann hätten die Männer hinter ihm freie Aussicht auf seinen Rücken.

Er schwang sich übers Geländer und sprang wieder. Ein Kugelhagel schwirrte durch die Luft über, hinter und neben ihm.

Ein Schrei wütender Enttäuschung: »Scheißkerl! Scheißkerl! Scheißkerl!«

David Elliot rannte.

»Hier spricht Reiher! Er ist auf 31, 30, rennt treppab. Wo bist du? Was? Im westlichen Treppenschacht, du Blödmann! Schau, daß du schnellstens hierherkommst.«

Irgendeiner von den Kerlen, vielleicht nicht nur einer, entleerte ein Magazin, vielleicht nicht nur eines, in den Treppenschacht. Die Geschosse prallten an die Wände und sprengten scharfe Splitter heraus, Schrapnelle aus Beton. Dave spürte in einer Schulter einen Schmerz wie von einem Bienenstich.

Sie donnerten die Stufen herunter und schossen im Laufen. Flachgedrückte Kugeln, Querschläger, rings um ihn her.

Standardtaktik. Wenn du dein Ziel nicht mit einem direkten Schuß treffen kannst, dann versuch's mit einem Abpraller.

Wieder schwang sich Dave übers Geländer. Ein Querschläger fauchte an ihm vorbei. Er zuckte zusammen. Weit unten – wie viele Treppenabsätze tiefer? – flog eine Tür auf. Jetzt stürmten Männer nach oben. Sie versuchten ihn in die Zange zu nehmen.

26. Stock. Noch eine Etage treppab.

Er rutschte aus, fing sich und richtete sich gerade auf. Er war, wo er sein wollte – auf der Etage 25.

Er warf einen Blick die Treppe hinauf. Da war er, lang und flach schlängelte er sich die Stufen hinauf, genauso wie Dave ihn zurückgelassen hatte. Es war überraschenderweise Schwerarbeit gewesen, ihn bis zum 29. Stock hinaufzuzerren.

Er hatte eigentlich nicht erwartet, daß er ihn würde einsetzen müssen.

Ransomes Männer rannten jetzt an seinem Ende vorbei. Sie sahen ihn nicht, und wenn sie ihn doch sahen, achteten sie jedenfalls nicht weiter darauf. Ein Feuerwehrschlauch, für den Fall eines Brandes.

Dave nahm das rot emaillierte Rad zwischen die Hände und versuchte es zu drehen. Es klemmte. Er geriet in Panik und zerrte daran. Das Rad wollte sich nicht rühren.

O Gott, tu uns das nicht an!

Er spreizte die Beine und legte sich ins Zeug. Jetzt bewegte sich das Rad. Es gurgelte und zischte. Wasser strömte in den Schlauch. Dave zog noch fester an dem Rad. Es bewegte sich leicht. Das Zischen steigerte sich zu einem Brüllen. Jetzt war der Feuerwehrschlauch nicht mehr flach, und er lag auch nicht mehr ruhig da. Er füllte sich, rundete sich, bewegte sich. Wasser schoß durch, den ersten Treppenabschnitt hoch, dann einen zweiten, und mit jedem Zoll stieg der Druck an.

Wieviel Wasserdruck? Wenn mich die Erinnerung nicht täuscht, 300 Pfund pro Quadratzoll. Und das, mein Freund, ist verdammt viel Druck.

Der Schlauch machte ruckartige Bewegungen von rechts nach links und begann sich von den Stufen zu erheben. Er wirkte, als wäre er lebendig, eine riesige gelbbraune Schlange, die sich wach schüttelt. Und wenn er schon hier so rüttelte, fünf Treppenabsätze von seinem anderen Ende entfernt, dann mußte der Stutzen...

Durch das Treppenhaus hallte ein Schrei.

...wie wild hin und her schlagen. 300 Pfund Druck in rascher Bewegung. Zwischen sechs und sieben Pfund wog der schwere Messingstutzen. Ein einziger Schlag würde sogar einem kräftigen Mann die Beine brechen.

Das Schreien wurde lauter. Es kam näher, gräßlich schnell näher. Dave, der gerade im richtigen Augenblick hochblickte, sah einen Körper vorbeifliegen. Der Mann stürzte senkrecht den Treppenschacht hinab und schlug dabei wild mit den Armen um sich, um das Geländer zu packen. Sein kalkweißes Gesicht zeigte hoffnungsloses Entsetzen.

Verdammt.

Ja, verdammt! Er hatte niemanden umbringen, er hatte nur dafür sorgen wollen, daß sie gebremst wurden.

Von hoch oben kamen weitere Rufe und Schreie samt einer Flut von Flüchen. Dave ignorierte sie. Er hatte andere Sorgen. Die Männer, die von den tieferen Etagen heraufkamen, waren bereits unangenehm nahe. Wenn er das Schloß knackte und in die 25. Etage flüchtete, hätte er sie dicht hinter sich und würde ein bequemes Ziel abgeben.

Er hörte sie, vielleicht drei oder vier Treppen tiefer. Einer keuchte, beinahe außer Atem: »Was ist denn da oben los?«

Eine andere Stimme, nicht so atemlos, antwortete: »Gibt nur *eine* Möglichkeit, das rauszufinden.« Schuhsohlen trampelten auf dem Beton. Sie rannten.

Ein Kugelhagel, Dauerfeuer, traf den Schlauch an mehreren Stellen. Fontänen spritzten in die Höhe, und der Schlauch, der mit jedem Treffer an Druck verlor, verlangsamte seine wütenden Zuckungen. Jetzt kamen die Männer, die nach unten rannten, ungefährdet daran vorbei.

Zuvor, als Dave seine Fallen vorbereitete, hatte er an mehreren Stellen je zwei Stränge eines dicken Kabels um die Wasserrohre gewickelt. Auch auf dieser Etage. Das Kabel war stramm befestigt und würde sich nicht lockern. Er griff danach, machte daraus Schlingen, die er zwischen die Beine klemmte.

Das kann doch nicht dein Ernst sein!

Zweimal ums linke und zweimal ums rechte Bein.

Du bist völlig durchgeknallt.

Hinten hoch, über die linke Schulter, vorne runter, durch den Schritt und dann noch ein paarmal über die rechte und die linke Schulter.

Kumpel, eines möchte ich ganz klar sagen: Ich hab keine Lust zu krepieren!

Schnell ein Pahlstek – fertig.

Er zog an dem Kabel. Es hielt. Und das Gurtwerk, das er um sich geschlungen hatte, war zwar eine in höchster Eile improvisierte, aber annehmbare Imitation des Geschirrs eines Fallschirmspringers.

O nein, Kumpel! Bitte nicht!

Eine Kugel pfiff an seiner Brust vorbei. Er achtete nicht darauf, sondern machte einen kurzen Schritt nach vorne, rasch, aber nicht hastig, wippte einmal auf den Zehen auf und nieder und sprang über den Handlauf des Geländers. Er vollführte einen Hechtsprung mit nie vergessener Perfektion, die aus langer Übung kam. Er tauchte in den schlammbraunen See seiner Jugend, in einen tiefgrünen Bergsee. Er streckte die Arme nach vorne, beugte den Körper in der Hüfte wie ein Taschenmesser, das zusammengeklappt wird, und streckte ihn sofort wieder gerade. Ein Springer, der in glitzerndes Wasser taucht.

Ein tolles Gefühl.

Dave stürzte durch das Treppenauge. Im Fallen sah er kurz ein Gesicht, einen Mann, Augen und Mund weit aufgerissen. »Großer Gott!« schien der Kerl zu sagen.

Irgendwo das Pfeifen einer Kugel, aber zu weit weg, um ihn zu gefährden.

Er packte das Kabel ganz fest, bereitete sich auf den bevorstehenden scharfen Ruck vor. Es würde nicht schlimmer werden als bei seinem ersten Absprung, schätzte er. 800 Meter über Fort Bragg. Ein paar Typen, die Clowns der Kompanie, rissen matte Witze. Alle anderen, mit ernsten Gesichtern, vermieden es, ihre Kameraden anzublicken. Der kubanische Staff Sergeant, dieser Scheißtyp, war ihr Absetzer. Er stand neben der offenen Tür, übertönte mit seinem Gebrüll den Wind, zählte ab und kreischte Obszönitäten. Wie hatte er wieder geheißen, dieser Kubaner…?

Das Kabel straffte sich. Weil es dünner war als die flachen Baumwollriemen eines richtigen Gurtzeugs, schnitt es ihm in die Beine. Der unerwartete Schmerz nahm ihm die Luft weg.

Herrgott, tut das weh!

Er schwang nach links, in einem Bogen über das Geländer im 21. Stock und knallte mit voller Wucht gegen die Wand. Ohne nachzudenken, lockerte er den Knoten, riß ihn auf, kollerte auf den Betonboden und rollte sich ab.

»*Wa-a-a-ahn-sinn!*« brüllte einer. »Habt ihr diesen Irren gesehen?«

Ein anderer bellte: »Nach unten. Los! Damit uns der Kerl nicht abhaut!«

Dave zerrte eine Pistole aus seinem Gürtel unter dem Hemd. Seine Beine waren taub und zitterten heftig. Mit Mühe rappelte er sich hoch. Er bleckte grinsend die Zähne und entleerte das Magazin mit seinen zwanzig Schuß den Treppenschacht hinauf.

Fängt's schon an, uns Spaß zu machen?

Höchste Zeit zu verduften. Auf den Stufen über ihm prallten Geschosse auf. Dave registrierte kühl, wie schlecht seine Verfolger zielten. Er war klar zu sehen gewesen. Wenn sie besser schießen könnten, hätten sie ihn erwischt. Vermutlich hatte sie sein kleiner improvisierter Bungee-Stunt aus der Fassung gebracht.

Können wir jetzt endlich abhauen?

David Elliot rannte wieder. Er rannte in der Vertikalen, wie schon den ganzen Tag, und kam so der Freiheit keinen Schritt näher. Allerdings, das mußte fairerweise gesagt werden, waren ihm seine Häscher auch keinen Schritt nähergekommen.

Auf der 19. Etage sprang er leichtfüßig über einen ausgelegten Stolperdraht. Auf der 17. hörte er, wie ein Mann – vermutlich sogar zwei – darüber stolperte und zu Boden ging. Er lächelte über die Schreie und leerte zwei Eimer voll flüssiger Seife auf die Stufen.

Seine Verfolger fluchten, als sie die Stelle erreichten. Beziehungsweise, einige von ihnen fluchten. Andere stießen Schreie aus und stöhnten laut – diejenigen, die sich etwas gebrochen hatten. Dave hörte ihr Geheul und unterdrückte ein Lachen.

Jetzt, auf der 15. Etage, hörte er zu seiner innigen Freude von weiter oben die Verwünschungen eines Mannes, der mit den Schuhen in der klebrigen Umarmung von rasch trocknender Gummilösung steckengeblieben war. Seine Flüche kamen ihm, wie Dave merkte, aus dem Herzen, und ihre Aufrichtigkeit machte sie noch erfreulicher.

Dafür gab der Ärmste, der dem Mikrowellengerät zur Unzeit zu nahegekommen war, keine Flüche von sich. Er wimmerte nur, was sich für Dave anhörte, als hätte er einen Schock erlitten. Vermutlich brauchte er einen Arzt, und zwar rasch. Zu dumm! Aber er würde es überleben. Es war keine große Sache, nur ein kleines Mikrowellengerät, aus einer Teeküche geklaut. Dave hatte zwei Flaschen Diätcola hineingequetscht und das Gerät an eine Steckdose im Treppenhaus angeschlossen. Im Vorüberrennen hatte er es mit einem Fingerschnippen angeschaltet. Siebenundvierzig Sekunden später setzte die Explosion von zwei Litern kochend heißer Cola und die Überreste der weggesprengten Tür des Geräts, die wie Schrapnells wirkten, einen weiteren seiner Verfolger außer Gefecht.

All das – die Wutschreie der Verletzten, ihre obszönen Verwünschungen, ihre Hilferufe – hörte Dave im Laufen, und während er rannte, kicherte er vor sich hin.

Im 13. Stock (dem 14. nach der Zählweise der Hausverwaltung) hatte Dave, wie er sich erinnerte, eine Flasche Reinigungsmittel aufgestellt und vorsorglich mit Klebeband ein Heftchen Zündhölzer daran befestigt.

Weil die Männer, die ihn jagten, vorsichtshalber ihr Tempo gedrosselt hatten – grundlos, denn diese anscheinend harmlosen Knäuel aus Kopierpapier waren tatsächlich nichts anderes als das, was sie zu sein schienen –, blieb Dave reichlich Zeit, die Flasche zu leeren, ein Zündholz anzureißen und es, während er sich zur 12. Etage aufmachte, in das ausgeschüttete Putzmittel zu werfen. Als eine Stichflamme hochschoß, konnte er nicht mehr an sich halten.

Das letzte, was seine Verfolger von ihm hörten, war sein Lachen, ein tiefes, unbändiges Lachen aus grenzenloser Freude, ein schallendes, triumphierendes Gelächter, das durch den Treppenschacht hallte. Sie blieben stehen, sahen einander fragend an und schüttelten die Köpfe.

Zwei Stücke aus emailliertem Messing tanzen klingend über Colonel John James Kreuters Klapptisch. Der Colonel nimmt sie in die Hand, hält sie gegen das Licht und kneift die Augen zusammen. Er rollt die Zunge im Mund hin und her, kratzt sich an der Schläfe und runzelt die Stirne. »Alsooo, Luu-tenant, wollense den ganzen Tag hier rumstehen mit ein'm Gesicht, als hättense grade 'nen Kanaa-rienvogel verspeist, oder wollnse mir sagen, was die Dingerchen da sein solln?«

»Rangabzeichen, Sir. Es sind die Rangabzeichen eines russischen Offiziers.« Dave kann sich einen selbstgefälligen Ton nicht verkneifen, bemüht sich nicht einmal darum.

Kreuter reibt sich die Wange. Er blickt zu Dave hoch und dann wieder auf die beiden Messingplättchen. »Waahrscheinlich niedriger bis mittlerer Rang. Major vielleicht.«

»Ja, Sir. Genau das sind sie.« Dave legt einen zusammengefalteten Zettel auf Kreuters Tisch. Kreuter wirft einen Blick darauf, als wäre es eine tote Ratte. »Un waaas is das, Ihre Geschenkliste fürn Weihnachtsmann?«

»Nein, Sir. Da steht der Name eines Hauptmanns der südvietnamesischen Armee drauf. Der Major hat ihn mir kurz vor seinem vorzeitigen Hinscheiden genannt.« Er beißt sich auf die Zunge. Er muß, weil er sonst das Lachen nicht zurückhalten kann.

Kreuter streicht den Zettel glatt und nickt. Er schüttelt eine Zigarette aus einer Packung Camel ohne Filter, fährt mit dem Daumennagel über ein Zündholz und zieht beim Inhalieren die Stirn in Falten. »Un wie hamse das einglich geschaafft, Luu-tenant Elliot, diese wuuundersame Tat zu vollbringen?«

Dave bleckt die Zähne. »Wie soll ich sagen, Sir...?« Er spürt, wie das Lachen aus seinem Bauch hochstrudelt. »... ich hab mir eben gedacht...« Von der Anstrengung, an sich zu halten, wird er dunkelrot im Gesicht »... am Leben bleiben...« Er kann das Lachen nicht mehr bändigen. »... ist doch viel lustiger...« Aussichtslos. »...als sterben.« Das Lachen bricht aus ihm heraus.

Mamba Jack wirft den Kopf in den Nacken und stimmt in das Lachen ein. »Na, na, na, Luu-tenant, Sie sind mir aber einer. Das muß ich schon sagn. Guuut gemacht, wirklich guuut, ja, und wer weiß, vielleicht fängt damit für uns zwei eine wuuunderbare Freundschaft an.«

3

David Elliot trat aus dem Fahrstuhl und in die 45. Etage.

Wird langsam Zeit, daß du zum Tatort zurückkehrst. Wenn es überhaupt Antworten gibt, dann findest du sie nur hier.

Die Direktionssuite von Senterex war verschlossen. Die Empfangsdame war längst fort, die Sekretärinnen waren sicher alle vor 18.00 Uhr nach Hause gegangen. Möglicherweise saßen um diese Zeit noch ein paar arbeitssüchtige Manager an ihren Schreibtischen. Meistens war es so. Dave hoffte, ihnen aus dem Weg gehen zu können, aber notfalls wußte er durchaus, wie er mit ihnen verfahren würde.

Er steckte seinen Schlüssel ins Schloß, drehte ihn und drückte die Tür nach innen.

Gott sei Dank hat Bernie nicht eines von diesen elektronischen Kartenmaschinchen hier auf der Etage installieren lassen, was? Diese Apparillos protokollieren automatisch die Ausweisnummer von jedem, der reinkommt und rausgeht.

Er ging mit großen Schritten durch die Empfangshalle und bog nach links in den Korridor ab, der zu Bernie Levys Büro führte. Dann, einer Eingebung folgend, blieb er stehen, drehte sich blitzartig um und rannte in östlicher Richtung den Korridor entlang, wo er zwölf Stunden vorher vor Ransomes und Carluccis Schüssen Deckung gesucht hatte.

Alles tadellos repariert. Die Einschußlöcher waren zugegipst, die Stellen neu tapeziert worden. Kein Kratzer war zu sehen, keine Kerbe, nichts.

Keinerlei Tatspuren. Wenn du jemandem die Beweise für das zeigen wolltest, was sich heute morgen hier abgespielt hat, würde er dich nur ansehen und mitleidig den Kopf schütteln. Der arme, alte Dave, würde es heißen, er hat sich alles eingebildet.

Er warf einen Blick auf die Stelle, wo Carluccis Blut den Bodenbelag befleckt hatte. Nichts davon war geblieben, kein Beweis, keine Spur davon, daß hier, an dieser Stelle, ein Mann verblutet war. Der Belag war durch ein Stück vom gleichen Farbton ersetzt worden, mit dem gleichen Flor und genauso abgetreten wie jedes andere Stückchen Teppich im Korridor.

Anständige, fachmännische Arbeit. Aber würdest du eigentlich weniger erwarten von Mr. Ransome & Co?

Er ging zurück, in Richtung auf Bernies Büro, und als er in den Empfangsbereich trat, wäre er beinahe mit Dr. Frederick L. M. Sandberg jr. in einem perfekt geschneiderten Maßanzug zusammengestoßen.

Sandberg tat einen kleinen Schritt zurück, warf einen Blick über die Schulter und sammelte sich wieder. Mit der Höflichkeit des Großbürgers und klangvoller Stimme sagte er: »Guten Abend, David.«

»Hi, Doc.« Fred Sandberg war das älteste Mitglied des Senterex-Aufsichtsrats. Er hatte sich einige Jahre zuvor, damals Dekan der medizinischen Fakultät an der Yale University, pensionieren lassen, praktizierte aber privat weiter. Sein Patientenkreis beschränkte sich auf Führungskräfte aus der Wirtschaft, und er war als Arzt ebenso gut wie teuer. Ja, so gut, daß er Bernie, Dave und die meisten Spitzenmanager von Senterex medizinisch betreute.

»Na, wie fühlen Sie sich heute abend, David?« Sandbergs Ton war sanft, geschmeidig, unnachahmlich kultiviert.

»Ich hab mich schon besser gefühlt.«

Sandberg lächelte liebenswürdig. »Ja, das hab ich auch gehört.«

Dave schnitt eine Grimasse. »Sie und alle anderen, nehme ich an, ja?«

»Ganz recht. Bernie hat uns am Nachmittag zu einer Sitzung zusammengerufen. Und Sie waren, das erübrigt sich wohl zu sagen, das einzige Thema auf der Tagesordnung.« Der Arzt strich sich über die perfekt rasierte Wange, als wäre er dabei, sich eine weitere Bemerkung auszudenken. Dave kam ihm zuvor.

»Doc, Sie kennen mich ja. Sie betreuen mich seit mindestens fünf Jahren. Sie kennen mich in- und auswendig.«

Sandberg sah ihn über die goldenen Brillenränder hinweg an. »Allerdings tue ich das.«

»Also wissen Sie, daß ich nicht bekloppt bin.«

Sandberg betrachtete ihn mit einem professionell distanzierten Lächeln. »Natürlich weiß ich das. Und ich kann Ihnen versichern, daß auch sonst niemand denkt, Sie seien tatsächlich...« Die aristokratische Nase verzog sich, weil er einen für einen Arzt ganz unpassenden Ausdruck verwenden mußte, »... bekloppt.«

»Es wird behauptet, Drogenerlebnisse von früher kämen wieder hoch. Stimmt's?«

»Es ist mehr als nur eine Behauptung, David. Ich habe Beweise gesehen. Dieser Agent Ransome...«

»Agent? Gibt er sich als das aus?« Mark hatte ebenfalls dieses Wort gebraucht.

»Es geht nicht nur darum, als was er sich ausgibt. Es geht darum, was er ist, ein Bundes...«

»Er lügt. Er ist ein bezahlter Verbrecher.«

Aus Sandbergs Miene sprachen sowohl Verständnis als auch Mitgefühl. Unter seinem gelbbraunen Sportjackett trug er eine kanariengelbe Weste. Nur ein Mann mit seinem Stil und seiner Ausstrahlung konnte sich eine so exzentrische Kleidung leisten. Er steckte die Finger in eine der Westentaschen und kramte darin herum.

»Vorsicht, Doc. Die hätten Sie warnen sollen, daß ich gewalttätig bin.«

»Das haben sie auch.« Er zog einen weißen, rechteckigen Gegenstand aus der Westentasche. »Da ist sie ja, Agent Ransomes Visitenkarte. Werfen Sie doch einen Blick darauf.«

Dave riß Sandberg die Karte aus den Fingern.

JOHN P. RANSOME Special Investigations Officer Bureau of Veterans' Affairs

Auf der Rückseite befanden sich eine Telefonnummer, eine Adresse in Washington und ein amtlicher Siegelabdruck.

Daves Oberlippe kräuselte sich.

»Hübsch gedruckt. Aber drucken kostet nicht viel.«

»Es ist keine Fälschung, David.« Sandberg sprach in einem gedämpften und etwas traurigen Ton.

»Als ich heute vormittag die Taschen dieses Schurken durchsuchte, hatte er eine andere Karte bei sich. Von einer Specialist Consulting Group. Darauf stand, er sei...«

»David, ich versichere Ihnen, ich habe Agent Ransomes Ausweispapiere gründlich geprüft. Wissen Sie, mein Alter und meine Position erreicht man nicht, ohne sich einen gewissen Bekanntenkreis zuzulegen. Und so habe ich bei ein paar alten Freunden diskret Erkundigungen eingezogen. Sie haben mir versichert, daß er durchaus das ist, als was er sich ausgibt.«

Dave schüttelte den Kopf. »Der Mann ist ein Profi, Fred. Er hat Sie reingelegt, und er hat Ihre Freunde reingelegt. Profis verstehen sich auf sowas.«

»Na schön, David, wenn Sie meinen. Aber dann sagen Sie mir, wenn er nicht im Dienst der Regierung steht, was ist er dann?«

»Wenn ich das nur wüßte! Ich weiß lediglich, daß er und

noch ein paar andere von seiner Sorte seit dem Frühstück versuchen, mich umzubringen.«

Sandbergs Gesichtsausdruck zeigte ein deutliches klinisches Interesse. Seine Miene schien zu sagen: *Ganz recht, Mr. Elliot, und was haben die grünen Männchen aus dem All getan, nachdem sie Sie auf den Planeten X. entführt hatten?* Dave geriet dadurch ins Stottern. »Doc... Fred, sehen Sie mich nicht so an. Sie müssen sich meine Seite der Geschichte anhören.«

»Aber gerne, David, natürlich. Nur fürchte ich leider Gottes, daß ich mir die Quintessenz Ihrer Geschichte vorstellen kann. In kurzen Worten: Nach Ihrer Darstellung wollen unbekannte Männer von einer nicht zu identifizierenden Organisation Sie aus für Sie unerforschlichen Gründen umbringen. Sie sind ein unschuldiger Mann. Sie haben nichts getan, sich nichts zuschulden kommen lassen. Aber SIE – großgeschrieben –, SIE wollen Ihren Tod. Ist damit das Wesentliche erfaßt, David? Ist das die Geschichte, die Sie erzählen möchten?«

Dave wurde flau im Magen. Er rieb sich die Lippen und blickte auf seine Schuhe hinunter. Sandberg fuhr fort: »David, seien Sie so nett und tun Sie mir einen Gefallen. Überlegen Sie sich die Story, die Sie mir zu erzählen gedenken. Überlegen Sie, ob sie glaubwürdig ist. Und dann sagen Sie mir, ob Sie sie nicht suspekt finden, nicht... wie soll ich sagen?... symptomatisch für ein gewisses psychisches Unwohlsein.«

Dave runzelte die Stirn und schüttelte den Kopf. »Jetzt sind Sie dran, *mir* freundlicherweise einen Gefallen zu erweisen... Überlegen Sie sich meine Geschichte. Überlegen Sie, was sich abspielt, wenn sie zutrifft. Welche Lügen sie herumerzählen würden, wenn sie aller Welt einreden wollten, daß ich übergeschnappt wäre.«

Sandberg schlug einen Ton an, als wollte er ein Kind milde tadeln. »Hier geht es nicht um Geschichten, David. Es geht um Dinge, die aktenkundig sind. Sie haben mir die Papiere gezeigt. Sämtliche Unterlagen. Wie Sie ja wissen, gehöre ich dem Aufsichtsrat von zwei Unternehmen an, die Vertragspartner des

Verteidigungsministeriums sind, und daher genieße ich das Privileg einer sehr hohen Sicherheitseinstufung. Infolgedessen konnten die Herren, die es darauf abgesehen haben, Sie... ähm... festzunehmen, ziemlich leicht überredet werden, mir Einblick in ihre Unterlagen zu gewähren. Und ich muß sagen, das Porträt, das diese malen, ist kein hübsches Bild. Sie selbst tragen natürlich keinerlei Schuld daran. Sie waren nur ein unschuldiges Opfer. In einer ganz fürchterlichen Weise, so scheint es, zum Opfer gemacht. Es war wohl nicht die größte Stunde unseres Landes, und das, was man Ihnen – Ihnen und Ihren braven Kameraden – angetan hat, das hat die Grenzen des Statthaften in krasser Weise überschritten.«

Dave sprach mit zusammengebissenen Zähnen. »Sie haben mir gar nichts angetan. Sie haben uns nichts angetan. Schauen Sie, Doc... Fred, diese Unterlagen, die man Ihnen gezeigt hat, die sind gefälscht. Es ist ein Lügengespinst, ein Schwindel – ein ausgemachter perfekter, vollendeter, ein kolossaler Schwindel.«

»Wir zitieren noch immer Mark Twain, David?«

»Wenn ich verrückt wäre, könnte ich es nicht.«

»O doch, Sie könnten. David, wir haben früher einmal über etwas gesprochen, was für Ihre Situation jetzt von Belang ist. Ich erinnere mich noch an Ihre Reaktion auf meine Besorgnis, und deshalb zögere ich, die Sache zur Sprache zu bringen.«

»Was?« Dave riß sich zusammen. »Nur zu, Doc. Raus damit, keine falschen Rücksichten.«

»Hören Sie noch immer... entschuldigen Sie, es widerstrebt mir wirklich, danach zu fragen... hören Sie noch immer Stimmen?«

»Ach, Blödsinn, Doc. Das... hat doch nichts zu bedeuten. Ich habe nur die Angewohnheit. Ich hab Ihnen doch gesagt, es ist eigentlich keine Stimme, ich rede halt so mit mir selber.«

Sandberg wiederholte langsam: »Reden. Mit. Ihnen selber.« Er nickte, und das Nicken sagte alles.

»Herrgott, ich...«

»Sie werden sich erinnern, als Sie mir zum erstenmal von dieser... von dieser Idiosynkrasie erzählten, da habe ich die Meinung geäußert, es wäre keine schlechte Idee, wenn Sie einen Kollegen von mir aufsuchten, einen Spezialisten sozusagen.«

»Doc, ich habe es damals schon gesagt, und ich sag es jetzt noch einmal. Ich muß mich nicht von einem Psychoklempner behandeln lassen. Ich bin im Kopf genau so gesund, wie Sie es sind.«

Sandberg schüttelte den Kopf. »David, David, ich möchte noch einmal darauf hinweisen, und Sie müssen sich das unbedingt klarmachen – niemand behauptet, daß Sie geisteskrank sind. Ich versichere Ihnen, Sie sind *nicht* psychisch destabilisiert, nicht im üblichen Sinn. Sondern geschehen ist – und ich habe unwiderlegbare Beweise dafür gesehen –, geschehen ist folgendes: Man hat Ihnen und zahlreichen weiteren Männern aus Ihrer Einheit psychotropische Substanzen gegeben. Und das führte zu Wirkungen von einer nicht vorhergesehenen Komplexität. Wie ich höre, hat Ihr eigener Kommandeur...«

Dave donnerte die flache Hand gegen die Wand. »Gott im Himmel! Haben sie *das* behauptet? Daß alles, was passiert ist, die Folge davon war, daß wir unter Drogen standen? Mein Gott!«

»David, beruhigen Sie sich doch.« Sandberg griff wieder in seine Westentasche. Dave hob die Pistole. Sandberg zog eine Rolle Pfefferminzdrops heraus. »Bitte, David, es ist nicht nötig, daß Sie mit diesem Ding da auf mich zielen.« Er nahm ein Drops aus der Packung, steckte es sich in den Mund und bot Dave die Packung an. Dave schüttelte den Kopf. Der Arzt sprach weiter. »David, ich bezweifle nicht, daß Sie glauben, bestimmte Leute versuchten Sie umzubringen. Sie müssen sich aber klarmachen, daß sämtliche Beweise...«

»Was sagen Sie dazu?« Dave schwenkte seine Pistole.

»Man hat mich davon in Kenntnis gesetzt. Sie haben sie einem Polizisten mit Gewalt abgenommen.«

»Doc, das ist keine Polizeiwaffe. Sehen Sie her. Sie ist...«

»Ich weiß über Schußwaffen nur eines: daß ich sie verabscheue.«

Dave knurrte frustriert.

Sandberg senkte die Stimme und schlug einen vertraulichen Ton an. »Noch etwas anderes, David. Helen hat mich angerufen.«

»Auch das noch!«

»Sie macht sich verständlicherweise Sorgen um Sie, Sorgen wegen der Wirkungen solcher Versuchsdrogen, wie man sie Ihnen gegeben hat. Und weil sie den Eindruck hat, daß Ihre Ehe seit einiger Zeit nicht mehr...«

»Lassen Sie das Thema, Doc. Ich muß mich vielleicht mal mit einem Eheberater unterhalten, aber im Augenblick ist das nicht das Dringlichste für mich.«

»Ich könnte dagegenhalten, ein Mann, für den die Gefühle für seine Frau nicht das Dringlichste sind, braucht mehr als nur eine Eheberatung.« Sandberg steckte die Rolle Drops wieder in die Tasche.

Dave stieß einen langen Seufzer aus. »Verdammt, Doc, ich...« Seine Stimme wurde schärfer, als er sah, was der Arzt vorhatte. »Nehmen Sie die Hand aus der Westentasche, Doc. Was haben Sie da außer den Drops noch drinnen?«

Dr. Sandberg lächelte bekümmert. »Eine kleine Spraydose mit Tränengas. Sie haben uns allen eine gegeben. Sie sollen damit lediglich ruhiggestellt werden, David. Ich verspreche Ihnen, daß nicht mehr beabsichtigt ist.«

»Doc, Sie und ich – wir sind doch Freunde, nicht?«

»Das hoffe ich aufrichtig.«

»Gut, denn was jetzt gleich passiert, geschieht im Sinne unserer Freundschaft.«

Sandberg versuchte einen Schritt zurückzuweichen. Es ging nicht. Ohne daß er es mitbekommen hatte, war er von Dave so manövriert worden, daß er mit dem Rücken an der Wand stand.

4

Das Dekor eines Chefbüros verrät über ein Unternehmen oft mehr als der Jahresbericht. Zum Beispiel ist, wie jeder Börsenanalytiker weiß, gegenüber jeder Firma Mißtrauen am Platz, deren Boß sein inneres Sanktum mit Modellen von Jets – bevorzugt Gulfstreams, Lear Jets und anderen teuren Privatmaschinen – garniert. Die Präsenz solcher Miniaturflugzeuge bezeugt, daß das Unternehmen eine kostspielige Flotte von Düsenmaschinen besitzt, angeschafft auf Kosten der Aktionäre, weil es der Boß als seiner Herrscherwürde abträglich empfände, wie jeder gewöhnliche Sterbliche mit United, American oder Delta zu fliegen.

Ähnlich sind erfahrene Investoren zu Recht mißtrauisch gegenüber einem Unternehmenschef, der mit der Ausschmükkung seiner Räume eine »Ausstattungsfirma« betraut, bei der seine Ehefrau (die zweite, die jüngere, die blonde) als Chefin waltet oder als Angestellte arbeitet. Die Früchte sehen in der Regel so aus: üppig gepolsterte, aber geometrisch entgleiste Möbel, keramischer Schnickschnack in Primärfarben, gestaltet von mercedesfahrenden »folk artists« und Lithographien im Stil von Jim Dine, Frank Stella, Sean Scully oder Bruce Naumann, doch um etliches teurer als Originalwerke dieser modernen Meister.

Am anderen Ende des Spektrums – weniger häufig in New York als im High-Tech-Paradies von Sun Valley in Kalifornien anzutreffen – begegnet man Wirtschaftsbossen, deren Büros ostentativ egalitär ausstaffiert sind – metallene Schreibtische, mit Kunststoff bezogenes Sitzmobiliar, Fußböden ohne Spannteppiche, an den Wänden nichts als eine Weißwandtafel, deren Beschriftung man löschen kann, und vielleicht ein paar Schaltdiagramme. Leute, die sich auskennen, wissen, daß man auch vor solchen Führungskräften auf der Hut sein muß. Der Präsident eines Großunternehmens ist definitionsgemäß derjenige, der das letzte Wort hat, die höchste Entscheidungsinstanz. Doch manche Bosse empfinden diese Verantwortung als eine schreckliche Belastung. Um sich diese Bürde zu erleichtern, umgeben sie sich mit einer »volksnahen« Garnierung, verstecken sie sich hinter der Tarnung eines demokratischen Unternehmensregimes. Die Sparsamkeit demonstrierende Einrichtung eines Chefbüros deutet als erstes und unverkennbar auf einen Boß, der sich vor Entscheidungen fürchtet.

Nichts von alledem vermittelte die Atmosphäre von Bernard Levys Büro. Wie der Mann selbst, der hier seinen Schreibtisch hatte, war es zurückhaltend und Ausdruck einer von der Tradition geprägten Denkart. Bernies Arbeitsstätte war nur ein wenig größer als die Büros der anderen Führungskader von Senterex und nahm die nordöstliche Ecke der 45. Etage ein. Das Panorama, das die Fenster boten, zeigte im Norden den Central Park (an den seltenen klaren Tagen konnte er den Hudson entlang bis ins Westchester County und noch weiter blicken), und im Osten das Gebäude der Vereinten Nationen, den East River, Queens und in der Ferne das Schiefergrau des Atlantiks. Bernies Schreibtisch war aus dunklem Mahagoni, liebevoll im klassischen Stil geschreinert; der Ledersessel mit seiner hohen Lehne war bei derselben Firma gekauft worden, die auch die Richter des Obersten Bundesgerichts der Vereinigen Staaten beliefert; seine Sofas entstammten derselben Quelle, schwerfällig anzusehen und bequem. An Schnickschnack, Spielereien und Souvenirs war nicht viel vorhanden: eine Garnitur Mont-Blanc-Füllfederhalter, die in einem kleinen Block aus Obsidian steckten, ein antikes Rechengestell, Geschenk seines chinesischen Joint-Venture-Partners, eine silbergerahmte Fotografie seiner Angehörigen, ein kristallener Hexaeder als Briefbeschwerer, ein Präsent für seine zahlreichen karitativen Engagements, und ein großes, häßliches 14,5-Kaliber-Geschoß einer sowjetischen PTRD-Panzerabwehrkanone. Das Geschoß, siebzehn Zentimeter lang und zweieinhalb Zentimeter Durchmesser, trug eingraviert Bernies Namen und den Text »Company B, 3rd Bataillon: Inchon to the Chosen Reservoir and back, 1950–1952. *Semper fidelis.*«

Was Malerei betraf, hatte Bernie eine Handvoll Bilder von Angehörigen der Familie Wyeth an den Wänden hängen, sämtlich aus seiner eigenen Tasche bezahlt. Dave vermutete, daß der Bilderschmuck ebensoviel mit Bernies eklektischem Geschmack wie damit zu tun hatte, daß eines der Aufsichtsratsmitglieder von Senterex, Scott Thatcher, Sammler von einiger Reputation war und eine besondere Vorliebe für die Brandywine-Schule zeigte.

Die Ausstattung von Bernies Arbeitszimmer zeigte nur zwei exzentrische Details: seine Bücher und eine eigene Kaffeemaschine. Die Bücher, in anderthalb Jahrzehnten zusammengetragen, gehörten einem Genre an, das Dave sozusagen als »Gesundbeterei für Führungskräfte« betrachete – alles und jedes von *In Search of Excellence* bis *Reingineering the Corporation.* Der Senterex-Boß konnte keinem Buch widerstehen, das versprach, bis dato unbekannte Geheimnisse bei der Steigerung des Könnens von Managern zu enthüllen. Er erwarb sie alle, las sie alle und glaubte allen – zumindest bis das nächste auf dem Markt erschien.

Dave fuhr mit dem Finger die Einbände entlang und lächelte über die Erinnerungen, die sie wachriefen.

Und dann Bernies Kaffeemaschine. Auch sie entlockte Dave ein Lächeln. Irgendwann vor ein paar Jahren war Bernie, vermutlich unter dem Einfluß eines seiner Motivationsgurus aus Kalifornien, zu der Erkenntnis gelangt, daß die Managementsekretärinnen bei Senterex von der Aufgabe, Kaffee zu kochen, entbunden werden sollten. Damit war es vorbei mit den Zeiten, als Besucher in der Chefsuite von einer lächelnden Sekretärin empfangen wurden, die ihnen höflich, je nach Gusto, Kaffee, Tee oder Kakao anbot. Fortan mußte jede Führungskraft seine beziehungsweise ihre eigene Kaffeemaschine bedienen und den notwendigen Vorrat an Kaffee, Teebeuteln und Kakao bereithalten.

Niemand vermochte zu ergründen, warum Bernie es für wichtig hielt, daß Manager, die sechsstellige Gehälter einstrichen, ihre Zeit damit vergeudeten, mit Kannen, Filtern und gemahlenem Kaffee zu hantieren, aber er war unnachgiebig. Aus der Kaffeeküche in der 45. Etage wurde ein Fotokopierraum, und jedes der Managerbüros bekam seine eigene Toshiba-Kaffeemaschine.

Die Folgen waren fürchterlich: Flecke auf den Teppichböden, Kaffeesatz auf wichtigen Dokumenten, die Lackierung teurer Sideboards ruiniert – ganz zu schweigen davon, daß Besucher, denen das elende Gesöff, das ihnen serviert wurde, im Hals steckenblieb, verstohlen ihre Tassen in Blumentöpfe leerten.

Nachdem so einen Monat lang eine Katastrophe auf die andere gefolgt war, rebellierten die Sekretärinnen. Sie erschienen vor dem normalen Beginn ihrer Arbeitszeit, schlichen sich in die Büros ihrer Bosse und bereiteten selbst den Kaffee zu. Alsbald war der Friede in der 45. Etage wiederhergestellt, und jedermann, von Bernie abwärts, anscheinend wieder glücklich und zufrieden.

Bernie, der in solchen Dingen vergeßlich und von seiner Sekretärin abhängiger war, als er gerne zugab, hatte anscheinend seine Maschine wieder einmal nicht abgeschaltet. Dave stellte sie ab. »Nichts für ungut, Bernie«, murmelte er.

Die Kanne war halbvoll mit Kaffee aus Bernies ganz persönlicher Mischung, dem Neidobjekt aller auf der Etage. Dave goß sich eine Tasse voll, nippte daran und lächelte. Bernie behauptete, San Francisco sei die einzige amerikanische Großstadt, in der *jeder* Geschäftsmann sich etwas darauf zugute halte, seinen Gästen erstklassigen Kaffee vorzusetzen. Aus diesem Grund ließ er allmonatlich aus San Francisco per Luftfracht eine Spezialmischung einfliegen. Aber er lehnte es strikt ab, seine Bezugsquelle preiszugeben oder irgendwelchen anderen Senterex-Managern die Bohnen zur Verfügung zu stellen.

»Die Leute», erklärte er lächelnd, »sollen im Gedächtnis behalten, daß sie die beste Tasse Kaffee in New York bei Bernie Levy bekommen haben. Dann kommen sie vielleicht wieder, um noch eine Tasse zu trinken, und wir schließen miteinander ab. Wenn Sie das gleiche erreichen wollen, müssen Sie sich Ihren eigenen Kaffee suchen.«

Bernie. Immer hat er was im Auge. Der letzte der großen Deal-Maker.

Dave genoß den Kaffee. Er war absolut köstlich. Vielleicht, dachte er, finde ich irgendwo in Bernies Unterlagen den Namen des Lieferanten.

Du bringst deine Prioritäten durcheinander, mein Freund. Wenn du schon Bernies Unterlagen durchsehen willst, solltest du nach etwas anderem suchen.

Dave stellte behutsam die Tasse auf einem von Bernies Messinguntersätzen ab. Er drehte den Drehstuhl herum, so daß er Bernies Sideboard vor sich hatte, und öffnete mit Hilfe seiner Plastikkarte das Schloß.

Das obere Fach enthielt die persönlichen und vertraulichen Papiere von Senterex' Boß – eine Doppelreihe olivgrüner Ordner, jeder mit einem farbigen Etikett, auf dem der Inhalt angegeben war. Gelbe Etiketten für die Protokolle von Vorstandssitzungen. Grüne Etiketten für die karitativen Organisationen, für die Bernie sich engagierte: Heilsarmee, Children's Hospital, United Jewish Appeal, Lighthouse for the Blind, American Society for the Prevention of Cruelty to Animals. Farblose Etiketten auf acht Ordnern trugen die Bezeichnungen aller Unternehmensbereiche von Senterex. Auf einem blauen Etikett stand »Lockyear Laboratories«. Orangefarbene Etiketten für Projektionen und Finanzprognosen. Dunkelrote Aufkleber für die Analysen potentieller Übernahmeprojekte durch die Investmentbanker. Ein Dutzend rot etikettierter Aktenordner war mit den Namen der Spitzenmanager von Senterex versehen.

Dave zog den heraus, der seinen Namen trug.

Das Dossier war überraschend dünn. Das erste darin war eine Fotokopie des Bewerbungsschreibens, das er an Senterex geschickt hatte. Das daran geheftete Foto zeigte einen jungen Mann mit einem Zwei-Dollar-Haarschnitt, der einen eifrig bemühten Eindruck macht. Auf die Bewerbung folgte eine Handvoll Mitteilungen an die und von der Personalabteilung, die später in »Menschliche Ressourcen« umgetauft wurde. Sie handelten von Beförderungen, Gehaltsaufbesserungen und Änderungen des Aufgabenbereichs. Dann kamen ein paar Versicherungsformulare, einige Beurteilungen durch Leute, die in seiner Frühzeit bei Senterex seine Vorgesetzten gewesen waren, und Kopien verschiedener Einverständniserklärungen und Verpflichtungen, die er unterschrieben hatte, während er in der Unternehmenshierarchie seinen Weg nach oben machte. Fast ganz am Ende des Dossiers fand er einen Briefwechsel zwischen dem Leiter der Senterex-Rechtsabteilung und der Securities and Exchange Commission zur Überwachung des Wertpapier- und Wechselhandels. Als Dave in die Unternehmensspitze aufrückte, wurde er für diese Behörde interessant, falls er irgendwelche Aktiengeschäfte tätigte.

Das letzte Blatt Papier in dem Ordner war ein Schreiben mit dem Briefkopf des FBI.

Dave hätte es beinahe vom Hocker gerissen.

»Sehr geehrter Mr. Levy«, begann der Brief, »hiermit werden Sie davon in Kenntnis gesetzt, daß unsere Behörde beauftragt wurde, bezüglich der Vergangenheit von Mr. David Elliot, einer Ihnen bekannten und in Ihrem Unternehmen beschäftigten Person, eine Überprüfung durchzuführen. Besagte Überprüfung wird als notwendig und angemessen gemäß den Bestimmungen des 1953 erlassenen und inzwischen novellierten Gesetzes über Firmen vorgenommen, die Aufträge des Verteidigungsministeriums ausführen, und bezieht sich auf die Vornahme von Sicherheitseinstufungen von Führungskräften und Direktoren jener Unternehmen, die Geschäfte betreiben, bei denen es um geheimzuhaltende, auf einen bestimmten

Personenkreis beschränkte, vertrauliche und/oder um andere von Sicherheitsvorschriften betroffene Angelegenheiten geht. Die Stelle, die um die erwähnte Überprüfung ersuchte, hat den Unterzeichneten angewiesen, sich mit Ihnen hinsichtlich der Klärung spezifischer Punkte ins Benehmen zu setzen, die, sobald es Ihnen möglich ist, mit Ihnen erörtert werden sollen. Ihre Bereitschaft, dabei zu kooperieren, wird von uns begrüßt.«

O je, o je, o je!

Gesetz über Firmen, die Aufträge des Verteidigungsministeriums ausführen? Aber Senterex führte doch keine Aufträge für das Defense Department, ja, für überhaupt keine staatliche Stelle aus.

Oder vielleicht doch?

Dave las den Brief zweimal durch. Eigentlich stand nicht viel darin.

Und das Datum?

Vor drei Tagen. Der Brief trug ein Datum, das erst drei Tage alt war. Was zum Teufel hatte das zu bedeuten? Und warum – *warum, warum, warum* – wollte jemand eine Sicherheitseinstufung erneuern, die am Tag seiner Entlassung aus der Army annulliert worden war?

Noch schlimmer...

Ja, noch schlimmer, falls der Brief keine Fälschung war. Dave war Objekt einer regierungsamtlichen Überprüfung. Und Ransome erzählte allen Leuten, daß er im Dienst der Regierung stehe.

Angenommen, Doc Sandberg hat recht, und Ransome ist wirklich von der Regierung beauftragt?

Das überzeugte nicht. Die Regierung läßt nicht unschuldige Bürger abmurksen. Sie schickt keine Teams von Berufskillern los, die siebenundvierzigjährige Manager abknallen sollen. Sowas kommt nur im Film und in der Schundliteratur vor, in Verschwörungstheorien. Oliver Stone, Geraldo Rivera, Rush Limbaugh.

Es wurden einfach Beschuldigungen erhoben – Lee Harvey Oswald, Jack Ruby, Bill Casey, Martha Mitchell.

Solche Behauptungen setzten nur die Durchgeknallten in die Welt. Und selbst wenn die Verschwörungsfreaks recht hatten, die Attentatsopfer waren aus einem bestimmten Grund umgebracht worden. Sie hatten irgend etwas gewußt. Sie waren in irgend etwas verwickelt gewesen, Geheimnisträger.

Was hast du gesehen, was hast du gehört, was weißt du?

Nichts – Dave war kein Geheimnisträger, er wußte nichts über Staatsgeheimnisse. Es gab keine...

Die Kriegsgerichtsverhandlungen damals waren geheim. Sie haben die schriftlichen Aufzeichnungen versiegelt. Du mußtest mit deiner Unterschrift versprechen, daß du nie preisgeben wirst, was geschehen ist.

Nein, nein, nein. Das war viel zu lange her. Außerdem war Dave nicht der einzige, der davon wußte. Es hatte noch andere Zeugen gegeben. Das Gericht, die Ankläger, die Verteidiger, die Stenographen. Allein schon der Gedanke war verrückt, daß...

Verrückt.

Er warf noch einen Blick auf den Brief vom FBI. War er echt? War er gefälscht? Gab es eine Möglichkeit, herauszubekommen, aus welchem Anlaß er geschickt worden war?

Er nahm den Hörer von Bernies Telefonapparat ab und tippte die Nummer unter dem Namen des Mannes ein, dessen Unterschrift unter dem Schreiben stand. Bereits beim ersten Klingeln bekam er Antwort: »Sie sind mit dem Federal Bureau of Investigation, New York City, verbunden. Unsere Dienststunden beginnen um 8.30 und enden um 17.30 Uhr. Wenn Sie die Nummer des Anschlusses der Person kennen, die Sie erreichen möchten, geben Sie sie bitte jetzt ein. Wenn nicht, drücken Sie jetzt bitte die Sterntaste.«

Dave haßte diese verdammten roboterisierten Telefone. Er tippte auf die Sterntaste. »Wenn Sie eine Nachricht für die Telefonzentrale hinterlassen möchten, drücken Sie jetzt bitte die

Rautentaste. Wenn Sie Zugang zum Sprachbox-System möchten, drücken Sie jetzt bitte die ›0‹-Taste.«

Er hieb auf die Null-Taste.

»Geben Sie bitte den Familiennamen der Person ein, deren Sprachbox Sie erreichen möchten und benutzen Sie dabei die Tastatur an Ihrem Apparat. Ersetzen Sie den Buchstaben ›Q‹ bitte durch ›O‹.«

Dave sah sich die Unterschrift auf dem Brief an und gab den Namen ein.

»Niemand mit dem Namen, den Sie eingegeben haben, ist durch dieses Sprachbox-System zu erreichen. Sollten Sie den Namen fehlerhaft eingegeben haben oder einen zweiten Versuch machen wollen, drücken Sie jetzt bitte die Sterntaste.«

Er legte auf.

Vielleicht war der Absender des Briefes gar nicht beim FBI. Vielleicht doch, aber sein Name war nicht in die Datenbank der gottverdammten Telefonanlage eingegeben worden. Vielleicht, vielleicht, vielleicht. Dave hatte keine Ahnung. Er hatte keine Antworten auf die Fragen. Antworten gab es nirgendwo.

Oder vielleicht doch?

Er mußte nachdenken. Irgend etwas hatte er vergessen oder aus seinem Hirn verbannt. Es war der Schlüssel zu dem, was sich jetzt abspielte. Doch zuerst...

Er betrachtete die Aktenordner in Bernies Sideboard. Personalangelegenheiten, Karitatives, Prognosen, Vorstandssitzungen, Übernahmekandidaten, Tätigkeiten der Konzernbereiche. Irgend etwas davon enthielt vielleicht einen Hinweis. Er griff nach dem ersten Ordner. In diesem Augenblick kam Bernie rückwärtsgehend in den Raum.

Bernie erschien nicht aus dem Vorzimmer, wo seine Sekretärin saß, sondern durch eine Tür an der Westseite. Sie verband sein Büro mit dem Senterex-Sitzungssaal. Im Rückwärtsgehen sprach er mit jemandem, der sich noch in dem Sitzungssaal befand. »... und wie!«

Dave sprang hoch, stieß einen Laut aus. Er hatte ein Gefühl, als wäre ihm das Herz stehengeblieben.

Bernie sprach weiter. »Moment mal. Die gehört dir, nicht, diese Mappe dort hinten?« Er ging wieder in den Sitzungssaal.

Dave taumelte aus Bernies Drehsessel hoch und flitzte auf den eingebauten Schrank zu. Er war, wie der in seinem eigenen Büro, sehr geräumig. Bernie bewahrte hier ein Sammelsurium von Utensilien für Vorstandssitzungen auf – übergroße Schreibtafeln zum Aufstellen, farbige Marker, Klebebänder und fünf dreibeinige Staffeleien. Der Senterex-Boß war außerstande, eine Vorstandssitzung abzuhalten, ohne irgend etwas auf eine Tafel zu schreiben.

Dave drückte sich an die hintere Wand und zog die Tür so weit zu, daß sie noch einen Spalt weit offen blieb.

Bernie kam wieder herein. »... es tut mir in der Seele weh. So sieht's in mir aus.«

Eine andere Stimme antwortete: »Da bist du nicht der einzige. Olivia und ich, wir beide haben David auch sehr gern.«

Diese näselnde Stimme mit ihrem New-England-Ton kannte Dave. Sie gehörte Scott C. Thatcher, Mitglied des Senterex-Aufsichtsrats, Chef eines eigenen Unternehmens und einer von Daves wenigen engen Freunden.

»Also wird sich vielleicht alles doch noch zum Guten wenden«, sagte Bernie. »Dieser Ransome ist keiner, der so leicht aufgibt.«

»Ähmmm.« David konnte sich Thatcher in diesem Augenblick gut vorstellen: Wie er sich über den buschigen Mark-Twain-Schnurrbart strich oder mit den Fingern durch den widerspenstigen weißen Haarschopf fuhr. »Bernard, was deinen Mr. Ransome angeht, frage ich mich, ob du nicht vielleicht ein bißchen zu zurückhaltend mit Auskünften über ihn bist.«

Geh hinaus, geh sofort hier raus. Thatcher wird dir glauben. Er ist der einzige Mensch auf der Welt, der dir glauben wird.

»Ich? Was meinst du denn damit?«

»Ich bin diesem Mann heute nicht zum erstenmal begegnet. Ich vergesse Gesichter nicht. Ich habe ihn schon einmal gesehen, und zwar hier, in diesem Gebäude.«

Los, mach schon! Thatcher wird auf deiner Seite sein.

»Ach was...«

»Ich würde sagen, vor fünf oder sechs Wochen in der Empfangshalle. Er ging gerade hinaus, als ich hereinkam. Ich erinnere mich sogar deutlich daran, daß ich dich nach ihm gefragt habe.«

Geh doch raus aus diesem Kabuff. Hi, Scotty! Junge, wie es mich freut, dich zu sehen!

Er konnte nicht. Er würde Thatcher in diese Geschichte hineinziehen. Er würde Thatchers Leben genauso in Gefahr bringen, wie sein eigenes in Gefahr war.

Schwachkopf! Thatcher ist Chef des zweitgrößten Computerkonzerns der Welt. Forbes, Fortune *und* Business Week *haben sein Bild auf der Titelseite gebracht. Mit dem wird sich keiner anlegen.*

»Blödsinn!«

»Durchaus nicht. Er hat mir einen äußerst arroganten Blick zugeworfen. Das habe ich dir gegenüber erwähnt. Und du hast mir zur Antwort gegeben, er sei Manager bei einer Firma, die du zu übernehmen vorhättest. So, wie dieser Mann aufgetreten ist, fand ich deine Antwort eigentlich nicht überzeugend.«

Dave legte die Hand auf den Türknauf des Kabuffs.

Los, tu's!

»Ich war das nicht. Das ist eine andere Geschichte, die dir da durch den Kopf geht.«

»Bernard, ich bin zwar ein alter und schwacher Mann und habe meine besten Jahre lange hinter mir, aber senil bin ich doch noch nicht. Dieser Mann war hier, und du hast ihn empfangen.«

Dave drehte langsam an dem Knauf und drückte sachte gegen die Tür.

»Ein Bernie Levy lügt nicht.«

»Das ist schlecht formuliert. Besser ausgedrückt würde es heißen: ›Bernie lügt *selten*, weil er weiß, daß er dafür ganz und gar kein Talent hat.‹«

»Scotty, mein Freund...«

Durch den breiter werdenden Spalt sah Dave, wie Bernie in einer unaufrichtigen Geste der Aufrichtigkeit die Hände ausbreitete.

»Ja, wir sind Freunde, Bernard, und wir sind es seit mehr als vierzig Jahren. Ich gehöre deinem Aufsichtsrat an, und du meinem. Zwischen uns herrscht Vertrauen. Sollte es so sein, daß an dieser Geschichte mit David mehr ist, als du preisgeben kannst, dann muß ich das respektieren – so wie ich davon ausgehe, daß du ehrenwerte Gründe dafür hast.«

Jetzt oder nie, Junge.

Dave drückte die Handfläche gegen die Tür, da meldete sich mit einem zischenden Geräusch das Funkgerät in seiner Tasche. Thatcher sagte: »Wenn du meine Unterstützung brauchst, kannst du mich jederzeit anrufen.« Dave drückte gegen die Tür. Bernie sagte: »Es ist heikler, als du ahnst.« Aus dem Funkgerät kam Ransomes Stimme. »Mr. Elliot, können Sie mich hören?« Thatcher sagte: »Aber denk daran, daß David für mich ein ebenso guter Freund ist wie du.« Ransome sagte: »Ich bin ermächtigt, Ihnen eine für beide Seiten akzeptable Kompromißlösung anzubieten, Mr. Elliot.« Dave nahm die Hand von der Tür. Bernie sagte: »Für mich ist er wie ein Sohn.« Thatcher antwortete: »Ich verabschiede mich jetzt, Bernie. Olivia wartet zu Hause auf mich.« »Mr. Elliot, ich würde es wirklich begrüßen, wenn ich eine Antwort von Ihnen bekäme.« Bernie sagte: »Guten Abend, Scotty.« Daves Stimme sagte: »Da können Sie lange warten, Sie Trottel. Inzwischen haben Sie doch sicher überall in diesem Gebäude Ihre Spür- und Peilgeräte aufgestellt, stimmt's, Ransome? Dann sagen Sie doch den Leuten, sie sollen mich orten. Sie sollen feststellen, in welchem Stockwerk ich bin. Denken Sie sich, mein Bester, ich bin in überhaupt keinem Stockwerk. Ich bin draußen, und ich komme auch nicht zurück... Hey, Ransome, Sie können rennen, so schnell Sie nur können, aber Sie erwischen mich nicht. Ich bin der Lebkuchenmann, den keiner packen kann!« Ransomes Stimme war ausdruckslos. »Mr. Elliot, dieses kindische Verhalten können wir nicht gutheißen.« Bernies Stimme kam aus der Nähe der Tür. »Kommst du nächste Woche zur Sitzung des Prüfungsausschusses?« Über Funk meldete sich eine zweite Stimme, die Stimme Rebhuhns. »Er sagt die Wahrheit. Er ist irgendwo in der Upper West Side.« Thatcher antwortete aus dem Flur vor Bernies Büro: »Ich muß leider nach Singapur. Ein Problem mit unserer größten Zulieferfirma.«

Irgendwo in Manhattan schaltete Marge Cohen ein Tonbandgerät ab.

Rebhuhn wisperte: »Er ist uns entkommen. Jetzt gnade uns Gott!«

Dave stand regungslos da und ließ sich diese ominöse Schlußbemerkung durch den Kopf gehen.

5

Er trat aus dem begehbaren Schrank und hielt die Pistole auf Brusthöhe locker in der Hand. »Keine Bewegung, Bernie, sonst erschieße ich Sie!« Es sollte sich anhören, als meinte er es ernst.

Bernie saß an seinem Schreibtisch und blätterte gerade Papiere durch. Er blickte mit einem Ausdruck tiefster Mattigkeit hoch. »Hallo, David, schön, Sie zu sehen.« Er hörte sich an wie ein Mann, der eine Million Jahre auf dem Buckel hat.

»Bernie, lassen Sie die Hände auf dem Schreibtisch. Ich möchte nicht, daß Sie nochmal eine Pistole ziehen...«

»Nein, keine Pistolen mehr.« Bernie sah ihn mit einem gespenstischen Lächeln an.

»... oder eine Sprühdose mit Tränengas.«

Bernie nickte. »Sie wissen davon?«

»Ja, ich weiß davon.« Dave ging näher zu ihm hin. »Ich weiß auch noch ein paar andere Dinge. Aber ich möchte mehr wissen.«

Bernies Gesicht war ein Bild der Trauer. Er legte die Hände flach ausgebreitet auf den Schreibtisch. Als er wieder sprach, merkte Dave, daß die Worte mehr an Bernie selbst als an jemand anderen gerichtet waren. »Yeah. Kapiert das einer? Da bemüht man sich sein ganzes Leben lang, ein Mensch zu sein, ja, ein richtiger Mensch: fleißig arbeiten, fair gegenüber anderen sein, die Wahrheit sagen, das Richtige tun, Patriotismus zeigen. Und wenn alles vorbei ist, was hat man dann davon? Ich will es Ihnen sagen. Für die bist du trotz allem nichts als ein kleiner, armseliger Jude. Da, Jud, tu mal das. Hier, Jud, tu mal jenes! Danke, du bist ein guter Amerikaner – für einen Juden, meine ich.«

Er schüttelte langsam den Kopf, voller Trauer, auf seinen Schultern das Gewicht der ganzen Welt. »Man hat mir den Silver Star verliehen. Mir. Bernie Levy. Wußten Sie das schon, David?«

Dave antwortete so sanft, wie er nur irgend konnte: »Nein, das wußte ich nicht, Bernie.«

»Scotty, er bekam einen. Ich, ich bekam auch einen. Die verrückteste Geschichte, die man sich denken kann, völlig meschugge. Lieutenant Thatcher und Corporal Levy. Einen nordkoreanischen Panzer haben wir angegriffen. Er mit einer 45er und einer Handgranate, ich mit einem M-1-Gewehr. Total bescheuert von uns, das können Sie mir glauben. Wir hätten eigentlich mausetot sein müssen. Statt dessen bekamen wir beide den Silver Star. MacArthur persönlich, er hat ihn uns angesteckt. Sie hätten es wirklich sehen sollen, Davy. Sie hätten es sehen sollen. Scotty liegt mit einem zerschossenen Bein im Bett. Bernie Levy steht neben ihm. Der alte Mann kommt rein. Ein Fotograf vom *Life*-Magazin macht Aufnahmen. Ich kann Ihnen sagen, Davy, das war ein Augenblick! Vielleicht der beste in meinem ganzen Leben. Also, MacArthur fängt an, ihm den Orden anzustecken, und denken Sie sich, was passiert! Scotty, nicht mehr als ein lächerlicher kleiner Lieutenant, fängt an, den General herunterzuputzen. Den General! Ist das zu fassen? Es war wunderbar. Es war ein Wunder! Sowas hat noch niemand erlebt. Ich hatte richtige... Ehrfurcht vor Scotty. Hat er Ihnen die Geschichte schon mal erzählt? Scotty, meine ich.«

Dave schüttelte den Kopf.

»Einfach baff. Bernie Levy war einfach baff. Wissen Sie, Scottys Vater, der war Arzt im Stab von MacArthur. In Japan, damals, gleich nach dem Krieg. Er und so ein Russe und einer vom OSS ermitteln wegen der Kriegsverbrechen. Sie bringen etwas raus und gehen damit zu MacArthur, und der sagt, sie sollen es vertuschen. Aber sie sagen, da machen sie nicht mit, also schiebt der General alle nach Hause ab und besorgt sich einen neuen Arzt. Und jetzt – Sie müssen sich das bildlich vorstellen –, und jetzt, fünf oder sechs Jahre später, liegt dieses Nichts von einem kleinen Lieutenant in seinem Bett, und der mächtigste General auf der Welt – der ganzen Welt – steckt ihm den Silver Star an den Pyjama, und der Fotograf nimmt alles auf, und plötzlich staucht der Lieutenant den General zusammen, weil der seinen Vater gefeuert hat. Nein, Davy, Sie hätten es sehen sollen. Diese Chuzpe! In seinem ganzen Leben hat Bernie Levy sowas nicht mehr erlebt!«

Dave grinste. »Das ist wirklich eine hübsche Geschichte. Bernie.«

Ein schwaches Lächeln huschte über Bernies Lippen. »Das kann man sagen«, bemerkte er, blickte Dave in die Augen und nickte. Plötzlich verschwand sein Lächeln. Wieder dieser ermattete Ausdruck. »Okay, okay, Sie möchten also mit mir reden, Davy. Dann reden wir miteinander. Vielleicht sag ich Ihnen was, vielleicht sag ich Ihnen nichts. Man hat ja immerhin noch seine Ehre. Die können sie einem nicht nehmen. Also, setzen Sie sich her, machen Sie es sich bequem.«

»Ich bleibe stehen.«

»Sitzen, stehen, ist doch alles egal.« Bernie umfaßte mit

seiner pummeligen Hand die Tasse, hob sie an die Lippen und trank einen kleinen Schluck. »Soll ich Ihnen auch eine Tasse guten Kaffee einschenken, Davy?«

»Das ist *mein* Kaffee, den Sie da trinken, Bernie.«

Bernies Miene veränderte sich. »Ihr Kaffee?«

»Ja, ich hab ihn mir eingeschenkt, als ich Ihre Papiere durchsah.«

»Sie haben von meinem Kaffee getrunken?« Bernie lehnte sich plötzlich in seinem Sessel zurück. Sein erschöpfter Gesichtsausdruck wich einem ironischen Lächeln. Das Lächeln wurde breiter. Bernie lachte jetzt. »Wie wunderbar. Sie trinken *meinen* Kaffee. Und jetzt trinke ich *Ihren* Kaffee. Ist das nicht wunderbar? Sie können nicht ahnen, wie wunderbar das ist.«

Er lachte noch mehr, aus dem Gelächter wurde ein Gebrüll.

Dave runzelte die Stirn. »Ich versteh nicht, was daran so spaßig sein soll.«

»Daran so spaßig? Ein wunderbarer Spaß ist das, Davy. Wunderbar! Und das beste daran: Der Spaß geht auf Bernie Levys Kosten!« Vom Lachen geschüttelt, stand Bernie auf und ging, die Tasse in der Hand, quer durch das Büro. Ein kreisrunder Arbeitstisch und vier Stühle standen neben dem nördlichen Fenster. Bernie legte eine Pummelhand auf eine der Stuhllehnen, packte sie mit festem Griff und drehte sich zu Dave um. »Es ist der wunderbarste Spaß, den man sich denken kann!«

Plötzlich und überraschend kraftvoll hob Bernie den Stuhl hoch und schleuderte ihn durch das Fenster. Die Scheibe zerbarst nach außen. Glasstücke wirbelten, vom Wind getrieben, durch die Nacht – einen Augenblick lang anzusehen wie ein glitzernder Sturm, ein Eisblizzard, diamantene Scherben, die weiß das Licht spiegelten und brachen und dabei auffunkelten. Ein Splitter ritzte, wie von Chirurgenhand geführt, eine gerade, sich rötende Linie in Bernies linke Wange. Dave machte zögernd einen Schritt nach vorne. Bernie hob die Hand und drehte sie mit der Innenfläche zu Dave hin, als wollte er ihm sagen, er solle nicht näherkommen. Die Traurigkeit war ganz aus seinem Gesicht gewichen, und er wirkte fröhlich wie ein Kind. »Bernie kann nur Bernie die Schuld geben. Die Retourkutsche ist nur fair. Das ist wirklich ein Hauptspaß, Davy, das ist der größte Spaß von allem. Glauben Sie mir, nur Gott selbst konnte sich so einen Spaß ausdenken.«

Bernie Levy trank einen letzten Schluck Kaffee und trat dann, seine Tasse noch immer in der Hand, hinaus ins Leere.

6

Um tausend Fuß zu fallen, braucht ein Gegenstand sechs Sekunden. Dave erreichte das Fenster so rechtzeitig, daß er Bernies Tod noch mitansehen konnte. In Vietnam war er oft Zeuge eines gewaltsamen Sterbens geworden. Bei ihm hatte es länger gedauert als bei den meisten anderen, bis er dagegen abgehärtet war, aber er hatte sich dagegen abgehärtet und war es geblieben. Trotzdem war der Anblick von Bernies Ende, sogar aus so großer Höhe, grausam. Sehr grausam.

Den armen, pummeligen Bernie zerriß es. Blut, pechschwarz unter dem harschen, grellen Licht der Straßenlampen, spritzte in alle Richtungen. Ein Auto, das in hohem Tempo auf der 50th Street in östlicher Richtung fuhr, schoß auf den Gehsteig und zog eine Funkenspur hinter sich her. Eine von Bernies Blut überströmte Frau brach zusammen. Ihr Begleiter kniete an der Stelle, wo sie lag, und übergab sich. Ein Stück von Bernies Leiche, so groß wie ein Fußball, rollte hinaus auf die Kreuzung 50th Street/Park Avenue, wo Bremsen kreischten und Kotflügel eingebeult wurden. Ein Hund riß sich samt der Leine, die sein Herr locker hielt, los und rannte gierig dem lockenden Geruch frischer Eingeweide entgegen.

45 Stockwerke über dem Straßenniveau lehnte sich David Elliot aus einem Fenster, dessen Scheibe eingeschlagen worden war, hob den Blick von der Straße, spürte den kühlen, kräftigen Wind und spürte dankbar die Frische der Luft. An den

Himmel, nicht an die Straße unten gewendet, flüsterte er: »O Gott, Bernie, warum hast du das nur getan? Großer Gott, so schlimm kann es doch nicht gewesen sein! Was es auch war, ich hätte es dir verziehen. Wir hätten uns darüber aussprechen können, Bernie. Du hättest nicht...«

Geräusche.

Nicht nur unten auf der Straße, sondern auch draußen im Korridor vor Bernies Büro. Über Teppichboden rennende Füße. Das knackende metallische Geräusch beim Nachladen einer Schrotflinte. Eine Kommandostimme, eine Appalachen-Stimme: »Aufpassen da vorne!«

Gott im Himmel! Er war die ganze Zeit auf dieser Etage!

Dave flitzte vom Fenster weg, raste wie ein geölter Blitz durch das Büro, warf sich in das Schrank-Kabuff und kauerte sich im Dunkeln hin. Die Tür von Bernies Büro flog auf. Dave hörte ein dumpfes Geräusch und ein Schleifen von Füßen. In seiner Vorstellung formte sich das Bild der Szene – lehrbuchmäßige Sturmtaktik: Ein Mann auf dem Bauch unter der Tür, mit angespanntem Abzugsfinger, ein zweiter, der im Knien einen weiten Bogen mit einer Schrotflinte oder einem automatischen Gewehr beschreibt, während er nach Zielen sucht, ein dritter, hinter und über ihnen in geduckter Haltung, der das gleiche tut.

»Ist die Luft rein?« Ransomes Stimme war von außerhalb des Büros zu hören.

»Ja, aber wir haben ein Problem.«

»Was denn?«

»Der Jid hat sich umgebracht. Aus dem Fenster getaucht.«

Grelle Sirenentöne von der Straße herauf verschluckten die erste Hälfte von Ransomes Antwort. Dave bekam nur mit: »...hätten wissen sollen, daß er dem Druck nicht standhält. Wir haben ein paar Minuten, bis die städtische Polizei eintrifft.« Ransome war inzwischen in dem Büro, und erteilte, ganz Herr der Situation, in seinem gedehnten Befehlston Anweisungen. »Zaunkönig, nehmen Sie drei Männer und schaffen Sie mit ihnen unser Gerät zur Basis hinunter. Benützen Sie die Treppe.«

Basis? Haben sie auf einer anderen Etage eine Operationsbasis eingerichtet?

»Eichelhäher, gehen Sie ans Telefon – benutzen Sie einen Zerhacker – und sagen Sie der Pathologie, ich möchte die Serumprobe von unserem Objekt haben. Sie sollen sie in einem Krankenwagen mit Sirene schnellstmöglich hierherschicken.«

Serumprobe? Woher zum Teufel haben sie denn eine Blutprobe von dir? Dir ist doch seit Monaten kein Blut abgenommen worden, nicht mehr seit Dr. Sandberg... O doch; sie haben dir ja...

»Sir?«

»Genetischer Fingerabdruck. Eichelhäher, ich habe vor, ein bißchen vom Blut des Objekts auf diese Glasscherben zu spritzen.«

»Verstanden, Sir. Hübsche Idee.«

»Machen Sie voran.«

»Ja, Sir.«

Eine andere Stimme, dumpfer, älter. »Da komm ich nicht mit, Chef.«

»Eichelhäher und ich treffen ein paar Minuten nach der Polizei ein. Man wird die Andeutung fallen lassen, daß es kein einfacher Selbstmord war. Wer der Hauptverdächtige ist, wird gleichfalls angedeutet werden. Die Leute von der Spurensicherung werden am Tatort zwei Bluttypen finden. Klarer Fall: Es war Mord. Und nach der Obduktion des Objekts wird alles erst recht sonnenklar sein.«

Obduktion? Jetzt geht uns ein Licht auf, was für einen Deal er dir anbieten wollte.

Ransome kommandierte weiter. »Graugans, ich möchte, daß Sie einen Medienrummel lostreten. Überall Hauptthema. Rundfunk, Fernsehen, Presse. Wahnsinniger stürzt seinen Boß aus Fenster in Hochhaus. Irrer Mörder unterwegs. Tollwütiger Hund. Zum Abschuß freigegeben. Schon um halb neun haben wir dafür gesorgt, daß sämtliche Polizisten in New York nach ihm suchen.«

»Und wenn er auf die Idee kommt, die Stadt zu verlassen?«

»Psychologie spricht dagegen. Er ist einer von uns. Er haut nicht ab.«

»Trotzdem...«

»Akzeptiert. Wir beschatten doch bereits sämtliche Leute, die er kennt und mit denen er möglicherweise Kontakt aufzunehmen versucht, richtig?«

»Ja, Sir, mit Zwei-Mann-Teams.«

Gott im Himmel! Wie viele Regimenter hat dieser Kerl denn unter sich?

»Okay, wie viele Möglichkeiten gibt es, diese Insel zu verlassen?«

Graugans legte eine Denkpause ein. Dann sagte er: »Vier Autotunnels. Sechzehn oder siebzehn Brücken nach meiner Schätzung. Drei Hubschrauber-Landeplätze. Vier oder fünf U-Bahn-Strecken, vielleicht auch mehr. Die Fähre. Vier Flughäfen, wenn man Newark und Westchester mitrechnet. Drei Eisenbahnlinien. Yeah, er könnte die Seilbahn zur Roosevelt Island nehmen und von dort aus...«

»Zuviel. Wir haben nicht die Ressourcen, um das alles abzudecken.«

»Ich könnte in Washington anrufen.«

In Washington? O Gott, sind die Scheißkerle vielleicht doch von der Regierung?

»Das ist im Moment keine empfehlenswerte Option.« In Ransomes Stimme lag ein ungewohnter Ton – leicht verdrossen, etwas unbehaglich. »Ganz und gar nicht empfehlenswert. Schicken Sie einfach ein paar Leute zu den Freeways und den Flughäfen. Das ist noch das Beste, was wir tun können. Die übrigen von euch – geben Sie das weiter: cool bleiben, wenn irgend jemand auf städtische Polizeibeamte trifft. Das sind New Yorker Cops, nicht die Sorte schmierige Tortilla-Fresser, mit denen ihr sonst zu tun habt. Mit Kleingeld lassen die sich nicht bestechen. Mund halten und Konfrontationen aus dem Weg gehen, ja. Okay, räumen wir hier das Feld, Männer!«

»Jemand für Sie über Funk, Sir. Dringend.«

»Geben Sie her... Hier spricht Rotkehlchen... Er hat sich was?... Na, das ist ja großartig, einfach großartig...Verstanden. Rotkehlchen Ende. Also, hört mal her, Männer. Zaunkönig liegt unten in der 17. Etage und hat einen Pfahl in der Halsschlagader.« Seine Stimme ließ keinerlei Gefühlsregung erkennen.

Dave, in seinem Kabuff kauernd, nagte an der Unterlippe. *Hast du nicht gedacht, Brieföffner wären keine tödlichen Waffen, Freundchen?*

Ransome fuhr in seinem roboterhaften Ton fort: »Meine Herren, das ist eine Riesenschlamperei! Nach diesem stümperhaften Versuch heute nachmittag, das Objekt in einen Hinterhalt zu locken, habe ich angeordnet, die Treppenschächte genau abzusuchen. Ich bin von den Ergebnissen enttäuscht. Strengen wir uns an, in Zukunft ein bißchen professioneller vorzugehen. Angesichts dessen, daß unser Objekt nicht auf uns hören will, ist Vorsicht am Platz.«

»Sir, werden wir ihn erwischen?«

»Positiv, Graugans. Wenn wir ihn nicht auf den Straßen erwischen, fangen wir ihn, wenn er hierher zurückkommt.«

Da wirst du dich schön täuschen!

»Gut, weil ich mir Mr. Elliot gern privat vornehmen würde.«

»Negativ. Ich bin Nummer eins am Futtertrog. Reste werden keine übrigbleiben.«

2. Teil

Déjà vu

»... er war nicht der Meinung, im Krieg gehe es nur darum, daß man seine Gegner umbringt. Hier haben wir es mit einem Widerspruch zu tun.«

Patrick O'Brian, *H. M. S. Surprise*

Kapitel 6

Dave macht einen Ausflug

1

Gib's zu, Junge, das wolltest du schon immer mal erleben.

Keine Frage.

So viel Spaß hast du in deinem ganzen Leben noch nicht gehabt.

Aber knapp. Ganz knapp.

Der Trottel in dem BMW nimmt dich nicht ernst. Blend ihn an.

Dave traf den BMW-Fahrer mit seinem Fernlicht. Der Mann hatte sein Ohr an ein Handy gepreßt. Er wollte den Weg nicht freimachen und blockierte zwei Fahrspuren. Dave riß das Mikrophon vom Armaturenbrett, schnippte an einem Kippschalter und röhrte ärgerlich: »He, Sie da, in dem Beemer, das ist ein polizeilicher Noteinsatz. Entweder Sie machen die Straße frei, oder Sie gehen in den Knast.«

Der verstärkte Ton seiner Stimme hallte durch die Straßen mit ihrem dichten Verkehr. Der Fahrer des BMW wandte den Kopf, warf einen wütenden Blick über die Schulter und bequemte sich, an den Straßenrand zu fahren. Dave trat aufs Gaspedal. Nur von seinem sardonischen Schutzengel begleitet, bretterte er in einem gestohlenen Polizeiwagen durch das nächtliche Manhattan.

Yeah!

Die Schlüssel waren in der Tasche des Polizisten gewesen. Praktischerweise hing an dem Bund ein kleines Schild mit den Ziffern des Nummernschilds. Dave hatte einen Blick darauf geworfen und war schon dabei gewesen, ihn auf den gefliesten Boden der Herrentoilette zu werfen, als seine innere Stimme flüsterte: *Hey, Freundchen, du hast gerade einen uniformier-*

ten Polizisten in Ausübung seiner Amtspflichten – oder zumindest während einer Pinkelpause – niedergeschlagen und ihn mit Textilband an der Behindertentoilette festgeklebt. Dazu kommt noch, daß du seine Uniform, seine Dienstmarke, seine Dienstwaffe und seine Mütze geklaut hast.

Aber seine Schuhe nicht.

Nur, weil sie dir nicht gepaßt haben. Außerdem hast du fünf, vielleicht sechs Typen umgelegt, die durchaus Bundesbeamte gewesen sein könnten, allen Leuten, denen du begegnet bist, Geld gestohlen, telefonisch mit einem Bombenanschlag gedroht, auf den Nottreppen eines Bürohochhauses an der Park Avenue lebensgefährliche Fallen ausgelegt, zahllose tätliche Angriffe und Einbrüche verübt, Explosivstoffe aus Ammoniak und solchen Sachen zusammengemixt und Eigentum der Telefongesellschaft ruiniert. Ach ja, und dann wirst du noch wegen des Mordes an Bernard Levy gesucht. Was wollen sie also machen, wenn du auch noch einen Streifenwagen klaust? Im schlimmsten Fall werden sie dir zu den 10 000 Jahren Sing Sing, zu denen du ohnehin verknackt wirst, vielleicht noch ein paar Jahrhunderte zusätzlich aufbrummen.

Dave zuckte die Achseln und steckte die Schlüssel ein. Er ging gemächlich aus der Toilette im 45. Stock, und im selben Augenblick betrat sie ein anderer Polizist. Dave nickte ihm zu.

»Nicht zu glauben«, knurrte der Polizist. »Da hat der Typ sein eignes Privatklo und hüpft zum Fenster hinaus. Herrje, is das zu fassen?«

Dave antwortete: »Und ich sag zu dem Lieutenant, ich möcht ein einziges Mal in mein'm Leben in ein Privatklo an der Park Avenue pinkeln gehn, und der sagt, nix, da könnten Spuren drin sein.«

»Das gleiche hat er zu mir gesagt. Herrje, is das zu fassen?«

Fünf Minuten später war Dave im Erdgeschoß und bahnte sich einen Weg durch die Menge der Polizeibeamten und Kameraleute in der Eingangshalle. Niemand würdigte ihn auch nur eines Blickes. Wie er erwartet hatte, machte ihn das Blau des Streifenbeamten noch unsichtbarer als zuvor seine Tarnung als Telefonhandwerker.

Der Streifenwagen stand direkt am Bordstein. Dave setzte sich hinein, drehte den Zündschlüssel um und fuhr mit einem vergnügten Grinsen in die Nacht.

An der Kreuzung 87th Street/Broadway riß er das Steuer so scharf nach links, daß der Streifenwagen mit allen vier Rädern schleuderte, und bretterte Richtung Westen. Auf halbem Weg zur nächsten Querstraße schaltete er die Sirene und die rote Leuchte ab. Er bremste, steuerte den Wagen nach rechts dicht an den Bordstein. Es war gerade genug Platz dafür neben dem Hydranten.

Gibt es überhaupt noch ein Gesetz, gegen das du heute nicht verstoßen hast?

Marge Cohen hatte davon gesprochen, daß sie in der 94th Street wohnte. Dave wollte den restlichen Weg zu Fuß gehen. Es war zu riskant, in dem Streifenwagen oder auch nur in dessen Nähe zu bleiben. Schon bald würde irgend jemand das Fehlen des Fahrzeugs bemerken.

Unter dem Arm ein in Papier gehülltes Bündel, das Gregs Klamotten enthielt, begann Dave in der 87th Street zurück in östlicher Richtung zu gehen. Der Anblick eines Cop zu Fuß war so ungewohnt, daß ihm ein paar Leute einen kurzen Blick zuwarfen.

Als er den Broadway erreichte, wandte er sich nach Norden. Seit Jahren war er nicht mehr in dieser Gegend gewesen. Die Luxussanierungen für künftige Yuppie-Mieter hatten das Viertel wie eine Seuche befallen. Die Lokale, an denen er vorüberkam, protzten mit Farnpflanzen in Töpfen neben den Eingängen und lächerlich hochgestochenen Namen. Läden, in denen früher Trödel verkauft worden war, boten nun Antiquitäten feil. Die Verkäuferinnen in den Boutiquen wirkten wie Cher an einem schlechten Abend. Im übrigen jedoch waren die Straßen nach wie vor schmutzig, übersät mit jener ganz speziellen Art von Abfall, wie er sich nur an der Upper West Side von Manhattan findet.

Geh wie ein Cop, Junge, nicht wie ein Tourist.

Dave zügelte sein Tempo, zwang sich zu einem wiegenden John-Wayne-Gang und bemühte sich um ein wachsames Aussehen.

Das ist schon besser.

Er war bereits nördlich der 91st Street, als er fand, wonach er Ausschau hielt. Grüne Neonbuchstaben über dem Eingang – »McAnn's Bar and Grill«.

Wenn man einer irischen Kneipe nicht trauen kann, was gibt's dann noch, dem man trauen kann?

Er drückte die Tür nach innen. Matte Beleuchtung. Das Lokal roch nach schalem Bier, alten Sägespänen und heißem Corned Beef. Die Stammgäste waren keine Yuppies. Yuppies hatten hier nie verkehrt und würden es auch nie tun. Die Gäste wirkten, als säßen sie schon lange an ihren Tischen. Ein paar von ihnen peilten ihn an und nuckelten dann wieder an ihren Gläsern.

Er trat an den Tresen. Der Barmann war schon dabei, ihm ein Ballantine zu zapfen. Dave konnte die Marke nicht ausstehen, akzeptierte das Glas aber trotzdem.

»Kann ich was für Sie tun, Officer?«

Dave hob sein Glas. »Das da drin tut schon genug für mich.« Er nahm einen Schluck. Der leicht metallische Geschmack erinnerte ihn... so lange her... erinnerte ihn an...

Ballantine war Taffys Lieblingsbier. Der aus New York geflüchtete Rotschopf hatte Gott weiß wie viele Kartons von dem Gesöff hinauf in die Sierras geschleppt. Hinterher, kurz bevor sie davonritten, hatte Dave ihn gezwungen, sämtliche leeren Dosen einzusammeln. Taffy hatte sie dort liegenlassen wollen, wo er sie weggeworfen hatte. Aber die Vorstellung, auch nur der kleinste Makel könnte die Schönheit der Natur verunstalten, hatte Dave auf die Palme gebracht und...

»Was Scharfes dazu?«

»Wie bitte?« Der Barmann hatte Dave in seinen Erinnerungen gestört.

»Ich habe gefragt, ob Sie zu Ihrem Bier was Scharfes möchten.«

»Nicht während der Dienststunden.«

Der Barkeeper schniefte. »Davon lassen sich Ihre Kollegen nicht abhalten. Sie sind wohl neu im Revier, ja?«

»Nur auf Zeit. Normalerweise bin ich draußen in Astoria.«

»Ich heiße Dunne. Sagen Sie Jack zu mir.«

O je... Freundchen, was steht denn auf dem Namensschild drauf, das du trägst? Nicht gucken!

»Hutchinson. Alle sagen Hutch zu mir.«

»Klar sagen sie Hutch.«

»Haben Sie ein Telefonbuch, Jack?«

»Aber ja.« Der Barmann griff unter den Tresen und holte einen dicken Band Weiße Seiten hervor. Er beobachtete Dave, wie dieser rasch die Seiten mit den mit »C« beginnenden Einträgen durchblätterte. Cogan, Coggin, Cohan, Cohee, Cohen... Cohens in rauhen Mengen. Ganze Seiten davon. Cohen, Marge? Kein Eintrag. Cohen, Marigold? Dito. Cohen, M.? Mehrere Dutzend. Aber nur ein einziger Eintrag für die 94th Street. Das mußte sie sein.

Er schob dem Barmann das Telefonbuch wieder hin. »Danke – gibt's hier ein Telefon? Einen Privatapparat, den ich benutzen kann?«

»Ja, hinten. Stadtgespräch, nehme ich an.«

»Ja.«

»Geht auf meine Rechnung.«

Er rief nicht bei Marge Cohen an, und es war auch kein Anschluß in Manhattan. Es war die Nummer der AT&T-Auslandsauskunft. Dave wollte eine Telefonnummer in der Schweiz.

2

Es war ein dreistöckiges Haus aus braunem Sandstein, von der Art, die gebürtige New Yorker bezaubernd finden, Ortsfremde hingegen an die Zeiten der Weltwirtschaftskrise erinnert. Durch die Fenster mit den Schmutzstreifen kam nirgendwo Licht. Ein paar ausgetretene Betonstufen führten zu der Haustür mit einem vergitterten Fensterchen hinauf. Dave hörte ein Schnarchen. Anscheinend schlief jemand zwischen den Mülltonnen unterhalb der Stufen.

Wie einer der lädierten Briefkästen anzeigte, befand sich M. F. Cohens Wohnung im Erdgeschoß nach hinten hinaus. Apartment 1B.

Dave suchte nach dem Summer der Wechselsprechanlage. Irgend jemand hatte ihn aus der Wand gerissen. Dave zuckte die Achseln und verschaffte sich mit Hilfe seiner Kreditkarte Zugang zu dem Haus.

Die Wände im Innern waren grau und hätten einen neuen Anstrich vertragen können. Der Fußbodenbelag war abgetreten und fleckig, die Beleuchtung schwach. In dem Haus roch es nach Alter, Schimmel und Gleichgültigkeit. Der Hausbesitzer sparte offensichtlich am Unterhalt, woran sich vermutlich erst dann etwas ändern würde, wenn die Bewohner mit einem Mieterstreik drohten.

Dave klopfte an die Tür von Apartment 1B.

Durch den Spion in der Tür kam ein Lichtschimmer. Jemand linste heraus. Ein Riegel fuhr zurück, das Schloß schnappte, die Tür flog auf. Fauchend wie eine Katze sprang ihn Marge Cohen an. »Du dreckiges Schwein!«

Ach, du heilige Scheiße, was ist denn jetzt los?

Ihre Finger hatten sich zu Krallen verkrümmt, die Fingernägel – weder lang noch lackiert – zielten auf seine Augen. Dave fuhr zurück. Sie verfehlte ihn, allerdings nur knapp. Er hob abwehrend eine Hand. »Jetzt Moment mal...«

Marge duckte sich, bereit, ihn noch einmal anzuspringen. »Du Saukerl!«

Sie schoß hoch, ihre Nägel hatten es wieder auf seine Augen abgesehen. Dave bekam ihre Handgelenke zu fassen und packte sie mit festem Griff. Das war das allerletzte, was er erwartet hatte.

»Du Scheißkerl, du elender Scheißkerl!« Sie zappelte in seinem Griff und traf sein Schienbein mit einem Fußtritt, der weh tat. Dave wußte, daß er davon einen blauen Fleck abbekommen würde.

Kräftig für eine so kleine Person, was?

Marge schrie: »Wie könnt ihr es nur wagen, ihr Dreckschweine!« Dave hob sie vom Boden hoch und drängte sie hinein in die Wohnung. Wieder trat sie nach ihm.

Mit einem Hüftschlenker warf Dave die Tür zu. »Was erlaubt ihr euch, ihr Scheißkerle! Wofür haltet ihr euch eigentlich, ihr dreckigen Wichser?« Mit heftigen Verrenkungen befreite sie sich. Dave packte sie wieder und zog sie an sich. Sie spuckte ihm ins Gesicht.

»Marge. Hey, jetzt hör mal zu, ich hab doch nicht...« Er sah Sternchen vor seinen Augen flimmern, spürte einen brennenden Schmerz. Die Luft blieb ihm weg. Er sackte auf die Knie, kämpfte dagegen, die Besinnung zu verlieren.

Marge hatte ihm ein Knie zwischen die Beine gerammt.

Ransome und seine Kumpane, na schön, aber fünfzig Kilo rasende New Yorker Weiblichkeit sind doch was ganz anderes, was, Junge?

Dave stützte sich mit einer Hand auf dem Fußboden ab und schüttelte den Kopf von rechts nach links, um wieder klare Sicht zu bekommen. Es gelang ihm nicht. Er hob den Kopf und holte mehrmals keuchend Luft. Marge ging jetzt mit einer schweren Vase auf ihn los, massiv genug, um jemandem damit den Schädel einzuschlagen. Als sie ausholte, ließ er sich nach links kippen und schlug ihr zugleich die Beine zur Seite. Fluchend taumelte sie neben ihm auf den Boden. Er wälzte sich auf sie und nutzte sein Gewicht, damit sie sich nicht rühren konnte. Sie schrie, stieß Verwünschungen aus und drohte ihn umzubringen.

Hättest ihr die Moneten nicht klauen sollen, Kumpel.

»Mrpff, äääähm...« Dave zwang sich, nicht mehr an die brutalen Schmerzen in seiner Leistengegend zu denken, konzentrierte sich aufs Luftholen, so viel Luft in die Lunge zu bekommen, daß er einen zusammenhängenden Satz herausbrachte. »Marge, es tut mir leid, daß ich dir das Geld weggenommen habe. Ich dachte, dann würde alles überzeugender wirken und...«

»Geld!« kreischte sie. »Geld! Du verkommener Perversling, das hatte ich ganz vergessen. Du mit deinen gottverdammten, perversen Kumpanen, ich reiß dir die Eier ab, dir...«

Er brauchte zehn Minuten, bis es ihm endlich gelang, sie zu beruhigen. Dann weinte sie, todunglücklich, zitternd wie ein geängstigtes Vögelchen.

Vier Männer, vier kräftige Kerle hatten vor dem Haus auf sie gewartet. Einer von ihnen zückte einen Dienstausweis. Eine Viertelstunde vorher hatte sie das Funkgerät, das Dave ihr gegeben hatte, in eine Abfalltonne vor dem nächsten D'Agostino-Supermarkt gesteckt. Sie hatte gedacht, daß sie sich keine Sorgen zu machen brauche.

»Können wir mit hineinkommen und uns kurz mit Ihnen unterhalten, Miss Cohen? Es geht darum, den Raubüberfall zu klären, der heute im Büro auf Sie verübt wurde.«

»Natürlich. Wie lange wird das dauern?«

»Nicht lange. Geben Sie mir doch Ihre Einkaufstasche – ich trag sie für Sie.«

Als sie die Wohnungstür aufschloß, traten nur drei der Männer ein. Der vierte blieb draußen im Flur. Einer der drei anderen drehte sich um, schloß sämtliche Schlösser an der Tür ab und lehnte sich dann mit dem Rücken dagegen.

Die Tür bot den einzigen Fluchtweg. Marge wich zurück, so daß zwischen ihrem schmächtigen Körper und den beiden anderen Männern das Sofa stand. Der eine hatte eine schwere Aktentasche dabei. Er stellte sie auf den Couchtisch.

Der zweite Mann, der mit der Dienstmarke, sagte: »Ich bin Officer Canady. Das ist Dr. Pierce.«

»Doktor?«

»Er ist Gynäkologe.«

»...?«

»Wir haben Grund zu der Annahme, daß der Mann, der Sie heute nachmittag niederschlug, Sie vergewaltigt haben könnte, während Sie bewußtlos waren.«

»Aber nein. Seien Sie nicht albern. Das hätte ich doch ge...«

»Wir sind gekommen, um das festzustellen. Dr. Pierce untersucht Sie jetzt.«

Der Arzt streifte Latexhandschuhe über.

Marges Gesicht war sauber; sie hatte kurz zuvor ihr Make-up abgewaschen. Die Tränen, reine Perlen, jede einzelne durchsichtig und glänzend. »Tupfer«, sagte sie. »Abstrichröhrchen. Eine Nadel. Die beiden anderen schauten zu, ohne das Gesicht zu verziehen. Der große...« Ein Schauder überlief sie, während sie in Daves Armen schluchzte.

»Beruhige dich, Marge.« Dave fiel nichts Besseres ein. »Es ist ja vorbei. Jetzt hol mal tief Luft und...«

»Er hat mich auf dem Sofa festgehalten. Er hat mir die Hand auf den Mund gedrückt und mir die Sachen heruntergezogen. Der andere, der Arzt sein sollte ... o Gott, es war so schlimm wie... es war schlimmer als...« Ihr ganzer Körper wurde geschüttelt von Schluchzern und der Erinnerung an die Demütigung.

Dave schloß sie fest in die Arme und drückte ihren Kopf sanft an seine Brust. Es schien ihr Trost zu geben. Außerdem war es besser, daß sie sein Gesicht nicht sah, weiß vor Grimm und mit dem Ausdruck eines Mannes, der Rache geschworen hat.

21.23 Uhr.

Dave war über eine Stunde lang bei ihr gewesen. Er hatte eine Flasche Brandy entdeckt, billigen Fusel, Christian Brothers. Das Zeug hatte sie beruhigt. Abgesehen von den dunklen Halbkreisen unter ihren grünen, smaragdgrünen Augen war sie wieder die muntere, attraktive junge Frau, die er an diesem Nachmittag kennengelernt hatte.

Sie sprachen jetzt nicht mehr über die Männer, von denen sie überfallen worden war. Über die Tat konnte sie nicht sprechen. Vielleicht war sie erst nach Monaten dazu imstande. Sie sprachen jetzt über ihn, Dave, und versuchten, sich einen Reim darauf zu machen, was in diesen Stunden mit ihm passierte.

»Ich weiß nicht«, sagte er. »Ich kann nur raten, aber alles ist eben nur geraten.«

Sie trug jetzt eine Art Kittel, kobaltblau. Dave war sich nicht ganz sicher, was es war – ein Nachthemd vielleicht oder, wahrscheinlicher, ein Oberteil, das locker über einer Hose getragen wurde. Aber sie hatte keine Hose an. Und ihre Beine boten einen gefälligen Anblick. Dave konzentrierte nur mit Anstrengung seine Augen auf ihr Gesicht.

»Was? Gib mir ein Beispiel.« Sie hielt eine Salem Ultra Light 100 zwischen den Fingern. Blauer Rauch stieg in Kringeln zur Decke hoch. Beinahe hätte Dave sie um eine Zigarette gebeten. Er hatte großes Verlangen danach.

»Okay, Nummer eins. Die Regierung steckt dahinter oder irgendwas, was mit der Regierung zu tun hat.«

»Das ist das Verrückteste, was ich in meinem ganzen Leben gehört habe. Vor vier Wochen habe ich diesen Film im Pay-TV gesehen. Geheimverliese unter dem Pentagon, schattenhafte Männer in undefinierbaren Uniformen. Gespenster-Organisationen ohne Namen und mit Verbindungen nach Odessa. Saublöder Film. Ich hab denen gekündigt.«

»Aber es muß so sein. Ich habe gesehen...«

»Sei nicht albern. Solche Sachen passieren doch nicht – geheime Komplotte, teuflische Verschwörungen...«

»Verschwörungen gibt es. Wenn du mir nicht glaubst, frag Julius Caesar.«

»Ich bitte dich! Das ist 2000 Jahre her.«

»Und was sagst du zu Iran-Contra oder zu Whitewater oder

zu Watergate? Yeah, Watergate. Erinnerst du dich an Gordon Liddy?«

Marge betrachtete ihn prüfend. Ihre Augen waren groß und dunkel, der Mund gespitzt. Es gefiel Dave, wie ihre Lippen aussahen. Er dachte... Er schüttelte den Kopf. Er wußte nicht, was er dachte.

O doch, du weißt es.

»Wer? Watergate? Für wie alt hältst du mich eigentlich? Diese Geschichte war vorbei, da war ich noch nicht einmal in der Grundschule.« Sie wedelte mit der Hand. Ein Rauchfähnchen hing in der Luft.

»Liddy war einer von den Watergate-Verschwörern. Nachdem er aus dem Knast entlassen worden war, hat er ein Buch geschrieben. Darin schrieb er, daß er eine Zeitlang überzeugt war, daß man ihn zum Schweigen bringen würde. Er sei darauf vorbereitet gewesen, schrieb er. Und Liddy stand im Dienst der Regierung. Er war ein Insider. Er wußte, wie die Dinge liefen.«

»Für mich redet so nur ein total bescheuerter Typ.«

Dave seufzte. Beim Einatmen sog er den Rauch ihrer Zigarette ein. »Noch andere von den Typen für verdeckte Operationen waren daran beteiligt. Schau, sogar die Gerichte nannten Watergate eine Verschwörung. Verschwörungen gibt es wirklich.«

Sie schüttelte den Kopf.

»Die andere Sache...« Dave schluckte. »... zum Teufel, die Kerle, die solche Sachen machen, die Gordon Liddys und die Oliver Norths und all die anderen, sie glauben allen Ernstes, daß sie auf der Seite der ›Engel‹, der Guten, sind. Genauso wie sie glauben, daß alle, die sich gegen sie stellen, Feinde der Wahrheit, der Gerechtigkeit, Feinde Amerikas sind. Ich wette Geld darauf, daß Ransome, wenn du ihn fragen solltest, dir sagen würde, daß er das Gute vertrete und ich das Böse verkörpere. Und dabei wäre er ganz aufrichtig. Verdammt, ich war ja...« Dave verstummte.

Marge legte den Kopf ein wenig schief, die Augen wurden noch ein bißchen größer. Aber sie war zu klug, um zu unterbrechen.

»Schau, Marge, vor langer, langer Zeit – damals warst du gerade erst auf der Welt – war ich auch einer von ihnen. Sie holten mich aus der Army... Nein, das ist gelogen. Sie haben mich nicht aus der Army geholt. Die Wahrheit ist: Ich hab mich freiwillig gemeldet. Ich dachte, es wäre für die richtige Seite. Ich habe damals eine Menge Dinge für richtig gehalten.« Dave schloß die Augen. Es waren keine erfreulichen Erinnerungen, und es schmerzte, wieder daran zu denken. »Jedenfalls, man hat mich in ein Camp in Virginia geschickt. Monatelang war ich dort. Spezialausbildung, Spezialwaffen, Spezialmethoden der Feindaufklärung. Eine Zeitlang dachten wir, wir würden dafür ausgebildet, mit der ARVN zusammenzuwirken, der südvietnamesischen Armee...«

»Vietnam?« Der Ausdruck auf Marges Gesicht veränderte sich. Er konnte ihn nicht deuten.

»*Mein* Krieg, Marge. Ich war dabei.«

»War es so schlimm wie...?«

»Und ob. Sogar noch schlimmer...«

Dave war jetzt überzeugt davon, daß aus dem Blick, mit dem sie ihn ansah, echte Besorgnis sprach. Dafür war er dankbar. Sie konnte sich nicht mehr an den Krieg erinnern; dafür war sie zu jung. Und weil sie noch so jung war, konnte sie auch nicht zu jenen gehören, die alle und alles, was damit zu tun hatte, in Grund und Boden verdammten.

Und für dich ist sie ebenfalls zu jung.

Er trank den Brandy in seinem Glas aus und goß sich zwei Fingerbreit davon nach. Damals hatte es viele wütende Kriegsgegner gegeben. Nach Vietnam zu gehen war schlimm, die Rückkehr aus Vietnam war in mancher Hinsicht noch schlimmer gewesen.

»Dave?« Sie hatte sich nach vorne gebeugt. Er sah, wie sich ihre Brüste unter dem Kittel bewegten. Sie trug keinen Büstenhalter und...

Denk doch nicht an sowas, Kumpel.

»Entschuldigung. Alte Erinnerungen.« Dave lächelte matt. »Jedenfalls, ich wollte sagen, daß sie uns für alle möglichen schmutzigen Arbeiten ausgebildet haben – Hunderte von uns. Camp P war schon seit zehn oder zwanzig Jahren in Betrieb, als ich dort ankam, und vermutlich ist es noch heute in Betrieb. Tausende sind durch dieses Lager gegangen, eine ganze Armee geheimer Krieger. Und heute treiben sie sich irgendwo in der Weltgeschichte herum. Vielleicht arbeiten sie nicht für die Regierung. Vielleicht arbeiten sie nicht einmal für die Vereine, die für die Vereine arbeiten, die für die Regierung arbeiten. Aber wenn man die richtigen Leute kennt, kann man sie ausfindig machen, und sie übernehmen jeden Job, für den sie bezahlt werden.«

Sie zog die Stirn in Falten. »Völlig ausgeschlossen. Die Regierung läßt doch keine Steuerzahler umbringen. Das Defizit ist zu groß. Außerdem kann ich nicht glauben, daß irgend jemand den ausdrücklichen Befehl erteilen würde...«

Aus Dave sprudelte heraus: »Sie erteilen keine Befehle. Sie lassen nur Andeutungen fallen. Erinnerst du dich an Becket? Der König sagt: ›Wer wird mich von diesem aufrührerischen Priester befreien?‹ Und als nächstes liegt ein toter Bischof auf dem Boden.«

Sie nickte, aber sie glaubte ihm offensichtlich nicht. »Okay, angenommen, es ist doch möglich. Wie sehen deine Beweise aus?«

»Es gibt keine. Keine echten Beweise. Es sind nur Indizien – so, wie sie reden, die High-Tech-Ausrüstung, die sie herumschleppen, wie leicht es für sie ist, Telefone anzapfen zu lassen. Daß Ransome in meine Personalakte aus der Army-Zeit Einblick bekam, daß anscheinend alle aus seiner Firma eine Adresse in Washington haben. Und dann diese Geschichte mit Harry Halliwell. Mein Freund Harry, der mir mit einer Kaffeekanne den Schädel einschlagen wollte. Er ist ein ganz großes Tier, ein richtiger politischer Regenmacher. Wenn der zu Ransomes Mannschaft gehört, heißt das, daß wichtige Leute in die Sache verwickelt sind.«

»Ich nehm's dir trotzdem nicht ab... es sei denn... Glaubst du, es könnte irgendwie mit Vietnam zusammenhängen?«

»Ja. Nein. Herrgott, ich weiß es nicht! Dort ist etwas Bestimmtes passiert, und ich war mittendrin. Aber ich war nicht als einziger daran beteiligt. Wenn sie uns zum Schweigen bringen wollten, hätten sie sich uns alle vornehmen müssen. Außerdem haben sie alles vertuscht – übrigens wieder eine Verschwörung, eine Verschwörung des Schweigens. Und außerdem ist es zu lange her. Es ist alles Vergangenheit, niemand will mehr etwas davon wissen. Eigentlich hat es ja nie jemanden interessiert.«

»Kannst du... erzählst du mir davon? Vielleicht hast du ja was vergessen.«

Dave senkte die Stimme. Er knurrte beinahe. »Vergessen? Nicht sehr wahrscheinlich, das kannst du mir glauben. Nichts davon hab ich vergessen. Ich wollte, ich könnte es.«

»Aber...«

»Nein, Marge, du brauchst es nicht zu wissen, und ich will es nicht erzählen. Vertrau meinem Wort. Es hat nichts mit dem zu tun, was sich heute abspielt. Das ist ganz unmöglich.«

»Wie du meinst. Aber warum sollten dann diese Leute, warum sollte überhaupt jemand auf deinen Tod aus sein?«

Dave warf die Arme hoch. »Das ist die 100-Dollar-Frage. Ich vermute, daß ich irgend etwas gehört oder gesehen habe, was ich nicht hören oder sehen sollte. Aber ich weiß es einfach nicht! Aber egal, was es ist; die Vorstellung, daß ich davon weiß, hat zur Folge, daß sich ein paar sehr mächtige Leute vor Angst die Hosen vollmachen.«

»Angst?« Sie machte einen langen Zug an ihrer Zigarette. Dave seufzte.

»Genau. Angst, daß ich alles auffliegen lasse. Angst, daß ich, sobald mir bewußt wird, was ich da weiß, öffentlich auspacke. Ich hab das einmal getan – ausgepackt. Sie vergessen es einem nie, wenn man sowas tut, und verzeihen tun sie einem auch nicht.«

»Versteh ich dich richtig? Daß sie Angst haben, du wolltest ans Licht bringen... ans Licht bringen, was sie treiben? Daß sie dich umbringen wollen, weil du ein Auspacker bist?«

»Vielleicht, nur hätten sie eine krassere Bezeichnung dafür als ›Auspacker‹. Aber, ja, denkbar ist es. In der Army – in den alten Zeiten – hatten wir den Ausdruck ›plausible Bestreitbarkeit‹. Es bedeutete, daß die hohen Tiere leugnen konnten, daß sie von dem, was wir trieben, Bescheid wußten. Es bedeutete: Egal, was für einen Unfug wir trieben, wir mußten darauf achten, daß unseren Bossen immer die Möglichkeit blieb zu sagen: ›Das haben die auf eigene Faust gemacht. Eine völlig unautorisierte Aktion. Absolut befehlswidrig. Gebt uns keine Schuld daran. Wir hatten keine Ahnung davon.‹«

»›Ihre Mission, Enterprise, übernehmen Sie...‹«

»Ja, ungefähr so. Dazu fällt mir noch was anderes ein. Von dieser Sache soll offenbar niemand etwas erfahren. Niemand kann es sich leisten, daß diese Geschichte herauskommt. Es handelt sich um etwas aus der Kategorie, die empörte Kongreßabgeordnete veranlaßt, öffentliche Anhörungen abzuhalten, und Reporter von der *Washington Post*, eine Mine hochgehen zu lassen.«

»Iran-Contra?«

»Beispielsweise.«

Seine Augen waren von Marges Gesicht weggewandert. Als hätten sie einen eigenen Willen, waren sie...

Du schaust ihr schon wieder auf die Beine, Junge. Du solltest das wirklich bleiben lassen.

»Dann sind sie deswegen hinter dir her, und dann haben sie deswegen einen solchen Bammel, weil du ihre Tarnung kaputt machen kannst, so daß sie nicht mehr leugnen können, daß sie Bescheid wissen über... über das, was es halt ist.«

Dave trank noch einen Schluck Brandy. Er spürte, daß ihm wärmer, daß er eine Spur unkontrollierter wurde. Er stellte das Glas ab. Beschwipst zu werden, wäre jetzt das Verkehrteste. »Weißt du, was komisch ist? Das Komische ist, daß sie mich einbeziehen wollten. Ich meine damit, wenn dieser Brief echt, ich meine, wenn er keine Fälschung war, dann wollte mich das FBI überprüfen, weil mir irgend jemand meine alte Sicherheitseinstufung wieder zuerkennen wollte.«

»Aber wenn sie das wollten, warum haben sie dann jetzt versucht, dich umzubringen?« Sie veränderte ihre Haltung und klemmte ein Bein unter das andere. Dave erspähte kurz ein hellrosa Höschen.

Unter uns gesagt: Vermutlich hat es sein Gutes, daß deine Eier jetzt schwarz und blau sind.

»Das ist die zweite 100-Dollar-Frage. Vielleicht sind sie, während sie meine Vergangenheit durchleuchteten, irgendwie zu der Erkenntnis gekommen, daß ich ein Risiko bin. Möglicherweise hatte inzwischen irgend jemand etwas zu mir gesagt, was nicht für meine Ohren bestimmt war. Ich kann dazu nur eines sagen: Wenn es passiert ist, muß es innerhalb der letzten Tage passiert sein. Vielleicht sogar innerhalb der letzten vierundzwanzig Stunden. Bernie war völlig erschöpft. Er war nicht zum Schlafen gekommen. Ransome und Carlucci waren unrasiert. Sie sind die ganze Nacht auf den Beinen gewesen, um mich zu erwischen. Und alles, was sie bisher unternommen haben, war reine Improvisation. Einen Plan gibt es nicht. Das ist die einzige Erklärung dafür, daß ich noch am Leben bin. Ransome ist wahrhaftig kein Anfänger. Wenn er die Zeit gehabt hätte, einen ordentlichen, detaillierten Operationsplan zu entwerfen, wäre ich schon vor dem Frühstück in einen Leichensack gesteckt worden.«

Sie warf ihm einen mitfühlenden Blick zu und deutete mit einem Finger auf sein leeres Glas. »Möchtest du noch?«

Er dachte: Ja, und du trinkst auch noch ein Glas.

»Nein.«

»Und was hast du in den letzten Tagen alles getan? Was hast du gesehen? Mit wem hast du gesprochen?«

»Marge, ich hab mir das Gehirn zermartert, aber nichts gefunden. Nichts, absolut nichts! Das Wochenende habe ich draußen auf Long Island bei Scotty und Olivia Thatcher verbracht. Am Sonntagabend habe ich Helen vom Flugplatz abgeholt. Sie war...«

»Helen?«

»Meine Frau.«

»Deine Frau.« Ihre Stimme war so neutral wie der Blick, den sie ihm zuwarf. Dann entzog sie beide Beine seinen Augen.

Du hast den Ehering abgenommen, Freundchen. Weißt du noch? Die Dame ist von falschen Voraussetzungen ausgegangen.

»Äh... Sie hatte an der Hochzeit einer alten Freundin in Kalifornien teilgenommen. Montag, Dienstag, Mittwoch war ich im Büro. Das übliche Programm: Besprechungen, Konferenzen, Papiere, die durchzusehen, Entscheidungen, die zu treffen waren. Anrufe, die beantwortet werden mußten. Der gewohnte Tagesablauf, nur daß ich am Mittwoch wieder einmal hinaus nach Long Island mußte, zu einer Besprechung, und am Montagabend ein paar Gäste aus Japan zum Essen auszuführen hatte.«

»Entschuldige mich einen Moment.« Marge stand auf und verschwand aus dem Zimmer. Sie ließ ihre Zigarette brennend im Aschenbecher zurück. Voller Gier sah Dave den Glimmstengel an. Er streckte die Hand danach aus, dann schlug ihm das Gewissen, und er riß sich zusammen. Er griff wieder danach, und das Gewissen schlug ihm noch mehr.

Versuch doch mal, der Versuchung zu widerstehen, Freundchen. Und damit meine ich alle Versuchungen, von denen unser sündiges Fleisch angefochten wird.

Der Rauch hing in der Luft. Dave, dem der Speichel in den Mund trat, litt, bis Marge zurückkam.

Sie trug jetzt blaue Jeans und hielt eine langhaarige getigerte Katze auf den Armen. Zuvor hatte sie, auf das Sofa gekuschelt, neben Dave gesessen. Jetzt saß sie aufrecht in einem Sessel, durch den billigen Couchtisch mit Glasplatte diskret von Dave getrennt.

»Nette Katze«, sagte Dave und fühlte sich plötzlich unbehaglich. »Wie heißt sie denn?«

»Es ist ein Kater. Er heißt Tito. Er stammt aus Colorado.«

»Tito?«

»Meine ältere Schwester hat in eine riesige Großfamilie eingeheiratet. Ich war im Sommer dort auf ihrer Ranch. Der Familienpatriarch hat im Zweiten Weltkrieg auf der Seite der jugoslawischen Partisanen gekämpft. Er hat mir den Kater geschenkt und ihm diesen Namen gegeben.« Sie setzte das Tier auf dem Fußboden ab.

Dave streckte eine Hand aus, um es zu streicheln. Der Kater fauchte, fletschte die Zähne und machte einen unsicheren Schritt aus Daves Reichweite.

»Sei vorsichtig, ich hab ihn gerade operieren lassen«, sagte Marge. »Er ist von dem Eingriff noch schlecht aufgelegt.«

»Ach so, das erklärt natürlich...«

Allerdings, das erklärt es, nicht?

In Daves Adern erstarrte das Blut zu Eis.

Da hast du es. Direkt vor deiner Nase. Das muß es sein, Junge.

Nein, das war unmöglich.

»Ist dir nicht gut?« fragte Marge besorgt.

Dave blickte unschlüssig auf das Brandyglas in seiner Hand. Er goß sich den Rest in die Kehle, stand auf und ließ das Glas kalkuliert so fallen, daß es auf dem Fußboden zersprang.

3

Dave fuhr mit hoher Geschwindigkeit auf dem Long Island Expressway in östlicher Richtung. Er passierte die Ausfahrt nach Great Neck, wo der liebestolle Greg zu Hause war, dessen Klamotten er wieder angezogen hatte. Dave vermutete, daß Greg im Augenblick das monogame Eheleben als eine erstrebenswertere – oder zumindest weniger risikoträchtige – Alternative zur Rolle des Büro-Casanovas betrachtete.

Er rieb sich mit der Hand den Schädel. Während Marge, die im Unterschied zu vielen anderen New Yorkern einen Führerschein besaß, unterwegs gewesen war, um einen Mietwagen zu besorgen, hatte er sich mit Hilfe von Schere und Rasierapparat eine neue Frisur verpaßt. Dann hatte er sich das verbliebene Haar gewaschen und mit Wasserstoffsuperoxyd gespült. Die Wirkung war erstaunlich. Er fand, daß er nun, blond und mit Teilglatze, wie ein ganz anderer Mann aussah, allerdings sagte ihm seine neue Erscheinung nicht sehr zu. Die Frisur hatte etwas leicht Effeminiertes. Wenn auf der Triborough Bridge Schergen Ransomes postiert gewesen waren, hatten sie nicht auf ihn geachtet.

Er fragte sich, ob Marge sich bereits abgesetzt hatte. Er hoffte es. Und außerdem hoffte er, sie werde ihm vergeben, daß er ihre Mietwagenschlüssel geklaut hatte, während sie nach ihrer Rückkehr von der Hertz-Filiale im Badezimmer war. In ihrer Abwesenheit war er zu dem Schluß gekommen, daß er sie noch einmal hintergehen müsse. Während er auf ihre Rückkehr wartete, hatte er in aller Eile auf ihrer alten elektrischen Schreibmaschine eine Erklärung für sein Handeln heruntergetippt.

Liebe Marge,
tut mir leid, daß ich das getan habe, aber es mußte sein. Ich kam hierher, weil ich ein Versteck brauchte, und dachte, Du würdest mir erlauben, ein paar Tage ~~mit dir~~ auf Deinem Sofa zu schlafen, bis für mich die Luft rein wäre und ich wieder gehen könnte. Aber jetzt finde ich, daß ich Dein Leben in Gefahr gebracht habe.

Ich lasse Dir meine Uhr da. Es ist eine goldene Rolex. Sie läßt sich für 15 000 oder 20 000 Dollar verscherbeln. Verkauf oder versetze sie. Behalte das Geld. Verlasse New York. Nimm Deinen Kater mit und setze Dich ins erste Flugzeug, daß Du erwischst. Wenn Du das nicht machst, kann es sein, daß sie Dir etwas antun. Verkrieche Dich auf der Ranch Deiner Verwandten in Colorado. Ich habe mir die Anschrift aus Deinem Adreßbuch herausgeschrieben. Wenn ich aus dieser Geschichte lebend herauskomme, melde ich mich bei Dir, sobald alles vorbei ist.

Bitte packe rasch ein paar Sachen zusammen und verschwinde aus Deiner Wohnung. Benutze Deine Kreditkarten nicht, weil sie Dich damit aufspüren können. Marge, Du *mußt* das tun. Glaub mir – ich lüge nicht.

Noch einmal Entschuldigung, weil ich Dir noch einmal Geld genommen habe. Die Uhr wird es Dir mehr als ersetzen. Marge, tu bitte, was ich Dir sage.
VERDUFTE, EHE ES ZU SPÄT IST!
Dave

Als einziges hatte er in diesem Schrieb die Furcht unerwähnt gelassen, daß sie, wäre er nicht abgehauen, Antworten verlangt oder, noch schlimmer, darauf bestanden hätte, ihn zu begleiten. Es war besser, daß sie nichts wußte. Nichts zu wissen, das würde ihr bester Schutz sein.

Er warf einen Blick auf den Meilenzähler. Das Auto, ein billiger koreanischer Import, war neu. Es hatte erst 215 Meilen auf dem Buckel gehabt, als Dave von dem Haus wegfuhr, in dem Marge wohnte. Inzwischen waren es 247. Er hatte noch ungefähr dreißig Meilen vor sich.

Eine Stimme aus dem Radio kündete die Nachrichten an. Dave stellte es lauter: »Die aktuellste Nachricht um diese Stunde: Im gesamten Stadtgebiet ist zur Zeit eine Großfahndung nach einem Mann namens David Perry Elliot im Gange, dem mutmaßlichen Mörder des New Yorker Unternehmers Bernard J. Levy. Levy, Präsident des Mischkonzerns Senterex, wurde heute am Spätnachmittag aus einem Fenster seines Büros im fünfundvierzigsten Stock eines Gebäudes an der Park Avenue gestürzt. Aus Polizeikreisen verlautet, Elliot sei der Hauptverdächtige, da Levy unlängst finanzielle Unregelmäßigkeiten aufgedeckt habe, für die Elliot verantwortlich war.«

Da haben sie sich was Neues einfallen lassen.

»Die Behörden vermuten außerdem, daß Elliot den Streifenbeamten William Hutchinson tätlich angegriffen und seine Uniform sowie sein Fahrzeug gestohlen hat. Die Personenbeschreibung des Mannes lautet: weiß, 1.85 Meter groß, siebenundsiebzig Kilo schwer, hellbraunes Haar, braune Augen und gute körperliche Verfassung. Er soll bewaffnet und äußerst gefährlich sein. Die Bürger werden ersucht, sofort die Polizei zu verständigen, falls sie einen Mann beobachten, auf den diese Beschreibung zutrifft. Weitere Nachrichten von heute...«

Dave stellte das Radio leiser...

Weiter vorne war eine Entfernungstafel zu sehen – »Patchogue 24 Meilen«. Seine Ausfahrt.

Erst am Tag vorher war er dort gewesen. Er hatte sich in einer der vier Limousinen hinfahren lassen, die für Senterex-Führungskräfte in Bereitschaft gehalten wurden. Infolge des starken Verkehrs um die Mittagszeit hatte er von der Senterex-Zentrale bis zu den Lockyear Laboratories beinahe zwei Stunden gebraucht. Jetzt, spät am Abend, würde er es sicher in weniger als einer Stunde schaffen.

Es müssen die Lockyear Laboratories sein, nicht? Nur von dort kann sich Ransome deine Serumprobe beschafft haben.

Besichtigungen von Betrieben seines Unternehmensbereichs zählen zu den lästigsten Bürden im Leben eines Managers. Der Prinz aus der Konzernburg, der zu einem Besuch eingetroffen ist, wird zu einem der umliegenden Lehnsgüter chauffiert und dort in einem muffigen Empfangsraum von einem nervös lächelnden Geschäftsführer begrüßt. Dieser Manager geleitet den von der Reise strapazierten Besucher in einen auf Hochglanz gebrachten Konferenzsaal. Er bietet seinem Gast eine Tasse dünnen Kaffee an. Die Höflichkeit gebietet, daß man den Kaffee akzeptiert und ein paar Schlückchen davon trinkt. Kurz darauf kommen die vier oder fünf höchsten Tiere der Firma in den Raum marschiert. Heute haben sie frische Hemden an, die Kragen sind zugeknöpft, die Krawattenknoten gebunden und festgezogen. Sie tragen Anzugjacken, die sonst, abgesehen von solchen Anlässen, hinter ihren Bürotüren langsam zerknittern. Der Gast steht auf, schüttelt Hände und versucht erfolglos, sich die Namen der Herren zu merken. Der Geschäftsführer geht zum Kopfende des Konferenztisches und fummelt an einem Projektor herum. Er habe da ein paar Blätter, sagt er, die die Arbeitsabläufe in seinem Werk veranschaulichten. Da er nur selten die Möglichkeit bekommt, mit Leuten aus der Konzernspitze zu sprechen, gedenkt er, diese Chance nach Kräften zu nutzen. Der Besucher bemüht sich um einen interessierten Gesichtsausdruck, was ihm mißlingt. Irgend jemand blendet die Beleuchtung ab. Der Besucher muß jetzt kein interessiertes Gesicht mehr machen, weil niemand sein Gesicht sieht. Der Geschäftsführer ergeht sich in einer endlosen Suada über die innerbetrieblichen Abläufe. Das Werk wurde nach dem Zweiten Weltkrieg vom älteren Sohn eines eingewanderten Kesselflickers gegründet; Diagramme, die vierzig Jahre einer stetigen Aufwärtsentwicklung demonstrieren; Organisationsschaubilder in winziger Schrift; Diagramme über störungsfreie, effiziente Produktionsabläufe; Listen zufriedener Kunden; weitere Diagramme mit der Darstellung ehrgeiziger Wachstumspläne – summa summarum ein Betrieb mit einer Familie glücklicher Mitarbeiter, der zu ihrer Freude von einer angesehenen Konzernmutter aufgekauft wurde, was nur zum beiderseitigen Vorteil sein kann. Während dieses ganzen Sermons sitzt der Gast stumm da und genießt ein entspannendes Nickerchen, oder er versucht verzweifelt, sich ein paar intelligente Fragen auszudenken.

»Und jetzt wollen wir, falls Sie keine Fragen haben, eine kurze Pause einlegen, bevor wir den Rundgang beginnen.«

»Wie sieht's mit der Konkurrenz aus?« hatte Dave gefragt. Die Präsentation hatte zumeist von Immunbiologie gehandelt – von Rezeptormolekülen, Antigenen, Lymphozyten-Merkmalen, T-Zellen, B-Zellen, Histokompatibilitätskomplexen, Polypeptiden, CD-8-Korrezeptoren, Makrophagen und dergleichen mehr. Die Frage nach der Konkurrenz war das Beste, was Dave einfiel.

Von der Antwort verstand er nicht viel. In ihr war die Rede von »einzigartigen Molekülklassen«, »neuen Denkansätzen zur Klondeletionstheorie«, »SCID- und TCR-transgenen Versuchstieren« und »engen Beziehungen zu den National Institutes of Health und bestimmten anderen staatlich finanzierten Forschungseinrichtungen«.

Dave, der nur Bahnhof verstand, nickte verstehend. Es paßte ihm nicht, daß Bernie ihm Lockyear unterstellt hatte, und er war nicht wenig irritiert, daß er sich wieder einmal in einer neuen Sprache und einem neuen Produktionszweig kundig machen mußte, damit er eine weitere von Bernies Spontanerwerbungen dirigieren konnte. Warum zum Teufel mußte sich Senterex überhaupt eine biotechnische Firma zulegen?

Nach einem Abstecher auf die Toilette hatten sie ihren Rundgang angetreten. Die Büroräume der Verwaltung; das Computerzentrum mit Sun-Workstations, mit denen die Datenbank-Software der Molekular-Design-Laboratorien gesteuert wurde; Labor Nr. 1 mit glänzenden verchromten Geräten, wo man sich mit etwas beschäftigte, das Dave nicht aussprechen konnte; Labor Nr. 2, an dessen Wänden sich Käfige voll weißer Mäuse mit rosigen Augen aneinanderreihten; Labor Nr. 3, wo es so kalt war, daß Dave sah, wie sein Atem zu Dampf wurde; Labor Nr. 4, in dem Katzen seziert wurden; Labor Nr. 5...

ZUGANG NUR MIT STIMMABDRUCK
SCHUTZKLEIDUNG VORGESCHRIEBEN

»Und das ist Labor Nr. 5. Ich glaube nicht, daß wir heute die Zeit haben, es Ihnen zu zeigen...«

Gottlob!

»... außerdem müßten Sie eine spezielle Kleidung anlegen, um...«

Die Tür von Labor Nr. 5 flog auf. Jemand in einem schneeweißen »Raumanzug« – einer voluminösen Schutzkleidung, die den Träger von Kopf bis Fuß einhüllt – kam herausgestürzt, warf einen Blick über die Schulter zurück in den Raum und fluchte: »Verdammt nochmal, macht diesen Käfig zu!« Eine zappelnde Kugel aus braunem Fell sprang ihm an die Brust. Der Mann geriet ins Stolpern. Das braune Etwas sprang wieder hoch. Einem Reflex folgend, griff Dave danach und erwischte es. Seine Hand durchfuhr ein brennender Schmerz. Es war ein Affe, ein rötlich-braunes Äffchen, dessen lange Eckzähne sich in Daves linker Hand verbissen hatten.

Ein paar Sekunden lang herrschte Verwirrung. Mehrere Leute murmelten: »Entschuldigung. Kleines Mißgeschick. Sowas kommt sonst nie vor.« Dann führten sie ihn zur Nothilfe-Station. Eine Krankenschwester säuberte seine Wunde, bestrich sie mit einem fettigen Antiseptikum und brachte einen sterilen Verband an.

»Ich nehme Ihnen jetzt eine Blutprobe ab, Mr. Elliot. Nein, kein Grund zur Besorgnis, keine Gefahr einer Tollwutinfektion oder sowas. Aber Vorsicht ist die Mutter der Porzellankiste. Das ist unsere goldene Regel hier in den Lockyear Laboratories. Sicher ist sicher. Und ein Gramm Vorbeugen ist besser als ein Pfund Heilen. So sagen wir auch immer hier bei uns.«

Die Blutprobe.

Yeah, ich weiß. Von dort hat Ransome sie sich beschafft.

Und das Bild.

Was für ein Bild denn?

Das von dem gruseligen alten Lockyear wie-war-sein-Vorname-gleich-wieder? Dem Typen, der die Firma gegründet hat.

Jetzt fiel es Dave wieder ein. In dem Konferenzsaal hatte ein goldgerahmtes Ölgemälde von Lockyear gehangen. Er hatte es kaum beachtet. Aber... irgendwas daran war komisch. Es zeigte einen älteren Mann, vielleicht Anfang Sechzig. Was zum Kuckuck war jetzt so sonderbar daran gewesen...? Es war ein... Nein. Der Mann auf dem Bild... Ach ja, er trug Uniform, eine Army-Uniform. Wie war der Gründer eines biotechnischen Forschungslabors darauf verfallen, sich in einer Uniform malen zu lassen?

Und außerdem nicht in einer beliebigen Uniform.

Es war keine Uniform, wie sie heute in Gebrauch war, nicht einmal eine, wie Dave selbst sie während seiner Zeit beim Militär getragen hatte. Lockyear hatte sich mit einer Eisenhower-Jacke, einer lächerlichen kurzen schwarzen Krawatte und einer Feldmütze ausstaffiert, wie sie im Zweiten Weltkrieg üblich gewesen waren.

Was hat Bernie über die Erwerbung gesagt?

Lockyear war ein paar Jahre zuvor gestorben. Es hatte Auseinandersetzungen um sein Erbe gegeben. Das war der Grund gewesen, warum die Firma zum Verkauf stand und warum sie, wie Bernie behauptete, ein Schnäppchen gewesen war.

Wir haben es hier also mit einem Sechzig-, vielleicht Siebzigjährigen und einer Firma zu tun, die seit vier Jahrzehnten besteht. Ergo war er bei ihrer Gründung vielleicht in seinen Dreißigern. Aber als er in die Jahre kommt und sein offizielles Porträt als Firmengründer malen läßt, was tut er da?

Vorstände von Unternehmen und Firmengründer posieren für ihre offiziellen Porträts in blauen Nadelstreifen. Weißes

Hemd, dunkle Krawatte, vielleicht eine Weste. Nicht so Lockyear. Der alte Lockyear hatte sich in einer vierzig Jahre alten Militärkluft malen lassen.

Eigenartig.

Wirklich höchst eigenartig.

4

Dave nahm die Patchogue-Ausfahrt und fuhr südwärts zum Meer. Ein paar Minuten später schlug er wieder eine östliche Richtung ein.

Er fuhr durch Farmland, sanft gewellte Wiesen, Kartoffeläcker, ein paar Baumgruppen. Die schmale schwarze Teerstraße war zu dieser Tageszeit unbefahren. Daves Mietwagen war das einzige Fahrzeug auf der Straße. Seine Scheinwerfer waren weit und breit die einzigen Lichter. Er drückte das rechte Auge zu und hielt es geschlossen.

Es ist dir schon klar, daß es um mehr geht als nur um die Blutprobe, ja?

Dave fuhr nicht gerne in der Nacht. Es gefiel ihm nicht, wie die Bäume nachts aussahen. Das Laub, bei Tageslicht grün und warm, wurde vom grellen Scheinwerferlicht gebleicht und wirkte, als wäre es abgestorben.

Los, gib's schon zu.

Er konnte die bleiche Färbung nicht ausstehen. Sie erinnerte ihn an Leichen. Und Bäume sollten von oben beleuchtet werden und ihren Schatten nach unten werfen. Wenn man in der Nacht fährt, stellt sich die natürliche Ordnung auf den Kopf. Es bereitete ihm Unbehagen.

Du hörst mir nicht zu, mein Freund.

Ein Tier mit weißglühenden Augen huschte quer über die Straße. Daves Herz machte einen Satz. Aber noch ehe sein Fuß auf dem Bremspedal war, war das Tier schon außer Sichtweite.

Du willst dich nicht den Tatsachen stellen.

Nach rechts abbiegen. Wieder Richtung Meer. Es war eine mondlose Nacht. Das fügte sich gut so.

Hey, Junge! Hör doch mal zu...

Da war es. Ein langer Maschendrahtzaun und obendrauf gerollter Stacheldraht. Ein Tor und ein Wächterhäuschen. Ein kleines Schild:

LOCKYEAR LABORATORIES INC. **Angestellte: Ausweis vorzeigen** **Besucher *müssen* sich vor dem Betreten anmelden**

Dave fuhr in gleichbleibendem Tempo daran vorbei. Niemand war zu sehen. Das Wächterhäuschen war unbesetzt, kein Wächter in Sicht.

War es möglich, daß Ransome gepfuscht, daß er keinen seiner Kerle hier draußen postiert hatte?

Nie im Leben!

Oder daß Dave sich täuschte und Lockyear *nicht* der Schlüssel zu allem war?

Ebenfalls ausgeschlossen!

Dave fuhr in mäßigem Tempo eine Meile über die südliche Umgrenzung des Lockyear-Firmengeländes hinaus und schaltete dann die Scheinwerfer ab. Als er den Wagen an den Straßenrand lenkte, öffnete er das rechte Auge. Es hatte sich auf die Dunkelheit eingestellt. Ein alter Infanteristentrick, ein Auge zuzudrücken, während die Leuchtkugeln abgeschossen werden. Wenn es wieder dunkel wird, sieht man besser als der Feind.

Noch hinter dem Steuer sitzend, mühte er sich aus Gregs weiten Klamotten und zog wieder die Polizeiuniform an. Dunkelblaue Hose, dunkelblaue Bluse, Farben der Nacht.

Noch was: die Innenbeleuchtung.

Dave zertrümmerte das Lämpchen mit seiner Pistole. Dann

öffnete er die Fahrertür, beugte sich hinaus und holte eine Handvoll Dreck vom Straßenrand. Es war gutes, schweres Erdreich, Farmererde, genau richtig, um sich damit das Gesicht, die Hände und den zum Teil rasierten Schädel zu schwärzen.

Er ließ den Wagen ein Stück zurückrollen, wendete und fuhr mit abgeschalteten Scheinwerfern in Richtung Lockyear. Knapp hundert Meter vor der Begrenzung des Firmenareals schaltete er die Zündung ab und ließ den Wagen bis nahe an die südliche Umgrenzung ausrollen.

Während der Fahrt durch Long Island hatte er sich durch den Kopf gehen lassen, was er am Vortag alles gesehen hatte, und, soweit es ihm möglich war, die Aufteilung des Geländes im Geist rekonstruiert. Es war eine halbe Quadratmeile groß, der Bürokomplex stand in der Mitte. Der Grund war zumeist flach und ohne Besonderheiten; nur südlich des Hauptgebäudes stieg er etwas an. Baumgruppen, beinahe schon Wald, umgaben die äußeren Umgrenzungen und verbargen die Zäune.

Wenn Schergen Ransomes da waren, dann waren sie zwischen den Bäumen, im Schatten, dem Blick entzogen.

Dave streifte seine Schuhe ab. Sie taugten nicht für das, was er vorhatte. Mit den Ledersohlen würde er auf dem Gras und dem abgefallenen Laub ins Rutschen kommen und auf den Linoleumböden zuviel Lärm machen.

Irgendwoher, irgendwann mußt du dir ein paar anständige Schuhe besorgen.

Er hatte aus Marges Badezimmer zwei schokoladebraune Handtücher mitgehen lassen. Er wickelte sie sich um die Füße und band sie mit Bindfaden fest. Ein plumpes Provisorium, aber es mußte genügen.

Er machte sich auf und überquerte die Straße.

Was für eine unglaublich jämmerliche Ausrede für einen Profi! Ransome würde in die Luft gehen. Mein Gott, man bekommt einfach kein anständiges Personal mehr!

Dave preßte mißbilligend die Lippen zusammen. Er schüttelte den Kopf. Der Wächter war zwanzig Meter von ihm, kauerte unter einer niedrigen chinesischen Ulme. Dave hätte ihn nicht gesehen, wenn der Mann sich nicht ausgerechnet in diesem Augenblick eine Zigarette angezündet hätte.

Es gibt keine Disziplin mehr auf der Welt. Mamba Jack hätte jedem, der sich auf Nachtwache einen Glimmstengel anzündet, persönlich die Eier abgerissen.

Ein paar Augenblicke später stieß Dave dem Mann die Mündung seiner Pistole hinters Ohr und flüsterte: »Kleine Überraschung.« Der Mann fuhr zusammen, stöhnte leise auf und ließ seine Waffe fallen. Der Gestank entleerter Därme stieg von ihm auf.

»Wie viele seid ihr?« wisperte Dave.

»Aaaah...«

»Hör zu, du Schwachkopf. Ich habe nichts zu verlieren. Wenn ich die Landschaft mit deinem Gehirn verziere, machen sie mit mir auch nichts anderes, als sie sowieso vorhaben. Also, Maul auf! Wie viele von euch sind hier?«

»Mann, das hätte keiner geglaubt, daß du's schaffst, hier rauszukommen.«

»Ich zähle jetzt bis drei. Eins...«

»Fünf, Mann, wir sind zu fünft. Zwei auf dieser Seite, zwei auf der anderen und einer drinnen in dem Gebäude.«

»Das glaube ich dir nicht.«

»Nicht gelogen, Mann. So wahr mir Gott helfe, es ist nicht...«

Die Versuchung, ihn zu erschießen, war übermächtig. Er war Ransome und ihnen allen die Revanche schuldig. Sie hatten ihn umzubringen versucht. Sie hatten seinen Sohn in die Sache hineingezogen, seine Frau und Annie. Sie hatten mit ihren Lügengeschichten seine Freunde zu Feinden gemacht. Und vielleicht das ärgste von allem: Sie hatten Marge Cohen wie ein Stück Vieh behandelt. Sie verdienten den Tod. Alle miteinander. Mit diesem Kerl hier angefangen.

Er tat es nicht. Immerhin aber versetzte er dem Mann mit

seiner Pistole mehr Hiebe, als nötig war. Und als er einen zweiten entdeckte, ein paar Hundert Meter weiter nördlich, verfuhr er mit ihm genauso. Und weil er das dringende Bedürfnis empfand, ein Zeichen zu setzen, zertrümmerte er mit dem Pistolengriff dem zweiten Mann die Fußknöchel.

Der erste hatte nicht gelogen. Auf der Südseite waren nur zwei Wächter. Dave machte sie ohne Mühe unschädlich. Sie würden etliche Monate lang Gipsverbände und Krücken brauchen.

Dave erkundete die Westseite, hinter dem Gebäudekomplex. Dort war niemand – es würde ein Kinderspiel werden.

Im Süden stieg das Arenal in niedrigen Bodenwellen an. Dave machte sich klein und rannte drauflos, gedeckt durch das Gelände. Knapp dreißig Meter vor dem Hintereingang ließ er sich auf den Boden fallen und robbte den Rest des Weges.

Nur eine einzige Person in dem Gebäude? Jedenfalls hatte das dieser Typ gesagt. Vielleicht wahr, vielleicht gelogen. Nur eine einzige Möglichkeit, sich darüber Klarheit zu verschaffen.

Dave streckte vorsichtig die Hand nach dem Türknauf aus. Er ließ sich leicht drehen. Nicht abgeschlossen. Ein schlechtes Zeichen.

Im Innern erwartete ihn ein noch schlechteres Zeichen.

5

Die Lockyear Laboratories waren leer. Nichts mehr vorhanden. Sie hatten das Mobiliar, die Labortische, die Geräte und die Bilder an den Wänden abtransportiert. Sogar die Beleuchtungskörper waren entfernt worden. Was einmal die Lockyear Laboratories gewesen waren, war nur noch ein ausgeräumtes Gehäuse.

Dave nahm die Handtücher ab, die er sich um die Füße gewickelt hatte. Auf Strümpfen tappte er leise durch die leeren Korridore und versuchte dabei, sich an den Weg zu den Forschungslaboratorien zu erinnern.

Das Gebäude stank nach Desinfektionsmitteln. Jeder Raum, jedes Büro, sämtliche Korridore rochen nach Antiseptika. An ein, zwei Stellen war der Fußboden sogar noch naß davon. Dave berührte eine der Stellen, hielt sich den Finger an die Nase und zuckte zusammen – scharfes Zeug.

Am Tag zuvor, so erinnerte er sich, hatte ihn sein Besichtigungsrundgang an einer Herrentoilette, einem Wasserspender, einer Damentoilette und einem Aufenthaltsraum fürs Personal vorbei geführt. Die Labors – Nr. 1 bis 5 – waren links von dem Aufenthaltsraum an einem langen Flur verteilt.

Es ist nicht das, was du gesehen hast, es ist nicht das, was du getan hast. Es ist nichts von alledem.

Da vorne. Die Toiletten, der Aufenthaltsraum und...

Er hörte das Geräusch von Schuhabsätzen auf dem Fußboden. Jemand kam den Korridor entlang, von dorther, wo sich die Labors befanden.

Dave trat rückwärts hinter die Ecke, zog eine Pistole und hielt sie schußbereit.

Nur ganz schwaches Licht, bei dem man kaum sehen konnte, drang durch die Fenster herein.

Die Schritte erreichten das Ende des Korridors – Pause. Dann setzte das Geräusch wieder ein – der Betreffende kam in seine Richtung. Dave umschloß den Abzug mit den Fingern und hielt die Pistole in beidhändigem Anschlag. Auf diese Entfernung würde die Kugel ihr Ziel glatt durchschlagen. Eigentlich freute er sich schon darauf.

Inzwischen ein Gespenst, kein Mensch mehr, wenn auch ohne sexuelle oder Zauberkraft, hat Lieutenant David Elliot diesen schweißtreibenden Tag in der Hölle nicht als Raubtier, sondern als Beute verbracht, eine Rolle, die ihm gar nicht liegt.

Den ganzen Tag ist er am Laufen gewesen, ohne seinen Verfolgern auch nur einen einzigen Schritt Vorsprung abzugewinnen, frustriert und erfüllt von Rachegedanken – und auch von Angst.

Damit ist es jetzt vorbei.

Jetzt hat sich der Wind gedreht: Er ist der Jäger, seine Verfolger sind die Beute. So hat alles, das weiß er, wieder seine Richtigkeit.

Seine Sinne verändern sich, seine Wahrnehmungen wechseln, er konzentriert sich auf die Szenerie vor ihm, ignoriert, was hinter ihm lauern mag.

Seine Haut prickelt. Die Augen schießen wie Pfeile nach rechts und links. Sein Sehvermögen ist erstaunlich geschärft. Er zieht schnüffelnd die Luft ein und riecht – er schwört, daß er es riechen kann –, wie seinen verborgenen Feinden kleine Schweißbäche über die Wangen rinnen.

Jäger.

Und er hat sich, bei Gott, noch nie so lebendig und voller Kraft gefühlt.

Der patrouillierende Wächter trat ins Blickfeld, spiegelte sich in einer Fensterscheibe. Dave zielte. Seine Hände waren ganz ruhig. Sein Ziel war gut 1,60 Meter groß und schmächtig. Er zielte auf die Körpermitte. Der Wächter trug quer vor der Brust ein Sturmgewehr M16A. Er hatte eine Baseballmütze auf. Darunter kamen Haare zum Vorschein. Es war eine Frau.

In den Tagen unmittelbar nach dem Golfkrieg im Jahr 1991 war eine hitzige Debatte – in Senterex-Büros wie auch anderswo – über die Rolle von Frauen im Krieg ausgebrochen. Sollen Frauen kämpfen? Sollen Frauen töten? Welche Wirkung hätte es auf Männer, wenn sie Seite an Seite mit Frauen kämpften? Wie würde der Feind darauf reagieren? David Elliot hatte sich dazu nicht geäußert, hatte es abgelehnt, sich an diesen Diskussionen zu beteiligen, hatte Desinteresse geheuchelt oder versucht, das Thema zu wechseln. Anhand seiner Erfahrungen mit dem Vietcong wußte er, daß weibliche Soldaten ebenso Werkzeuge des Todes sein können wie männliche. Und ebensowenig hatte sich irgendein Soldat, dem er irgendwo begegnet war, auch nur eine Sekunde lang die Zeit genommen, über das Geschlecht des Feindes nachzudenken, der auf ihn feuerte.

Sie drehte sich nicht um. Sie ging vorüber, auf Patrouille durch den Korridor, eine gelangweilte Soldatin bei einem langweiligen Dienst. Ihre Schritte wurden leiser. Bald darauf war sie verschwunden.

Dave schob die Kinnlade vor und zurück. Um ein Haar hätte er sie einfach so umgebracht.

Für heute abend haben wir genug Zeichen gesetzt, meinst du nicht auch?

Diese Geschichte verwandelte ihn langsam in etwas, das er nicht sein wollte. Sie versetzte ihn fünfundzwanzig Jahre zurück in die Vergangenheit. Damals hätte er beinahe die Grenze überschritten. Jetzt war er noch einmal dicht davor.

Ransome sagt immer wieder, daß du noch heute einer von ihnen bist, aus dem gleichen Holz geschnitzt.

Dave schüttelte den Kopf. Er war nicht bereit, sich von ihnen vereinnahmen zu lassen. Der Preis war zu hoch. Er erinnerte sich an den Preis; er erinnerte sich an den Ausdruck abgründiger Verzweiflung auf Mamba Jacks Gesicht, als Kreuter klar wurde, was er getan hatte, und erkannte, er war so weit gegangen, daß es kein Zurück mehr gab.

Okay, Junge, immer schön cool bleiben. Du ahnst doch schon, was du vorfinden wirst. Also bring die Sache hinter dich, und dann sieh zu, daß du hier schleunigst abdampfst.

Dave runzelte die Stirn. Er hatte keine Ahnung, was er vorfinden würde.

O doch.

Er machte sich auf, bog in den Korridor mit den Labors ein und ging an dem ehemaligen Labor Nr. 1 vorbei. Es war, wie alle anderen Räume in dem Gebäude, völlig leergeräumt worden.

Das Labor Nr. 1 ist es nicht. Hör auf damit, so zu tun, als wüßtest du noch immer nicht, worum es geht.

Labor Nr. 2 befand sich im gleichen Zustand. Ebenso die Labors Nr. 3 und 4.

Labor Nr. 5.

Nicht einmal die Tür war mehr da. Sie hatten nicht nur sämtliche Einrichtungsgegenstände und Beleuchtungskörper aus Labor Nr. 5 weggeschafft, sondern sogar die Tür abtransportiert. Und drinnen war es...

Das Linoleum war herausgerissen, die Deckenplatten waren abmontiert und fortgeschafft worden. Sie hatten sich mit einem Flammenwerfer über die Wände, die Deckenstützen und den Betonboden hergemacht. Sie hatten jeden Zoll Gipsverputz, Beton und Stahl mit Feuer sterilisiert. Nichts, keine Fliege, kein Floh, keine Mikrobe konnte im Labor Nr. 5 überlebt haben.

Dave krümmte sich zusammen und sank auf die Knie. Zum zweiten Mal an diesem Tag mußte er kotzen.

Kapitel 7

Nachtleben

1

Ransome hatte recht gehabt – Dave würde zurückkehren. Er hatte keine andere Wahl. Er mußte sich die Lockyear-Akte ansehen, die Akte in Bernies Sideboard, die das Rätsel löste, warum Bernie – Bernie und der Rest der Welt – wollte, daß David Elliot starb.

Er war jetzt wieder auf dem Long Island Expressway und raste in westlicher Richtung nach New York. Der Mietwagen jaulte auf, als Dave das Gaspedal durchdrückte. Der Tacho zeigte 85 Meilen an. Mehr gab der Wagen nicht her. Wenn er noch schneller fuhr, würde es die Kiste in Stücke reißen. Dave verfluchte Hertz, und er verfluchte die koreanische Autoindustrie.

Und er verfluchte Bernie Levy. Jetzt wußte er, was Bernie getan hatte – jedenfalls in groben Zügen. Er wußte es, weil Scott Thatcher es ihm gesagt hatte.

Vor eineinhalb Jahren. Scott und seine Frau Olivia hatten Dave und Helen an einem Donnerstagabend zum Essen in ihre Stadtwohnung am Sutton Place eingeladen.

Thatchers Donnerstagabendeinladungen waren legendär. Man wußte nie, wer sonst noch kommen würde. Staatsoberhäupter auf Besuch, politische Größen, Nobelpreisträger, Künstler, Schriftsteller, Musiker, einmal sogar eine Zirkustruppe – Thatcher bat sie alle zu sich, zumindest die interessanten.

An jenem Abend waren fünf Paare dagewesen: die Thatchers, die Elliots, ein umschwärmter Romancier und seine studentische Geliebte, ein Senator aus einem der westlichen Bundesstaaten und seine Frau sowie Mike und Louise Ash –

letztere Führungskräfte in Thatchers Unternehmen und in einen permanenten Ehekrieg verstrickt, wie ihn nur wirklich liebende Menschen führen können.

Das Essen ging zu Ende, das Geschirr wurde weggeräumt. Thatcher erhob sich und holte eine Flasche Fonseca-Port und ein Ebenholzkästchen von der Anrichte, stellte beides auf dem Eßtisch ab und machte das Kästchen auf.

»Möchte jemand Zigarren?«

Die Frauen suchten das Weite.

Thatcher holte eine lange, braune Montecristo heraus. Er kerbte die Spitze mit einem Buck-Taschenmesser ein und grinste listig, während er sie mit einem Streichholz anzündete. »Die letzte Waffe, die dem Mann noch geblieben ist, meine Herren.« Dichter, blauer Rauch wallte langsam aus seinem Mund. Er reichte Mike Ash den Humidor. »All unsere anderen Waffen haben wir gestreckt, unsere Kriegslisten sind durchschaut, unsere Rüstungen zerbrochen. Lediglich die Zigarre bleibt uns, das letzte zerfetzte Banner unserer Männlichkeit, das noch über einem ansonsten von den Amazonen beherrschten Schlachtfeld flattert.«

Ash zündete seine Zigarre an und reichte das Kästchen an den Senator weiter. »Wenn Justine hier wäre...«

»Ms. Gold, Senator, die meinem übellaunigen Herzen so nahesteht, ist zweifelsohne die einzige Frau der Welt, die es mit meiner Boshaftigkeit aufnehmen kann. Sie kümmert sich um meine Öffentlichkeitsarbeit – das ist eine wahrlich herkulische Aufgabe – und wäre heute abend auch hier, wenn sie nicht geschäftlich außerhalb zu tun hätte. Wirklich eine prachtvolle Frau, die eine gute Havanna genausosehr zu schätzen weiß wie jeder Mann, den ich kenne.«

Der Senator wollte keine Zigarre und schob das Kästchen über den Tisch zu Dave hinüber. Dave suchte sich eine heraus und rollte sie liebevoll zwischen den Fingern. Das Zigarettenrauchen hatte er schon vor langer Zeit aufgegeben, aber einer guten Zigarre konnte er nicht widerstehen.

Der Romancier verließ den Raum mit der Entschuldigung, vom Zigarrenrauch werde ihm übel.

Thatcher verzog das Gesicht zu einem wölfischen Grinsen. »Jetzt, wo die Frauen und die Schlappschwänze weg sind – welchen bestialischen männlichen Gelüsten wollen wir da nachgeben? Politisch unkorrekten Ausdrücken? Schlüpfrigen, diskriminierenden Geschichten? Verschwörungen zur neuerlichen Unterjochung der Frau? Plänen für Kindsverderbung, Umweltexploitation, Minoritätenplünderung, für die Unterdrückung der Schwachen, die Ausbeutung der Armen und Demütigung der Behinderten? Vielleicht könnten wir uns auch dem Thema zuwenden, das die Frauen am meisten verachten, dem Sport?«

Mike Ash lächelte Dave zu. »Wieder eine seiner Launen.« Ash wandte sich Thatcher zu: »Welche Laus ist Ihnen denn heute über die Leber gelaufen, Boß?«

Thatcher machte ein finsteres Gesicht. »Ist Ihnen schon aufgefallen, daß es in dieser unserer dekadenten Zeit nicht mehr ausreicht, sich selbst wohl zu fühlen?« Er hob die Stimme, die vor Entrüstung bebte. »Selbstachtung ist nicht genug. Das Gefühl, etwas geleistet zu haben, ist nicht genug. Würde ist nicht genug. Nein, Sir, nichts ist genug. Mittlerweile ist es so weit gekommen, daß es mir nur gutgehen kann, wenn es den anderen schlecht geht!«

»Die kalifornische Kommission für die Selbstachtung...«, begann der Senator.

Thatcher schenkte ihm keine Beachtung. »Ich kann mich als Frau nur wohl fühlen, wenn du dich in deiner Haut als Mann unwohl fühlst. Ich kann nicht stolz darauf sein, daß ich Schwarzer bin, wenn du dich nicht dafür schämst, weiß zu sein. Ich kann mich und mein Schwulsein nur dann respektieren, wenn es dir peinlich ist, hetero zu sein. Wir haben die Toleranz über Bord geworfen; sie ist schal und bitter geworden, wir wollen sie nicht mehr. Das gleiche gilt für das Prinzip der Gleichheit; im besten Falle wirkt sie herablassend, eigentlich soll sie den anderen erniedrigen. Wenn ich die innere Balance und Selbstachtung erlangen soll, die mir von Rechts wegen zustehen, genügt es nicht, wenn du und ich gleich sind. Nein! Nichts weniger als meine Überlegenheit macht mich glücklich. Und um das allen klarzumachen, überantworte ich deine Bibliotheken den Flammen, schreibe deine Geschichte neu, säubere deine Wörterbücher und versehe die Gedankenpolizei mit der Macht zur Durchsetzung politischer Korrektheit in Worten und Gedanken. Und sie werden gänzlich neue Vokabularien und clevere Codewörter haben...«

Ash fiel ihm ins Wort. »Sie haben also die Einladung der Universität angenommen, einen Vortrag zu halten, oder? Verdammt noch mal, Scott, ich habe Ihnen doch gesagt, Sie sollen das nicht machen. Der Umgang mit Intellektuellen ist schlecht für Ihren Blutdruck.«

»Allerdings. Diese verschlagenen Sophisten haben es gewagt, an meiner Verwendung des Wortes ›Indianer‹ herumzunörgeln; sie haben mich als Hetzer und Flegel beschimpft, weil ich nicht den Ausdruck ›amerikanischer Ureinwohner‹ verwendet habe, den denkbar arrogantesten Neologismus aus dem rassistischen Vokabular, weil er impliziert, daß diejenigen unter uns, die von Generationen ehrlicher Freibauern aus den Neuenglandstaaten abstammen, keine richtigen Amerikaner sind...«

»Scott, Sie übertreiben schamlos.«

Thatcher fuchtelte mit seiner Zigarre herum und bleckte die Zähne. »Natürlich übertreibe ich schamlos. Das ist das Vorrecht des Alters, eine der wenigen Freuden, die mir im Herbst meiner Tage noch geblieben sind. Aufgrund meiner weißen Haare und meines schwarzen Rufes erwartet man das doch von mir. Ich bin nun mal ein Griesgram und habe eine gewisse Reputation der Intoleranz zu bewahren.«

»Bei den letzten Wahlen haben Sie Ihre Stimme für die Demokraten abgegeben.«

Thatcher warf ihm einen säuerlichen Blick zu. »Ein Augenblick der Schwäche, ein Fehler, der sich nicht wiederholen wird. Seitdem hat der Mann den Charakter eines ausgestopften Eichhörnchens bewiesen, würde ich sagen, wenn dadurch nicht ein edles Tier in Verruf geriete, dem es weder an Entschlußkraft noch an Mutterwitz fehlt.« Thatcher lehnte sich zurück, nahm einen langen Zug an seiner Zigarre und stieß den Rauch aus. »Aber reden Sie ruhig von etwas anderem, wenn Sie möchten. Ich bin nur ein armer alter Mann, dem die Jugend am besten gar keine Beachtung schenkt.«

Ash hob den Blick zur Decke und breitete die Hände wie zum Gebet um eine Inspiration aus.

Dave bot eine Ablenkung an: »Habe ich Ihnen schon mal die Geschichte von dem Puff in Dong Hoi erzählt?«

Thatcher hob eine buschige weiße Augenbraue. »Hat das etwas mit dem Vietnamkrieg zu tun?«

»Ja.«

»Eine bedauerliche Angelegenheit. Mein Widerstand dagegen hat dazu geführt, daß Mr. Nixon mich auf die Schwarze Liste des Weißen Hauses gesetzt hat. Habe ich Ihnen das schon einmal erzählt?«

»Fünfzig- oder sechzigmal.«

»Es gibt im Leben so wenige Dinge, auf die man wirklich stolz sein kann. Aber ich habe Sie unterbrochen. David, erzählen Sie uns doch bitte Ihre Geschichte.«

Da Scott Claymore Thatcher III. ziemlich puritanisch war und obszöne Ausdrücke nicht ausstehen konnte, mußte Dave vorsichtig sein bei seiner Schilderung, wie der CIA, der erfahren hatte, daß in der kambodschanischen Grenzstadt Dong Hoi ein Gipfeltreffen der Befehlshaber von Vietcong und Nordvietnamesen stattfinden würde, heimlich die Bordelle der Stadt aufkaufte und sie mit höchst infektiösen Prostituierten bevölkerte. Da der Plan einen Verstoß gegen das in der Genfer Konvention festgelegte Verbot biologischer Waffen darstellte, hatte die Agency strengste Geheimhaltung über die Aktion verhängt und niemanden – nicht einmal die militärische Spitze

– davon in Kenntnis gesetzt. Unglücklicherweise erfuhr die Army durch ihre eigenen Nachrichtendienste von der bevorstehenden Konferenz und reagierte mit einem Präventivschlag. Sie eroberte kurzerhand die Stadt und besetzte sie, bevor der Feind eintraf.

»O nein.« Thatcher, der die Pointe ahnte, schnappte nach Luft.

»O doch«, sagte Dave. »Sechshundert hormongeplagte junge GIs, weit weg von daheim und nichts zu tun an einem Samstagabend.«

»Du lieber Himmel!« Thatcher mußte so sehr lachen, daß ihm die Tränen die Wangen herunterliefen. »Stimmt das wirklich, Dave? Haben Sie sich das nicht bloß ausgedacht?«

»Und ob das stimmt. Ich hab den CIA-Agenten gekannt, der die Aktion geleitet hat.« Dave erwähnte nicht, daß der Mann kurz darauf aus dem Land geflohen war, weil eine Gruppe von Offizieren der Spezialeinheiten unter der Führung von Mamba Jack Kreuter einen Preis auf seinen Kopf ausgesetzt hatte.

Thatcher wischte sich die Augen. »Ja, ja, die Leute von den Nachrichtendiensten. Das sind vielleicht Gauner. Aber immer treu ergeben und aufrichtig. Man könnte sie fast bewundern, wenn sie auch nur einen Funken Moral hätten. Ich habe übrigens selbst eine Agentengeschichte zu bieten. Möchten Sie sie hören?«

»Natürlich.«

»Nun, Sie wissen wahrscheinlich, daß sie von Zeit zu Zeit an uns herantreten – an Geschäftsleute, meine ich, Führungskräfte von einigem Format und Rang?«

Dave und der Senator nickten. Mike Ash sah verdutzt aus. »Äh...?«

»Nein, nein, nicht bei PegaSys. In meinem Unternehmen lasse ich das nicht zu. Aber anderswo? Nun, seit den fünfziger Jahren, als Mike Todd und seine Braut ihre Flitterwochen in Moskau verbrachten, ist kein amerikanischer Geschäftsmann mehr aus dieser Stadt zurückgekehrt, ohne den bösen Buben in

Langley Bericht erstattet zu haben. Wissen Sie, es ist gar nicht so leicht, sie abzuweisen. Schließlich hat man gewisse Pflichten als Patriot. Leider Gottes, und ich spreche aus Erfahrung, meine Herren, ist so eine kleine Zusammenarbeit nur der Anfang. Wenn man ihnen den kleinen Finger gibt, nehmen sie die ganze Hand. Wenn man nicht aufpaßt, plaudert schon bald das ganze Management in Washington über ausländische Zulieferer und Kunden. Und noch schlimmer: Ihre Bilanz wird ebenso bald mit unproduktiven Scheinfirmen der Agency belastet. In unserer Zeit der gekürzten Budgets (nachdem die Sowjetunion ihren gerechten Lohn erhalten hat) suchen die Spione und Schnüffler verzweifelt nach unternehmerischen Engeln, die ihre schmutzigen kleinen Projekte sponsern. Sie haben zu viele Strohmänner, zu viele Unternehmen, die ihnen als Fassade dienen, und jetzt, da der Kalte Krieg zu Ende ist, zu wenig Geld. Deshalb treten sie an Sie heran, immer im Windschatten des Sternenbanners, und fragen ausgesucht höflich: ›Sir, würden Sie wohl Ihrem Land einen Gefallen tun? Wir hätten da einen alten Schuppen, der wegen Geldmangels geschlossen werden soll. Wenn Sie so freundlich wären, ihn in Ihr Unternehmen zu integrieren, damit er überlebt, stehen wir auf ewig in Ihrer Schuld!‹«

Thatcher schnaubte verächtlich. »Gauner! Aber das nur nebenbei. Das ist irrelevant. Noch einen Port, David? Schenken Sie sich doch noch ein Glas ein. Also, dann fange ich mal ganz von vorne an...«

Würde Bernie Levy so etwas tun? Würde er es zulassen, daß Senterex als Fassade für ein Geheimdienstunternehmen mißbraucht wurde? Natürlich würde er das. Schließlich war Bernie ein Marine gewesen. Als überzeugter Patriot hätte er keine Sekunde über eine solche Bitte nachgedacht. *Semper fidelis* – immer loyal.

Eine Fassade. Es wäre ein gutgehender Betrieb, wie jede anständige Scheinfirma, mit Angestellten, Produkten, Dienstleistungen und Kunden. Es gäbe eine geprüfte Bilanz, eine Gewinn- und Verlustrechnung und eine plausible Ertragsgeschichte. Von außen würde sich der Betrieb von keinem anderen unterscheiden. Nur die Insider – und von denen im Regelfalle auch nur eine Handvoll – würden wissen, daß hinter den Kulissen etwas nicht ganz koscher war. Etwas wie Labor Nr. 5.

Dave entdeckte ein Schild über der Autobahnausfahrt: TANKSTELLE UND RASTSTÄTTE. Er überquerte zwei Spuren und raste in die Ausfahrt. Hinter ihm drückte ein Lastwagenfahrer auf die Hupe.

Die 24-Stunden-Tankstelle mit den beiden deutlich sichtbaren öffentlichen Telefonzellen lag nur wenige Meter vom Freeway weg. Dave bog in die Einfahrt ein, schaltete den Motor aus und stolperte aus dem Wagen.

Er packte einen Telefonhörer, wählte Marges Nummer und wartete. Niemand hob ab. Es klingelte weitere drei Mal. Immer noch nichts. Beim fünftenmal Klingeln hörte er, wie abgehoben wurde. »Hallo, Sie haben die Nummer 555-6503 gewählt. Im Moment können wir Ihren Anruf nicht entgegennehmen, aber bitte hinterlassen Sie doch eine Nachricht nach dem Pfeifton.«

Kluges Mädchen. Auf ihrem Anrufbeantworter hatte sie keinen Namen erwähnt. Und sie hatte »wir«, nicht »ich«, gesagt. Zu viele alleinstehende Frauen beachteten diese einfachen Regeln nicht. Und bereuten es später.

Hatte sie getan, was er ihr gesagt hatte, hatte sie sich in Sicherheit gebracht? »Hier spricht Dave. Wenn Sie noch nicht...«

Stop! Halt den Mund, du verdammter Idiot!

Dave schluckte. Eine Nachricht auf Marges Anrufbeantworter zu hinterlassen, war ein schwerer Fehler. Wahrscheinlich hatte Ransome Marges Telefon angezapft – er war ein Mann, der an alles dachte. Und wenn er mitbekam, daß Dave sie anrief, steckte Marge in noch größerer Gefahr als bisher.

»Äh... tut mir leid, ich hab mich verwählt.« Ein schwaches Ablenkmanöver, aber etwas Besseres fiel ihm nicht ein. Er legte auf und warf einen Blick auf seine Uhr.

Keine Uhr. Die hast du deiner Freundin gegeben.

Er rief dem Tankstellenwärter zu: »Entschuldigen Sie, können Sie mir sagen, wie spät es ist?«

Der Wärter deutete stumm auf die große Uhr über dem Kassenhäuschen. 1.12 Uhr.

Sechs Stunden Zeitunterschied zwischen New York und der Schweiz. Dort wäre noch niemand im Büro. Er mußte mindestens noch eineinhalb Stunden warten mit seinem Anruf.

Also willst du ihn wirklich anrufen? Bernie hat – hatte – ein Wort für so was, Junge. Chuzpe.

Ransome glaubte, mit allen gesprochen zu haben, die Dave kannte, er hatte sie alle angelogen und sie davon überzeugt, daß Dave ein gefährlicher Irrer war. Er hatte alle Telefone angezapft und überall seine Wachen aufgestellt. Es gab keinen Ort und keinen Menschen, an den Dave sich wenden konnte. Ransome wollte, daß David Elliot allein auf der Welt war.

Vielleicht, dachte Dave, hatte er das erreicht. Vielleicht aber auch nicht. Vielleicht hatte Ransome einen Menschen übersehen, einen Menschen, den Ransome nicht als Bedrohung ansah, weil er wußte, daß Dave ihn nie, in einer Million Jahren nicht, anrufen würde.

Mamba Jack Kreuter.

2

Sechs Kriegsgerichtsverfahren. Kreuter ist als letzter dran.

Aus Gründen, die nur die Army kennt, wird jeder Mann einzeln vor Gericht gestellt. Jeder hat es mit einem eigenen Offiziersausschuß zu tun, jeder mit einem anderen Ankläger, jeder wird von einem anderen, vom Chef des Militärjustizwesens bestellten Anwalt verteidigt. Nur die Zeugen bleiben die gleichen.

Die Militärprozeßordnung legt besonderen Wert auf Verfahrenseffizienz. Dieselben Offiziere dienen als Richter und Geschworene. Verzögerungstaktiken und juristische Finten sind untersagt. Folglich ist mit schnellen Verurteilungen zu rechnen.

Die ersten fünf Kriegsgerichtsverfahren dauern jeweils vier Tage und finden im Zweiwochenabstand statt. Ihr Ergebnis entspricht den Erwartungen.

Dave verbringt die Tage und Nächte allein im Quartier der unverheirateten Offiziere. Als er einmal das Offizierskasino besucht, weigert sich der Barkeeper, ihn zu bedienen. Seine Offizierskollegen spechen nicht mit ihm. Wenn er zu seinem allmorgendlichen Jogginglauf startet, weichen alle Männer in Uniform auf die andere Straßenseite aus. Er ist völlig isoliert, von jeglichem Kontakt mit seinen Mitmenschen abgeschnitten, abgesehen von der Zeit im Gerichtssaal.

COLONEL NEWTON, ANKLÄGER: Lieutenant, Sie stehen nach wie vor unter Eid.

FIRST LIEUTENANT ELLIOT, ZEUGE: Ja, Sir, das ist mir bewußt.

ANKLÄGER: Sie haben in dieser Sache bereits ausgesagt?

ZEUGE: Ja, Sir, fünfmal.

ANKLÄGER: Lieutenant, Sie haben gehört, wie die Anklageschrift gegen Colonel Kreuter verlesen wurde?

ZEUGE: Ja, Sir.

ANKLÄGER: Am fraglichen Tag, um oder gegen elf Uhr vormittags, haben Sie sich in oder bei dem Dorf Loc Ban in der Republik Vietnam aufgehalten?

ZEUGE: Ja, Sir.

ANKLÄGER: Wer hatte das Kommando über Ihre Einheit?

ZEUGE: Colonel Kreuter, Sir.

ANKLÄGER: Erklären Sie uns die Rangfolge, Lieutenant.

ZEUGE: Wir hatten Verluste, Sir. Captain Feldman und First Lieutenant Fuller waren am Tag vorher zusammen mit drei Unteroffizieren per Luft evakuiert worden. Der Colonel und ich waren als einzige Offiziere übriggeblieben. Colonel Kreuter befahl mir, das Kommando über Team Alpha zu übernehmen, das Baker-Team befehligte er selbst. First Sergeant Mullins war der ranghöchste Unteroffizier, folglich übernahm er Team Charlie.

ANKLÄGER: Was fanden Sie in Loc Ban vor?

ZEUGE: Sehr wenig, Sir. Man konnte es kaum ein Dorf nennen, es war nur ein Dutzend Hütten mitten in einem Reisfeld. Unsere Hubschrauber hatten gerade abgehoben, und wir...

LIEUTENANT GENERAL FISHER, VORSITZENDER: Zwölf Hütten, Lieutenant?

ZEUGE: Verzeihung, Sir. Eigentlich haben wir fünfzehn gezählt.

VORSITZENDER: Etwas mehr Genauigkeit, Lieutenant. Wir haben es hier mit Kapitalverbrechen zu tun.

ANKLÄGER: Fahren Sie fort.

ZEUGE: Die meisten Dorfbewohner waren draußen auf dem Feld beim Arbeiten. Sie haben uns keine große Beachtung geschenkt, als wir landeten, als hätten sie das schon öfters gesehen. Also trieben Sergeant Mullins und seine Männer sie zusammen und zu den Hütten zurück. Wir wußten, daß eine feindliche Patrouille...

VORSITZENDER: Aufständische oder Nordvietnamesen?

ZEUGE: Damals hieß es, es seien Vietcong, Sir. Wir wußten, daß man tags zuvor eine Vietcong-Patrouille in dem Gebiet gesichtet hatte. Also befragten wir die Dorfbewohner, ob sie irgendwelche feindlichen Aktivitäten beobachtet hätten.

ANKLÄGER: Und welche Antwort erhielten Sie?

ZEUGE: Eine abschlägige, Sir. Alle bestritten, andere als unsere Truppen gesehen zu haben.

ANKLÄGER: Wie reagierte Colonel Kreuter auf diese Mitteilung?

ZEUGE: Er bedankte sich bei den Dorfbewohnern und gab ihrem Ältesten eine Stange Winston, Sir.

ANKLÄGER: Und was war mit First Sergeant Mullins?

ZEUGE: First Sergeant Mullins war wütend, Sir. Er wollte härtere Verhörtechniken anwenden. Als Colonel Kreuter das untersagte, schlug er vor, das Dorf abzufackeln ... ich meine, niederzubrennen.

COLONEL ADAMSON, MITGLIED DES OFFIZIERSAUSSCHUSSES: Lieutenant, Sie haben den Ausdruck »härtere Verhörtechniken« verwendet. Können Sie uns den näher erklären?

ZEUGE: Folter, Sir.

ANKLÄGER: Lieutenant, waren diese – ich zitiere – »härteren Verhörtechniken« in Ihrer Einheit üblich?

ZEUGE: Üblich, Sir? Nein, Sir, das würde ich nicht sagen.

ANKLÄGER: Aber sie wurden angewendet?

ZEUGE: Ja, Sir, gelegentlich.

ANKLÄGER: Von wem?

ZEUGE: Von First Sergeant Mullins, Sir.

ANKLÄGER: Auf Anweisung von Colonel Kreuter?

ZEUGE: Nein, Sir. Auch nicht mit seiner Erlaubnis. Sergeant Mullins, Sir, nun, er hat seine Befugnisse oft überschritten. Colonel Kreuter hatte ihn deswegen schon mehrfach gerügt und einige Wochen vor dem Vorfall in Loc Ban versucht, den Sergeant von allen Gefechtseinsätzen entbinden zu lassen. Ich glaube, er machte sich Sorgen, daß der Sergeant unter Sektion 8 fallen könnte.

VORSITZENDER: Fürs Protokoll: Sektion 8 bedeutet Entlassung aus dem Militärdienst aufgrund psychischer Labilität oder geistiger Unzurechnungsfähigkeit, die sich im Rahmen des aktiven Dienstes nicht behandeln lassen.

ANKLÄGER: Erinnern Sie sich an den damaligen Wortwechsel zwischen Colonel Kreuter und First Sergeant Mullins, und können Sie ihn vor diesem Gericht wiedergeben?

ZEUGE: Nicht wortwörtlich, Sir. Aber ich erinnere mich noch

an den wesentlichen Inhalt der Auseinandersetzung. Sergeant Mullins war überzeugt, daß die Dorfbewohner logen und mit dem Vietcong kollaborierten. Colonel Kreuter antwortete, es gebe keinerlei Hinweise darauf, ihm erschienen die Leute wie friedliche Bauern. Der Sergeant sagte, sie seien Lügner wie alle Vietnamesen. Er sagte, wenn er der Frau des Dorfältesten sein Messer an den Hals setzen könnte, würde der Dorfälteste die Wahrheit sagen. Der Colonel befahl ihm, das zu unterlassen und gab dann Anweisung an alle, das Dorf zu räumen. Während unseres Abmarsches sagte First Sergeant Mullins, er würde zurückkommen, wenn die Dorfbewohner gelogen hätten. Er sagte, er würde sie einen nach dem anderen an die Wände ihrer Hütten nageln. Er hat sie angebrüllt, Sir. Er hat gebrüllt, bis wir außer Hörweite waren.

ANKLÄGER: Bevor wir uns den Ereignissen des Abends zuwenden, Lieutenant, würde ich gern wissen, ob es bei der fraglichen oder irgendeiner anderen Gelegenheit zwischen Ihnen und Colonel Kreuter zu Auseinandersetzungen gekommen ist.

ZEUGE: Keinerlei Auseinandersetzungen, Sir. Wenn ich das sagen darf, ich halte den Colonel für einen guten Mann und einen guten Soldaten. Ich achte ihn, Sir, und werde es immer tun.

ANKLÄGER: Dann hat es also kein böses Blut gegeben...

MAJOR WATERSON, VERTEIDIGER: Mein Mandant möchte eine Aussage machen.

VORSITZENDER: Der angeklagte Offizier wird nicht...

COLONEL KREUTER, ANGEKLAGTER: Ich hab was zu sagen.

VORSITZENDER: Setzen Sie sich, Colonel. Das ist ein Befehl.

ANGEKLAGTER: Was wollen Se machen, mich vor 'n Kriegsgericht stellen?

VORSITZENDER: Colonel...

ANGEKLAGTER: Eins werd ich sagen, General, ob Ihnen das paßt oder nicht. Lieutenant Elliot is der ehrenhafteste Offizier, der je unter mir gedient hat.

VORSITZENDER: Sie tun sich damit keinen Gefallen, Colonel. Schweigen Sie.

ANGEKLAGTER: Es hat nie kein böses Blut zwischen uns gegeben. Damals nich un heut auch nich. Wird's auch nie geben.

VORSITZENDER: Ich habe gesagt, schweigen Sie, Colonel.

ANGEKLAGTER: Und noch was...

VORSITZENDER OFFIZIER: Das Gericht zieht sich für eine Stunde zurück. Major Waterson, beraten Sie Ihren Mandanten. Schalten Sie dieses verdammte Stenogerät ab, Corporal.

3

Dave fuhr die Avenues westlich des Times Square entlang. In den zwanzig Jahren, die er nun schon in New York lebte, hatte jeder neue Bürgermeister bei Amtsantritt versprochen, dieses Viertel zu sanieren und das Gesindel dort zu vertreiben, so daß wieder Würde und Anstand Einzug halten konnten.

Doch irgendwie war dann keiner von ihnen so recht dazugekommen. Im Grunde genommen war das egal, denn einem Bürgermeister von New York glaubt sowieso niemand.

Zu dieser späten Stunde war nicht mehr viel los. Die Nutten machten keine Runden mehr in ihrem Revier. Sie versammelten sich statt dessen in kleinen Gruppen, lehnten müde an graffitibedeckten Wänden, teilten sich Zigaretten und brüsteten sich mit ihren Zuhältern. Die Zuhälter wiederum waren aus ihren protzigen Wagen ausgestiegen und betrieben etwas abseits ihre Tauschgeschäfte, je nach Angebot und Nachfrage des Tages.

Die Pornokinos hatten geschlossen, aber die Bars waren noch offen und lockten mit ihren grellen Neonlichtern die naiven Narren ins Innere. Hin und wieder ging eine Tür auf, um einen Nachtschwärmer mit gehetztem Blick herein- oder hinauszulassen, der es vielleicht unbehelligt bis nach Hause in sein Bett schaffte – allerdings bloß, weil die Räuber sich den Bauch schon mit anderer Beute vollgeschlagen hatten.

Die meisten Drogendealer hatten sich verzogen, genau wie die Schlepper für die »Girls! Girls! Girls!« – und »Sex Live auf der Bühne«-Shows. Ein paar Matrosen stolperten, zum Schutz dicht aneinandergedrängt, betrunken den Gehsteig entlang. Drei Teenager schlichen um ein Trio gelangweilter Prostituierter herum. Schließlich nahm einer der Jungen all seinen Mut zusammen und trat vor. Die Prostituierten lächelten. Dave fuhr weiter.

Er hielt an einer roten Ampel. Ein blau-weißer Streifenwagen blieb neben ihm stehen. Der Fahrer sah zu ihm herüber und wandte sich dann wieder der Straße zu.

Gut. Er hat dich nicht mal eines zweiten Blickes gewürdigt. War wirklich ein guter Einfall, dir eine Stirnglatze zu rasieren und die Haare zu färben. Obwohl Eigenlob stinkt.

Daves Magen knurrte. Das letzte Mal hatte er vor vierzehn Stunden gegessen. Er hatte Hunger. Und noch schlimmer: Allmählich machte sich die Erschöpfung bemerkbar. Er brauchte einen Kaffee, je stärker, desto besser.

In der Mitte des Häuserblocks an der 44th Street war ein Café, das rund um die Uhr geöffnet hatte. Dave lenkte den Hyundai aus der Spur und quetschte sich damit zwischen einen Müllcontainer und einen bonbonorangefarbenen Zuhälterschlitten. Er stieg aus und streckte sich.

Vor drei Jahren hatten Dave und Helen eine Fotosafari in Tansania gemacht. Das war eine höchst luxuriöse Angelegenheit gewesen, organisiert von der außergewöhnlich kompetenten (und außergewöhnlich teuren) Firma Abercrombie & Kent. Von den sicheren Sitzen ihrer kolossalen Toyota Land Cruisers aus hatten Dave und die anderen Touristen »Oh!« und »Ah!« gerufen, als sie an Löwen auf der Jagd, Leoparden auf der Pirsch und grinsenden, blutbefleckten Hyänen vorbeigefahren waren. Auch wenn die Land Cruisers näher herankamen, gingen die Tiere ungerührt weiter ihren grausigen Geschäften nach, ohne den Touristen die geringste Aufmerksamkeit zu schenken. Daran änderte sich nur etwas, wenn einer der rosig-runden Zweibeiner den Schutz des Fahrzeugs verließ. Das Verlassen des Fahrzeugs veränderte das Wesen der Beziehung. Es machte den Menschen zu Frischfleisch. *Fleisch!*

Dave hatte kaum den Fuß auf den Gehsteig gesetzt, als sich schon ein Prostituiertenpärchen über ihn hermachte. Die eine trug eine durchsichtige Netzbluse und zitronenbaiserfarbene Hot Pants, die andere einen Mickey-Mouse-Pullunder und einen limonengrünen Minirock.

Zitrusfarben sind in der Halbwelt dieses Jahr anscheinend große Mode.

Die Frau mit den Hot Pants wollte etwas sagen. Die zweite Nutte berührte sie an der Schulter und flüsterte ihr etwas ins Ohr. Die mit den Hot Pants nickte und musterte Dave mit einem leicht mitleidigen Blick. »Süßer, hier biste auf der falschen Seite von der Stadt. Geh du mal rüber an die Third Avenue, in die Lower Fifties.«

Dave blieb der Mund offenstehen. Die zwei wandten sich von ihm ab.

Das macht deine neue Frisur. Mit der schaust du ein bißchen, tja, wie soll ich sagen...

Dave strich sich mit der Hand über seine frisch erworbene Stirnglatze und lächelte.

Die Luft in dem Café war stickig und schwül. Der Geruch von starkem Kaffee verband sich mit dem von fettigem Fleisch und Zigarettenrauch. Die meisten Tische waren besetzt, Gemurmel schlug Dave entgegen.

Dave ging zum Tresen. »Eine große Quarkblätterteigtasche, bitte.« Der Mann hinter der Theke hätte eine Rasur vertragen können. Seine Augen waren gerötet, für ihn schien die Nacht kein Ende nehmen zu wollen. »Kein Quark mehr da. Kriegen wir erst wieder um sechs, halb sieben.«

Dave nickte. »Was haben Sie noch?«

»Apfeltaschen. Aber die sind trocken. Wie gesagt, frische Sachen kommen erst wieder um sechs, halb sieben.«

»Geben Sie mir eine.«

»Daß Sie sich dann nicht beschweren.«

»Geben Sie mir gleich zwei. Ich kann die Kohlehydrate brauchen. Und einen Kaffee. Schwarz.« Nach kurzem Schweigen fügte Dave hinzu: »Im Pappbecher, okay?«

»Ich hab bloß Styropor.«

»Auch okay.« Styropor konnte er genauso leicht beseitigen wie Pappe. Er brauchte es nur in winzige Stücke zu reißen.

Der Mann an der Theke klatschte zwei ausgetrocknete Gebäckstücke auf einen angeschlagenen Teller und füllte einen großen Styroporbecher mit Kaffee. »Vierfünfzig mit Steuer.«

Die erste Blätterteigtasche mit Kaffee, die Dave sich seinerzeit in New York geleistet hatte, hatte einen Vierteldollar gekostet.

Dave gab dem Mann einen Fünfdollarschein. »Behalten Sie den Rest.« Er steckte die Brieftasche in die Gesäßtasche.

Jemand rempelte ihn von hinten an. Dave stieß den Ellbogen nach hinten. Er traf auf etwas Weiches. Jemand stöhnte vor Schmerz auf. Dave drehte sich um. Der Taschendieb stand gekrümmt da, hielt sich die Brust. Dave nahm dem Mann lächelnd die Brieftasche aus der Hand. »Danke, die habe ich wohl fallenlassen.«

Der Taschendieb murmelte: »Null Problemo, Mann«, und zog sich zurück.

Ein oder zwei Leute starrten Dave mit ausdruckslosem Blick an.

Er wählte einen Tisch am Fenster, schlang seine Gebäckstücke hinunter und genoß den Kaffee. Die Apfeltaschen waren nicht mehr frisch, aber gut. In New York gibt's einfach keine schlechten Blätterteigtaschen. Dave ging zum Tresen, um Nachschub zu holen.

Als er an seinen Tisch zurückkehrte, schaute er zum Fenster hinaus. Die Kinnlade fiel ihm herunter. Der Mietwagen war verschwunden. Wie lange hatte der Dieb gebraucht, ihn zu stehlen? Höchstens neunzig Sekunden.

Afrika, dachte er. Wie ein Tourist, der das sichere Fahrzeug verläßt und sich in die Steppe hinauswagt...

Am Nachbartisch saßen drei kichernde schwarze Frauen. Die eine klopfte eine Zigarette aus einer Packung Virginia Slims. Während Dave ihr dabei zusah und sich gierig an die Freuden des Tabaks erinnerte, kam ihm eine Idee. Virginia Slims...

Er beugte sich über den Gang zwischen den Tischen. »Entschuldigen Sie, Miss, dürfte ich Sie um eine Zigarette bitten?« Die Frau bekam große Augen. Dave fügte hinzu: »Ich gebe Ihnen was dafür. Einen Dollar für die Packung.«

»Kleiner, Sargnägel kosten zwofuffzig die Packung hier in der Stadt: Kommste vom Mars, oder was?«

Dave gab ihr einen Fünfer. Sie holte eine frische Packung Virginia Slims aus ihrer Tasche. »Geschäft ist Geschäft, Süßer. So wie du aussiehst, krieg ich auf die übliche Art keinen Cent von dir.«

Die anderen Frauen an ihrem Tisch amüsierten sich königlich. »Da. Am besten nimmst du die Zündhölzer auch noch.«

Dave brach die Packung auf, holte eine Zigarette heraus und zündete sich, zum erstenmal seit zwölf Jahren, wieder eine an. *Was soll's, Junge. Du stirbst sowieso.*

4

Die Grand Central Station machte ihm angst. Zu dieser späten Stunde war sie völlig verändert – unheimlich, fast dämonisch. Das Gebäude war beinahe menschenleer, und das allein wirkte unnatürlich und irritierend.

Es waren nicht mehr als fünf Leute zu sehen... ein Teenager und ein Mädchen, die auf ihren Rucksäcken schliefen... ein einsamer Wachmann, der durch die Haupthalle patrouillierte... ein müde dreinschauender, ölverschmierter Mechaniker mit grau-blau-gestreiftem Arbeitsanzug, der mit schweren Schritten von einem der Bahnsteige herüberstapfte. Nur einer der Ticketschalter schien besetzt. Die Lichter über den Wettschaltern waren dunkel, die Zeitungskioske geschlossen und dichtgemacht.

Und das Allerunheimlichste: Die Böden waren sauber.

Daves Schuhe klackten hohl auf dem Marmor. Niemand schien ihn zu beachten. Trotzdem spürte er Blicke auf sich. Nicht feindselig, nicht einmal neugierig. Nur wachsam.

Höhlenbewohner. Es heißt, dieser Teil der Stadt ist unterirdisch von Tunnels und Schächten durchzogen. Es wohnen Menschen dort, die durch Löcher und Gitter spähen und nur hervorkommen, wenn niemand da ist.

Ihm sträubten sich die Nackenhaare. New York ist merkwürdig. Tief in der Nacht ist es noch merkwürdiger.

Dave wandte sich nach Osten. Soweit er sich erinnerte, befand sich nicht weit vom Ausgang Lexington Avenue ein Fotoautomat.

Er studierte die Bedienungsanleitung. »FOTOS. Vier Bilder für 1 Dollar. Sitzhöhe einstellen. Eindollarschein Gesicht nach oben in Schlitz einführen. Kein Wechselgeld. Grünes Licht leuchtet auf, wenn Apparat bereit. Rotes Licht leuchtet auf, wenn Vorgang beendet. Eine Minute warten. Fertige Bilder aus Schlitz entnehmen.«

Dave steckte einen Dollar in den Apparat. Das rote Licht leuchtete grün auf. Klick. Klick. Klick. Klick. *Surrrrr.* Das Licht wurde wieder rot. Er zählte bis sechzig und holte einen Streifen Fotos heraus, die ihn zu einem mißmutigen Stirnrunzeln veranlaßten.

Mein Gott, Junge, mit der Frisur siehst du aus wie die schwulste Schwuchtel von New York. Da wollen wir doch lieber keine fremden Männer ansprechen, was?

Dave hielt den Streifen mit den Fotos zwischen den Fingern und blies leicht darauf, bis er trocken war. Dann holte er ein kleines Taschenmesser aus seiner Hose und schnitt damit eins der Fotos auf die Größe des Bildes auf dem gestohlenen Ausweis zu: »American Interdyne Worldwide. M. F. Cohen, Computersystemberatung.« Der erste Versuch mißglückte. Beim zweitenmal paßte das Bild genau, es war exakt so groß wie das von Marge.

Er brauchte etwas, um das Foto an der Karte zu befestigen. Viele Möglichkeiten boten sich ihm nicht. Um genau zu sein, nur eine einzige.

Nein! Igitt! Wie widerlich!

Er tastete unter dem Sitz des Fotoautomaten herum. Und tatsächlich, es klebten mehrere Kaugummis daran.

Typhus! Herpes! Gingivitis!

Er löste einen Kaugummi ab, versuchte, nicht über das nachzudenken, was er machen wollte, und schob ihn in den Mund.

Was bist du für ein ekliger Zeitgenosse.

Er hatte keinen Geschmack mehr. Egal. Dave kaute ihn weich, zog ihn zu einem dünnen Faden und klebte damit sein Foto über das von Marge. Das Ergebnis steckte er in das Plastikfenster seiner Brieftasche, wo sich früher ein Führerschein befunden hatte, der jetzt genauso wertlos war wie seine Kreditkarten.

Und nun mußte er noch einen letzten Anruf erledigen.

Nun, er mußte nicht.

Er wollte.

Marge Cohen ging ihm nicht aus dem Kopf. Marigold Fields Cohen. Ihm gefiel »Marigold« besser als »Marge«. Und er mußte wissen, ob sie in Sicherheit war.

Nur ein kurzer Anruf, um sicherzugehen, daß sie weg war. Sie mußte weg sein, schon längst.

Doch er wollte sich noch einmal vergewissern.

Gleich neben dem Fotoautomaten standen nebeneinander

fünf öffentliche Telefone. Vier davon waren kaputt. Eins funktionierte. Dave wählte. Ein Klingeln, dann ein zweites.

Sie hat ihren Anrufbeantworter so eingestellt, daß er den Anruf nach dem fünften Klingeln annimmt.

Dreimal Klingeln, aber kein viertes. »Hallo, Sie haben die Nummer 555-6503 gewählt. Im Moment können wi – Ich hab sie, Mr. Elliot, und wenn Sie sie wollen, wissen Sie, wo Sie sie finden können.«

Jetzt standen fünf kaputte Telefone neben dem Fotoautomaten.

Dave packte den Hörer, den er herausgerissen hatte, wie, wußte er nicht mehr so genau. Er drehte ihn in der Hand, starrte ihn gedankenlos an und legte ihn auf die jetzt nutzlose Gabel.

Natürlich war das eine Lüge. Ransome fing wieder mit seinen gottverdammten Spielchen an. Psychologische Kriegführung. Verunsicherung des Opfers. Den Gegner schwächen, ihm angst machen, ihn zu unüberlegten Aktionen hinreißen; es ist weit wichtiger, den Geist des Feindes zu brechen...

Es konnte nicht wahr sein. Dave hatte vorhin angerufen. Da war Marges ganz normale Nachricht, die wohlüberlegte Nachricht einer alleinstehenden Frau, auf dem Anrufbeantworter gewesen. Das konnte nur eines bedeuten: Marge hatte es geschafft. Sie hatte fliehen können. Dann waren Ransomes Männer gekommen. Und sie war weg gewesen.

Dave verfluchte sich dafür, daß er das Telefon demoliert hatte. Wenn er es nicht getan hätte, hätte er noch einmal bei Marge anrufen können. Irgendwas an der Stimme von Ransome... als sei sie zu weit weg gewesen. Funk? Ja, mit ziemlicher Sicherheit. Das war passiert. Ransomes liebe Freunde hatten festgestellt, daß Marge nicht da war, und über Funk um Instruktionen gebeten. Und Ransome, der schlaue Ransome, hatte die Funkverbindung benutzt, um die Nachricht aufzunehmen.

Das war's. So mußte es sein.

Es war ein Schuß ins Blaue. Ransome wußte nicht, konnte nicht wissen, daß Dave etwas... was? ... empfand, das Männer für zwanzig Jahre jüngere Frauen nicht empfinden sollten. Ransome riet einfach und hoffte, Dave würde dumm genug sein, sich einer Frau gegenüber, die er nur zweimal gesehen, und, wenn man der häßlichen Wahrheit ins Gesicht sah, beide Male ausgenutzt hatte, verpflichtet zu fühlen.

Ja, es war in der Tat ein Schuß ins Blaue. Die Aktion eines Mannes, dem die Zeit davonlief, der keine Einfälle mehr hatte, der kurz vor dem Verzweifeln war. Es war nur ein billiger Trick.

Aber wenn es nicht so war...

Wenn es nicht so war, würde er trotzdem zu Senterex zurückkehren. Das Geheimnis in Bernies Sideboard war Grund genug. Und wenn Ransome Marge tatsächlich hatte... tja, dann mußte er dagegen etwas unternehmen, nicht wahr?

Rolltreppen führen aus der Grand Central Station heraus und hinein in das alte Pan-Am-Gebäude, das seinen neuen Namen dem gegenwärtigen Eigentümer, der Metropolitan Life Insurance, zu verdanken hatte, auch wenn zynische New Yorker üblicherweise »Snoopy Building« dazu sagten – ein sarkastischer Tribut an das Werbemaskottchen von Met Life. Zu dieser späten Stunde waren die Rolltreppen abgeschaltet. Dave kletterte sie hoch, durchquerte mit schnellen Schritten eine verdunkelte Halle und trat hinaus auf die 45th Street.

Über ihm lag die Park Avenue, die als Hochstraße einen Häuserblock nördlich der 46th Street begann. Zwei dunkle Fußgängertunnels führten von der Stelle, wo Dave jetzt stand, zur Ecke 46th Street/Park Avenue. In den Schatten sah Dave schlafende Menschen liegen. Er mußte zur Park Avenue. Und zwar ohne Zwischenfälle.

Wenn man die Obdachlosen aufschreckte, die Verrückten verärgerte, beschwor man Zwischenfälle herauf.

Vielleicht solltest du dir noch mal überlegen, ob du nicht in eine sicherere Stadt ziehst. Nach Sarajewo zum Beispiel oder nach Beirut...

Dave entschied sich für den Tunnel, der ihm am leersten aussah, und versuchte, so leise aufzutreten wie möglich.

Fast hätte er es geschafft, aber nicht ganz. Kurz vor der 46th Street schnappte etwas nach seinem Fuß. Ein Adrenalinstoß ließ sein Herz flattern. Er trat mit dem Fuß und holte gleichzeitig eine Pistole aus seinem Gürtel. »Ich schieß dir ein Loch in den Bauch!« Es erschreckte ihn, wie laut seine Stimme war.

Eine überraschte Ratte wirbelte durch die Luft, prallte gegen eine Wand und quiekte entrüstet. Dave blieb schwer atmend und schwitzend stehen und verfluchte sich selbst. Die Ratte trottete in Richtung 45th Street davon.

Wirst wohl ein bißchen nervös, was, Junge?

Er steckte die Pistole wieder unter sein Hemd und joggte hinaus auf die Park Avenue.

Der Anblick verblüffte ihn. Er hatte die Park Avenue noch nie so schön gesehen, hätte nie gedacht, daß sie so schön sein könnte. In der Nacht, ohne Verkehr, ohne Leute auf dem Gehsteig, hatte sie etwas Friedliches, etwas Sanftes. Tagsüber war sie laut und hektisch; jetzt erschien sie ihm wie eine Frau mit dunklen Haaren, die ein Schläfchen hielt, ein leichtes Lächeln um die Lippen.

Einen Augenblick blieb er wie angewurzelt stehen und fragte sich, wieso ihm nie aufgefallen war, wie hinreißend diese Stadt sein konnte.

Der Mittelstreifen, der die Fahrspuren trennte, perlte von Blumen – nicht von Frühlingstulpen, sondern von Herbstastern. Die Farben, gedämpft vom Licht der Straßenlaternen, verwandelten sich in sanfte Pastelltöne. Im Norden sprangen die Ampeln von Grün auf Gelb auf Rot und wieder zurück auf Grün. Die Gebäude waren Mosaiken aus Licht und Dunkel, in denen Indigoblau und tiefes Meergrün vorherrschten.

Grün ...

Smaragdgrün ... Flaschengrün ... grün wie ein kleiner, vollkommener See hoch oben in einem Tal der Sierras ... am magischen Abend eines heißen Sommertages ... Taffy Weiler mit seinem schiefen Grinsen ... Pferde mit gebeugtem Nacken, als beteten sie zu einem Pferdegott ... David Elliot, dem fast das Herz zerbarst, wußte, egal, was das Leben später bringen würde ...

In der Dunkelheit hinter ihm fluchte jemand. Eine Flasche kam im Bogen aus den Schatten geflogen und zerbarst vor seinen Füßen.

Der Augenblick war dahin, die Sierras verschwanden. Die Stadt kehrte wieder, und die Nacht.

In New York bleiben nur Schwachsinnige nach Einbruch der Dunkelheit irgendwo stehen.

Wieder sträubten sich ihm die Nackenhaare. Jemand beobachtete ihn, schätzte ihn ab, machte sich Gedanken über den Inhalt seiner Brieftasche. Es war Zeit weiterzugehen.

Dave trottete nach Norden. Noch vier Häuserblocks, dann wäre er an der Ecke 50th Street.

Die Nachteulen hatten schon längst die Avenue verlassen, die Workaholics waren endlich nach Hause gegangen. Ein paar Bürofenster waren noch erleuchtet – zum größten Teil, dachte Dave, die Büros der Leute, die erst heimgegangen waren, nachdem die Hausmeister ihre Arbeit erledigt hatten.

Nichtsdestotrotz hielten sich in allen Gebäuden noch immer Menschen auf, auch in seinem.

Er stand auf der anderen Straßenseite und betrachtete die Fenster Stockwerk für Stockwerk. Im 11. Stock waren die meisten Fenster erhellt. Dort befand sich die Fusions- und Akquisitionsabteilung von Lee, Bach & Wachutt, die zu den berüchtigtsten und aggressivsten Investmentbankern der Stadt gehörten. Weiter oben, im 34. bis 39. Stock, brannten noch viele Lichter von McKinley-Allan. Zweifellos schlugen sich dort Legionen eifriger junger Unternehmensberater die Nacht um die Ohren, um die perfektionistischen Partner zufriedenzustellen, die schon längst in ihren Betten lagen.

Auch anderswo war das Gebäude ein Schachbrett aus Licht und Dunkel, obwohl die dunklen Stellen überwogen. In keinem Stockwerk schienen mehr ...

31. Stock.

Dave blinzelte. Die Fenster im 31. Stock waren weder hell noch dunkel, sondern schummerig. Jemand hatte die Vorhänge sämtlicher Fenster, die auf die Park Avenue hinausgingen, zugezogen.

Was ist im 31. Stock?

Dave konnte sich nicht erinnern. Eine Rückversicherungsgesellschaft? Nein. Eine Handelsgesellschaft? Genau. Eine Handelsgesellschaft mit dem Wort »Trans« im Firmennamen. Trans-Pacific? Trans-Oceanic? Trans ... soundso.

Vielversprechend, höchst vielversprechend. Genau so ein anonymes Unternehmen, wie's der Nachrichtendienst liebt.

»Hallo. Schon was vor heut nacht?«

Dave wirbelte herum, die Faust zum Schlag bereit.

»Hoppla, Süßer! Vor mir brauchst du keine Angst haben.«

Sie – er? – war der unwahrscheinlichste Transvestit, den Dave je gesehen hatte. Zu groß, zu dünn, bekleidet mit einem silbrigen chinesischen Cheongsam, behängt mit Straßschmuck.

Dave brummte: »Zwei Dinge: Erstens, schleichen Sie sich nicht von hinten an Leute ran. Zweitens, verschwinden Sie.«

Er – sie? – das Wesen legte den Kopf schief, tippte mit einem schockpinkfarbenen Fingernagel gegen seine Wange und grinste: »Ach, sei doch nicht so, Baby. Ich weiß doch, daß dir das, was ich zu bieten habe, gefällt.«

Siehst du, ich hab dich gewarnt wegen deiner neuen Frisur.

Dave spürte, wie er rot wurde. Auf die Erfahrung hätte er verzichten können. »Gehn Sie mir aus der Optik.«

»Immer mit der Ruhe, Süßcr. Ich sag dir was: Weil du heut nacht mein letzter Kunde bist, kriegst du 'nen Sonderpreis.«

Dave preßte jedes seiner Worte einzeln hervor: »Ich – sag – das – nur – einmal. *Verschwinden! Sie!*«

»Ach, ein harter Kerl. Siehst zwar nicht so hart aus, aber das Aussehen kann ja trügen ...«

Dave machte einen Schritt auf den Mann zu, legte ihm die flache Hand auf die Brust und drückte. Der Transvestit stolperte rückwärts über die Bordsteinkante und landete unsanft auf seinem Hinterteil.

»Oooh!« Er deutete auf seine hochhackigen, glänzenden Lacklederschuhe. Einer seiner Zwölfzentimeterabsätze war abgebrochen. »Nun sieh mal, was du gemacht hast, du Vieh! Die kosten vierzig Dollar das Paar bei Fredericks! Plus Versand!« Er fing an zu flennen.

O je. Jetzt verprügeln wir also auch noch Schwule, was?

Dave zuckte zusammen. Was er gerade getan hatte, war zu natürlich, zu instinktiv gewesen – genau wie vor fünfundzwanzig Jahren. Hast du ein Problem? Kein Problem. Mit der Waffe im Anschlag, mein Freund, werden alle Mehrdeutigkeiten und Komplexitäten des Lebens viel einfacher. Und vergiß nicht, jemand, der ein bißchen anders ist als du, tja, zur Hölle, Sohn, in der Army nennen wir so eine Person »Ziel«.

Dave biß die Zähne zusammen und wollte gerade eine Entschuldigung formulieren.

Da drang eine Stimme aus dem Schatten: »Kimberly, alles in Ordnung, Kind?« Eine weitere grell bekleidete Prostituierte kam klappernd näher. Sie schien tatsächlich eine Frau zu sein (oder zumindest ein überzeugenderer Transvestit). Sie trug einen schwarzen Ciré-Rock, der kaum ihren Slip bedeckte, ein blutrotes viktorianisches Bustier und Stöckel, genauso hoch wie die des gestürzten Kimberly.

Mein Gott, wo kommen bloß die ganzen Leute her?

»Ohhh, Charlene, er hat mich geschlagen«, jammerte der heulende Transvestit.

»Das habe ich nicht. Ich habe bloß ...«

Charlene trat einen Schritt auf Dave zu. »Kommst dir wohl besonders stark vor, was? Einen hilflosen kleinen Schwulen zusammenschlagen, das gefällt dir, stimmt's? Dabei ist der arme Kimberly der netteste Junge, den man sich denken kann, Mister. Der hat solche Typen wie dich nicht verdient.«

Dave wich zurück. »Hören Sie, Lady ...«

»Bin keine Lady. Bin 'ne Hure.« Etwas Helles, Scharfes öffnete sich mit schnappendem Geräusch in ihrer Hand. »Und Huren passen auf ihre Freunde auf.«

5

Dave sah sich hektisch um. Nirgends ein Taxi. Keine Polizeiwagen. Ein einsamer Toyota raste auf der Park Avenue nach Norden. Sein Fahrer schaute in seine Richtung, wandte den Blick ab und erhöhte die Geschwindigkeit. Der Transvestit mit dem Namen Kimberly rappelte sich hoch. Seine Augen funkelten wild und angriffslustig.

Charlene ging ein wenig in die Hocke und begann, Dave zu umkreisen. Das Ding in ihrer Hand war ein offenes Rasiermesser, und sie sah aus, als könnte sie damit umgehen.

»Hören Sie ...«

Kimberly feuerte sie an. »Schlitz ihn auf, Charlene.«

»Ja, zeig's ihm!« Eine andere Stimme. »Schneid ihm die Eier ab!« Und noch eine Stimme.

Ein ganzes Rudel. Sieben oder acht. Schwarze und Weiße. Mordlustig, ein Rudel Raubkatzen. *Fleisch!*

Charlenes Augen funkelten, die Pupillen weiteten sich. Wahrscheinlich, so dachte Dave, hatte sie irgendwelche Drogen genommen. »Weißer, gleich machste die schlimmste Erfahrung in deinem Schwulenleben, darauf kannste Gift nehmen.«

Eine Pistole würde das Problem lösen. Er mußte nur eine unter seinem Hemd hervorholen. Vermutlich würde es schon reichen, sie ihnen nur zu zeigen.

Und wenn nicht ...?

Wenn nicht, würde alles nur noch schlimmer werden. Und wenn es schlimmer würde, müßte er die Waffe verwenden.

Charlenes Rasiermesser durchschnitt die Luft neben seiner Wange. Er duckte sich nach links. Sie war ein bißchen aus dem Gleichgewicht. Er hätte sie leicht überwältigen können.

Dann hast du alle andern auch noch am Hals. Laß sie. Die andern halten sich zurück, solange sie glauben, daß sie mit dir fertig wird.

Charlene zischte: »Bist ganz schön schnell für 'ne Schwuchtel.« Wieder holte sie aus. Er spürte den Luftzug, als das Rasiermesser auf Augenhöhe an ihm vorbeisauste.

Nicht schlecht, diesmal hätte sie dich fast erwischt.

Die Frau war gut. Er mußte etwas gegen sie unternehmen.

Sie drehte das Messer, ließ es aufblitzen. Ein knapp acht Zentimeter langer Schnitt klaffte an seinem Hemd.

Er konnte es nicht riskieren, eine Pistole zu ziehen. Wenn sie ihn zwang, auf sie zu schießen, würde er nie in das Gebäude gelangen. Ecke 50th Street/Park Avenue hatte es heute schon zu viele Aufregungen gegeben – Bombendrohung, Überfälle im 12. Stock, Bernies Selbstmord. Noch ein solcher Vorfall, und schon würde es überall von Polizisten wimmeln.

Die New Yorker Crème de la crème ist bereit, über vieles hinwegzusehen, aber eine von Kugeln durchlöcherte Leiche erregt sogar ihre Aufmerksamkeit.

Dave wich zurück, um Charlene näher an ihn heranzulokken. Er hörte die Bewegung von Füßen ganz in der Nähe. Da machte sich jemand bereit, ihr zu helfen.

Jetzt oder nie.

Er ließ sich nach links fallen, als wolle er fliehen. Charlene folgte ihm mit der Anmut und Geschwindigkeit einer Tangotänzerin. Das Rasiermesser schwang im Licht der Straßenlaternen blitzend herab, gezielt auf sein Gesicht. Er tauchte unter ihrem Arm weg. Ihr Handgelenk knallte auf seine Schulter. Das Rasiermesser fiel klappernd auf den Gehsteig.

Deine nächste Aktion muß was hermachen, so richtig was fürs Publikum.

Dave ging in die Hocke. Die Frau hatte so viel Schwung, daß

sie über seine Schulter segelte. Er hakte sein rechtes Bein hinter ihrem Knöchel ein und drückte es nach vorn, während er seinen Körper nach oben drückte. Charlene verlor den Boden unter den Füßen. Sie begann zu schwanken. Dave packte ihren Arm, verdrehte ihn, beschleunigte den Vorgang.

Perfekt. Das war spektakulär. Sie wirbelte herum, drehte sich in der Luft um 270 Grad und knallte mit dem Gesicht nach unten auf den Gehsteig. Als sie den Kopf hob, spuckte sie Blut.

Dave begann zu rennen. Das Rudel hinter ihm heulte.

Er sprintete über die Park Avenue und erreichte den Mittelstreifen, bevor Charlenes Freunde den Mut aufbrachten, ihm zu folgen. Jemand warf eine Dose nach ihm. Sie prallte von seiner Hüfte ab und fiel klappernd auf den Asphalt. Er rannte weiter.

Trotz der Empörung der Bauindustrie und der Verärgerung der Häusermakler besteht die Stadt New York auf ausreichend großen öffentlichen Räumen vor den Wolkenkratzern. Einzig und allein aus diesem Grund gab es vor Daves Gebäude eine offene Plaza. Sie wurde von marmorverkleideten Pflanzkübeln begrenzt. Hin und wieder versuchte der Hausmeister, Büsche darin anzusiedeln. Doch die Pflanzen gingen ein, vergiftet von der Luft und erstickt vom Müll.

Dave sprang über einen Pflanzkübel und hastete auf den Eingang zu.

Jeweils zwei Springbrunnen flankierten die Plaza – oder besser gesagt: hatten flankiert. Seit dem Ende der achtziger Jahre hatten die Obdachlosen der Stadt jedoch angefangen, solch schmückendes Beiwerk als Freiluftpissoirs zu mißbrauchen. Also legte die Hausverwaltung die Brunnen trocken und stellte Maschendrahtzäune darum herum auf.

Hinter ihm stolperte jemand in den Zaun. Dave sprintete auf die Stufen zu, nahm sie alle auf einmal und prallte gegen ein Fenster. Er sah, wie der Wachmann drinnen den Blick bei dem Geräusch hob. Der Mann stand von seinem Tisch auf.

Zwei Glasscheiben waren bei der morgendlichen Evakuierung zu Bruch gegangen. In der Zwischenzeit hatte man sie durch Sperrholzplatten ersetzt. Dave rannte an ihnen vorbei. Er stand jetzt vor den Drehtüren. Die erste war mit einem gelbgestreiften Sicherheitsgitter abgesperrt. Dave stürzte sich in die zweite.

Er drückte. Nichts tat sich. Auf dem Glas war eine Notiz angebracht: »Nach 21.00 Uhr bitte Haupttür benutzen.«

Dave sprang von der Tür weg. Das Rudel war ihm auf den Fersen. Eine Frau lief mit einer zerbrochenen Flasche vorne weg wie eine leibhaftige Erinnye.

Dave riß die Haupttür auf. Der Wachmann stand mit einem Funkgerät in der Hand da. Es war eines von Ransomes Funkgeräten, und der Wachmann gehörte zu Ransomes Männern.

Dave ließ seine Stimme vor Angst ganz hoch klingen. Das fiel ihm nicht schwer. »Hilfe! Ich werde ...« Er rannte auf den Wachmann zu.

Dave blickte über die Schulter. Inzwischen war das Rudel auf mehr als ein Dutzend angewachsen. Sie drängten hinter ihm in die Halle.

Dave tastete nach seiner Brieftasche und klappte sie vor dem Wachmann auf. »*Bitte!* Ich arbeite hier! Ich sollte schon längst im Büro sein! Diese *Tiere* wollen mich umbringen!«

Die Augen des Wachmannes huschten von Daves Gesicht zu dem herannahenden Rudel. Daves Anblick gefiel ihm nicht, der des Rudels noch weniger. Er griff unter den Tisch und holte eine automatische Schrotflinte mit merkwürdig geformter Mündung hervor.

Eine Ithaca Modell 37 mit breitschnabliger Mündung. Lange nicht gesehen, alter Freund.

Eine beliebte Waffe in Vietnam. Vollautomatisch. Die breite Mündung streut die Geschosse horizontal in einem schönen, weiten Bogen. Wenn sich jemand in den Büschen versteckt, muß man das Ding nur in die ungefähre Richtung halten. Eine Gewehrsalve erledigt den Rest. Die Infanteristen, die eine solche Waffe haben, nennen sie »Fleischwolf«.

Klar, wenn ein Fototeam in der Nähe war, hat man die Ithaca schnell verschwinden lassen. Die Leute daheim sollten schließlich nicht wissen, daß ihre kleinen Jungs da mit großen, grausigen Gewehren die Feinde zu Hamburgern verarbeiteten.

Der Wachmann richtete die Waffe auf die Gruppe. Es wurde still.

»Straßenfeger«, murmelte jemand, den Spitznamen, den man dem Zwölfer-Kaliber mit der breiten Mündung bei der Polizei gegeben hatte.

Daves innere Stimme drängte ihn: *Zieh 'ne Show ab, Junge, zieh 'ne Show ab!*

Er nahm den Rat an. »Mein *Gott!* Danke, *Sir!* Diese *Tiere* wollten mich in Stücke reißen!«

Der Wachmann starrte Dave wütend an, das Gesicht zu einer Maske der Verachtung für alle Homosexuellen erstarrt. Mit einemmal, und zwar zum erstenmal in seinem Leben, merkte Dave Elliot, was es heißt, nicht als Einzelperson, sondern als Angehöriger einer Gruppe gehaßt zu werden.

»Hören Se nicht auf die Schwuchtel!« Eine großgewachsene Hispanofrau trat einen Schritt vor.

Der Wachmann knurrte: »Was haben Sie auf dem Herzen, Lady?«

»Der verprügelt die Leute. Hat grad meine Freundin Charlene und 'nen armen kleinen Transvestiten fertig gemacht.«

Der Wachmann sah Dave böse an, immer noch voller Abscheu vor Homosexuellen. Dave machte sich die Abneigung des Mannes zunutze; eine andere Möglichkeit blieb ihm nicht. »Die haben versucht, mir meine *Brieftasche* zu nehmen! Da hab ich sie *weggeschubst.* Ich wollte doch niemandem *weh tun*! Sehe ich etwa aus wie ein *Schläger*?« Er holte seine Zigaretten aus der Jacke und zündete sich nervös eine an.

Der Wachmann betrachtete die Packung mit finsterem Blick. Virginia Slims. Damit war die Sache für ihn entschieden. »Nein, Mister ...« Er warf einen Blick auf Daves frisierten

Ausweis. »... Mister Cohen, so sehen Sie allerdings nicht aus.« Dann wandte er sich an den Mob: »Und ihr verschwindet hier. Geht zurück auf die Straße, wo ihr hingehört.«

Die Hispanofrau warf einen Blick über die Schulter. Ein paar aus ihrer Truppe nickten zustimmend. Sie fuhr zu dem Wachmann herum und brüllte: »Wir machen dich kalt, du Schwein! Dich und deinen Schwuchtelfreund!«

Das Gesicht des Wachmannes wurde tiefrot. Er legte das Gewehr an. »Von Leuten wie euch laß ich mich doch nicht schwul nennen!«

Lieber Gott, nein! Schon wieder so ein verdammter Mullins.

Der verstorbene First Sergeant hatte einmal einem einfachen Sergeant den Kiefer gebrochen, weil der ihn im Scherz einen »Homo« genannt hatte. Zu viele Karrieristen beim Militär waren so wie er.

Was wir jetzt auf keinen Fall brauchen können, ist ein mitternächtlicher Showdown.

»Tuntenfreund! Schwuchtelfrüchtchen!« Der Mob war nicht sonderlich hilfreich.

Dave zwang sich zu einem hohen Kichern – wie Norman Bates aus *Psycho*, der sich mit seiner Mutter über einen Witz amüsierte. »Bringen Sie sie um! Diese scheußlichen *Nutten*!« Er stolzierte zwei Schritte auf das Rudel zu. »Der macht Hackfleisch aus euch, ihr *Miststücke*!« Die Hispanofrau blieb stehen, ließ die Hände sinken und schüttelte den Kopf. Dave wirbelte mit weit aufgerissenen Augen zum Wachmann herum, in der Hoffnung, daß sie irrsinnig genug funkelten. »Nun *mach* schon!«

Der Wachmann sah hektisch zwischen Dave und dem Rudel hin und her. Dave wischte sich die Lippen, als wollte er ein Tröpfchen Speichel beseitigen. Er wippte ungeduldig mit den Füßen auf und ab, drehte sich um und kehrte zum Tisch des Wachmannes zurück.

Jemand hinter ihm murmelte: »Scheiß, was soll's. Ist's doch gar nicht wert.«

Die Körperhaltung des Wachmannes veränderte sich ein wenig. Gerade genug. Er wurde ruhiger. »Ich zähle bis zehn.«

Und jetzt, während er abgelenkt ist ...

Dave zog sich noch einen weiteren Schritt zurück, so daß er aus dem Blickfeld des Wachmannes war, dann streckte er die Hand nach seinem Funkgerät aus.

»Bis einundzwanzig geht's nicht. Sind nicht genug Finger.« Die Nutten begannen zu lachen. Der Wachmann schnaubte. Der Ärger war vorbei.

Nein, mein Freund. Der Ärger hat gerade erst angefangen.

Kapitel 8

Einer von uns

1

Dave war wieder im Computerraum von American Interdyne. Er war versucht gewesen, zuerst im 31. Stock vorbeizuschauen, wo alle Lichter an und alle Vorhänge zugezogen waren. Wenn Ransome Marge Cohen tatsächlich gefangen genommen hatte, würde er sie dort festhalten.

Aber Ransome hatte Marge nicht. Da war sich Dave sicher.

Fast sicher.

Und wenn der 31. Stock tatsächlich Ransomes Hauptquartier war, gab es Wachen am Aufzug und an allen Treppenschächten. Sie durchbrechen zu wollen, war zu riskant, und es brachte auch nichts.

Außerdem mußte er etwas bei American Interdyne erledigen. Er erinnerte sich, ein Nexis-Terminal mit Anschluß an den Mead-Datendienst gleich neben dem Großrechner von American Interdyne gesehen zu haben. Möglicherweise war das genau das, was er brauchte.

Mead unterhält genau wie Dow Jones und eine Handvoll anderer eine enorme On-line-Datenbank mit Artikeln, Ausschnitten und Fakten aus einer Vielzahl von Quellen. Gegen Gebühr kann sich jeder einwählen und Informationen zu fast jedem Thema beschaffen. Dazu braucht man nur die Telefonnummer, einen persönlichen Sicherungscode und ein Paßwort.

Ein Angestellter von American Interdyne hatte ganz im Sinne der strengen Datenschutzbestimmungen des Unternehmens mit Tesafilm die Nummer von TymeNet, den persönlichen Sicherungscode und ein Paßwort an die Tastatur des Nexis-Terminals geklebt.

Dave streckte die Finger über der Tastatur und loggte sich ein. Er hatte selbst noch nie einen der Datendienste in Anspruch genommen. Solche Aufgaben delegierte er an seine Assistenten. Trotzdem glaubte er nicht, daß es all zu schwierig werden würde.

Langsam erschien eine Reihe von Zeichen auf dem Bildschirm. Mit einer vorsintflutlichen Geschwindigkeit von 1200 Baud hatte das Terminal, genau wie alles andere im Computerraum von AIW, Altertumswert. Dave überflog die Anweisungen und gab den Sicherungscode von American Interdyne sowie das Paßwort an den jeweils dafür vorgesehenen Stellen ein.

Nun erschien das Menü auf dem Bildschirm. Es enthielt eine Anzahl von Angeboten – allgemeine Nachrichten, Geschäftsnachrichten, wissenschaftliche Datenbanken, Finanzstatistiken und ein halbes Dutzend anderer Kategorien. Das letzte Angebot trug die Überschrift »Alles«. Das wollte er.

Als nächstes fragte das Terminal, welchen Zeitraum in der Vergangenheit er absuchen wollte. Dave hackte »20 Jahre« ein.

»Falsche Eingabe. Neuer Versuch.«

»10 Jahre.« Das funktionierte.

Das System fragte: »Schlag- oder Suchwort?«

Dave gab »Lockyear« ein und drückte dann auf die Taste »Enter«.

Das Gerät teilte ihm mit, daß es arbeitete. Nach eine Weile erschien auf dem Bildschirm: »12 Einträge. ›Enter‹ für Prüfung. ›Delete‹ für Veränderung der Suchkriterien.«

Dave drückte noch einmal die Taste »Enter«.

»Vollständig <V> oder Zusammenfassung <Z>?«

Dave drückte die Taste »Z«.

Die ersten vier Einträge waren aktuelle Artikel aus *The New York Times*, *The Wall Street Journal*, *Business Week* und *Newsday* über Senterex' Übernahme von Lockyear. Dave machte sich nicht die Mühe, sie vollständig herzuholen. Er kannte sie bereits.

In der fünften Zusammenfassung hieß es: »Lockyear läßt D-Rezeptor-Immunsuppressivum patentieren.« Dave drückte die Taste »V«. Der vollständige Artikel erschien auf dem Bildschirm. Viel Neues verriet er ihm nicht. Genausowenig wie der sechste, siebte, achte oder neunte. Im zehnten allerdings fand er, was er gesucht hatte:

RANDOLPH LOCKYEAR. NACHRUF. C-NEW YORK TIMES. 14/12/91. SEITE C22. W/FOTO.

ÜBERSCHRIFT: Randolph J. Lockyear, Forscher, stirbt mit 74 Jahren.

Dr. Randolph J. Lockyear, ein angesehener Forscher im medizinischen Bereich und Leiter der Lockyear Laboratories, die er auch begründete, ist heute in seinem Haus auf Long Island gestorben. Wie uns ein Sprecher des Unternehmens mitteilte, war Dr. Lockyears Gesundheit schon seit einiger Zeit angegriffen. Als Todesursache wurde Herzinsuffizienz angegeben.

Dr. Lockyear wurde am 11. Mai 1917 in Parsippany, N. Y. geboren. Er studierte in Dartmouth und machte seinen Abschluß an der Columbia School of Medicine. Im Zweiten Weltkrieg war er im Pazifik im Einsatz. 1947 wurde Dr. Lockyear von General Douglas MacArthur zum medizinischen Berater der Alliiertenkommission für Japan berufen. Dr. Lockyear wurde 1949 aus dem Militärdienst entlassen.

1950 gründete er das Unternehmen seines Namens mit Sitz in der Nähe von Patchogue, Long Island. Lockyear Laboratories ist ein unabhängiges pharmazeutisches Forschungs- und Entwicklungsunternehmen unter privater Leitung. Es gehörte zu den ersten, denen ein Patent für eine synthetische Humanbiochemikalie zuerkannt wurde. Seit den achtziger Jahren wird Lockyear Laboratories immer wieder als eines der führenden Unternehmen in der Immunforschung erwähnt.

1964 wurde Dr. Lockyear in den Aufsichtsrat der Kitsuné Ltd., eines japanischen Mischkonzerns und pharmazeutischen Betriebs, gewählt. Des weiteren gehörte er den Aufsichtsräten von NorBeco Pharmaceuticals und Gyre AG., einem Schweizer Hersteller von Laborgeräten, an. Von 1969 bis 1973 war er als Sonderberater für Tropenmedizin der Vereinten Stabschefs tätig. In späteren Jahren förderte Präsident Reagan Dr. Lockyears Ernennung zum Vorsitzenden des UN-Beratungsausschusses für pandemische Krankheiten.

Er hinterläßt einen Sohn, Douglas M. Lockyear, und eine Tochter, Philippa Lockyear Kincaid. Die Trauerfeierlichkeiten sollen am Sonnabend im Haus der Familie stattfinden.

Der Nachruf war kurz, höchstens zwölf Zentimeter lang. Viel gab er nicht her. Er führte nur zu neuen Fragen.

Zum Beispiel?

Wie wurde er Berater von MacArthur?

Damals war er gerade dreißig Jahre alt gewesen. Jemand wie MacArthur hätte sich doch sicher einen älteren Mann gesucht.

Damals war Krieg, Junge. Du weißt doch, wie's da zugeht. Da sind alle außer den Generalen jung.

Er war im Aufsichtsrat eines japanischen Unternehmens. Die Japaner holen sich keine Ausländer in ihre Aufsichtsräte.

Wahrscheinlich war das ein Tauschgeschäft. Irgend so eine Technologiekonzession oder so was. Lockyear hat denen ein paar Patente abgegeben, und er hat einen Sitz im Aufsichtsrat gekriegt. Keine große Sache.

Und er hatte Verbindungen zur Regierung. An ganz schön hoher Stelle.

Wer hat die nicht? Wenn man eine gewisse Position erreicht hat, bekommt man solche Angebote nun mal. Mein Gott, Doc Sandberg sitzt auch in einem Dutzend Regierungsausschüssen.

Ja, aber ...

»Amsel, hier Rotkehlchen. Wo bleibt Ihre viertelstündliche

Rückmeldung?« Ransome klang lakonisch und beherrscht wie immer.

Das Funkgerät knisterte. »Sorry, Rotkehlchen.« Die Stimme des Wachmanns in der Eingangshalle. »Das verdammte Funkgerät hatte 'ne Macke. Die Frequenz war weg. Ich hab's neu einstellen müssen. Außerdem hab ich Besuch gehabt.«

Dave leckte sich die Lippen. Es war riskant gewesen, die Funkgeräte zu vertauschen. Wenn der Wachmann es gemerkt hätte ...

»Besuch? Erklären Sie mir das genauer.«

»So 'ne Schwuchtel hat sich mit ein paar Nutten angelegt. Sie ...«

»Wer ist der Schwuli?«

Dave warf einen Blick auf die verbleibenden Zusammenfassungen des Nexis-Terminals. Es ging um Patentgeschichten. Die würden ihm nicht weiterhelfen. Er schaltete das Gerät aus.

»Ach, so ein Computerfritze von American Interdyne. Er ...«

»Name?«

»Äh ...«

»Schaun Sie im Eintragsbuch nach, Amsel.«

Verlegenes Schweigen. Schließlich murmelte der Wachmann: «Tja, äh, bei dem ganzen Durcheinander hab ich vergessen, daß er sich eintragen muß. Aber ich weiß noch ... ja. Es ist ... Ich hab seinen Ausweis gesehen ... er ist ... Scheiße, ich hab's vergessen.«

Ransome knurrte: »14. Stock?«

»Nein, 12. Da ist der Computerraum. Das hab ich überprüft. Hören Sie, Rotkehlchen, das war 'ne Obertunte. Die Beschreibung des Gesuchten hat überhaupt nicht auf ihn gepaßt, und ...«

»Schnepfe, hören Sie mich?«

»Ja.«

»Fahren Sie runter in den 12. Stock. Überprüfen Sie den Kerl. Bleiben Sie die ganze Zeit in Funkkontakt.«

»Bin schon unterwegs, Rotkehlchen.«

Damit hatte Dave gerechnet. Er hatte bereits ein halbes Dutzend Bildschirme eingeschaltet und einen Stapel Ausdrucke auf einem der Schreibtische im Computerraum ausgebreitet. Er lockerte seine Krawatte und versuchte, konzentriert auszusehen, während er mit einem roten Filzschreiber eine Programmzeile prüfte.

»Amsel.«

»Ja, Sir.«

»Erklären Sie mir alles ganz genau.«

»Ja, Sir. Es ist kurz nach Schichtwechsel passiert. Ich hab gesehen, wie die Tunte auf den Eingang zugelaufen ist. Die halbe Nuttenwelt von New York war hinter ihm her. Er ist rein. Sie hinterher. Er hat gesagt, sie wollten ihn überfallen. Ich glaube, er hatte recht. Die wollten Blut sehen.«

»Was hatten sie gegen ihn?«

»Sie haben gesagt, er hat einen Schwulen verdroschen. Blödes Gerede, wenn Sie mich fragen, Sir. Der Kerl ist ein Waschlappen. Wenn der sich mit einem Gangster anlegt, setz ich nicht viel auf ihn ...«

»Keine Romane.«

»Ja, Sir. Also, die haben rumgebrüllt und so. Also hab ich ihnen meine Knarre zeigen müssen. Da sind sie abgehauen. Ende der Geschichte.«

»Und die Tunte?«

»Pervers, einfach pervers, Sir. Als er meine Waffe gesehen hat, hat er 'nen Ständer gekriegt. Der wollte, daß ich die Nutten über den Haufen schieße. Wie er weg war, hab ich am Monitor überprüft, wo er hinfährt mit dem Aufzug. Ist direkt in den 12. Stock, wie er gesagt hat.«

Paß jetzt auf, was du machst, Junge, die überprüfen jede Aufzugfahrt.

»Beschreibung.«

»Äh ... groß und dünn. Halbglatze, blond. Schicker Haarschnitt, kurz, nach vorn gebürstet. Wenn Sie mich fragen, Sir, hat er bei der Farbe ein bißchen nachgeholfen. Große, feuchte Bambiaugen.«

So, so, Bambiaugen? Gefällt mir.

»Schnepfe? Wo sind Sie?«

»Im 12. Stock, Sir, vor dem Computerraum.«

»Bleiben Sie dran.«

Dave schaltete das Funkgerät aus und ließ es in eine Schreibtischschublade gleiten. Wenig später hörte er ein Klopfen an der Tür zum Computerraum. Er rief: »Es ist offen.«

Der Mann mit dem Decknamen Schnepfe kam herein. Er war jung und aus dem gleichen Holz geschnitzt wie Ransomes andere Männer – kräftig, muskulös, harte Augen. Er trug die blaue Uniform des Wachdienstes. Sie war ihm an den Schultern zu eng.

»Guten Abend, Sir.«

Dave hob den Blick. In der Zwischenzeit hatte er eine Nickelbrille gefunden. Er sah über ihren Rand hinweg, mit großen Augen, die, so hoffte er, genau wie die von Bambi ausschauten. »*Hallo.* Wollen Sie mir *Gesellschaft leisten*, Sir?«

Schnepfe musterte ihn und versuchte, eine Verbindung zwischen der Beschreibung von David Elliot und dem tuntigen Mann vor sich herzustellen. »Nein, Sir«, brummte er. »Ich gehe nur meine Runde. Sie machen Überstunden, stimmt's?«

Dave nickte. »*Ja.* Wie *langweilig.* Ich wollte grade vom Village nach Hause, da ist mein Piepser losgegangen. Da war ein *toller* ... nun ja,... ich hab da jemanden kennengelernt.«

Ransomes Mann schürzte die Lippen und betrachtete Dave mit säuerlichem Blick. »Tja.«

Dave seufzte. »Wir müssen in der Nacht für die DV-Zentrale in Missouri schuften. Das System ist abgestürzt. Ich hab diese Woche Nachtdienst, also haben sie mich per Piepser gerufen. Tja, das ist *mein* Sexleben.« Er machte eine Kunstpause und fragte dann geziert: »Und wie sieht's mit *Ihrem* aus?«

Der Mann starrte ihn wütend an und wurde rot.

Dave wedelte mit seinem Stift über dem Computerausdruck

herum. »Tja, ich würde ja gern noch ein Pläuschchen mit Ihnen halten, aber ...«

Der Wachmann nickte, murmelte »Gute Nacht« und wandte sich zum Gehen.

»Ihnen auch eine gute Nacht. Aber schauen Sie doch in einer Stunde oder so noch mal vorbei. Da müßte ich eigentlich fertig sein. Dann mache ich uns einen kleinen Kräutertee, und wir könnten uns ein bißchen unterhalten.«

»Mir ist Kaffee lieber.« Er schlug die Tür hinter sich zu.

Dave holte das Funkgerät aus der Schreibtischschublade und schaltete es auf leise.

»... verstanden, Rotkehlchen?«

»Ja, Schnepfe. Warum haben Sie sich seinen Ausweis nicht zeigen lassen?«

»Ich war heut morgen unten im Foyer, Sir. Ich hab den Gesuchten selber gesehen. Das hier war er nicht.«

Dave lehnte sich zurück und atmete auf.

»Okay, Schnepfe. Ich hoffe, Sie wissen, was Sie tun. Rotkehlchen over.«

»Sir?«

»Was ist, Schnepfe?«

»Sir, sind Sie sich sicher, daß er wieder zurückkommt? Ich meine, es ist jetzt fast halb drei und ...«

»Er kommt zurück. Es gibt keinen anderen Ort, an den er hinkönnte. Er kommt zurück. Und wir kriegen ihn.«

»Bei allem Respekt, Sir, das sagen wir jetzt schon ...«

Ransomes Stimme veränderte sich. Er klang müde. »Ich weiß, Schnepfe. Weiß Gott, wir sagen das jetzt schon den ganzen Tag.« Ransome schwieg einen Augenblick, als denke er über etwas nach. Dann fuhr er nachdenklich fort: »Ich möchte Ihnen etwas sagen: Ich habe noch einmal lange über den Gesuchten nachgedacht, über seine Akte, seine Vietnamvergangenheit. Die meisten Leute würden sagen, das, was er getan hat, war feige. Aber wissen Sie, man könnte die Sache auch anders sehen. Man könnte sagen, der Mann hatte Mumm. Das zu tun, was er gemacht hat, hat Mut erfordert – eine andere Art von Mut, aber trotzdem Mut.«

»Was, Sir?«

»Das ist Geheimsache. Aber eines sage ich Ihnen: Wenn er es getan hat, weil er mutig ist und nicht feige, dann habe ich mich bisher von einem falschen Eindruck leiten lassen. Und, meine Herren, diesen falschen Eindruck möchte ich jetzt richtigstellen.«

Ransome zögerte. Dave hörte das Schnappen eines Feuerzeugs. Ransome inhalierte und stieß den Rauch wieder aus. »Erfahrung, das ist der Schlüssel. Der Gesuchte hat Erfahrung, zuviel Erfahrung für die Tricks, die wir bis jetzt versucht haben. Hören Sie zu, Schnepfe. Hören Sie alle zu. Wir haben Mr. Elliot behandelt wie unsere üblichen Objekte. Aber er ist nicht wie die andern, nicht mal annähernd. Der Mann weiß, wie es ist, wenn man sich die Hände schmutzig machen muß, er weiß es so gut wie Sie und ich. Er kennt das wirkliche Leben, er hat keine Illusionen. Ja, ich weiß jetzt, wer dieser Mann ist: Er ist einer von uns.«

Wir sind dem Feind begegnet, und der Feind waren wir.

Wieder schwieg Ransome. Dave hörte, wie er an seiner Zigarette zog. »Deswegen ist die Sache bis jetzt schiefgegangen. Laut Anweisung haben wir ihn wie einen von ihnen, nicht wie einen von uns behandelt. Ein leichtes Ziel. Die übliche Vorgehensweise. Und wenn er uns beim erstenmal durch die Lappen geht, wenden wir eben ein bißchen psychologische Kriegführung an. Wir bringen seine Frau, seinen Sohn, seine Freunde ins Spiel. Mischen ihn ein bißchen auf, damit er langsamer wird. Ein leichtes Ziel.«

Er grunzte. »Verdammt! – aber das prallte einfach von ihm ab. Ich könnte ihm seine Mutter als Lockvogel bieten, aber er würde bloß mit den Achseln zucken und noch ein paar Männer umlegen. Ich sage Ihnen, die üblichen Vorgehensweisen nützen nichts bei diesem Mann. Er kennt sie bereits. Wir haben sie ihm beigebracht. Nein, die üblichen Tricks unseres

Gewerbes funktionieren nicht bei diesem Objekt. Gewöhnliche Lösungen beseitigen keine außergewöhnlichen Probleme. Wir werden uns etwas Besonderes einfallen lassen müssen.«

»Sir?«

»Ich denke mir gerade etwas aus. So kriegen wir ihn, Schnepfe. Das ist die einzige Möglichkeit.«

»Was, Sir?«

Ransomes Stimme klang plötzlich nicht mehr müde, sondern triumphierend. »Ich formuliere unsere Anweisungen neu, Schnepfe. Wie, kann Ihnen egal sein. Begnügen Sie sich mit der Information, daß das ein Meisterstück ist, ein Geniestreich. Der Fall kommt ins Lehrbuch, das garantiere ich Ihnen. Und diesmal, das garantiere ich Ihnen ebenfalls, ist das letzte Mal, daß Mr. David Elliot mich wie einen Kadetten an der Nase rumführt. Er wird mich noch auf Knien anflehen, daß ich ihn umbringe!«

Ransome lachte. Es war das erste Mal, daß Dave ihn lachen hörte. Der Klang gefiel ihm nicht.

2

Showtime!

Dave hatte nicht vorgehabt, so schnell zuzuschlagen, doch Ransomes Worte hatten die Lage verändert. Er wurde unvorsichtig; die teuflische Falle, die er sich ausgedacht hatte, machte ihn selbstgefällig und übertrieben optimistisch.

Das Sprichwort »Gelegenheit macht Diebe« könnte einem da in den Sinn kommen, oder »den Tag vor dem Abend loben«.

Dave streifte die Schuhe ab und rannte aus dem Computerraum.

Der Flur war lang, anonym, von oben mit Neonlicht beleuchtet. Ein paar billige Kunstposter hingen an den cremefarbenen Wänden. Daves strumpfsockige Füße machten kein Geräusch, als er zu den Aufzügen lief.

Schnepfe stand, den Rücken ihm zugewandt, im Aufzugvorraum. Er hatte den Finger auf den Rufknopf gedrückt, und wartete ungeduldig auf die Ankunft des Lifts.

Dave kam näher. Der Mann spürte, daß etwas nicht in Ordnung war, und wollte sich umdrehen. Zu spät. Dave stieß ihn mit der Schulter gegen die Wand und drückte ihm die Mündung seiner Pistole in den Nacken. Blut lief den Gipsverputz herunter; Schnepfe hatte sich beim Aufprall an der Wand die Nase gebrochen.

Dave drehte die Waffe hin und her, bohrte dem Mann den Lauf ins Fleisch. »Der 31. Stock, stimmt's?«

»Ah ...«

»Keine Sperenzchen, mein Freund. Denk dran, was Ransome dir gesagt hat: Ich bin kein normaler Zivilist. Ich würde dich für 'ne U-Bahn-Marke abknallen. Also, euer Hauptquartier ist im 31. Stock, stimmt's?«

»Ja, Fir.« Dave packte den Haarschopf des Mannes und zog seinen Kopf nach hinten. »Noch mal, ein bißchen deutlicher.«

»Ja, Sir.«

»Das ganze Stockwerk?«

»Die Seite zur Park Avenue.«

»Wie viele Männer?«

»Äh ...«

»Wie lang bist du schon im Dienst, mein Sohn?«

»Äh, vier Jahre, äh ...«

»Deine Familie kriegt erst die volle Rente, wenn du sechs Jahre dabei warst.«

Der Klang von Daves Stimme schien den Mann zu überzeugen. Schnepfe wußte, daß es Ernst war. Er fing an zu jammern. »Ich weiß es nicht! Vielleicht zwanzig oder fünfundzwanzig!«

»›Vielleicht‹ reicht mir nicht.«

Schnepfe war kaum älter als ein Junge, zu jung für Ransomes Art von Arbeit, und viel weicher, als er aussah. Er schrie: »Mein Gott! Nicht schießen! Ich weiß es wirklich nicht!«

Der Junge zitterte vor Angst. Dave bohrte ihm wieder die Waffe ins Genick. »Okay, nächste Frage. Warum seid ihr Schweine hinter mir her?«

»O Mann! Leuten wie mir sagen die das nicht, Mister! Ich bin bloß 'ne kleine Nummer! Rotkehlchen und Rebhuhn – die wissen's, aber die sagen nichts.«

»Was haben sie dir gesagt?«

Schnepfe blubberte fast unverständlich vor sich hin: »Nichts. Bei meiner Mutter, nichts! Bloß, daß Sie ... sterben müssen. Schnell. Und wenn wir ... äh ... wissen Sie ... wenn wir Sie erwischen, sollen wir die Leiche nur mit ... äh ... Gummihandschuhen ... anrühren.«

Dave biß die Zähne zusammen. Es wurde immer schlimmer.

»Wo ist Ransome?«

»Im 45. Stock! Er ist im Büro von dem Typen, der gestorben ist, von diesem Levy!«

»Und was macht er da oben?«

»Keine Ahnung! Ehrenwort, keine Ahnung! Ich bin nicht da oben gewesen! Ich war bloß ...«

»Dann rat mal.« Dave war es kalt, eiskalt.

»Jesus, ich weiß es nicht. Wirklich! Als wir uns die jüdische Mieze geschnappt haben ...«

Dave knallte das Gesicht des Mannes gegen die Wand. Mehr als einmal. Er zählte nicht, wie oft.

»Erzähl, mein Sohn. Erzähl mir von der ›jüdischen Mieze‹.«

Blutiger Schaum trat auf die Lippen des Mannes. »O Mann! Scheiße!«

Dave schlug seinen Kopf noch einmal gegen die Wand. »Lauter, ich kann dich nicht verstehen.«

»Diese Cohenmieze. Sie wollte sich aus dem Staub machen. Wir haben sie erwischt – ich und Bobby und Georgo – da wollte sie grad raus aus ihrer Bude. Dem armen Bobby hat sie die Nase abgebissen. Ganz ab. Das arme Schwein wird sein ganzes Leben lang einen Plastikriecher tragen müssen.«

»Und?« fragte Dave mit eisiger Stimme.

»Wir haben ihr nichts getan. Nichts Schlimmes. Bloß ...« Er machte sich vor Angst beinahe in die Hosen.

Wieder knallte Dave Schnepfes Gesicht gegen die Wand.

»Bloß was?«

»Ein paar blaue Flecken, nichts weiter. Ich schwör's!«

»Wo ist sie jetzt?«

»Das wollte ich Ihnen doch die ganze Zeit sagen, Mann. Wir hatten sie im 31. Stock. Dann hat Ransome sie rauf in den 45. verfrachtet. Das war vor fünfzehn, vielleicht zwanzig Minuten.«

Dave bebte vor Wut. Also war die Nachricht, die Ransome auf dem Anrufbeantworter von Marge hinterlassen hatte, keine Lüge gewesen. Und wenn Dave zuerst in den 31. Stock statt in den Computerraum von AIW gegangen wäre ...

»Was sonst noch, du kleiner Arsch? Sag mir alles.«

»Mehr weiß ich nicht. Ich schwör's vor Gott, mehr weiß ich nicht.«

Dave sagte sanft: »Sag das noch mal.«

»Äh ... was?«

»Sag noch mal ›Gott‹. Dann stirbst du mit seinem Namen auf den Lippen.«

»Was? Scheiße, Mann, nicht...!«

Dave ließ ihn los, trat drei Schritte zurück, um den Blutspritzern zu entgehen, und richtete die Pistole auf den Kopf des Mannes.

Dann läuft's ab jetzt also so?

Ja, so läuft's.

Bis jetzt war's Notwehr. Abgesehen von den Kerlen, die sich wegen dir die Knöchel gebrochen haben.

Bisher hat der passive Widerstand nicht allzuviel gebracht.

Außerdem hast du dich nie für einen zweiten Gandhi gehalten.

Nie. Der Film hat mir auch nicht gefallen.

Schnepfe sank auf Hände und Knie und wandte sich Dave weinend zu. »Bitte, o Gott, bitte ...«

Dave drückte ab. Der Schuß riß Gipsstücke aus der Wand. Schnepfe brach zusammen. Sein Gesicht war kreidebleich. Er war ohnmächtig geworden.

3

Nein, Ransome, ich bin keiner von euch, auch wenn das durchaus möglich gewesen wäre. Schwer wäre es nicht gewesen. Nein, es wäre sogar sehr leicht gewesen. Das gehört zu den Dingen, die man einfach geschehen läßt. Keine Mühe. Es ist der Weg des geringsten Widerstandes. Man braucht beim Anblick der Leichen nur mit den Achseln zu zucken und lächelnd zu sagen: »Tut mir leid, die Sache.« Und je öfter man mit den Achseln zuckt, desto leichter wird's. Nach einer Weile macht einem das Blut nicht mehr viel aus. Leichen werden irgendwann zu totem Fleisch. Man sagt nicht mehr »Menschen« dazu, sondern »Schlitzaugen«, »gelbe Pest«, »Reisfresser«, »Victor Charlie«. Die Männer sind Schwänze, und die Frauen Mösen, und Gott hat sie nur erschaffen, weil du deinen Spaß an beweglichen Zielen haben sollst. Schau dir diese Tiere doch an. Kann man das, was die machen, »leben« nennen? Das ist kein Leben. Du tust denen einen Gefallen, wenn du sie abknallst. Die sind tot besser dran als lebendig, besser tot als rot. So einfach ist das, Ransome, wirklich ganz einfach. Man hört auf, sich selbst als Soldat zu sehen, was ja ein ehrenwerter Beruf ist. Statt dessen wird man zum Mechaniker, und das ist alles andere als ehrenwert. Tja, so war ich, Ransome, oder fast so. Da draußen im Nichts hatten die Dinge angefangen, ganz einfach zu werden, ganz klar. Die Sache wurde zu einer Frage der Physik – Flugbahn der Geschosse, Ballistik, Gleichung von Kraft und Masse, aus der Entfernung einwirkend auf Gegenstände, die zufällig Beine haben. Da ging's nicht um Krieg oder Politik, es ging auch nicht um unsere edlen Verbündeten und die Eindämmung der wachsenden Flut des atheistischen Kommunismus. Da ging's um Zielübungen. Als ich da rübergeflogen bin, habe ich gedacht, daß der Krieg richtig ist, »Richtig« mit großem »R«. Vielleicht tue ich das inzwischen nicht mehr, aber darum geht's nicht. Es geht darum, Ransome, daß du und deinesgleichen sich überhaupt keine Gedanken darüber gemacht haben. Und du wolltest, daß wir das auch nicht tun. Du wolltest, daß wir Maschinen werden. Einfach Maschinen. Bei mir wäre dir das fast geglückt. Ich hätte die Grenze hinüber zu dir überquert, Ransome. Einen Fuß hatte ich schon drüben. Aber eines Tages hat Jack Kreuter etwas getan, und plötzlich sind mir die Augen aufgegangen; ich hab gesehen, daß ich diese Grenze nicht überschreiten darf. Ich hab gesehen, daß Menschen Menschen sind. Man kann sie umbringen, wenn's unbedingt nötig ist, aber nicht bloß aus Spaß. Da ist die Grenze, Ransome. Sobald dir deine Arbeit Spaß macht, mußt du damit aufhören. Sonst wird man wie du, und für die Welt wär's besser, wenn so einer wie du gar nicht erst geboren worden wäre. Deswegen töte ich den armen Jungen, den du Schnepfe genannt hast, nicht. Weil ich ich bin, nicht du. Du hast gesagt, ich bin einer von euch, Ransome. Dave Elliot ist einer von uns. Ganz tief drin sind wir Brüder. Tja, Ransome, dazu habe ich auch was zu sagen: Leck mich am Arsch.

Es war zu verlockend. Ein Frontalangriff. Schüsse, Blut und die Befriedigung, die der Anblick getöteter Feinde mit sich bringt. Er hätte es schaffen können. Ransome war unachtsam. Seine Männer entspannt. Niemand wußte, daß der Gesuchte sich im Gebäude aufhielt. Dave könnte sie überraschen. Er könnte die Hälfte von ihnen umlegen, bevor sie wußten, was los war.

Würde Spaß machen, gib's zu.

Es wäre auch dumm. Der Feind konnte immer wieder Nachschub ordern. Egal, wie schwer er seine Gegner traf, irgend jemand würde immer lange genug leben, um per Funk Hilfe zu rufen. Und dann würde das Gebäude Stockwerk für Stockwerk abgesucht.

Morgen kämpft, wer heute Kämpfe meidet.

Er konnte nicht einfach weglaufen. Er mußte die Antworten erfahren, und diese Antworten waren nur an einem Ort zu finden – in Bernies Sideboard, in der Akte mit der Aufschrift »Lockyear Laboratories«. Doch das bedeutete, daß er in den 45. Stock mußte, geradewegs in die Falle, mit der Ransome sich gebrüstet hatte.

Die Akten – Bernies gottverdammte Akten; er kam nur über Ransome an sie heran.

Vielleicht kam er auch an ihm vorbei.

An ihm vorbei. Genau. Vielleicht gab es einen Weg an ihm vorbei. Die Sache war komplett verrückt, aber sie ließ sich verwirklichen.

Das Schlimmste daran war Marge Cohen. Ransome hatte sie da oben, und was immer er für sie ausgeheckt hatte, angenehm würde es mit Sicherheit nicht. Sie war jetzt ein Teil von Ransomes Spiel. Er hatte bereits Daves Frau und seinen Sohn als psychologische Waffen eingesetzt. Er würde Marge genauso benutzen. Ransome würde alles tun, um Dave zu quälen, alles, um ihn zu verwirren oder zu provozieren. »Letztlich, meine Herren, ist es wesentlich befriedigender, den Geist des Feindes zu zerstören, als seinen Körper.«

Und wenn du den Geist deines Gegners kaputtgemacht hast, ist es ein Kinderspiel, ihm auch noch den Kopf abzuhauen.

Er konnte nicht versuchen, sie zu retten, denn genau das erwartete Ransome von ihm. Das hieße, ihm in die Hände zu arbeiten. Er hatte sicher an allen Zugängen zum 45. Stock Wachen aufgestellt. Seine ganze Kraft war auf diesen Punkt konzentriert. Es wäre der sichere Tod, zu ihr zu wollen. Allein der Gedanke war dumm. Außerdem hatte er insgesamt nicht mehr als zwei Stunden in ihrer Gesellschaft verbracht. Er kannte sie kaum. Er schuldete ihr nichts. Warum sollte er sich Gedanken darüber machen, was Ransome sich für sie ausdachte? Allein der Gedanke an sie war dumm. Sie bedeutete ihm nichts, überhaupt nichts, und das würde sie auch nie tun. Ransome täuschte sich gewaltig, wenn er glaubte, er könnte eine Frau, die Dave kaum kannte, als Lockvogel benutzen. Dave war kein Narr; und nur ein Narr würde auf so einen Lockvogel hereinfallen.

Daran bestand kein Zweifel. Er mußte sie da herausholen.

4

Dave warf einen Blick die Wanduhr: 3.03 Uhr morgens. Alles war vorbereitet.

Das Stickstofftrijodid, das er schon vor ein paar Stunden hergestellt hatte, war mittlerweile getrocknet. Er hatte die Flüssigkeit durch einen der Papierfilter gegossen, die die Angestellten von American Interdyne für die Kaffeemaschinen benutzten, und die Kristalle in der Telefonzentrale zum Trocknen ausgelegt. Er hatte nicht einmal zwanzig Unzen des Sprengstoffs. Nicht viel, aber genug für das, was er vorhatte. Besonders, wenn er ihn in einem geschlossenen Raum einsetzte.

Das Trijodid war nicht der einzige Scherz, den er sich erlauben wollte. Die letzte halbe Stunde hatte er in den westlichen und südlichen Treppenaufgängen zwischen dem 45. und dem 50. Stock verbracht und die Fallen, die Ransomes Männer funktionsuntüchtig gemacht hatten, durch neue ersetzt. Notwendigerweise waren die neuen Fallen gröber als die ersten. Stückwerk, dachte er.

Jetzt war er erneut im Computerraum von American Interdyne und wartete darauf, daß Ransome sich wieder über Funk meldete. Sobald Ransome damit fertig wäre, seine Falle – wie sie auch immer aussah – aufzustellen, würde er seine Männer an ihre neuen Positionen rufen. Dabei wäre ihre Aufmerksamkeit vermindert. Das wollte Dave ausnutzen und seinen nächsten Schritt unternehmen.

Doch zuerst mußte er noch etwas anderes erledigen. Er kam nicht drum herum, egal, wie schwer es ihm auch fiel. Er zuckte beim Gedanken daran zusammen, aber es ging nicht anders. Wenn überhaupt jemand etwas über Lockyear oder John Ransome, wie er sich selbst nannte, sagen konnte, dann Mamba Jack Kreuter.

Er griff zum Telefonhörer. Seine Hand zitterte. Er zog sie zurück, klopfte eine Zigarette aus der Packung und zündete sie an. Seine Hände zitterten noch immer. Das Gespräch mit Jack würde nicht leicht werden. Der Mann hatte mit Sicherheit weder vergessen noch verziehen. So leicht vergab Jack Kreuter nicht. Wahrscheinlich haßte er Dave mehr als sonst jemanden auf der Welt.

Dave nahm noch einen Zug. Das Nikotin half ihm nicht.

Dieser Anruf würde die schwerste Übung seines Lebens werden.

Lieutenant David Elliot liebte Colonel Jack Kreuter. Lieutenant David Elliot verriet Colonel Jack Kreuter.

Das ist nichts Ungewöhnliches bei der Army – die Männer verlieben sich ineinander. Das hat nichts mit Sex zu tun. Sexuelle Anziehung ist ein klägliches Imitat der Liebe, die ein Soldat für seine Kameraden empfindet. Diese Gefühle gehen tiefer als die zwischen Vater und Sohn, Bruder und Bruder, Mann und Frau. Das Band von Soldat zu Soldat ist alt, alt – das sind primitive Instinkte, die bis in die frühesten Stufen der Evolution zurückreichen, als Urmenschen mit wulstigen Augenbrauen sich zusammenrotteten, alle für einen, einer für alle. Das liegt im Blut, und dem Ruf des Blutes kann man sich nicht widersetzen.

Man kann lügen, betrügen, stehlen und morden, und das alles mit ruhigem Gewissen. David Elliot zweifelte nicht daran, daß John Ransome, um nur ein Beispiel zu nehmen, nachts gut schlafen konnte und nicht von bösen Träumen geplagt wurde. Jeder kann die Gebote brechen, jedes davon, ohne sich deswegen schlecht zu fühlen. Es gibt keine Verworfenheit, keine Sünde, die so schlimm wäre, daß der Mensch sich nicht, vorausgesetzt er hat genügend Zeit und die richtige

Einstellung, davon lossprechen könnte – oder von anderen irgendwann einmal losgesprochen werden würde ... abgesehen von einer Ausnahme, dem einzigen Vergehen, das niemals vergeben, niemals vergessen wird. Kein Soldat wird einem Kameraden vergeben, der ihn verraten hat.

Und kein Verräter wird sich selbst vergeben.

David Elliot zwang sich, den Telefonhörer in die Hand zu nehmen.

Er drückte auf die »9«, um nach draußen zu kommen, und wählte dann »001«, um ein Ferngespräch bei AT&T anzumelden. Es klickte im Hörer, dann hörte Dave ein dreimaliges Piepsen. »Identifikationscode eingeben.«

Was?

Er legte auf und versuchte es noch einmal. Wieder das gleiche. American Interdyne schien eine der widerlicheren Technologien der modernen Welt installiert zu haben, ein Telefonsystem, in dem man für jedes Ferngespräch einen individuellen Identifikationscode eingeben mußte. Der Große Bruder ist quicklebendig; er wohnt in der Telefongesellschaft.

Dave knallte den Hörer auf die Gabel und fluchte.

Er nahm einen letzten Zug aus seiner Zigarette und drückte sie aus. Der Anruf mußte erledigt werden, und zwar bald. Er mußte ein anderes Telefon finden.

5

Dave knallte den Hörer auf die Gabel und fluchte.

Er war genauso wütend auf die Technologie wie auf sich selbst. Nach all den Risiken, die er eingegangen war, war er wieder nur an ein gesichertes Telefonsystem wie das von American Interdyne geraten.

Er war achtlos gewesen – noch schlimmer, gedankenlos. In seiner Verzweiflung, ein benutzbares Telefon zu finden, hatte er den Computerraum von American Interdyne verlassen, war eine Treppe hinuntergelaufen, hatte das Schloß der ersten

Brandschutztür geknackt und sich nach einer offenen Bürotür umgesehen.

Du Narr. Hast du völlig den Verstand verloren?

Er hatte vergessen, was er von der Straße aus gesehen hatte – daß der 11. Stock der am hellsten erleuchtete des ganzen Gebäudes war. Die Fusions- und Akquisitionsabteilung von Lee, Bach & Wachutt machte nie Pause. Es waren überall Menschen. Man hatte ihn dreimal angehalten und Fragen gestellt. Jedesmal war er unfreiwillig tiefer in den Bürobereich der Investmentbanker hineingeraten und weiter weg von den Feuertreppen und den Aufzügen.

Es war ein Alptraum gewesen.

»Entschuldigen Sie, kann ich Ihnen helfen?« Ein kleiner, bleicher Mann mit teurem Anzug. Er hatte einen rotblonden Schnurrbart und ein teigiges Gesicht mit Warzen; er sprach leise lispelnd, mit britischem Akzent. Dave konnte ihn von der ersten Sekunde an nicht leiden.

»Ah, ja«, stotterte Dave, »ich bin von der Setzerei.«

»Ah«, sagte der Engländer. »Dann suchen Sie wahrscheinlich nach dem IPO-Team. Bei denen ist morgen ein Red Herring fällig.«

Dave nickte kurz. »Die Leute vom SEC werden ihn noch vor Mittag wollen.« Es war wichtig, daß er seine Beherrschung des Jargons demonstrierte. Jeder Setzer im Finanzbereich würde über IPO, die Erstausgabe von Bundespapieren, Bescheid wissen, und er würde auch wissen, daß ein Red Herring – ein vorbereitender Emissionsprospekt – unbedingt den Anforderungen der Securities and Exchange Commission, der Börsenaufsicht, entsprechen mußte.

Der Engländer antwortete: »Genau.« Er deutete den Flur hinunter, sagte Dave, er solle nach links gehen, und sah ihm sogar noch nach.

Den nächsten, dem Dave begegnet war, einem großgewachsenen Mann mit abwesendem Gesichtsausdruck und grell geblümten Hosenträgern, hatte Dave davon überzeugt, daß er der Kurier einer Anwaltskanzlei sei. Dem dritten hatte er erklärt, er sei ein Netzwerktechniker, der die Störung im Ethernet beseitigen solle.

Jede dieser Begegnungen brachte ihn näher an die Büros und weiter weg von der Sicherheit des Gebäudezentrums mit seinen Aufzügen und Feuertreppen. Am liebsten hätte er vor Frustration laut geschrien.

Schließlich kam er an einem verdunkelten Flur, der nach Nordosten führte, vorbei. Er schaute über die Schulter zurück, vergewisserte sich, daß niemand ihn beobachtete, und schlüpfte hinein.

Der Flur endete in einem Sekretariatsbereich, hinter dem sich noch eine allerletzte Tür befand. Dave drehte den Knauf der Tür, öffnete sie und sah das Büro vor sich, das von den Lichtern auf der Park Avenue erhellt wurde – es war riesig, viel größer als das von Bernie.

Dave konnte einen Schreibtisch am anderen Ende erkennen. Er ging darauf zu und stieß sich prompt das linke Schienbein an einem niedrigen Tisch an. Er fluchte und rieb sich das Bein. Die nächsten paar Schritte ließ er größere Vorsicht walten.

Auf dem Schreibtisch stand eine Stiffle-Lampe aus Messing. Dave schaltete sie an. Ein kleiner, runder Lichtkegel erfaßte ein wuchtiges Telefon mit mehreren Anschlüsen. Er nahm den Hörer von der Gabel und wählte. Ein Piepsen, dann die Anweisung: »Geben Sie jetzt Ihre Legitimation ein.«

Verdammt. Er knallte den Hörer auf die Gabel.

Setz dich, Junge. Tief durchatmen und nachdenken. Keine dummen Fehler mehr jetzt.

Ein guter Rat. Er nahm ihn an, setzte sich, zündete sich eine Zigarette an und sah sich um. Das schwache Licht der Schreibtischlampe genügte ihm, um die Einrichtungsgegenstände zu erkennen. Er war gebührend beeindruckt.

Der Schreibtisch, an dem er saß, war aus glänzendem Mahagoni, die Platte darauf aus weißem, an den Kanten anmutig abgerundetem Marmor. Der Tisch ruhte auf sechs symmetrischen, zylindrischen Säulen. Dave war sich sicher, daß es sich um einen Duncan Phyfe handelte, der gut und gern seine 75 000 Dollar wert war. Gegenüber vom Schreibtisch standen vier intarsiengeschmückte Sessel aus der Gründerzeit mit geschwungenem Rücken – jeder davon kostete locker 6 000 Dollar. Gleich neben der Tür war eine hohe Kirschholzkommode aufgestellt. Echtes Chippendale würde 50 000 Dollar bringen, und Dave war sich ziemlich sicher, daß sie echt war. Gegenüber von der Kommode befand sich eine hohe Standuhr – wahrscheinlich eine Manheim, dachte Dave, aus dem frühen neunzehnten Jahrhundert. Die hatte sich jemand 35 000 Dollar kosten lassen.

Doch das war noch längst nicht alles. Das, was hier in diesem Büro stand, hätte einem Antiquitätenhändler die Tränen in die Augen getrieben. Die gesamte Einrichtung war mit Sicherheit eine Million Dollar, ein paar Dollar hin oder her, wert.

Es war schon merkwürdig, dachte er, wie diejenigen, die am wenigsten zum Bruttosozialprodukt beitrugen, im Verlauf der letzten zehn Jahre oder so am meisten Geld angehäuft hatten. Nicht die Unternehmen, die Dinge produzierten, waren reich geworden, nicht die Hersteller von Automobilen oder Küchengeräten, auch nicht die anderen Industrieunternehmen. Wenn überhaupt, waren sie ärmer geworden. Gedeihen konnten nur die Aasgeier, die Händler im großen Stil, die Architekten von kreditfinanzierten Firmenaufkäufen, die Junk-Bonds-Herausgeber, die Übernahmejongleure und die Haie. Leute wie Bernie Levy und Scott Thatcher würden nie eine Million Dollar zum Fenster rauswerfen, um sich ihr Büro so einzurichten. Aber Leute wie Lee, Bach & Wachutt...

Aus den Augenwinkeln bemerkte er ein zweites Telefon, das auf einem Huntboard mit Goldrand gleich hinter dem Schreibtisch stand. Es war ein einfacher, schwarzer Apparat mit einer Privatleitung, das erkannte Dave sofort. Bernie hatte so ein Telefon und ein Dutzend anderer Manager, die Dave kannte.

Es war mehr als ein Statussymbol – ein Gerät, das es seinem Inhaber erlaubte, vertrauliche Gespräche zu führen, ohne daß die Leute in der Telefonzentrale mithörten.

Dave drehte sich mit seinem Stuhl herum und nahm den Hörer von der Gabel. Er hörte den Wählton und drückte die Nummer der Auslandsvermittlung. »Herzlichen Dank für Ihren Anruf bei AT&T International. Hier spricht Suzanne. Kann ich Ihnen behilflich sein?«

Erfolg!

Dave sagte dem Fräulein vom Amt, er wolle ein Gespräch anmelden.

»Wie heißt der Teilnehmer?«

»Mam ... Mr. Kreuter. Mr. Jack Kreuter.«

»Privat- oder Büronummer?«

»Büro.«

»Und Ihr Name, Sir?«

»David Elliot.«

Eine Männerstimme hinter ihm wiederholte: »David Elliot. So, so.«

5

Jede Faser in Daves Körper kreischte, er solle in Deckung springen und schießen. Er tat es nicht. Statt dessen legte er den Hörer wieder auf die Gabel, lehnte sich zurück und drehte sich mit seinem Stuhl herum.

Die Silhouette des Mannes zeichnete sich in der Tür ab. Ein exquisit geschnittener Anzug hüllte seinen schlanken, großgewachsenen Körper ein. Die eine Hand steckte lässig in einer Hosentasche. Mit der anderen gestikulierte er. »Welch hervorragende Selbstbeherrschung. Ein schwächerer Mann wäre vielleicht in Ohnmacht gefallen. Selbst der Abgebrühteste wäre zusammengezuckt. Das würde man zumindest erwarten. Ich bin höchst beeindruckt, Sir.«

Dave sah ihn einfach nur an.

»Darf ich reinkommen? Wissen Sie, das hier ist mein Büro.« Er hatte eine Baritonstimme, perfekt, musikalisch wie die eines Opernsängers.

»Aber natürlich«, antwortete Dave. Der Mann hatte sicher schon eine ganze Weile so dagestanden. Er hätte sich ganz leicht davonschleichen können, um Hilfe zu holen. Er hatte es nicht getan. Wer auch immer er war, eine Gefahr stellte er nicht dar – jedenfalls keine konventionelle. »Bitte schließen Sie die Tür hinter sich.«

»Natürlich. Übrigens: Falls sich wieder einmal die Gelegenheit für Sie ergeben sollte, mein Büro zu benutzen, und falls Sie allein sein wollen, brauchen Sie nur diesen Hebel zu drehen.« Er drehte daran. »Perfekte Sicherheit. Ein System von Riegeln. In meinem Gewerbe ist das nötig. Ich meine die perfekte Sicherheit.« Er trat in den Lichtkegel.

Dave betrachtete sein Gesicht. Der Mann sah aus wie der Teufel höchstpersönlich, dunkel und attraktiv wie seinerzeit Lucifer Morningstar. Mit der Grazie einer Raubkatze ließ er sich in einen der Ruhesessel fallen. »Darf ich mich vorstellen?« Sein Lächeln wurde breiter; jetzt waren seine Zähne zu sehen. »Immer wenn ich so beginne, fühle ich mich fast verpflichtet hinzuzufügen, daß ich ein wohlhabender Mann bin und so weiter. Nicholas Lee, zu Ihren Diensten. Nennen Sie mich Nick.«

Einer der Partner von Lee, Bach & Wachutt. Dave war ihm nie persönlich begegnet, aber Name und Gesicht kannte er. Besonders das Gesicht – es hatte in den achtziger Jahren das Titelblatt von *Institutional Investor*, *Business Week*, *Fortune* und einem halben Dutzend anderer Magazine geziert. In den Neunzigern jedoch war es öfter auf der ersten Seite des Wirtschaftsteils in der *New York Times* zu finden gewesen, normalerweise unter einer Überschrift, in der die Worte »Anklage durch den Bund« vorkamen.

»Dave Elliot.«

»Das habe ich gehört. Ich muß gestehen, ich bin überrascht und höchst erfreut, Ihre Bekanntschaft zu machen.«

Dave hob fragend eine Augenbraue.

»Nun, es ist doch immer mit einem gewissen Nervenkitzel verbunden, eine Berühmtheit kennenzulernen, nicht wahr?«

»Bin ich denn so berühmt?«

»Das kann ich Ihnen versichern, Sir. Die von Mr. Warhol verheißenen fünfzehn Minuten Ruhm für jedermann sind über sie hereingebrochen. Ihr Foto prangt auf allen Frühausgaben der Revolverblätter. Obwohl wahrscheinlich kaum jemand Sie erkennen würde. Wie Sie Ihr Aussehen verändert haben, das ist verblüffend. Übrigens: Die Boulevardzeitungen haben Sie den ›Amokmanager‹ genannt, ein durchaus wohlklingender Spitzname, das müssen Sie zugeben. Andere Quellen haben mir hinterbracht, daß Ihr Gesicht morgen an deutlich sichtbarer Stelle des *Wall Street Journal* in Form einer jener ach so schmeichelhaften Zeichnungen auftauchen wird, die die Verleger dieses Blattes so sehr lieben. Ich fürchte allerdings, daß die Überschrift weniger schmeichelhaft sein wird.«

Dave stöhnte. »Und was legen sie mir zur Last?«

»Nichts. Es werden nur viele Andeutungen gemacht. In dieser unserer Zeit, in der sich so viele Anwälte mit Verleumdungssachen eine goldene Nase verdienen, beschuldigt kein Verleger, der bei Sinnen ist, irgendjemanden. Statt dessen stellt man Fragen, bringt Hypothesen ins Gespräch und spickt seine Sätze mit Worten wie ›angeblich‹, ›mutmaßlich‹ und ›vermutlich‹. So haben Sie zum Beispiel ›vermutlich‹ den unglückseligen Topmanager von Senterex aus einem Fenster im fünfundvierzigsten Stock gestoßen. Sie haben es ›mutmaßlich‹ getan, weil er Ihre klebrigen Finger irgendwo in der Nähe des Geldsäckels erwischt hat. ›Angeblich‹ haben Sie ein bißchen mit den Devisengeschäften des Unternehmens herumgespielt. Darum geht's doch meistens, nicht wahr? Ich meine, um dubiose Währungsspekulationen.«

»Üblicherweise.«

»Nun, Sir, sagen Sie mir doch, ob Sie es wirklich getan haben. Ich meine, ob Sie was mit den Dollars gedeichselt haben. Keine unnötige Scheu. Wir sind alle Freunde hier, und ich bin es gewöhnt, das Vertrauen anderer nicht zu enttäuschen. Sagen Sie mir doch, wieviel haben Sie geklaut, und warum? War's eines von den drei großen Rs? Rum, Rothaarige und Rennpferde? Tja, Sir, keiner bleibt vor der Midlife-crisis verschont. Schämen Sie sich nicht. Mir können Sie alles sagen. Ich werde schweigen wie ein Grab.«

Lees kohlschwarze Augen funkelten. Seine Haut glänzte. Er war, dachte Dave, *zu* interessiert.

»Das ist jetzt nicht so wichtig.«

Nick Lee beugte sich vor. Dave sah, daß sich ein paar Schweißperlen auf seiner Oberlippe gebildet hatten. »Natürlich nicht. Ich bin nur neugierig. Trotzdem würde ich es als große Auszeichnung verstehen, wenn Sie diese Neugierde befriedigen.«

Dave schüttelte den Kopf. Ihm war gerade aufgegangen, warum Lee sich so sehr für ihn und Senterex interessierte. Und jetzt wollte er sich ein bißchen amüsieren.

Lee lächelte affektiert. »Vielleicht könnten wir ja ein kleines Geschäft machen. Schließlich ist das Handeln mein Beruf. Man kauft; man verkauft, man hofft auf einen bescheidenen Gewinn. Das ist die Seele des Kapitalismus. Der Handel, meine ich. Wenn Sie also so freundlich wären, mir den einen oder anderen Hinweis darauf zu geben, wieso Sie sich in der gegenwärtigen Lage befinden, könnte ich Ihnen vielleicht einen kleinen Dienst erweisen.«

»Das müßte schon ein ziemlich großer Dienst sein.«

Lee legte die Finger übereinander. »Hm, gerissen. Sie verstehen also.«

»Aber natürlich. Morgen früh gehen die Senterex-Aktien den Bach runter. Dafür sorgen die Nachricht von Bernies Tod und die Gerüchte über finanzielle Unregelmäßigkeiten. Und wenn ich ...« Seine innere Stimme riet ihm: *Wirf den Köder aus.* »Wenn ich oder jemand anders ...« – Lee leckte sich die Lippen – »mit dem Kapital von Senterex ein falsches Spiel getrieben hat, fällt der Aktienkurs in den Keller. Aber wenn alles in Ordnung ist – oder wenn der Schaden sich in Grenzen hält –, erholen sich die Aktien wieder. Egal, welche der beiden Varianten zutrifft, ein Mann, der die Wahrheit wüßte, könnte da ein hübsches Sümmchen machen.«

Lee hing am Haken. Dave befürchtete, daß ihm gleich der Sabber aus dem Mund laufen würde. »Genau. Puts und Calls – die Hebelwirkung im Optionshandel ist wirklich attraktiv.«

»Mit Insiderinformationen ließen sich aus jedem investierten Dollar fünf machen.«

Lee rümpfte die Nase. »Ich denke lieber in Kategorien von fünf Millionen für eine investierte Million.«

»Auch okay.«

»Nun, Sir, wollen Sie ein Geschäft mit mir machen? Es ist spät genug. Bald eröffnen die Börsen in London, Frankfurt, Amsterdam, Zürich und Mailand. Wenn wir ein Geschäft machen wollen, dann jetzt, damit ich die nötigen Schritte einleiten kann.«

»Wie sieht Ihr Angebot aus?«

»Ich mache Ihnen das beste, das ich habe: Das bedauernswerte Schicksal von Kollegen wie den Herren Boesky, Keating, Levine, Milken etcetera hat mich davon überzeugt, daß ich Vorkehrungen für eine eilige Abreise treffen muß. Man kann nie wissen; vielleicht muß man einmal ziemlich kurzfristig verschwinden. Deshalb wartet auf der anderen Seite des Hudson auf dem Teterboro-Flughafen immer eine vollgetankte Gulfstream auf mich. Sie ist mit allen nötigen Dingen ausgestattet, darunter auch, darf ich hinzufügen, mit ein paar Bündeln Deutsche Mark, Schweizer Franken, Yen, Englische Pfund und, wenn ich mich recht erinnere, der einen oder anderen Rolle Krügerrand. Die Reichweite des Jets ist so bemessen, daß Sie sich als Rückzugsort ein beliebiges der altbekannten südamerikanischen Schlupflöcher, oder aber auch, wenn Ihnen der Sinn mehr danach steht, das sonnige Spanien, das milde Portugal oder auch das heitere Griechenland aussuchen könnten, was ich Ihnen übrigens empfehlen würde. Die Lebenshaltungskosten in diesen Ländern sind niedrig, das Klima zuträglich, und die örtlichen Behörden lassen sich für wenig Geld besänftigen. Meine Limousine wartet samt Chauffeur an der 50th Street. Sie können bereits in einer Stunde in der Luft sein und all Ihre Sorgen hinter sich lassen. Was sagen Sie dazu?«

»Daß Sie mich den Behörden ausliefern, sobald ich aus Ihrem Büro bin.« Dave zielte mit einer Pistole auf Lees Brust. »In den Zeitungen steht, daß Sie sich in Kürze wegen aller möglicher Vergehen vor Gericht verantworten müssen. Sie würden mich zum Tausch anbieten, wenn dafür ein paar Anklagepunkte fallengelassen würden. Sie sind ein Händler, Mr. Lee, Sie machen Geschäfte. Das haben Sie selber gesagt. So etwas würden Sie sich doch nicht durch die Lappen gehen lassen.«

Ihm fiel die Kinnlade herunter. »Nein, wirklich, ich werde nicht ...«

»Schnauze. Ich werde Ihnen zwei Dinge sagen: Erstens habe ich die Kasse von Senterex nicht geplündert. Jedenfalls nicht allein. Bernie war mit von der Partie. Eigentlich war das Ganze seine Idee. Wir haben die Pensionskasse abgeräumt, den ESOP, die Konten. Alles. Ist kein Cent übrig. Senterex ist bankrott. Bernie hat den Druck nicht mehr ausgehalten. Deswegen ist er aus dem Fenster gesprungen.«

Lee nickte heftig, die Augen gierig. »Ja, ja!«

»Zweitens werde ich Sie jetzt ins Reich der Träume schikken.«

Lee riß den Kopf mit einem Ruck hoch. »Nein, das können Sie nicht tun. Die Auslandsbörsen eröffnen jede Minute. Ich kann ...«

»Tja, Pech gehabt. Aber keine Sorge, bis die Börse in New York eröffnet, werden Sie wieder wach sein.«

»Bitte«, wimmerte er. »Bitte. Lassen Sie mich wenigstens in Frankfurt anrufen...«

»Tja ...« Dave blieb stehen. Lee warf ihm einen gierigen Blick zu. Dave gefiel der Winkel, in dem Lee jetzt sein Kinn hielt. Lee sah den Blick in seinen Augen und kreischte: »Schlagen Sie mich nicht! Ich krieg so leicht blaue Flecken! Im Bad. Im Schränkchen. Drogen. Beruhigungsmittel. Schlaftabletten. Ich hab Chloralhydrat. Alles, nur nicht schlagen.«

Nicholas Lees goldene Uhr hing angenehm schwer an Daves Handgelenk. Dave brauchte eine Uhr und freute sich, als er entdeckte, daß Lee die gleiche schwere Rolex trug wie er.

Nick Lees Brieftasche hingegen erwies sich als nutzlos. Es war nichts drin außer Kreditkarten. In seiner Hosentasche jedoch fand er einen Geldclip von Tiffany's aus 18karätigem Gold mit einem Bündel Zwanzigern, Fünfzigern und Hunderten. Und, welch ein Glück, ein paar Fünfhunderter waren auch dabei. Sogar ziemlich viele, wie sich herausstellte.

Zuerst gibst du ihm einen faulen Börsentip, und dann nimmst du ihm noch sein ganzes Bargeld ab. Wirklich elegant, wie du das machst.

Dave legte Lee ein Kissen unter den Kopf. Das war das mindeste, was er tun konnte.

Das Funkgerät in seiner Tasche fing zu knistern an. Ransomes Stimme sagte: »Okay, Leute, jetzt geht's rund.«

Kapitel 9
Jack

1

Eine Kampfeinheit ist am leichtesten zu treffen, wenn sie ihre Stellung bezieht. Ransomes Männer wären abgelenkt und unachtsam, während sie Treppen hochgingen, Türen aufmachten und Deckung suchten. Jetzt hatte Dave einen Vorteil.

»Amsel, ich habe noch ein paar Leute runter ins Foyer geschickt.«

»Sie sind hier.«

Ein paar kurze Minuten voller Verwirrung – diese Gelegenheit konnte er sich nicht entgehen lassen. Er mußte in den 45. Stock – zu Bernies Sideboard und zu Marge Cohen –, bevor sie dort ankamen.

»Okay. Ich will, daß Sie sich nicht blicken lassen und in Alarmbereitschaft bleiben.«

»Wir sind bereit, Rotkehlchen.«

Die Aufzüge kamen nicht in Frage. Es gab zwei separate Schächte, einen für die unteren fünfundzwanzig Stockwerke, einen für die oberen fünfundzwanzig. Dave kam mit dem Lift nicht zu Senterex, wenn er nicht zuerst wieder ins Erdgeschoß zurückfuhr. Der Mann namens Amsel kontrollierte unten die Liftanzeige. Er wüßte in dem Moment Bescheid, in dem Dave den Knopf mit der Nummer 45 drückte.

»Alpha-Team, Rebhuhn, Sie kennen den Plan. Enttäuschen Sie mich nicht.«

»Nein, Rotkehlchen.«

Dave blieb nichts anderes übrig, als zu laufen. 33 Stockwerke hoch.

»Papagei, Sie haben das Kommando im Baker-Team und bilden erst mal die Reserve. 43. Stock, außerhalb der südlichen Treppe.«

»Aye-aye, Rotkehlchen. Wir sind in drei Minuten auf Posten.«

Aber er hatte Kreuter noch nicht angerufen. Er warf einen Blick auf Lees privates Telefon und machte einen Schritt darauf zu.

»Taube, Sie übernehmen Delta. Eisvogel, Sie und Charlie-Team sind bei mir.«

»Ach, Boss, ist doch schon fünfmal wiedergekaut. Meine Mama hat ...«

»Noch ein blöder Witz, Eisvogel, und Ihr nächster Auftrag führt Sie in die Antarktis.«

Dave blieb stehen und schüttelte den Kopf. Kreuter würde nicht mit ihm sprechen. Der Anruf wäre Zeitverschwendung.

»Und jetzt alle herhören. Halten Sie sich von den Eingängen fern. Bei den Treppen und Aufzügen darf niemand zu sehen sein. Die Sache klappt nur, wenn der Gesuchte keine Schwierigkeiten hat reinzukommen.«

»Genau, und nicht mehr raus.«

Dave wandte sich der Tür zu. Dann blieb er stehen und sah sich noch einmal nach dem Telefon um. Er wußte nicht, was er machen sollte.

»Eins noch: Es wäre mir sehr viel lieber, wenn Sie den Gesuchten nicht töten. Ich würde es als persönlichen Gefallen erachten, wenn Sie auf die Beine zielen. Halten Sie ihn auf. Richten Sie ihn ruhig ein wenig zu. Aber töten Sie ihn nur, wenn Ihnen nichts anderes übrigbleibt.«

Dave runzelte die Stirn. Ransomes Anweisung war verwirrend. Hatte sich die Lage verändert oder ...

Der Mann namens Eisvogel meldete sich wieder zu Wort. »Was haben Sie vor, Chef?«

»Es sind neue Anweisungen reingekommen. Wir sollen den Gesuchten in ein Säurebad legen, wenn wir mit ihm fertig sind. Allerdings konnte ich in den Anweisungen keinen Hinweis finden, daß er tot sein muß, wenn wir es tun.«

»Verstanden, Chef.«

Dave verzog das Gesicht. Verstanden, Ransome.

»Und jetzt setzen Sie sich in Bewegung.«

Dave sah zur Tür hinüber, dann zum Telefon. Er mußte sich entscheiden.

2

»Bitte?«

Dave hätte am liebsten die Telefonleitung aus der Wand gerissen. Die verdammte Frau konnte kein Englisch. »Kreuter«, zischte er. »I want so speak to Mr. Jack Kreuter. Kreuter. Please.«

Schon das dritte Mal antwortete sie: *»Nein, nein, ich verstehe nicht.«*

Es war zum Junge kriegen. Die Zeit lief ihm durch die Finger, und die verdammte Frau weigerte sich, ihn zu verstehen. Wieso verstand sie Kreuters Namen nicht? Sollte sie der Teufel holen!

Die Schweizer sind doch angeblich zweisprachig. Dave versuchte es mit seinem Schulfranzösisch: *»Mademoiselle, je désire à parler avec Monsieur Kreuter, votre président.«*

»Bitte?«

Dave lief rot an vor Wut. »Kreuter. Kreu-ter. You dumb kraut, don't you know your own boss's name?«

Die Frau erwiderte höflich: *»Einen Augenblick, bitte,«* und ließ ihn warten.

Ein paar Sekunden später hörte er die Stimme einer anderen Frau. Sie sprach mit jener singenden Intonation, die man bei englischsprechenden deutschen Frauen so oft antrifft. »Ja, bitte. Hier spricht Solvig. Kann ich Ihnen helfen?«

Gott sei Dank! »Ich möchte mit Colonel Kreuter sprechen.«

»Ach so.« Dave hörte, daß sie das Mundstück ihres Hörers mit der Hand bedeckt hielt, doch er bekam mit, wie sie einen deutschen Redeschwall losließ. Dann meldete sie sich wieder zu Wort. »Entschuldigen Sie die Verwirrung. Sie sagen ›KRU-ter‹ und wir ›KREU-ter‹. Entschuldigen Sie.«

Dave knirschte mit den Zähnen. Sie fuhr fort: »Herr Kreuter ist noch nicht im Büro, ich erwarte ihn aber jede Minute. Kann ich ihm etwas ausrichten, damit er Sie später zurückrufen kann?«

»Er kann mich nicht erreichen. Ich rufe ihn wieder an. Sagen Sie ihm, daß Dave Elliot angerufen hat und daß ich mich wieder melde...«

Das Telefon klickte. Dave rutschte das Herz in die Hose. »Hallo!« rief er. »Hallo! Sind Sie noch dran?«

Nach einem Augenblick der Stille eine schleppende, verschlagene Stimme: »Soll mich doch gleich der Teufel holen. Bind mich fest un kitzel mir 'n Arsch mit 'ner Feder.«

»Äh, hier spricht ...« Er kam ins Stottern. Kreuter wußte, wer er war.

»Na, Sohn, da haben Se aber ganz schön lang gebraucht, bis Se mal die Zeit gehabt haben, mich anzurufen. Hab die Hoffnung schon fast aufgegeben gehabt.« Die Verbindung zwischen New York und Basel war wunderbar; es klang wie ein Ortsgespräch.

Jack schien bereit, sich mit ihm zu unterhalten. Mit dieser Reaktion hatte Dave nicht gerechnet, deshalb wußte er nicht so recht, wie er damit umgehen sollte. »Tja ... wissen Sie ... äh ...«

»Klar. Wahrscheinlich hätt ich Se auch anrufn könn, aber ich hab mir gedacht, was soll's, soll er sich Zeit un Ort selber aussuchn.«

Dave war sich nicht sicher, wie er Jacks Worte deuten sollte. Er stotterte ziemlich lahm: »Also, äh ... Jack, wie geht's Ihnen?«

»Im großen un ganzen nix Neues, Sohn. Der Herrgott hat mir meine Haare un meine Gesundheit gelassen. Mehr kannste nich verlangen. Un was is mit Ihnen? Sind Se gesund un fit?«

»Könnte man sagen.«

»Un die Familie? Wie geht's 'n der kleinen Blonden, von der wo Se immer 's Bild angeschmachtet haben?«

»Annie. Gut, aber wir ... Tja, ich bin jetzt mit einer anderen Frau verheiratet.«

»Tja, so geht's uns doch allen, was? Ich für mein Teil, ich hab fast 'n halbes Dutzend durch. Wie's so schön heißt: Du entkommst der Scheiße nich. Un was is mit Ihrer Karriere? Läuft's gut – sind Se 'n toller Anwalt un scheffeln 'ne Menge Geld?«

»Ich hab nicht Jura studiert. Ich bin nur einer von vielen Geschäftsleuten in New York. Aber ja, ich glaube, es läuft ganz gut. War jedenfalls bis vor kurzem so. Ich hab irgendwie ... tja ... man könnte sagen, ich hab meinen Job verloren.«

»Das tut mir leid, Sohn. Wirklich leid. Tja, ich steck bis zum Hals inner Arbeit. Hab mir hier 'n Unternehmen aufgebaut, is der reinste Goldesel. So was haben Se noch nich gesehn. Ich werd mir bald 'n großen Keller wie der alte Geizhals McDuck besorgen müssen. Man möchte nich meinen, daß sich mit 'm altehrwürdigen Soldatengewerbe Geld scheffeln läßt, aber es funktioniert. Sohn, ich sag Ihnen, Söldner un' Waffenhandel, das sin *die* Wachstumsbranchen der Neunziger.«

»Freut mich für Sie, Jack.«

»Un Se sagen, Se haben Ihren Job verloren, was?«

»Tja ...«

»Teufel, Sohn, warum bewegen Se Ihren Arsch nich innen großen Silbervogel un kommen rüber? Dann setzen wir uns zusammen un quatschen 'n bißchen. Vielleicht hab ich hier noch irgendwo 'n Job für Sie.«

»Äh ...«

»Na kommen Se, Sohn. Sie sin doch immer mein Liebling gewesen, das wissen Se. 'n Besserer wie Sie is mir nie übern Weg gelaufen.«

»Jack, ich ... verdammt, Jack ...« Nein, damit hatte er nicht gerechnet. Überhaupt nicht.

»Ach, Junge. Was issen los? Immer noch 'n Knoten inner Leitung wegen damals in Nam?«

»Nein, das ist es nicht.« Aus irgendeinem merkwürdigen

Grund begannen Daves Augen zu brennen. »Oder doch. Verdammt noch mal, Jack, ich hab Sie verpfiffen!«

»Ja, un?« Falsche Antwort. Das war es nicht, was Dave hören wollte.

»Sie mußten vors Kriegsgericht.«

»Noch mal: Un?«

Sprachlos schob Dave seinen Kiefer vor und zurück.

»War kein so schlechter Preis, das Kriegsgericht. Das waren böse Männer; die haben getötet werden müssen, un wie se weg waren, war die Erde 'n besserer Ort zum Leben.«

Dave brachte die Worte kaum heraus: »Jack, ich hab Sie verpfiffen.«

»Ach, Scheißdreck, deswegen haben Se mich also die ganzen Jahre nich angerufen. Sie haben gedacht, ich bin immer noch sauer oder was. Dumm, Sohn, das war saudumm. Bin nie wütend auf Sie gewesen, bloß vielleicht ganz kurz. Schließlich haben Se bloß gemacht, was richtig war. Un haben Se je gehört, daß ich mich beschwert hab, wenn jemand was richtig gemacht hat, Sohn? Ne, ich doch nich. Klar, ich hab mir natürlich Gedanken gemacht wegen dem Verfahren. Aber so viel auch wieder nich. Hab mir gedacht, die haben sicher nicht 'n Mut, mich in Bunker zu setzen, bei dem, was ich weiß un so. Un sie haben's ja auch nich gemacht. Was soll's, mit 'm Fußtritt haben se mich aus der Army verabschiedet. Jetzt hab ich 'n schönes dikkes Bankkonto inner Schweiz, un meinen knochigen Arsch kutschier ich innem schönen großen Mercedes rum, un wenn ich komm, schicken die mir ihre Arschkriecher, un die machen mir dann die Tür auf. Ha! Un jetzt erklären Se mir mal, Sohn, warum zum Teufel ich sauer auf Sie sein sollte.«

David Elliot hatte fünfundzwanzig Jahre seines Lebens damit verbracht, sich selbst für das zu bestrafen, was er für eine Sünde gehalten hatte. Aber das Opfer machte ihm keine Vorwürfe. Das Opfer bedankte sich bei ihm. Das war schlimmer als Vergebung.

Er schlug mit der Faust gegen die Wand.

»Sind Se noch dran, Sohn?«

»Ja.« Dave sah seine Hand an. Seine Knöchel bluteten.

»Tja. Jetzt isses – was? – drei oder so bei euch drüben. Wahrscheinlich rufen Se nich bloß aus Höflichkeit an.«

»Stimmt.« Dave schüttelte die Hand, um den Schmerz loszuwerden, obwohl ihm dieser Schmerz ganz recht war.

»Okay, warum sagen Se mir dann nich, was Se auf 'm Herzen haben?«

Dave wollte etwas sagen. Er biß sich auf die Zunge, holte tief Luft und fing noch einmal von vorne an. »Jack, wissen Sie ... haben Sie schon mal was von einem John Ransome gehört?«

Kreuters Stimme klang erfreut. »Johnny Ransome? Klar kenne ich den. War 'n hochrangiger Sergeant in der Einheit. Vielleicht, na ja, acht oder neun Monate, vor Sie gekommen sin.«

Daves Herz pochte wie wild. Also war Ransome tatsächlich einer von Kreuters Männern gewesen. Vielleicht hatten die beiden noch Kontakt. »Wo ist er jetzt?«

»Nirgends. Bloß sein Name is noch auf der großen schwarzen Mauer unten in Washington.«

»Tot?« Dave nagte an seiner Lippe.

»Klar. Is inne Mine gelatscht. Hab ihn selber in Leichensack gesteckt. Warum wolln Se das wissen?«

»Hier verwendet jemand seinen Namen. Er sagt, er hat unter Ihnen gedient.«

»Haben ganz schön viele gemacht. Wie schaut er aus?«

»Groß, bullig, jede Menge Muskeln. Sandgraue Haare. Kantiges Gesicht. Einsfünfundachtzig, vielleicht einsneunzig. Hat einen Appalachenakzent, klingt wie ... jemand, den wir beide gekannt haben.«

»Könnte 'n ganzes Dutzend Männer sein. Was können Se mir sonst noch über ihn sagen?«

»Nicht viel. Bloß ... vielleicht heißt er in Wirklichkeit Donald. Ich hab gehört ...«

»Teufel. Waren damals zwei Donalds in der Einheit von Sergeant Johnny, der eine ’n einfacher Lieutenant, der andere ’n Captain. Die Männer haben den zweiten ›Eismann‹ genannt, der andre war ›Captain Cold‹ – waren beide fiese Ratten, wie Sie.«

»Ich *war* keine fiese Ratte!«

Jack zog das Wort in die Länge: »Boooock-miist! Der einzige Unterschied zwischen Ihnen un den zwei Typen is der, daß Sie Humor gehabt haben.«

So, so, dachte Dave. Nein, nein, das stimmt nicht. Ich bin nicht, ich war nicht, ich bin nicht ...

»Also, Sohn, was können Se mir sonst noch erzählen von Ihrem netten kleinen Donald-Arsch?«

»Daß er eine ganze Menge Ausweise mit sich rumschleppt. Auf dem einen steht, daß er im Bureau of Veteran’s Affairs arbeitet, auf der anderen, daß er zur Specialist Consulting Group gehört.«

Dave hörte, wie Jack tief durchatmete. »Was haben Se denn mit *dem* Pack zu schaffen?«

Dave schenkte seiner Frage keine Beachtung. »Wer sind die Leute, Jack?«

In Kreuters Stimme schwang Mißbilligung mit. »Unternehmer. Die können Se tageweise mieten. Machen Sachen, die unsereins nich mit der Beißzange anfassen würde.«

»Was ...«

Kreuter schnaubte verächtlich. »Schätze, ich kling ’n bißchen frömmlerisch. Is wie in dem Witz von dem Anwalt und der Eselstreiberin aus Tijuana. Da geht’s um die Berufsehre un so. Aber ne, die machen Jobs, die würd ich nie machen. Die Typen von Specialist Consulting ham null moralische Bedenken. Un wenn, würd’s ’n Außenstehender nich merken.«

»Für wen arbeiten sie?«

»Für alle, die zahlen können. Leute, wo wollen, daß jemand die Drecksarbeit für sie macht, un wo das nötige Kleingeld haben.«

»Die Regierung?«

»Heut nich mehr, da bin ich mir hundert Prozent sicher. Specialist Consulting is schon lang raus aus der Arbeit für die Regierung. Seit zwanzig Jahren oder so. In Washington will keiner was mit denen zu tun haben. Heißt aber nich, daß die nich hier oder da noch 'ne Verbindung haben. Nich direkt natürlich, nich als Unternehmer oder Subunternehmer, ne, vielleicht als Sub-Subunternehmer oder so. Die gibt's seit ewigen Zeiten, hat's schon gegeben, wie mein Daddy damals aus seinem Krieg heimgekommen is. Is' klar, daß die Freunde haben. Jetzt sagen Se mir mal, warum Se mich nach den Jungs ausfragen. Sind keine Fragen, die wo 'n ordentlicher Bürger stellen würde, wissen Se.«

»Ich habe meine Gründe. Erzählen Sie mir mehr von ihnen, Jack. Wer sind sie und was machen sie?«

»Teufel, ich kenn keinen von denen. Will ich auch nich. Tja, un was se machen: alle möglichen Sachen. Geheimdienstzeug und Analysen, ein bißchen Bestechung, Beeinflussung von ausländischen Beamten, Weitervermittlung von Söldnereinsätzen, die Drecksarbeit bei Forschung un Entwicklung, Waffenverkäufe, dazu noch 'n paar Einbrüche un Wanzen un anderes schmutziges Zeug.«

»Die Drecksarbeit in Forschung und Entwicklung?«

»Ja, Teufelszeug, wo bloß richtiges Geschmeiß wie der versaddamte Hussein oder Colonel Kadaffy-Duck draufkommt.«

»Sie meinen also ...«

»Sohn, ich kapier nich so ganz, worauf Se mit der Unterhaltung raus wollen.«

Dave atmete tief durch. »Jack, ich muß es wissen. Ich *muß*!«

Kreuter seufzte. »Kann auch bloß spekulieren. Jedenfalls gibt's schon verdammt lang Gerüchte – so lang ich mich erinnern kann. Nach 'm Zweiten Weltkrieg haben die Russkis die östliche Hälfte von Deutschland besetzt, wo die Krauts die meisten Todeslager gehabt un – Anführungszeichen – ihre medizinischen Experimente gemacht haben. Un mit der Besetzung hat Joe Stalin, der war abgedreht wie 'ne Scheißhausratte, alle möglichen Scheußlichkeiten inne Finger gekriegt, die wo die Krauts ausgeheckt hatten. Wie unsere Jungs das geschnallt haben, haben se sich gesagt, na, wenn die Russkis das Zeug haben, brauchen wir's auch.«

»Zeug, Jack?«

»Viren, Sohn, Viren. Pest un andre Plagen. Bakterien un Keime un biologische Waffen. Es heißt, damals haben jede Menge feindliche Wissenschaftler dran gearbeitet. Manche sagen, das machen se heut noch.«

Es herrschte langes Schweigen. Dave zündete sich eine Zigarette an.

»Sie sind mächtig schweigsam, Sohn.« Jacks Stimme klang sanft. Besorgnis schwang darin mit.

»Ich hab bloß nachgedacht, Jack.«

»Worüber?«

»Was passiert wäre, wenn vor fünfzig Jahren jemand, sagen wir mal ein Militärarzt unter MacArthur, über eine japanische Einrichtung zur Erforschung von biologischen Waffen gestolpert wäre.«

»Leichte Frage, Sohn. Das wär alles zusammengepackt un nach Hause verfrachtet worden. Genau wie die Raketenforschungszentren vonnen Nazis, un die Leute gleich alle mit dazu.«

»Und dann?«

»Sie dürfen nicht vergessen, biologische Waffen, die sin illegal wie Hölle. Vom Kongreß verboten un vertraglich geächtet. Also haben se alles gemacht, damit's geheim bleibt. Haben Subunternehmer eingesetzt – vielleicht Ihre Freunde vonner Specialist Consultin' oder so. Die wenigen Leute, die wo Bescheid wissen mußten, denen hat man gesagt, die ganze Chose ist für die Forschung – damit man Schritt hält mit 'n Russkis. Un die Russkis haben so'n Zeug, das heißt Biopräparat, un das is irgendwo auf 'ner Insel inner Aralsee. Darf fast keiner rauf auf die Insel. Un wenn, kommt er nich mehr wieder. Wenn die

Russkis 'n bißchen illegale Forschung und Entwicklung machen, wollen die Yankees natürlich auch. Un sobald einer von denen – die unsern oder die andern – denkt, er wird verpfiffen, werden eben ›angemessene Sanktionen‹ verhängt, was gewisse bedauerliche, aber nötige Schritte nich ausschließt, die wo wir beide bloß zu gut kennen.«

»Eine letzte Frage, Jack. Was würde passieren, wenn jemand sich mit einer dieser Waffen infiziert?«

»Sohn, der würde wahrscheinlich krepieren.«

Der Affe. Der verdammte blöde Affe.

Von dem Augenblick an, als Marges Katze auf ihn losgegangen war, hatte er es geahnt; beim Anblick von Bernie Levys ausgeweideter letzter Erwerbung hatte er es gewußt, und seitdem hatte er jeden Augenblick darum gebetet, daß er sich täuschte.

Lockyear war die Fassade eines Forschungslabors für biologische Waffen, das es bereits seit dem Ende des Zweiten Weltkrieges gab. Das ein Mann gegründet hatte, der für sein Porträt in einer fünfzig Jahre alten Armeeuniform Modell gestanden hatte.

Ein Waffenlabor. Von außen sah es aus wie eine ganz normale biotechnische Anlage. Doch drinnen – im Labor Nr. 5 – war es alles andere als normal. Auch der Affe war kein gewöhnliches Versuchstier. Er war mit einer Testsubstanz infiziert. Und er war entkommen und hatte gebissen ....

Den bedauerlicherweise verblichenen David Elliot.

Man hatte Bernie überredet, Lockyear zu kaufen. Wer wußte schon, wer und warum? Vielleicht hatte Harry Halliwell, der ehrliche Makler, den Deal arrangiert. Vielleicht auch ein anderer. Das war letztlich egal. Wichtig war lediglich, daß sie an Bernies Pflichtgefühl appelliert hatten. Er war auf die Lügen hereingefallen, die sie ihm erzählt hatten. Deswegen spielte er ihr Spiel mit. Das war mit Sicherheit auch kein großes Problem für ihn. Nicht, wenn sie an seinen Patriotismus appellierten. *Semper fidelis.*

Der arme Bernie. Er hatte die Wahrheit über Lockyear bestimmt nicht gewußt. Die hatten sie ihm nicht gesagt. Erst als ...

... er einen stadtbekannten Exverräter damit beauftragte, die Sache in die Hand zu nehmen. Und der Verräter sich infizierte.

Früher oder später hätten sich Symptome gezeigt. Dave wäre zum Arzt gegangen. Es hätte Tests gegeben. Diese Tests hätten etwas Unerklärliches enthüllt. Die Hölle wäre losgebrochen.

Anrufe bei den Gesundheitsbehörden, Konsultationen mit der Weltgesundheitsorganisation. Fragen, Fragen und noch mehr Fragen.

Fragen an Leute, die keine Fragen mögen.

Wissen Sie, es ist ansteckend. Sehr, sehr ansteckend.

Dave hatte sich in Bernies Büro eine Tasse Kaffee eingeschenkt. Bernie hatte aus derselben Tasse getrunken. Dann hatte er Selbstmord begangen. »Bernie Levy gibt sich selbst die Schuld. Ein wunderbarer Scherz, Davy. Die Retourkutsche ist nur fair ...«

Er hat die Tasse mitgenommen. 45 Stockwerke.

Die Infektion, die Dave sich da geholt hatte, war so schlimm, daß Bernie lieber Selbstmord beging, als ihre Folgen zu ertragen. Und als Rebhuhn gedacht hatte, Dave sei aus dem Gebäude entkommen, hatte er gesagt: »Jetzt gnade uns Gott.«

Marge.

Deswegen hatten sie einen Vaginalabstrich gemacht und Blutproben genommen. Sie hatten Angst, daß Dave ...

Wenn du sie auch nur geküßt hättest.

Die Krankheit, die er sich von dem Affen eingefangen hatte, war mehr als ernst.

Heilbar, was meinst du?

Wenn es ein Heilmittel dafür gab, warum verabreichten sie es ihm dann nicht einfach?

Es ist einfacher für sie, dich ein für allemal aus dem Weg zu räumen. Schließlich hast du schon mal jemanden verpfiffen, weißt du noch? Angenommen, sie geben dir das Medikament. Bist du dann dankbar und hältst den Mund? Oder gehst du mit deinem Wissen an die Öffentlichkeit? Würdest du, fiese Ratte, die du nun mal bist, an ihrer Stelle das Risiko eingehen?

Am anderen Ende der viertausend Meilen langen Telefonverbindung fragte Mamba Jack Kreuter: »Un – wissen Se jetzt eher Bescheid, was los is, Sohn?«

»Ich glaub schon, Jack.«

»Wolln Se mit mir darüber reden?«

Dave seufzte lang und vernehmlich. »Danke, Jack. Aber ich glaube, es ist besser, wenn ich nichts sage.«

»Ich denke, ich verstehe. 'n alter Pfarrer vonnen Krauts hat mir hier das richtige Wort dafür gegeben. Is 'n langes Wort: ›Eschatologie‹ – die Lehre von den letzten Dingen. Darüber haben wir gequatscht, über Eschatologie. Trotzdem, wenn ich was machen kann ...«

»Sie haben schon genug für mich getan. Sie haben mir gesagt, was ich wissen mußte. Das weiß ich zu würdigen.«

»Null Problemo. Wenn Se heil aus der Sache rauskommen, rufen Se mich an. Teufel, Mann, wir sind mal Freunde gewesen, un die sollten wir immer noch sein.«

»Das mach ich, wenn's geht, Jack.«

»Tja, ich hoffe, Sie schaffen's.«

»Okay. Hören Sie, Jack, ich muß weiter.«

»In Ordnung. Aber vergessen Se mal die Geschichte damals in Nam. Is lang vorbei, hat keinen Sinn, drüber nachzubrüten.«

»Ja, Jack.«

»Un die Ohren steif halten, ja?«

»Mach ich.«

»Sayonara, mein Junge.«

»Sayonara, Jack.«

3

Eine biologische Waffe. Lautlos, unsichtbar, tödlich. Der Stoff, aus dem Alpträume und Stephen-King-Romane gemacht sind. Mit einer solchen Waffe tötete man nicht einen einzelnen Feind, auch nicht ein feindliches Regiment, ja, nicht einmal eine feindliche Armee. Für eine solche Waffe gab es nur einen Zweck – die Auslöschung einer ganzen Nation.

Diese Waffe war in seinem Körper.

Und er war in New York.

Kein Wunder, daß sie hinter ihm her waren.

Und kein Wunder, daß Ransome glaubte, Dave sei der böse Bube.

Der bist du auch!

Am besten, er nahm die Beine in die Hand. Sie wußten nicht, daß er sich in dem Gebäude aufhielt. Ransome hatte seine Leute angewiesen, sich von den Treppen und Aufzügen fernzuhalten. Der Mann namens Amsel, der auf die Eingangshalle aufpaßte, hielt ihn für einen schwulen Computerspezialisten von American Interdyne. An dem kam Dave vorbei.

Wenn er die Beine in die Hand nahm, konnte er sich in Sicherheit bringen. Sobald er draußen auf der Straße war, konnte er nach ... nach ...

... überallhin. Das wäre nicht schwierig. Er würde ein Taxi heranwinken und dem Fahrer sagen, er solle ihn über den Hudson River hinüber nach New Jersey bringen. Der Bahnhof von Newark taugte für seine Zwecke so gut wie jeder andere Ort. Von dort aus konnte er einen Amtrak Express nach Philadelphia oder Washington nehmen. Und dann ein Flugzeug. Er hatte genug Geld gestohlen, um überallhin in der Welt fliegen zu können.

Aus seinem Versteck würde er dann ein paar Leute anrufen. Die Gesundheitsbehörden. Die Presse. Vielleicht sogar den einen oder anderen Kongreßabgeordneten.

Falls es eine Behandlungsmöglichkeit gab, würde die Publicity die Verantwortlichen zwingen, sie anzuwenden. Und wenn nicht ... damit würde er sich auseinandersetzen, wenn es soweit war.

Er sollte die Beine in die Hand nehmen. Es gab keinen Grund zu bleiben. Und noch weniger, sich auf eine Schießerei einzulassen.

Nun, vielleicht doch einen.

Marge.

Vielleicht zwei.

Ransome. Es wird Zeit, eine Rechnung zu begleichen.

4

3.36 Uhr morgens – eineinhalb Stunden vor dem ersten Schimmer der aufgehenden Sonne im Osten; drei Stunden vor Sonnenaufgang.

Dave warf einen letzten, langen Blick auf den Himmel. Ganz nahe am Horizont war er fahl, die Farbe von dünnem Bier, und die Sterne wurden überstrahlt vom Dunst einer Million Lichter auf den Straßen. Weiter oben brannten sich ein paar Sterne, nur die allerhellsten, durch das schmutzige Leichentuch der Stadt. Doch darüber, gerade über ihm, war die Nacht schwarz und rein, die Sterne standen schmerzlich klar und leuchtend am Himmel – Perseus auf der immerwährenden Jagd nach Andromeda, die er retten muß; Orion, der den Großen Bären durch alle Zeiten und über sie hinaus beschleicht; die Pleiaden, die hinter einem Schleier aus strahlendem Blau tanzen.

Wie schön der Himmel in der Nacht ist, wie schade, daß die elektrischen Lichter den Blick des Stadtbewohners blenden und diese Herrlichkeit nicht wahrnehmen lassen. Wann hatte er die Sterne das letzte Mal betrachtet, *wirklich* betrachtet? Das war so lange her ... damals im Hochland der Sierras, Taffy schnarchte betrunken vor sich hin, Dave lag wach und schaute voller Ehrfurcht hinauf zu ...

So, so, jetzt werden wir also philosophisch, was?

Dave seufzte. Nun, wenigstens war der Himmel klar. Im Wetterbericht waren Unwetter vorhergesagt worden – das hatte Dave im Autoradio des Hyundai gehört. Aber der Sturm war nicht gekommen, jedenfalls noch nicht.

Man muß Gott auch für kleine Dinge dankbar sein.

Die Stadt um ihn herum war still. In der Ferne, südlich der Battery und jenseits des Hafens, konnte er die Lichter der Verrazano-Brücke ausmachen. Plötzlich wurde ihm bewußt, daß er noch kein einziges Mal auf dieser Brücke gewesen war. Er hatte mehr als zwanzig Jahre in New York City zugebracht, ohne jemals einen Fuß auf Staten Island gesetzt zu haben. Merkwürdig – dabei gehörte die Insel zur Stadt. Leute wohnten dort. Es gab Restaurants, Theater, wahrscheinlich sogar das eine oder andere Museum. Aber er war nie dort gewesen. Der Gedanke hinzufahren war ihm nie gekommen. Und ausgerechnet jetzt überlegte er, wie es dort aussah.

Schon seltsam, was einem durch den Kopf geht, wenn man bald sterben muß.

Und noch etwas Merkwürdiges schoß ihm durch den Kopf: In all den Jahren, die er nun schon für Senterex arbeitete, war er nie auf dem Dach des Gebäudes gewesen. Auf den Dächern anderer Gebäude, ja. Auf seinem Wohnhaus befand sich ein Dachgarten; im Sommer ging er am Sonntagmorgen immer hinauf, um dort die *New York Times* zu lesen. Helen hatte ihre Hochzeitsfeier auf dem Dach eines anderen Gebäudes arrangiert – irgendwo in Midtown; vermutlich konnte er es von dem Platz, an dem er stand, sehen, wenn er die Richtung wüßte. Und auf anderen Dächern. Nur auf diesem war er noch nie gewesen.

Hier oben war es ziemlich eng. In der Mitte befand sich das Belüftungssystem des Gebäudes, ein gewaltiger, grauer Kasten. Sogar jetzt rumpelte er, obwohl während der Nacht heruntergestellt, lärmend vor sich hin. An anderen Stellen befanden sich Steigrohre, ein Wassernotspeicher für die Sprinkleranlagen des Gebäudes und natürlich der Betonaufbau, in dem die Feuertreppen endeten.

Künftige Generationen werden diesen Aufbau »Elliots letztes Gefecht« nennen. Vielleicht bringen sie sogar eine Plakette hier oben an, wie für Custer.

Ein Metallgeländer sicherte den Rand des Dachs. Es war stabil und gut verankert. Dave überprüfte das mehrmals, bevor er beschloß, es zu benutzen.

Er beugte sich über das Geländer und sah hinunter. Die Straße war weit weg. Ein Fleck auf dem Asphalt hob sich dunkel ab.

Bernie.

Daran wollte er jetzt nicht denken. Er mußte sich auf andere Dinge konzentrieren. Außerdem wurde es Zeit, die Sache hinter sich zu bringen.

Er zog an dem Kabel – ganz ähnlich dem, das ihm früher am Tag schon einmal das Leben gerettet hatte. Eine weitere Neunzig-Meter-Rolle hatte er in einem der Telefonräume gefunden. Das Zeug war stark; er wußte, daß es sein Gewicht leicht aushalten würde. Leider hatte es eine Umhüllung aus Gummi und war zu glatt und zu dünn für ein anständiges Kletterseil. Aber er hatte nichts anderes, und so hatte er es unter beträchtlichem Zeitaufwand doppelt gelegt und im Abstand von einem Meter auf der ganzen Länge dicke, kräftige Knoten eingebunden. An diesen Knoten konnte er sich festhalten.

Er zog die Arbeitshandschuhe des Mannes vom Telefonservice an, straffte den Sitzgurt um seine Oberschenkel, überprüfte das Kabel ein letztes Mal und kletterte über das Geländer.

Er lauschte auf seine innere Stimme. Nichts. Daves unsichtbarer Schutzengel war verstummt. Fast als hätte es ihm die Sprache verschlagen.

Na komm schon, sag was.

Du wirst sterben.

Na und?

Und mich wirst du mitreißen.

Tja, so ist das Leben, Junge.

Er schüttelte das Kabel. Es hing frei herunter, ohne sich zu verheddern.

Zeit zu gehen.

Er packte das Kabel und hängte sich mit seinem ganzen Gewicht daran. Ein Fuß nach dem anderen, eine Hand nach der anderen, immer einen Knoten weiter, begann David Elliot, eine Wand von fünfzig Stockwerken hinunterzusteigen.

Es war fünfundzwanzig Jahre her, daß er so etwas das letzte Mal gemacht hatte. In Fort Bragg hatten sie alle Auszubildenden dazu gezwungen, einen fünfzig Meter hohen Schornstein hinaufzuklettern und dann wieder herunter. Zwei der Männer in Daves Ausbildungseinheit hatten sich geweigert, das zu machen. Ein dritter hatte es bis zur Spitze geschafft und war dort erstarrt. Alle drei waren ausgesondert worden. Kein Green Beret für sie. Dave hatte mit allen anderen über ihre Feigheit gelacht.

Jetzt vergeht uns das Lachen, was?

Das Gurtwerk schnitt unerbittlich in seine Schenkel. Wenn er nicht schnell nach unten kletterte, würden ihm die Beine taub werden.

Zwischen den Fenstern waren gesprenkelte Granitplatten angebracht, auf die Dave die Füße setzte. Die Schuhe hatte er in seinen Gürtel gesteckt. Der Granit war rauh und narbig und fühlte sich kalt an durch die Socken.

Das Gebäude war Anfang der sechziger Jahre errichtet worden. Nach dreißig Jahren Wind, Wetter und Umweltverschmutzung begannen die Platten zu verwittern. Manche der Risse waren so breit, daß man einen Stift hätte hineinstecken können. Lang würde es nicht mehr dauern, vielleicht noch ein paar Jahre, bis es zu bröckeln anfing. Dann würden Steinbrokken auf die Straßen herabregnen. Dave fragte sich, wie viele andere Gebäude in New York sich in einem ähnlichen Zustand befanden.

Er kam am 50. Stock vorbei. Die Lichter waren aus. Eigentlich hätte er vor seinem Abstieg überprüfen sollen, hinter welchen Fenstern Licht war. Schließlich wollte er nicht, daß ein Angestellter, der noch Überstunden machte, aus dem Fenster schaute und dort einen Mann mit einem Paar Pistolen im Gürtel fünfzig Stockwerke über dem Erdboden baumeln sah.

Er warf einen Blick nach unten. Keine Lichter bis zum 45. Stock. Also war er in Sicherheit.

Das nennst du Sicherheit?

Das Kabel war wirklich ein dürftiger Ersatz für ein Seil. Es war rutschig und so dünn, daß es ihn sehr anstrengte, sich mit den Händen daran festzuhalten. Wenn das noch lange so weiterging, würde er einen Krampf bekommen. Und dann hatte er ein Problem.

Zwischen dem 47. und 46. Stock schlug Dave mit der Ferse ein kieselgroßes Stück Granit von der Fassade des Gebäudes los. Sechs Sekunden später krachte es auf einen grünen Müllcontainer und verursachte ein Geräusch, als wäre eine Granate explodiert. Wenn Amsel, der Mann im Foyer, nicht ein absoluter Volltrottel war, würde er Leute hinausschicken, die sich die Sache ansehen sollten.

Andererseits gibt es in New York alle möglichen merkwürdigen Geräusche, die sich nicht erklären lassen. Zu allen Tages- und Nachtzeiten brummen und jaulen Dinge und klingen auch manchmal wie Bombenexplosionen. Die Leute gewöhnen sich daran. Vielleicht würde Amsel das Geräusch ignorieren.

Gleich kommt der 45. Stock. Endstation – in mehr als einer Hinsicht, wenn Ransome und seine Männer Bernies Büro besetzt hielten.

Er war an der nordöstlichen Ecke vom Dach des Gebäudes geklettert. Wenn er den 45. Stock erreichte, würde er sich gleich links von dem Fenster befinden, das Bernie eingeschlagen hatte.

Mit Sicherheit hatte man das Fenster mittlerweile vernagelt.

Darauf hatte bestimmt die Hausverwaltung bestanden, und auch die Polizei. Es war Regen vorhergesagt, das Büro mußte vor dem Wasser geschützt werden. Blieb nur die Frage, ob die Fenster mit Leinwand abgedeckt worden waren oder wie unten im Foyer mit Sperrholz.

Die kaputten Fenster da unten – die haben dich auf diese Idee gebracht, stimmt's? Du hast gewußt, daß du nicht direkt an Ransome vorbeikommst. Also mußtest du ihn umgehen. Tja, ich geb dir recht. Die Idee ist total verrückt.

Er befand sich jetzt auf gleicher Höhe mit dem Fenster. Es war mit Leinwand verhängt.

Er hatte die Länge des Kabels, die er brauchte, falsch eingeschätzt. Drei oder vier Meter baumelten lose unter ihm. Das konnte gefährlich werden, wenn er Bernies Büro schnell verlassen mußte.

Dave stemmte die Füße gegen den Granit, wickelte die paar Meter überschüssiges Kabel unter sich auf und befestigte es.

Und jetzt bereitete er sich auf etwas wirklich Gefährliches vor. Er fragte seine innere Stimme: Bist du bereit?

Warum knüpfst du dir nicht gleich 'ne Schlinge und bringst die Sache hinter dich?

45 Stockwerke über der Straße – *das waren nicht mehr als sechs Sekunden Fallzeit*; David Elliot stieß sich von der Fassade des Gebäudes ab und schwang in Richtung des leinwandverdeckten Fensters. Am höchsten Punkt des Bogens, den er beschrieb, beugte er den Oberkörper zurück, streckte die Beine aus und nahm Schwung wie ein Kind auf einer Schaukel.

Er schwang an dem verschlossenen Fenster vorbei, holte noch einmal Schwung und stieß erneut nach vorn. Das Kabel ächzte. Er fragte sich, wie hoch seine Zugfestigkeit war.

Fällt dir die Frage nicht ein bißchen spät ein?

Er schwang wie ein Pendel, vorbei an dem mit Leinwand verschlossenen Fenster. Beinahe erreichte er das Glasfenster daneben. Beinahe, aber nicht ganz. Er holte noch einmal Schwung.

Die Fenster waren in Stöcke aus Aluminium eingesetzt. Fensterstöcke ... Neun harte Stunden pro Nacht, fünf Tage pro Woche, jede Woche in seiner Collegezeit, hatte er in einer Fabrik für Alustrangprofile gearbeitet, für 75 Cents die Stunde. Vielleicht hatten die Leute, die das Gebäude hier erbaut hatten, ihre Aluminiumfensterstöcke aus dem Werk, in dem er gearbeitet hatte. Zeitlich käme das ungefähr hin. Wäre das nicht ein Zufall?

Er war jetzt am höchsten Punkt der rückwärtsgerichteten Pendelbewegung angelangt. Er holte wieder Schwung.

Diesmal würde er es schaffen. Der Fensterstock ragte ungefähr fünf Zentimeter über die Granitplatten hinaus. Er könnte sich mit den Fingern daran festkrallen und sich nach vorne ziehen. Dann würde er durchs Fenster schauen. Wenn Ransome in Bernies Büro irgendwelche hübschen Überraschungen für ihn hinterlassen hatte, würde er sie sehen.

Er würde jetzt gleich die vorstehende Kante des Glasfensters erreichen. Dave griff danach und hielt sich daran fest. Die Wucht seines Schwungs war so groß, daß er fast seine Finger von der Kante gerissen hätte. Doch er hielt sich fest, mit zusammengebissenen Zähnen.

Scheiße. Du hast das Kabel zu kurz gemacht.

Er konnte es schaffen. Er spannte die Muskeln an, zog seinen Körper heran, noch ein paar Zentimeter, schweißnasse, rutschige Finger, Füße, die auf dem Granit Halt suchten, das dünne Kabel, das in seine Oberschenkel schnitt ...

Jetzt hatte er es geschafft – er klammerte sich an das schmale Fensterbrett, preßte sich gegen das Fenster, schaute in Bernies Büro.

Es war hell erleuchtet. Das, was Ransome für ihn vorbereitet hatte, war deutlich zu sehen. Tja, und Ransome hatte wirklich nicht übertrieben: Es war sein Meisterstück.

Daves Finger glitten von der Kante ab. Er taumelte von dem Fenster weg. Eine ganze Weile schwang er vor und zurück, bis sich das Kabel ausgependelt hatte.

Nicht mehr völlig bei Bewußtsein, hing David Elliot schlaff und reglos über den Straßen.

5

Smaragdgrün.

Mit rubinroten Augen.

Ein Tausendfüßler wie ein Juwel.

Auf einem Blatt wie Jade.

Er hört ein Pfeifen in der Luft. Er kennt das Geräusch. Es ist eine sowjetische RPG-7-Granate. Er schließt die Augen.

Die Granate explodiert. Er öffnet die Augen. Das Blatt bebt. Der Tausendfüßler scheint sich von dem Bombardement nicht stören zu lassen. Er frißt weiter.

Jemand brüllt Befehle. Sie ergeben keinen Sinn.

Der Tausendfüßler ist giftig. Beim Überlebenstraining lernt man, welche Insekten man essen kann und welche nicht. Dieser Tausendfüßler verursacht schlimme Krämpfe.

Er hat sowieso keinen Hunger.

Jemand leert das Magazin eines AK-47-Sturmgewehrs. Die Kugeln peitschen durchs Unterholz. Ein paar davon schlagen in einen nahegelegenen Baum ein. Jemand brüllt: »Zurück!« Es ist Kreuter. Das ergibt einen Sinn.

Das ist nicht der Vietcong, und es ist auch keine Patrouille. Wer das eine Patrouille genannt hatte, hatte nicht gewußt, wovon er sprach. Es sind zwei komplette nordvietnamesische Brigaden. Sie haben Panzer und Artillerie. Sie sind Teil einer Großoffensive. Nicht das, womit sich drei kleine Kampfgruppen unbedingt auseinandersetzen wollen.

»Zurück! Rückzug!«

Rückzug ist eigentlich nicht der richtige Ausdruck. Jetzt ist eher »die Beine in die Hand nehmen« angesagt.

Sein Gewehr liegt im Schlamm. Er streckt die linke Hand aus, um es aufzuheben. Es schlüpft ihm immer wieder durch die Finger. Das ist merkwürdig. Irgendwas scheint mit seiner

Hand nicht in Ordnung zu sein. Vielleicht hat das was mit dem Metallstück zu tun, das aus seinem Oberarm ragt. Es ist so lang wie ein Schwellennagel, aber dünner und verdreht. Es scheint auf der einen Seite in seinen Arm einzudringen und auf der anderen wieder herauszukommen. Es blutet nicht sehr.

Mit der rechten Hand nimmt er sein Gewehr, ein CAR-15, und hievt sich hoch. Er ist zittrig und fällt fast hin.

Links von ihm humpeln zwei Leute durchs Unterholz. Er sieht sie irgendwie verschwommen. O doch, jetzt kann er erkennen, wer sie sind. Latourneau und Pasceault. Sie haben sich in irgendeinem kleinen Ort in New Hampshire zusammen zum Militär gemeldet und sind dicke Freunde. Latourneau scheint Pasceault zu helfen, der Schwierigkeiten mit dem Gehen hat. Sein rechtes Bein fehlt. Das würde erklären, warum er nicht so gut gehen kann.

Ein Blitz blendet Dave. Als er wieder sehen kann, sind Latourneau und Pasceault verschwunden. Es ist nur noch ein schlammiger Krater übrig, und Rauch.

»In Schützenreihe! Rückzug!«

Das ist lächerlich. Leute, die in einen Fleischwolf gelaufen sind, formieren sich nicht zum geordneten Rückzug.

Er stolpert auf Kreuters Stimme zu.

Das Geräusch einer Kalaschnikow AK-47 ist unverwechselbar. Man vergißt es nie. Ein Haufen von den Nordvietnamesen scheint den Typ 56 mit 40er-Magazinen zu haben. Sie haben eine Feuergeschwindigkeit von ungefähr 350 Schuß pro Minute. Es schwirrt eine ganze Menge Blei durch die Luft.

Sparky Henderson versucht, über Funk Hilfe herbeizurufen. Kreuter windet ihm das Gerät aus den Fingern und gibt kühl und beherrscht ihre Koordinaten durch. Dave stolpert, fällt vor ihm zu Boden.

Jack zieht ihn hoch. »Brauchen Sie einen Arzt?«

»Ich hab keine Schmerzen.« Genau, wie sie es einem immer sagen. Oft setzen die Schmerzen erst nach Stunden ein.

Jack und Sparky und Dave rennen.

Der Himmel über ihnen füllt sich mit dem Brausen reißender Gewässer. Der Dschungel hinter ihnen wird von Flammen verschlungen. Gottes Trommeln donnern und dröhnen. Ein Luftangriff.

Daves Kopf ist jetzt fast klar. Er weiß, wo er ist, was passiert und wohin er unterwegs ist. Von dem Dorf aus, an dem sie vor ein paar Stunden vorbeigekommen sind, wird es eine Luftevakuierung geben. Das ist die einzige Stelle, an der die Hubschrauber landen können. Sie sollen um 19.15 Uhr kommen.

Er kämpft sich durchs Unterholz. Die großen, grünen Blätter sind schwer und feucht. Er bleibt mit den Füßen in wirren Ranken hängen. Er ist weit weg von der Kampfzone. Das Kreischen der Jagdbomber ist in weiter Ferne, die Explosionen klingen wie dumpfe Schläge.

Irgendwie hat er sich von den anderen abgesetzt. Oder vielleicht haben sich auch die anderen von ihm abgesetzt. Egal wie, dieser Rückzug wird jedenfalls nicht mit militärischer Präzision durchgeführt, leise und in Reih und Glied. Nein, dies ist eine panische Flucht. Kreuter wird wütend sein.

Die Heftigkeit des überraschenden vietnamesischen Angriffs ist daran schuld. Die Patrouille ist direkt in die Falle gelaufen. Der Feind hat bereits gewartet, mit perfekt gesicherten Flanken, ein Hinterhalt, um sie auszulöschen.

Sie hatten gewußt, daß eine amerikanische Patrouille kommen würde.

Dave bleibt stehen und wirft einen Blick auf seinen Arm. Jetzt hat er Schmerzen. Er wird eine große Narbe davontragen, vielleicht sind auch ein paar Muskeln verletzt. Er wird eine Weile nicht mehr an die Front kommen.

Er zieht behutsam eine Plastikschachtel aus seiner Hemdtasche. Er fummelt sie mit dem Mund auf, holt eine Winston heraus, steckt sie zwischen die Lippen und zündet sie mit dem Butanfeuerzeug aus der Schachtel an. Das Nikotin hilft.

Er schließt die Schachtel sorgfältig und steckt sie in seine Uniform.

In der linken Hosentasche ist ein Marschkompaß. Er kann die linke Hand nicht benutzen, deshalb braucht er einige Zeit, bis er ihn herausgefischt hat. Er läßt den Deckel des Kompasses aufschnappen, wirft einen Blick darauf und richtet seinen Kurs danach aus. Er schätzt, daß er noch ungefähr eine Stunde Weg vor sich hat. Er hat alle Zeit dieser Welt.

Er tritt bei einem Reisfeld aus dem Dschungel heraus. Das Dorf befindet sich rechts von ihm, ungefähr zweihundert Meter entfernt. Er hört Jammern und Weinen herüberdringen. Er kann sich nicht vorstellen, was die Ursache ist.

Er wirft einen Blick auf seine Uhr. Zwölf Dollar hat sie gekostet im PX in Cam Ranh Bay. Zwölf Dollar, nachdem er seine alte Uhr in Stücke geschossen hatte. Am liebsten würde er auch diese Uhr in Stücke schießen. 18.30 Uhr. Noch fünfundvierzig Minuten, bis die Hubschrauber kommen.

Das Jammern schwillt an und ebbt ab. Dave fragt sich, was los ist. Vielleicht schlachtet jemand einen Ochsen. Er schleppt sich durch die Reisfelder auf das Dorf zu.

Er betritt es am südlichen Ende. Das Weinen und Kreischen kommt von Norden.

Er hat das Gewehr über die Schulter gehängt. Er kann es sowieso nicht benutzen, weil er seinen linken Arm nicht richtig bewegen kann. Er zieht die Pistole aus dem Holster, eine gute alte 45er Colt-Automatic Modell 1911A.

Er drückt sich an den Hütten vorbei. Sehr, sehr vorsichtig wagt er einen Blick um die letzte herum. Der Dorfplatz liegt unmittelbar vor ihm. Was er dort sieht, begreift er nicht ganz.

Hinter ihm flüstert eine Stimme: *Junge, wenn ich du wäre, würde ich mich umdrehen und verschwinden.*

Dave wirbelt herum. Es ist niemand da.

Er schüttelt den Kopf. Muß der Schock sein. Stimmen.

Er dreht sich wieder um und schaut hinüber zum Dorfplatz.

Er versteht noch nicht ganz, was er sieht. Erschöpfung. Verwirrung. Immer noch diese innere Spannung aus dem Gefecht. Wieder schüttelt er den Kopf, versucht, ihn klarzubekommen.

Sergeant Mullins ist da und eine Handvoll Männer. Kreuter und der größte Teil der Einheit sind noch nicht zurück.

Einen Augenblick lang fragt er sich, wie der Rest der Einheit im Moment wohl aussieht. Wie viele Leute haben sie verloren?

Er sieht genauer hin. Die Dorfbewohner haben sich vor einem Wall zusammengedrängt. Zwei amerikanische Soldaten halten sie mit ihren Gewehren in Schach. Die Dorfbewohner sind nicht die einzigen, die zurückgehalten werden. Neben ihnen steht ein Dutzend amerikanischer GIs ohne Waffen, die Hände erhoben.

Merkwürdig.

Mullins macht etwas. Er kniet mit dem Rücken zu Dave am Boden. Drei Männer sind bei ihm, zwei auf Händen und Knien, einer steht.

Mullins bewegt den Arm hin und her. Die Dorfbewohner schreien.

Mullins steht auf. Er hat etwas in der Hand. Er geht auf die Leute zu.

Vor dem Wall stecken ein paar Pfähle im Boden. Einige haben zugespitzte Enden. Andere anscheinend nicht. Statt dessen steckt etwas darauf.

Nein, »stecken« ist eigentlich nicht das richtige Wort. Das richtige Wort ist »aufgespießt«.

Mullins setzt einen weiteren Frauenkopf auf einen Pfahl.

6

Ransome, der weder zugespitzte Pfähle noch weichen Grund hatte, in den er sie hätte stecken können, hatte Dreifüße verwendet – die Dreifüße aus Bernies Wandschrank.

Außerdem hatte er sorgfältiger, fast schon chirurgisch genau gearbeitet, längst nicht so hastig und blutig wie der Metzger First Sergeant Mullins mit seinem Messer. Alles in allem hatte Ransome gute, saubere Arbeit geleistet, genau, wie man es von einem Profi erwarten würde.

Ransome hatte sie natürlich Richtung Tür aufgestellt. So hätten sie die größte Wirkung.

Vielleicht hatte er ihnen sogar die Augenlider weggeschnitten.

Marge Cohen mit offenen Augen. Ein netter Gedanke.

Dave hätte bei ihrem Anblick sicher geschrien.

7

Dave schreit.

Mullins wirbelt herum. Die Männer neben ihm lassen sich zu Boden fallen. Dave zielt mit seiner Pistole auf Mullins' Brust. Mullins geht auf ihn zu. Dave brüllt ihm etwas zu, er ist sich nicht so sicher, was. Mullins marschiert auf ihn zu, direkt auf den Lauf von Daves Waffe. Dave drückt ab. Die Kammer ist leer. Mit seinem verletzten Arm ist er nicht in der Lage, neu durchzuladen. Er ruft etwas. Er weiß nicht so genau, was. Vielleicht sind es nicht einmal Worte.

Mullins reißt ihm die Pistole aus der Hand und gibt ihm eine Ohrfeige. »Halt's Maul! Halt's Maul, du Collegetunte.«

Zwei Männer packen ihn und werfen ihn auf den Boden. Mullins steht mit seinem Messer über ihm. »Du verdammte Mösenmemme, du wolltest mich wohl leimen, was? Was, du Collegetunte? Stimmt's? Wolltest einen von deinen eigenen Männern abknallen, du Schwanzlutscher!«

Mullins sieht aus wie ein tollwütiges Tier. Er hat die Lippen hochgezogen wie Lefzen; Speichelfetzen fliegen aus seinem Mund.

Mullins geht in die Hocke. Er drückt Dave die Messerspitze in den Nacken. »Das Ziel, du Hurensohn, ist die Vernichtung des verdammten Feindes! Und zwar des ganzen verdammten Feindes. Einschließlich der verdammten Leute, die dem verdammten Feind helfen. Du bringst die Schwänze um und du bringst die Mösen um und du bringst die verdammten Blagen um, und dann, wenn alle verdammt noch mal tot sind, sind alle glücklich außer den verdammten Toten, die sowieso allen wurscht sind, und dann können wir alle heim. Das ist das verdammte Ziel, du kleiner Arsch. Vergiß das nicht, und ziel nie wieder mit 'ner verdammten Knarre auf mich.« Er wendet sich den anderen zu und knurrt: »Bringt das Arschloch rüber zu den anderen Arschlöchern. Um die kümmere ich mich, wenn ich mit den Schlitzaugen fertig bin.«

Er und seine Männer zerren eine weitere Frau aus der Menge der weinenden Dorfbewohner. Mullins grinst höhnisch in Daves Richtung. »Und das hier ist eine Lektion, bei Gott, eine Lektion.«

Sie stoßen die Frau zu Boden und halten sie fest. Sie liegt ganz still da, während Mullins an ihrem Hals herumsägt. Ein Hahnenschwanz aus Blut spritzt vielleicht eineinhalb Meter hoch in die Luft und landet in drei oder vier Metern Entfernung im Schlamm. Mullins hebt ihren Kopf an den Haaren hoch und zeigt ihn den Dorfbewohnern. Er heult wie ein Wolf, und in seinen Augen funkelt der Wahnsinn. »Sag's ihnen«, kreischt er den Übersetzer an, »sag ihnen, das passiert mit allen Leuten, die kollaborieren! Sag ihnen, das haben sie zu erwarten! Sag ihnen, mit Amerika und mit der U.S. Army spielt man nicht Katz und Maus und am allerwenigsten mit First Sergeant Michael J. Mullins.«

Der Übersetzer rattert etwas auf Französisch herunter. Mullins bellt: »Bringt mir noch eine.«

Sie packen sie an der Taille. Sie schreit und tritt mit den Füßen um sich. Es gelingt ihr, sich loszureißen und sich wieder in die Menge zu stürzen. Aus Gründen, die Dave nicht versteht, wirft sie sich ihm zu Füßen und schlingt die Arme um seine Knie. Ihre Tränen sind groß und glänzend. Obwohl er ein bißchen Französisch spricht, begreift er den Sinn ihrer Worte nicht.

Sie kommen auf sie zu. Dave wird bleich vor Zorn. Er brüllt: »Mullins, dafür kommen Sie an den Galgen! Hören Sie mich? Ich sorge dafür, daß Sie an den Galgen kommen!«

Mullins sieht ihn an, lediglich neugierig, so scheint es jedenfalls. Sein Blick ist ruhig; seine Stimme ist kühl und nachdenklich, viel erschreckender als sein wahnsinniges Geschrei. »Du willst mich verpfeifen? Das würdest du wohl gern, du Collegetunte, was?« Er weist seine Männer an: »Bringt mir den Liebling vom Colonel.«

Einer von ihnen dreht Daves verletzten linken Arm nach hinten. Er schreit und fällt fast in Ohnmacht. Mullins nennt ihn einen Feigling.

Sie stoßen ihn mit dem Gesicht nach unten auf den Boden. Mullins kniet neben ihm nieder, rollt ihn auf den Rücken und wischt die Klinge seines Messers an Daves Hemd ab. Es hinterläßt einen rostfarbenen Streifen. Mamba Jack Kreuters Stimme dröhnt: »Keine Bewegung! Keine Bewegung, Soldat!«

Mullins erhebt sich. Seine Männer treten beiseite. Dave rappelt sich auf die Knie hoch.

Jack steht, ungefähr zwanzig Männer hinter sich, da. Sie haben die Gewehre erhoben. Jack stützt das seine in die Hüfte. Er starrt die Dorfbewohner, die vor dem Wall stehen, die Soldaten mit den erhobenen Händen, die kopflosen Leichen, die Pfähle und die abgetrennten Köpfe darauf mit großen Augen an. »Mein Gott«, flüstert er. »Was für ein perverser Scheiß ist das?«

Dave merkt, daß er plötzlich keinen Akzent mehr hat. Er klingt jetzt nicht mehr wie ein osttexanischer Hinterwäldler.

»Mullins, o Mullins, Sie Teufel ...« Kreuter verstummt.

Mullins sieht ihn nur an. Seine Augen sind unschuldig wie die eines Kindes.

Jack betrachtet das Gemetzel und schüttelt den Kopf. Er krächzt: »Warum, Mann, warum?«

Mullins grinst süffisant. »Ich wollte ein Zeichen setzen.«

Einer seiner Männer wiederholt: »Ja, ein Zeichen. Kein Gericht der Welt wird uns verurteilen.«

Jack Kreuters Augen verlieren jeglichen Glanz. Er richtet sein Gewehr auf den Mann, der gerade gesprochen hat, und feuert. Die Waffe ist auf Dauerfeuer gestellt; sie zerreißt den Mann in zwei Stücke. Ein Soldat neben ihm beugt sich vor und fragt: »Sir?«

Kreuter nickt. Der Soldat schießt den Mann nieder, der gleich neben Mullins steht. Er geht zu der Leiche hinüber und leert ein ganzes Magazin in ihr Gesicht.

Ein weiterer von Kreuters Männern feuert. Und noch einer.

Sechs Männer haben Mullins bei seiner Arbeit geholfen. Kreuter hat einen getötet. Die anderen werden von fünf der Soldaten erschossen, die Kreuter begleiten. Es ist innerhalb von Sekunden vorbei.

Mullins ist noch am Leben und grinst immer noch höhnisch. Er hat die Brust herausgereckt und steht stramm.

Kreuter läßt sein Gewehr fallen. Er zieht seine 45er Automatic aus dem Holster und macht drei schnelle Schritte vorwärts. Mullins spuckt ihn an. Kreuter schlägt ihm die Pistole gegen das Kinn und richtet dann ihre Mündung auf Mullins' rechte Schläfe.

Dave steht auf. »Jack!« brüllt er.

Kreuter richtet seinen Blick, einen schrecklich kalten und leeren Blick, auf Dave. »Was?« fragt er nur.

Dave hält seinem Blick nicht stand. Er kann Jack nicht in die Augen sehen. Er murmelt: »Nichts.«

First Sergeant Michael J. Mullins aus Hamilton, Tennessee, knurrt: »Verdammte Mösenmemme.«

Jack wendet den Blick von Dave und wieder auf Mullins. Der größere Teil von Mullins Gesicht verschwindet.

In der Ferne hört Dave das Schlagen von Helikopterrotoren. Die Luftevakuierung beginnt ein bißchen zu früh. Die Luftevakuierung beginnt ein bißchen zu spät.

Hoch über der 50th Street erlebt Dave noch einmal diesen Tag und sieht sich noch einmal mit der Tatsache konfrontiert, daß er sie auch umgebracht hätte – Mullins und alle anderen. Es war ein Zufall, daß er nicht dazu in der Lage war. Wenn sein Arm nicht gelähmt gewesen wäre, wenn er seine 45er hätte durchladen können, hätte er es getan. Er hätte es gewollt. Er hätte es gern getan und hinterher nicht bedauert.

Oder doch?

Eris, die Göttin von Zufall, Zwietracht und Schicksal, hatte es für richtig gehalten, ihm ein zweites Mal Gelegenheit zu geben, sich diese Frage zu stellen.

Kapitel 10

Letzte Dinge

Die Köpfe waren alle, bis auf einen, geradewegs aus der Leichenhalle gekommen. Manche sahen fast noch frisch aus, andere weniger. Natürlich stammten sie alle von Frauen. Vor langer Zeit und weit weg hatte Michael J. Mullins genau das gleiche gemacht – Leute wie Ransome und Mullins benutzten immer Frauen, wenn sie das Gefühl hatten, »ein Zeichen setzen« zu müssen.

Manche waren jung, eine noch ein Teenager. Andere wirkten älter, wenn auch keine so alt wie damals die Frau des Dorfältesten. Die meisten waren in mittleren Jahren. Sie hätten mehr Zeit haben sollen.

Wie waren sie gestorben? Dave wußte es nicht. Er hatte auch keine Lust, darüber nachzudenken. Sie waren alle tot und zu Stein geworden.

Alle bis auf Marge Cohen, deren Haut – sie hatte jetzt die Farbe von Wachs und nicht mehr den rosigen Hauch des Lebens – vielleicht noch ein letztes bißchen Wärme ausstrahlte.

Dave dachte daran, ihre Wange mit den Fingern zu streicheln, um diese Wärme zu spüren, die letzte, die sie je ausstrahlen würde. Aber seine Finger waren kalt, so kalt. Er konnte es nicht. Er brachte es nicht einmal fertig, sie sich genauer anzusehen...

Als er über der Straße hing, hatte er einen Augenblick lang gedacht, Ransome habe auch Helen den Kopf abgeschnitten und Annie und sogar der armen kurzsichtigen Frau vom Empfangstresen im 14. Stock.

Aber er täuschte sich. Sie waren alle Fremde, bis auf Marge.

Und Ransome hatte die ganze Zeit recht gehabt – er hatte Dave besser gekannt als der sich selbst. Der Anblick der aufgespießten Köpfe hatte ihn tatsächlich gelähmt, genau wie Ransome es geplant hatte. Wenn Dave durch die Bürotür gekommen wäre – er wäre erstarrt. Bis Ransomes Männer ihn erwischt hätten.

Ransomes Plan war gut. Es würde ihm leid tun, wenn er erfuhr, daß er nicht funktioniert hatte.

Ziemlich leid.

Bernies Ordner zu Lockyear war mit einem blauen Reiter markiert. Er befand sich noch immer dort, wo Dave es in Erinnerung hatte, gleich hinter den Ordnern mit den transparenten Reitern, die sich mit den operativen Abteilungen von Senterex befaßten, und gleich vor den Ordnern mit den orangefarbenen Reitern für die Unternehmensplanung.

Die Lockyear-Akte war jedoch weniger dick als noch vor ein paar Stunden. Jetzt steckte nur ein einziges Blatt darin, eine Notiz auf Bernies persönlichem Briefpapier. »Mr. Elliot, ich hätte nicht gedacht daß Sie es bis hierher schaffen würden. Falls doch sind Sie schlauer als ich erwartet habe. Und wenn Sie wirklich schlau wären würden Sie jetzt das Handtuch werfen. J. R.«

Dave benutzte Bernies Mont-Blanc-Füller, um eine Antwort unter Ransomes Initialen zu kritzeln: »J. R., Ihre Zeichensetzung ist erbärmlich. Übrigens: Wenn *Sie* wirklich schlau wären, würden Sie jetzt das Handtuch werfen (beachten Sie das Komma). D. P. E.«

Dave ließ die Mappe offen auf Bernies Schreibtisch liegen. Sehr wahrscheinlich war es nicht, daß Ransome das, was Dave geschrieben hatte, sehen würde, aber wenn er es tat, würde es ihn ärgern – eine kleinliche Rache, aber trotzdem befriedigend.

Es befand sich noch etwas Neues in Bernies Büro, etwas, das vor ein paar Stunden noch nicht dagewesen war, eine kleine graue Box über der Tür. Ein Alarmsystem, dachte Dave, vermutlich mit Funkverbindung. Wenn ja, hatte er eine Verwendung dafür.

Den Blick von der Mitte des Raumes abgewandt, ging Dave zu Bernies Schrank hinüber, um nachzusehen, was darin verstaut war: Flipchartpapier, farbige Marker, Reißzwecken und ... ja, da war's ... »Scotch-Band 3M Nr. 665, beidseitig klebend. Klebt Reiter, Fotos, Proben und Muster schnell und ordentlich. Auspacken, benutzen! Trocknet sofort. Maße: 1,27 cm × 33 m.«

33 Meter. Er würde zwei Schachteln brauchen.

Dave betrachtete die graue Box über der Bürotür genauer. Ein beinahe unsichtbarer Draht reichte vom Boden der Box bis zu dem Spalt zwischen der Tür und ihrem Rahmen. Der Draht war wahrscheinlich an die Tür geklebt; wenn sie aufgemacht wurde, riß der Draht los und löste ein lautloses Signal aus. Ein simpler Alarmmechanismus, billig und narrensicher, der dem Jäger garantiert anzeigte, daß sein Opfer in die Falle gegangen war.

Es sei denn, das Opfer befand sich bereits in der Falle und hatte vor, wieder daraus zu verschwinden.

Vorsichtig, ganz vorsichtig, wand Dave Klebeband um den zerbrechlichen Drahtauslöser – eine, zwei, drei Lagen, um sicher zu sein, daß es hielt.

Dann ging er rückwärts, das Band abspulend, zu dem zerbrochenen Fenster.

Er streckte die Hand hinaus und griff nach seinem Klettergurt. Einen kurzen Augenblick dachte er daran, sich umzudrehen. Er konnte zwei Dinge tun. Zum Beispiel, ihr einen Kuß ...

Vergiß es, Junge. Für so was bist du nun wirklich zu alt.

Da war noch etwas anderes, was er machen wollte.

Das Sitzungszimmer von Senterex war durch eine helle Eichentür mit Bernies Büro verbunden. Dave wußte, daß Ransome dort Männer postiert hatte, denen er befohlen hatte, mit der Waffe im Anschlag auf ihn zu warten.

Und deshalb erwog Dave, in eben dieses Sitzungszimmer zu gehen. Er dachte daran, alle, die er dort vorfand, umzubringen. Das würde nicht lang dauern und ihm ein gutes Gefühl verschaffen.

Wieder schüttelte er den Kopf, wickelte das Kabel sorgfältig um seine Oberschenkel und legte seinen Klettergurt wieder an. Ohne zurückzusehen, ohne es auch zu wollen, schwang er sich hinaus in die Nacht.

Während er das tat, hörte er Ransomes Stimme über Funk: »Es ist drei Uhr fünfundvierzig, Leute. Lagebericht!«

3.45 Uhr? Waren nur neun Minuten vergangen? Wirklich nur neun Minuten? Er hatte das Gefühl gehabt, es sei eine ganze Ewigkeit gewesen.

Langsame Zeit.

»Amsel hier. Alles ruhig. Sturmvogel, Regenpfeifer und Rabe alle auf Posten«, meldete sich der Mann im Foyer, der Homosexuelle nicht leiden konnte.

Vier Männer im Erdgeschoß. Das wird ein Kinderspiel, Junge.

»Rebhuhn hier, Rotkehlchen. Graugans, Star, Seetaucher, Eichelhäher und Kondor sind in Position. Wenn er die östliche Treppe hochkommt, gehört er mir.«

Sechs Männer in dem Flur, der zur östlichen Treppe hinüberführte.

»Papagei hier. Storch, Fink, Meise, Bussard, Ara und Grasmücke sind bei mir.«

Das Reserveteam im 43. Stock.

»Taube hier. Auf der westlichen Seite sind Ringeltaube, Kakadu, Spottdrossel, Reiher und Ziegenmelker.«

Mindestens zwölf Männer im 45. Stock. Wie viele noch?

»Hier is' der Eisvogel un' Mama un' ich un' unsre drei Freunde ...«

»Stopp!« rief Ransome. »Taube, wiederholen Sie Ihre Meldung.«

»Ja, Rotkehlchen. Ringeltaube, Kakadu, Spottdrossel, Reiher und Ziegenmelker.«

Ransomes Stimme klang hart. »Das sind fünf. Sie müssen sechs haben. Wo steckt Schnepfe?«

»Ich dachte, der ist bei Eisvogel.«

Der Mann namens Eisvogel redete jetzt ohne Mätzchen. »Nein, er sollte in Ihrem Team sein, Taube.«

Ransomes Stimme wurde rauh. »Schnepfe? Schnepfe, melden Sie sich. Wo sind Sie?«

Dave wußte, wo er war. Schnepfe kaute im 12. Stock auf Klebeband herum.

Ransome rief noch einmal nach Schnepfe. Wieder keine Antwort.

»Verdammt«, zischte Ransome, »verdammt.« Einen Augenblick hatte Dave den Eindruck, als zitterte Ransome vor Angst. Dann wurde ihm klar, daß die Stimme des Mannes nicht vor Furcht bebte, sondern vor Freude. »Er ist wieder hier! Er ist an Amsel vorbeigekommen! Er ist hier!«

Rebhuhn, Ransomes zweiter Mann und sein Verbindungsglied zur Außenwelt, flüsterte wie im Gebet: »Wir werden's doch schaffen, Sir, oder?«

»Ja.« Die Emotion, die Ransomes Stimme verändert hatte, welcher Art sie auch gewesen sein mochte, war verschwunden. Er gab kühl und beherrscht einen Befehl durch: »Rufen Sie die Zentrale. Sagen Sie ihnen, sie sollen die Bombe zurückhalten.«

Die Bombe? fragte Dave sich. Was soll denn das heißen? Irgendwie erinnerte ihn das vage an den zigarrenkauenden General Curtis LeMay. LeMay war in den sechziger Jahren Oberbefehlshaber der amerikanischen Luftwaffe gewesen. Warum, fragte Dave sich, fällt mir der ausgerechnet jetzt ein?

»Entschuldigen Sie, Sir.« Die Stimme gehörte Eisvogel, sie klang schrill. »Haben Sie ›Bombe‹ gesagt?«

Ransome antwortete leise: »Unterlassen Sie diese Frage, Eisvogel. Das war nur für den Fall des Falles.«

»Die Zentrale meldet, es ist alles bereit!« schrie Rebhuhn fast.

»Rebhuhn, sagen Sie ihnen, sie sollen wieder zur Basis zurückkehren.«

»Eine Bombe! Mein Gott. Wie zum Teufel ...«

Eine Bombe? Curtis LeMay? Sie erinnerten Dave an einen alten Film. Was für ein Film war das gleich noch gewesen ...?

»Halten Sie die Klappe«, sagte Ransome im Plauderton. »Wenn Sie ein Problem haben, Eisvogel, unterhalten wir uns zu einem passenden Zeitpunkt darüber.«

Eisvogel kreischte: »Eine verdammte Bombe! Mann, Sie wollen mich wohl verarschen!«

Ransome seufzte. »Sie haben gewußt, daß der Job gefährlich ist, als Sie ihn angenommen haben. Und jetzt halten Sie die Klappe.«

»O Mann, Scheiße, Scheiße, Scheiße ...«

»Eisvogel, Sie sind vom Dienst suspendiert. Melden Sie sich bei Papagei in der 43. Etage. Turmfalke, übernehmen Sie das Team.«

»Sie Arsch, Rotkehlchen! Sie verdammtes Riesenarschloch ...«

»Turmfalke, sorgen Sie bitte dafür, daß der Mann endlich die Klappe hält.«

Es folgte offenbar ein Handgemenge. Das Funkgerät krächzte. Jemand, wahrscheinlich Turmfalke, dachte Dave, knurrte: »Eisvogel ist jetzt auch auf der Verlustliste, Rotkehlchen.«

Ransome sagte mit einer Stimme, die glatt und blank war: »Alle übrigen herhören. Bis jetzt ist keine endgültige Entscheidung, ich wiederhole, keine endgültige Entscheidung in dieser ... dieser unbedeutenden Angelegenheit gefaßt worden, die Eisvogel so durcheinandergebracht hat. Trotzdem gehe ich davon aus, daß Sie mit der Vorbereitung auf gewisse Eventualitäten gerechnet haben. Vielleicht haben diejenigen, die den Ernst der Situation unterschätzt haben, jetzt eine angemessene Einstellung.«

General LeMay war das Vorbild für eine Figur in dem alten Film gewesen. George C. Scott hatte ihn gespielt. Wie hieß der Film gleich noch mal? Peter Sellers war auch dabei. Ja, genau. *Dr. Seltsam.*

»Jedenfalls hätte man diese Alternative nur in Betracht gezogen, wenn der Gesuchte nicht in dieses Gebäude zurückgekehrt wäre.«

Dave stemmte die Füße gegen die Mauer. Vielleicht, dachte er, war es nicht die beste Fluchtmöglichkeit, wenn er zum Dach zurückkletterte. Vielleicht war es auch nicht das beste, wenn er den Alarm auslöste und die Treppen hinunterrannte, während Ransome und Konsorten das Netz um Bernies Büro zusammenzogen. Vielleicht gab es eine bessere Lösung.

Er hörte ein Schnappen und dann wie jemand inhalierte. Ransome hatte sich noch eine Zigarette angezündet. »Meine Herren, die Sicherheit aller erfordert ... nun, mehrere von Ihnen haben gefragt, warum wir diesen schwer zu fassenden Mr. Elliot einfangen wollen, und warum wir uns dabei einer so ungewöhnlichen Vorgehensweise bedienen müssen. Bis jetzt habe ich nicht alle Fakten enthüllt. Nun muß ich es wohl tun.«

Ransome nahm einen Zug und stieß den Rauch wieder aus. Das Geräusch weckte Daves eigene Sehnsucht nach einer Zigarette.

Na mach schon, gönn dir eine.

Dave fummelte die Packung Virginia Slims aus seiner Tasche. Er steckte eine in den Mund und griff nach den Streichhölzern. Die Packung Zigaretten glitt ihm aus den Fingern. Er versuchte, sie aufzufangen, doch sie flatterte sanft die 45 Stockwerke bis zur Straße hinunter.

Auch gut. Irgendwann bringt dich das Zeug um.

»Jetzt werde ich es Ihnen sagen. Und weil es außer Frage steht, daß unser Mr. Elliot im Besitz von Schnepfes Funkgerät ist, will ich es ihm auch sagen. Hören Sie zu, meine Herren. Hören Sie zu, Mr. Elliot. Hören Sie gut zu.«

Dave inhalierte tief. Ransome hatte einen Fehler. Er redete, wenn er eigentlich etwas tun sollte. Er lenkte seine Männer von ihrer Aufgabe ab. Sie würden sich auf seine Worte konzentrieren, nicht auf die Möglichkeit, daß Dave ...

»Offenbar hat Mr. Elliot sich einen Krankheitserreger eingefangen. Nicht einen der üblichen Erreger. Nein, weit gefehlt. Im Gegenteil, dieser Erreger ist etwas ganz Besonderes. Die Leute im Labor nennen so was einen Dreiphasen-Erreger, das heißt, er hat eine sehr hohe Mutationsrate. Er verändert sich, durchläuft drei getrennte, unterschiedliche Phasen. Ganz ähnlich, wie aus der Raupe die Puppe wird, und aus der Puppe der Schmetterling, verwandelt sich Mr. Elliots Erreger von einem Wesen in ein anderes, in ein völlig anderes, und dann noch in ein drittes, wiederum absolut anderes.«

... unterwegs war.

Er schnippte die Zigarette weg und begann, wieder zurück zu Bernies Fenster zu schwingen. Er wußte, was er tun würde. Er wußte – oder glaubte zu wissen –, wo genau Ransome seine Männer postiert hatte. Wenn das, was er dachte, stimmte, konnte er sie ausschalten.

Mit ein bißchen Glück mußte er nicht einmal jemanden töten. Außer Ransome selbst.

»Oder der Froschlaich zur Kaulquappe und die Kaulquappe zum Frosch, drei ganz verschiedene Wesen mit völlig unterschiedlichen Verhaltensmerkmalen. Das gleiche gilt für den Erreger des unglückseligen Mr. Elliot.«

Dave löste seinen Gurt und schlüpfte durch das Bürofenster zurück. Er zog eine Pistole aus seinem Gürtel und holte das Magazin heraus. Voll. Er zog den Verschluß zurück. Eine Patrone sprang heraus. Er hob sie vom Boden auf, steckte sie ins Magazin und dieses wieder in die Waffe. Dann entsicherte er und stellte auf Dauerfeuer.

Im Sitzungszimmer befanden sich mit Sicherheit zwei Männer. Vielleicht mehr. Ransome war mit seinem Appell bis Eisvogel gekommen – achtundzwanzig Männer. Vier von ihnen hielten sich im Foyer auf, weitere sieben lagen im 43. Stock in Reserve. Eisvogel war aus dem Spiel. Das hieß, es waren sechzehn Männer übrig, plus Ransome. Dave ging im Kopf die Möglichkeiten eines gut angelegten Hinterhalts durch. Er wußte, wie er seine Männer postieren würde, wenn er das

Kommando hätte. Und wenn Ransome das gleiche getan hätte, wären da ...

»Anfangs ist dieser Erreger ein harmloser kleiner Kerl. Sein einziges herausragendes Merkmal ist, daß er Primaten liebt, das heißt also Affen – wie Schimpansen oder Orang-Utans – und eben Menschen. Nur Primaten, meine Herren. Unser Erreger, der Erreger von Mr. Elliot, ist ziemlich wählerisch; er akzeptiert keine andere Spezies als Wirt.«

... drei Männer. Alle mit dem Rücken zur Tür. Sie lauschten Ransome so konzentriert, daß sie nicht hörten, wie sie aufging, daß ihnen nicht auffiel, wie sie sich wieder schloß.

Dave nahm die klassische Kampfhaltung ein – die Pistole in beiden Händen – und bewegte sich vorsichtig ein paar Schritte nach vorn. Die Männer waren, ähnlich wie Schnepfe, nur Kanonenfutter, sie hatten längst nicht das Niveau von Ransome. Sie hatten nicht einmal die gleiche High-Tech-Ausrüstung. Zwei waren mit finnischen Jati-Matics bewaffnet, extraleichten 9 mm-Maschinenpistolen mit 40 Schuß Munition und handelsüblichen Schalldämpfern. Dave runzelte mißbilligend die Stirn. Nur Amateure nehmen ein Magazin mit 40 Schuß. Sein Gewicht zieht die Mündung herunter. Ein Profi würde das wissen. Er würde ein Magazin mit 20 Schuß verwenden.

Der dritte Mann hatte eine Ingram MAC mit einem WerBell Sionics-Schalldämpfer, der letzte Schrei zu Daves Zeit beim Militär, aber jetzt nur noch eine interessante Antiquität. Der arme Narr hatte die Waffe auf den Konferenztisch gelegt. Dave streckte die linke Hand aus und ...

»Wie gesagt, ein Dreiphasen-Erreger. In der ersten Phase passiert nicht viel, außer daß der Erreger sich im Blutkreislauf des Betroffenen ausbreitet, wo es warm und gemütlich ist und wo er genug Nahrung findet. Dem Erreger gefällt es dort, also richtet er sich häuslich ein. Und dann fängt er an, eine Familie zu gründen. Eine große Familie. Darum geht's in Phase eins – um die Fortpflanzung. Der Erreger teilt sich alle fünfundvierzig Minuten. Wo vorher ein Erreger war, sind jetzt zwei. Fünfundvierzig Minuten später werden aus den zweien vier, weitere fünfundvierzig Minuten später acht. Und so weiter und so fort, ungefähr vierundzwanzig Stunden lang. Und wenn diese Phase eins zu Ende ist, meine Herren, hat dieser eine kleine Erreger mehr als vier Milliarden Nachkommen in die Welt gesetzt, mehr als vier Milliarden!«

... schubste die Maschinenpistole auf den Boden. »Köpfe hoch, Leute«, flüsterte Dave. »Das gleiche gilt für die Hände.«

Einer drehte sich um und richtete die Jati-Matic auf Dave. Dave versetzte ihm einen Schlag mit der Pistole. Aus dem Mund des Mannes spritzten Zähne und blutiger Speichel. Bevor der Körper des Mannes auf den Boden schlug, sagte Dave: »Keine Bewegung, dann passiert Ihnen nichts. Ich will Sie nicht ...«

Der Mann – eigentlich eher ein Junge – mit der MAC wurde kreidebleich und verdrehte die Augen voller Angst. Worte und Speichel sprudelten aus seinem Mund. »Er ist krank. AIDS, irgendwas Schlimmes, mein Gott, bleiben Sie mir vom Leib!« Er stolperte auf die Tür zu.

Dave zielte auf die Oberschenkel des Jungen. Er wollte ihn nicht umbringen. Er wollte niemanden umbringen. Wenn er dem Jungen in die Beine schoß, konnte er ihn aufhalten ...

»Die zweite Phase beginnt nach ungefähr vierundzwanzig Stunden und dauert ungefähr zweiundsiebzig Stunden – drei Tage. In dieser Phase befindet sich Ihr Erreger jetzt, Mr. Elliot. Er hat sich von seinem früheren, passiven und harmlosen Zustand in etwas anderes verwandelt. Aus der Raupe ist die Puppe geworden, und die Puppe ist eigensinnig.«

... doch er würde schreien. Und die Schreie würden Ransomes Leute aufmerksam machen. Das konnte Dave sich nicht leisten. Er hob die Mündung, feuerte und wandte den Blick angewidert ab. Die Waffe des dritten Mannes fiel klappernd zu Boden. Er streckte die Hände in die Luft und drückte den Rükken flach gegen einen von Bernies wertvollen Pissarros, ein dunkles Gemälde mit einem Häuschen am Ende eines fernen

Weges. »Bitte rühren Sie mich nicht an, Mann«, flehte er. »Ich mach, was Sie wollen, aber rühren Sie mich bloß nicht an!«

Dave nickte. Er griff in seine Tasche und holte ein Pillenfläschchen heraus, das er aus Nick Lees Arzneischrank genommen hatte. »Na schön, mein Junge, dann schlucken Sie jetzt fünf von denen. Hinter Ihnen steht eine Karaffe mit Wasser. Nehmen Sie sie in die Hand, schenken Sie sich ein Glas ein und spülen Sie sie damit hinunter.«

Der Junge sah ihn besorgt an. Dave versuchte, ihn freundlich anzulächeln, aber es wollte ihm nicht so recht gelingen. »Das sind nur Schlaftabletten.«

Der Junge ...

»Sobald der Erreger mutiert ist, wird er mobil. Er beginnt, aus dem Blutkreislauf in andere Organe zu wandern. Jetzt ist er infektiös. Nach den ersten vierundzwanzig Stunden kann der Träger – das sind Sie, Mr. Elliot – ihn auf andere Menschen übertragen. Aber nur über seine Körperflüssigkeiten – Samen, Speichel, Urin oder Blut. Es ist ungefähr sechsunddreißig Stunden her, seit Mr. Elliot sich diesen Erreger eingefangen hat, so daß er sich jetzt in dem höchst ansteckenden Stadium befindet. Meine Herren, Sie werden sich erinnern, daß ich heute nachmittag um halb vier, kurz vor der vierundzwanzigsten Stunde nach seiner Ansteckung, neue Anweisungen hinsichtlich der Behandlung seiner sterblichen Überreste ausgegeben habe. Jetzt werden Sie den Grund für diese Anweisungen besser verstehen.«

... schüttelte den Kopf und sagte: »Ich schlucke nichts, was Sie in den Fingern gehabt haben.«

Dave erwiderte: »Lesen Sie das Etikett. Das ist keins von meinen Medikamenten. Ich habe diese Pillen nicht angerührt. Außerdem, wenn Sie sie nicht nehmen ...« Er machte eine Bewegung mit der Pistole. Der Junge verstand, öffnete das Fläschchen und schluckte ein halbes Dutzend der starken Schlaftabletten. »Und jetzt?« fragte er.

»Jetzt drehen Sie sich mit dem Gesicht zur Wand.«

»Schlagen Sie nicht zu fest zu, ja?«

»Ich tue mein Bestes.« Dave ...

»Mr. Elliot, ich möchte, daß Sie mir jetzt zuhören. Und zwar gut. Der Erreger kann – und wird – auf jeden übertragen werden, der aus demselben Glas wie der Infizierte trinkt, der den Infizierten küßt, der mit ihm schläft, ihm einen bläst.«

... schlug ihm mit seiner Waffe hinters Ohr. Der Junge schrie auf und taumelte, fiel aber nicht hin. Dave schlug noch einmal zu, diesmal stärker.

Er betrachtete die Tür, die zu Bernies Büro führte, und stellte sich vor, wie die leblosen Körper der Männer zu liegen hatten. Unter den dreien befand sich eine echte Leiche. Scheiße. Er hätte viel dafür gegeben, wenn er das hätte verhindern können.

Er packte den Toten unter den Armen. Es war zuviel Blut im Zimmer. Wenn Ransome oder einer von seinen Leuten ins Konferenzzimmer schaute, auf den Boden und die Wand, würde er wissen, was passiert war.

Zu spät, um sich darüber Gedanken zu machen.

Er zerrte die Leiche quer durchs Konferenzzimmer und ließ sie, Gesicht nach oben, gleich bei der Tür fallen. Eine von den Jati-Matics legte er auf ihre Brust. Dann wandte er sich dem zweiten Mann zu.

In weniger als einer Minute hatte er die Körper so arrangiert, daß es aussah ...

»Natürlich weiß der Infizierte nicht, daß er ansteckend ist, daß er die Krankheit überall verbreitet. Er meint, er ist gesund, weil er keine schädlichen Wirkungen des Erregers spürt. Jedenfalls noch nicht. Das beginnt erst im Lauf des vierten Tages. Zu diesem Zeitpunkt ist der Erreger erneut mutiert. Die Puppe wird nun zum Schmetterling und erhebt sich in die Lüfte.«

... als wären sie bei der Flucht aus dem Konferenzzimmer gestorben. Bei einem Alarm an Bernies Tür wären sie die ersten in seinem Büro gewesen.

Um das Gesamtbild abzurunden, trat Dave in die Mitte des Büros und gab ein Dutzend schallgedämpfte Schüsse in die Wände und den Boden ab. Jetzt sah es aus, als hätte in dem Raum ein heftiger Schußwechsel stattgefunden.

Allmählich wurde die Zeit knapp. Ransome *(mein Gott, was liebt der Mann den Klang seiner eigenen Stimme!)* würde nicht ewig weiterquasseln. Dave mußte den Rest der Szene schnell arrangieren. Zwei Türen führten ins Konferenzzimmer – eine aus Bernies Büro und die andere ...

»Im dritten Stadium verbreitet sich der Erreger ›pneumatisch‹, das heißt, der Krankheitsträger gibt seine Infektion allein durch die Atmung weiter: Jedesmal wenn er ausatmet, stößt er sechs Millionen Keime aus – ich wiederhole, meine Herren – sechs Millionen. Er atmet ein, er atmet aus. Wenn er das fünfzigmal getan hat, hat er genug Erreger freigesetzt, um jeden Mann, jede Frau und jedes Kind in den Vereinigten Staaten zu infizieren. Wenn er es tausendmal getan hat, sind genug Erreger für alle Menschen auf Gottes schöner Erde in der Luft.«

... aus dem Flur, der Bernies Seite des Gebäudes mit dem Empfangsbereich verband. Auf diesem Flur befanden sich nur drei Büros – eins gehörte Mark Whiting, dem obersten Finanzchef von Senterex, das zweite Sylvester Lucas, dem Vizepräsidenten des Unternehmens, und das dritte Howie Fine, dem Chefjuristen. Ransome hatte mit Sicherheit Männer in allen diesen Büros postiert. Genau wie die drei Männer im Konferenzzimmer würden sie vor allen anderen Bernies Suite erreichen, wenn der Alarm ausgelöst wurde.

Dave ging in die Hocke, stieß die Tür auf und rollte in den Flur. Er beschrieb mit der Pistole einen Kreis, auf der Suche nach einem Ziel.

Es war niemand da. Genau, wie es sein sollte.

Die interessante Frage war, wo Ransome sich aufhielt. Dave war sich nicht sicher, ob er seinen Platz lieber in der Nähe von Bernies Suite – zum Beispiel in Whitings oder Lucas' Büro –

oder weiter weg wählen würde. Beide Lösungen wären im militärischen Sinne korrekt: nahe dem Ort des Geschehens, um den Angriff zu führen; weit genug weg, um die Kräfte umzulenken, wenn die Bedingungen auf dem Schlachtfeld es erforderten. Welche Alternative würde Ransome wählen?

Für welche würdest du dich entscheiden?

Jacke wie Hose. Wahrscheinlich weiter weg.

Er schlich zu Whitings Tür und preßte das Ohr dagegen. Abgesehen von Ransomes frostig-flüsternder Stimme über Funk hörte er nichts. Dave hob die Pistole ...

»Aber ich übertreibe. Sie müssen wissen, der fragliche Erreger ist ein empfindliches Kerlchen. Sobald er den Körper des Infizierten verlassen hat, überlebt er nicht lange. Zehn Minuten, höchstens fünfzehn. Wenn er vor Ablauf dieser Zeit keinen neuen Wirt findet, stirbt er.«

... stemmte sich mit den Füßen ein und stieß die Tür mit der Schulter auf. Hinter Whitings Schreibtisch saß ein einzelner älterer Schwarzer. Seine Waffe, wieder eine Jati-Matic, hatte er auf Whitings Sideboard gestützt. Der Mann sah Dave an, bekam große Augen und hob die Hände. Sein Gesichtsausdruck sagte, daß er viel zu viel Erfahrung hatte, um Widerstand zu leisten.

Dave drückte die Tür mit dem Fuß zu.

Der Mann sagte: »Mister, ich möchte Ihnen sagen, daß mir die Sache leid tut. Ich hab zufällig gesehen, was für eine Sauerei der Mann da drin in Mr. Levys Büro aufgebaut hat, aber ich hab damit nichts zu tun. Mir wird übel, wenn ich dran denke.« Seine Augen blickten traurig und ein bißchen wäßrig. Er trug einen Schnurrbart, der schon ein wenig grau wurde, und wirkte alt und müde.

Dave fragte: »Sind Sie Veteran?«

»Ja, Sir. '66 eingezogen. Ich war Kriegsdienstverweigerer, man hat mich ins 546. Medizinische gesteckt. Aber in Tet hatten wir 93 Prozent Verluste. Danach war ich kein Verweigerer mehr. Ich hab die Infanterie verstärkt. War die ganze

Zeit Berufssoldat. Bin erst vor zwei Jahren in Ruhestand gegangen. Wär wahrscheinlich vernünftiger gewesen, wenn ich da geblieben wäre.«

Dave nickte. »Wahrscheinlich.«

»Sir, deshalb wäre ich Ihnen sehr verbunden, wenn Sie mich als Nichtkombattanten betrachten würden.«

»Geht nicht.« Dave holte das Pillenfläschchen aus seiner Tasche.

Der traurige Blick des Mannes zeigte Dave, daß er verstand und sich in das Schicksal fügte, das Dave ihm zugedacht hatte.

»Schrauben Sie das Fläschchen auf, schütteln Sie fünf oder sechs Pillen raus und schlucken Sie sie.«

Der Schwarze nahm das Fläschchen und sagte unendlich traurig: »Der Mann ist verrückt geworden. Schneidet Köpfe ab. Holt eine Bombe. Können Sie das glauben? Mister, ich hätt beinahe Fersengeld gegeben, als ich das gehört hab. Wenn Sie nicht hier durch die Tür gekommen wären, hätt ich das wahrscheinlich auch gemacht. Noch eins, Sir: Wissen Sie, was er mir für einen Codenamen gegeben hat? ›Krähe‹. Krähe sagt er zu mir, dem einzigen Schwarzen in der Truppe. Können Sie das glauben?«

Er hielt sechs gelbe Tabletten auf der Handfläche, betrachtete sie, seufzte und schluckte sie. »Das sind Schlaftabletten, stimmt's? Wie lange dauert's, bis sie wirken?«

»Zu lang. Ich muß die Angelegenheit ein bißchen beschleunigen.«

»Wollen Sie, daß ich mich umdrehe?« Resigniert und passiv.

»Bitte.«

»Okay, aber bitte vergessen Sie nicht, daß mir die ganze Sache leid tut. Mister, es tut mir leid, und ich wünschte, ich wär schon längst weg hier.«

Dave ließ den Griff seiner Pistole auf den Hinterkopf des Mannes sausen. »Ich auch«, murmelte er.

Nächster Halt: Sly Lucas' Büro. Würde Ransome ...

»Aber unser Erstinfizierter Mr. Elliot weiß noch immer nicht, was los ist. Er fühlt sich nicht krank. Vielleicht ist ihm ein bißchen eigentümlich zumute, merkwürdigerweise kommt er sich sogar ein wenig lebendiger vor als sonst. Die Farben erscheinen ihm bunter, die Töne wohlklingender, Geschmack und Geruch intensiver. Er fängt an zu träumen. Je nach dem, wie sein Stoffwechsel aussieht, hat er vielleicht sogar die eine oder andere Halluzination.«

... da drin sein mit seinem Funkgerät? Dave hoffte, daß es nicht so war. Er wollte, daß Ransome weiterredete, seinen Männern die Wahrheit sagte. Denn sobald sie die Wahrheit wußten, würden sie anfangen zu schwitzen. Einer oder zwei machten sich vielleicht aus dem Staub. Alle würden sie Fehler begehen.

Er trat die Tür zu Lucas' Büro mit dem Fuß ein.

Zwei Männer, keiner von ihnen Ransome.

Einer stand an der Tür Wache, der andere schaute zum Fenster hinaus. Der Wächter reagierte schnell, feuerte bereits, als die Tür noch gar nicht ganz auf war.

Er zielte zu hoch, glich das Gewicht seines 40-Schuß-Magazins zu stark aus. Die Kugeln schlugen in den Gips über Daves Kopf. Der Wächter drückte die Mündung der Jati-Matic nach unten. Dave ließ sich auf die Knie fallen und gab kurz hintereinander ein paar Schüsse auf die Brust des Mannes ab. Das schallgedämpfte, leise Plop, Plop, Plop der Automatik hörte sich viel zu sanft an für die Wirkung, die die Waffe hatte. Aus dieser kurzen Entfernung hoben die Kugeln den Mann von den Füßen und schleuderten ihn rückwärts über einen Stuhl. Blut spritzte Dave in die Augen. Gipsstaub stieg ihm in die Nase. Er drückte sich in den Flur, preßte den Rücken gegen die Wand, aus dem Blickfeld des anderen Mannes.

Der Mann am Fenster feuerte eine Reihe von Schüssen in den Flur ab. Dave wischte sich mit dem Hemdsärmel das Gesicht ab. Wieder schlugen Kugeln in die Wand ein. Lauter als das gedämpfte Plop der Jati-Matic.

Dave drückte ein frisches Magazin in den Griff seiner Pistole. Er mußte etwas unternehmen, bevor der Mann sein Funkgerät benutzte. Dave zog seinen Schuh vom Fuß und schleuderte ihn durch die offene Tür. Ein Kugelhagel erwischte ihn mitten in der Luft. Dave rollte in das Büro.

Sein Gegner hatte sich in einer Ecke postiert, die Jati-Matic an der Schulter. Sie war auf einen Punkt links von der Tür und über dem Boden gerichtet. Er wollte gerade die Mündung seiner Waffe nach unten drücken.

Daves Schuß traf sein Bein. Der Mann keuchte, seine Waffe zitterte. »Du Schwein«, sagte er.

Dave zielte auf seine Brust. »Tun Sie's nicht.«

Der Mann schwenkte seine Waffe in Daves Richtung ...

»Sie werden mich vielleicht fragen, woher wir das alles wissen. Nun, meine Herren, die Antwort lautet ja. Ja, Mr. Elliot ist nicht der erste Mensch, der mit diesem Erreger infiziert wurde. Natürlich haben sich die anderen Fälle unter sehr viel übersichtlicheren Bedingungen ereignet. Daher wissen wir das alles, meine Herren, und daher wissen wir auch, daß es keine Heilung gibt.«

... der ihn mit einem einzigen Schuß niederstreckte.

Er pfiff durch die Zähne. Das hatte er nicht gewollt. Er wollte nur Ransome. Es bestand kein Anlaß für diese Toten, auch nicht für das andere. Ransomes Worte bewiesen das.

Und Dave fror.

Aber er konnte nicht aufhören. Nicht jetzt. Es gab noch ein Büro, ein drittes Büro, in dem Ransomes Männer warteten ...

»Oder besser gesagt: Es gibt ein einziges Heilmittel. Wenn man den Infizierten tötet, bevor der Erreger die dritte Phase erreicht, kann man die Ausbreitung der Krankheit verhindern. Das ist die einzige Möglichkeit, meine Herren. Verstehen Sie mich, Mr. Elliot?«

... Howie Fines Büro. Howie war der Chefjurist von Senterex. Hinter seinem Schreibtisch hing ein Ölgemälde von Thomas Eakins, auf dem ein berühmtes Gerichtsverfahren dargestellt war, der Richter auf seiner Bank, ein verzweifelter Zeuge im Zeugenstand und ein Anwalt mit gestärktem Kragen, der sich wortgewaltig an die Geschworenen wandte. Dave hatte das Gemälde nie gemocht. Er hatte alles, was mit Gerichten zu tun hatte, noch nie leiden können.

Er trat die Tür ein. Das Zimmer war leer. Nein, doch nicht. Es war ...

Wie ...? Was ...?

Die Kraft wich aus seinen Beinen. Er fiel auf die Knie, war so schwach, daß er beinahe hilflos mit dem Gesicht auf den Boden gestürzt wäre. Der Raum war völlig leer; es war niemand darin außer Marigold Fields, sagen-Sie-Marge-zu-mir, Cohen. Sie war mit einen Nylonseil – es sah aus wie die, die Fallschirmspringer benutzten – an Howie Fines großen Ledersessel gebunden. Sie war am Leben, bei Bewußtsein, hatte einen Knebel im Mund und sah ihn mit Augen an, die wohl ebenso groß waren wie seine. Und die waren sehr groß.

Sie versuchte, etwas zu sagen. Er verstand sie nicht. Ihr Mund war mit Band verklebt.

Dave schluckte. Zweimal. Das war unmöglich ... sie, die anderen ... ihre Köpfe ... Ransomes Horrorszenario ... Sie war tot. Das hatte er mit eigenen Augen gesehen.

Er schnappte nach Luft. Marges gedämpfte Stimme schien ihn darum zu bitten, daß er sie losmachte.

Warum? Was hatte Ransome ... Moment mal. Natürlich. Es lag auf der Hand. Ransome ...

»Verstehen Sie, daß dies die einzige Möglichkeit ist, die Ausbreitung der Krankheit zu verhindern, Mr. Elliot? Es ist von entscheidender Bedeutung, dies zu tun. Warum? Weil die *wirklichen* Symptome erst ein paar Tage, nachdem der Erreger in die dritte Phase mutiert ist, auftreten. Hören Sie mir zu, Mr. Elliot? Ein paar Tage einatmen, ein paar Tage ausatmen. Ein paar Tage, in denen Sie mit jedem Atemzug sechs Millionen Todesboten ausstoßen. Dann fangen Sie an, sich schlecht zu fühlen, Mr. Elliot. Zuerst bekommen Sie Fieber.

Sie schwitzen und frieren. Ihnen wird übel, Sie bekommen schlimme Schmerzen. Nach zweiundsiebzig Stunden sind Sie tot.«

... war ein Profi. Er hatte einen Plan in der Hinterhand. Und dann noch einen und noch einen. Deshalb hatte er Marge nicht umgebracht. Tot nützte sie ihm nichts. Wenn sie am Leben blieb, war sie jedoch eine weitere Waffe, eine letzte Waffe, die er gegen sein Opfer einsetzen konnte. Er mußte sie am Leben halten, damit er diese Trumpfkarte auf den Tisch legen konnte, wenn Dave wider Erwarten doch die Todesfallen überstand, die er für ihn vorbereitet hatte. Dann und nur dann – wenn er sicher war, daß Dave ihm durch die Finger zu schlüpfen drohte –, hätte Ransome Marge eins seiner Funkgeräte vor den Mund gehalten in der Hoffnung, daß ihre Schreie Dave an der Flucht gehindert hätten.

Wahrscheinlich hätte das funktioniert.

Genauso, wie der Anblick ihres abgeschnittenen Kopfes hätte funktionieren sollen.

Dieser Kopf ... wirklich gut gelungen. Fast hätte Dave Ransomes Arbeit bewundert. Er mußte zugeben, das Ding war meisterhaft gestaltet, wie man es von einem Virtuosen von Ransomes Kaliber erwarten würde. War der Kopf aus Lehm oder Wachs oder Gummi, oder hatte er einer Frau gehört, die mit dem entsprechenden Make-up Marge so ähnlich sah, daß Dave getäuscht wurde? Dave wußte es nicht. Es war ihm auch egal. Wichtig war nur, daß Marge noch am Leben war.

Und er würde dafür sorgen, daß sie das auch blieb.

Dave rappelte sich hoch. »Tut mir leid, Marge, ich muß weiter.«

Sie schüttelte den Kopf heftig. Lautere Geräusche, Schreie, als wenn sie ihren Mund hätte öffnen können, drangen unter ihrem Knebel hervor.

»Sie sind hier sicherer, als wenn ich Sie losmachen würde. Es wird jetzt gleich ziemlich zugehen in den Fluren da draußen. Ich möchte nicht, daß Sie da reingeraten.«

Ihre Augen funkelten mordlustig. Sie wäre ihm an die Gurgel gegangen, wenn sie die Hände frei gehabt hätte.

Er schob sie in Howies Wandschrank, aus dem Blickfeld eventueller Besucher. »Aber ich komme zurück. Das verspreche ich Ihnen. Ich verspreche Ihnen, daß ich Sie hole. Marge, sehen Sie mich nicht so an. Verdammt, mir läuft die Zeit durch die Finger, und ich habe keine andere Wahl.«

Er ließ sie allein, in dem Wissen, daß sie ihm nicht verzeihen würde, und kehrte in die Flure zurück, um ...

»Zweiundsiebzig Stunden. Mehr haben Sie nicht. Dann sterben Sie. Den größten Teil dieser Stunden werden Sie sich wünschen, schon tot zu sein. Und zwanzig oder dreißig Tage später sind alle tot. Alle, die dieselbe Luft geatmet haben wie Sie, alle, die in Berührung gekommen sind mit den Leuten, die Sie infiziert haben, und alle, die wiederum mit diesen Kontakt hatten. Mit anderen Worten: Alle Menschen auf der Welt, Mr. Elliot, einfach alle.«

... sein Werk fortzuführen. Er brauchte nur kurze Zeit dazu, die beiden Leichen in die richtige Lage zu bringen. Der Flur vor Bernies Büro bot das Bild eines Gemetzels. Kupfergeruch stieg von den Blutpfützen auf dem Teppichboden auf, beißender Korditrauch hing in der Luft, Tote lagen, wie Tote es offenbar immer tun, unnatürlich verrenkt da, mit schmerzlich überraschtem Gesichtsausdruck. Die Männer, die nur bewußtlos waren, sahen weit weniger überzeugend aus.

Dave stand jetzt in Strümpfen da. Einer seiner Schuhe war von Kugeln durchsiebt worden. Den anderen hatte er weggeworfen. Die Schuhe des schwarzen Mannes, den Ransome »Krähe« genannt hatte, große, bequeme Treter, sahen aus, als könnten sie passen; Dave warf einen gierigen Blick darauf.

Lieber nicht. Vielleicht merkt's jemand.

Stimmt.

Wird Zeit, daß es losgeht, meinst du nicht auch?

Stimmt auch.

Dave nahm eine der Jati-Matics in die Hand, überprüfte das Magazin und straffte den Trageriemen. Er schlang ihn ...

»Vergessen Sie die ganz normalen Mörder, vergessen Sie Armeen und Kriege, vergessen Sie auch Hitler und Stalin und alle wahnsinnigen Despoten, die je das Licht der Welt erblickt haben. Egal, wie viele Menschen die auf dem Gewissen hatten, Mr. Elliot wird sie übertreffen. Er steht ohne Konkurrenz da. Für einen wie ihn kennt die Menschheit kein Wort.«

... über die linke Schulter. Dann trabte er den Flur zum Sitzungszimmer zurück. An der Tür blieb er stehen.

Nach dem Auslösen des Alarms hätte er drei Möglichkeiten – er konnte zu einer der Treppen rennen, sich in Bernies Wandschrank verstecken oder im Sitzungszimmer.

Wahrscheinlich, dachte er, war der Wandschrank das beste. Ihn erreichte er schneller als irgendeine der Treppen. Außerdem würden Ransomes Männer nicht in den Wandschrank schauen. Sie würden die Leichen und das Kabel am offenen Fenster sehen und denken, daß er zum Dach entkommen war.

Das hoffst du jedenfalls.

Tja, das hoffe ich jedenfalls.

Also schwenkte er ins Sitzungszimmer, durchquerte es und betrat, wie er hoffte, das letzte Mal in seinem Leben Bernie Levys Büro.

Es hatte sich nichts verändert. Ransomes Metzgerarbeit war immer noch aufgestellt.

Wahnsinn. Der pure Wahnsinn. So unnötig wie unsäglich. Sie hätten ihm die Sache nur zu erklären brauchen. Er hätte verstanden. Natürlich wäre er nicht glücklich darüber gewesen, aber er wäre nicht geflohen. Wenn sie ihm gleich gesagt hätten, was Ransome ihm jetzt erklärte, hätte er kooperiert. Sie hätten ihm anbieten können, ihn irgendwo in ein sauberes Zimmer zu bringen, steril, von der Außenwelt isoliert. Oder sie hätten ihn auf einer verlassenen Insel oder an einem anderen sicheren Ort aussetzen können. Nur in Würde sterben, das hätte er gewollt. Er hätte sich nicht gewehrt. Wie hätte er sich auch wehren sollen? Wenn er die Wahrheit gewußt hätte, hätte er sich ergeben.

Doch statt dessen hatten sie beschlossen, ihn wie ein tollwütiges Tier zu behandeln. Wir sind Profis in offiziellem Auftrag, Mr. Elliot, und wir wissen, was am besten für Sie ist. Außerdem haben wir nicht genug Vertrauen in Sie, um Ihnen die Wahrheit zu sagen. Wir lügen Sie und Ihre Freunde und die Leute an, die uns bezahlen. So gehen wir nun mal vor, Mr. Elliot. Und wenn Sie das immer noch nicht begriffen haben, werden Sie sich auch nicht mehr daran gewöhnen. Also bemühen Sie sich bitte, ein braver Bürger zu sein, und machen Sie uns keine Schwierigkeiten, wenn wir das Problem auf die traditionelle Weise beseitigen.

Du könntest dich immer noch stellen. Vielleicht könntest du Ransome überreden, Marge laufen zu lassen ...

Zu spät. Sie sind zu weit gegangen. Es gibt Rechnungen zu begleichen ...

»Nun, Männer, nun, Mr. Elliot, und hier der krönende Abschluß: Sobald der Erreger in die dritte Phase mutiert ist und sobald er sich auf die Gesamtbevölkerung ausbreitet, ist er nicht mehr aufzuhalten. Man kann ihn nur aufhalten, bevor er die dritte Phase erreicht. Das bedeutet, man muß den Infizierten aufhalten. Also bringt man ihn um, bevor es zu spät ist. Und selbst wenn dabei noch ein paar andere Leute draufgehen, ist das noch ein gutes Geschäft. Selbst, wenn dabei die ganze Stadt New York ausgerottet wird, ist es immer noch ein gutes Geschäft. Das ist eine denkbare Alternative, das wissen Sie, meine Herren. Eine Bombe ist eine rationale Alternative.«

... und Hühnchen zu rupfen. Nächstes Jahr wird der Name des Herrn John Ransome, wie er sich selber nennt, nicht mehr im Telefonbuch auftauchen.

Dave schloß die Hand zur Faust und öffnete sie wieder. Er warf einen Blick auf das Klebeband. Es reichte von der grauen Box über der Tür bis zu der zersplitterten Fensterscheibe.

Bringen wir's hinter uns.

Dave riß an dem Klebeband.

Ransome redete immer noch. Die Worte kamen nur ein bißchen schneller aus seinem Mund, als sie eigentlich sollten. Er hatte zuviel gesagt, wußte, daß alles, was er noch sagte, es schlimmer machen würde, aber er konnte nicht aufhören. »Sie glauben, AIDS ist ansteckend. Nun, meine Herren, die Infektionsrate von AIDS verdoppelt sich pro Jahr nur einmal. Aber das ...« Ransome atmete kurz und heftig ein. »Er ist hier! Im Büro des Juden! Los! Los! Los, los, los!«

Dave riß die Tür zu Bernies Büro auf, wirbelte herum und rannte zum Wandschrank. Er hörte, wie die anderen Türen des Flurs zuschlugen und Männer angerannt kamen.

»Rotkehlchen, hier spricht Papagei ...«

»Halten Sie den Mund. Reserve- und Außenteams, bleiben Sie auf Empfang.«

Dave wartete im Wandschrank. Er zog die Tür zu.

Sie waren draußen im Flur, gleich auf der anderen Seite der Wand. Dave hörte, wie sie sich bewegten. Jemand stolperte und knallte gegen den Rigips. Noch ein Geräusch, auf das Dave sich keinen rechten Reim machen konnte. Ein Gurgeln, dann ein Platschen. Der Mann, der der Wand am nächsten stand, flüsterte so laut, daß Dave es verstehen konnte: »Bringt den Schlappschwanz raus, bis er mit der Kotzerei fertig ist.«

Ransomes Stimme überschlug sich fast: »Scheiße!« Es sah ihm nicht ähnlich zu fluchen, wenn er überrascht war.

Aus dem Funkgerät drang Papageis Stimme: »Rotkehlchen, was ist los?«

»Schweigen Sie, ich wiederhole, schweigen Sie. Ich melde mich wieder.«

Die Stimme auf der anderen Seite der Wand: »Wie viele? Wer?«

Eine andere Stimme: »Bussard, Ara und Krähe.«

Ransome flüsterte nicht. Er sprach mit seiner ganz normalen Stimme, fast schon im Plauderton: »Seetaucher, Eichelhäher und Kondor waren im Konferenzzimmer. Die wird's auch erwischt haben. Sechs Männer. Mr. Elliot geht mir allmählich auf die Nerven.«

»Er ist immer noch da drin, Sir?«

»Ja. Wo sollte er sonst sein? Wenn er raus auf den Flur gelaufen wäre, hätten wir ihn jetzt.« Ransomes Tonfall veränderte sich. »Oder ... oder ...« Er klang verwirrt. Dave fragte sich, warum.

»Sir, sollen wir ...?«

»Sollen wir was, Soldat? Ob Sie sich Ihren Lohn verdienen sollen? Ich denke doch. Also, Mädels, jetzt geht's los. Waffen in Anschlag, und falls Mr. Elliot sich in Ihr Schußfeld begeben sollte, tun Sie uns allen einen Gefallen und atomisieren Sie ihn. Also, eins .. .«

Dave hörte es knacken. Die Männer legten noch ein Magazin ein, nur für den Fall eines Falles. So war es immer. Das hatte er selbst auch schon gemacht.

»... zwei ...«

Er wußte, das Herz würde ihnen den Brustkorb fast sprengen. Es würde weh tun. Der letzte Adrenalinstoß vor dem Schußwechsel ist schrecklich. Als Dave das zum erstenmal erlebte, glaubte er, er bekomme einen Herzinfarkt.

»... drei!«

Ein ganzer Hagel schallgedämpfter Kugeln, nicht viel lauter als ein Schwarm aufflatternder Tauben, die in Panik vor einer Katze fliehen.

Heißes Messing verschwand mit einem »Ping« im Boden, Glas splitterte. Etwas knackte wie zertretenes Popcorn. Etwas anderes fiel krachend in sich zusammen. Dave spürte, wie die Kugeln in die Wände einschlugen, in den Boden, in die Decke.

Er konnte sich vorstellen, was in Bernies Büro vor sich ging. Er hatte das schon einmal erlebt. Vielleicht dreißig Kilometer nördlich der Entmilitarisierten Zone befand sich ein Dorf und an seinem Rand ein altes französisches Farmhaus, angeblich ein feindliches Hauptquartier. Daves Männer schossen so viele Magazine leer, daß die Mauern des Hauses zusammenstürzten. Als alles vorbei war, betrat Dave das Innere als erster – die Einrichtung war nur noch Konfetti.

Es war ruhig. Einen Augenblick hörte Dave nichts mehr. Dann begann ein Mann zu brabbeln.

»Gütiger Himmel! Jesus! Das sind Frauen! Ich mach den Job hier nicht ...«

»Halten Sie den Mund!« Ransomes Stimme klang schneidender als je zuvor.

»Ich muß kotzen. Laßt mich raus.«

»Einen Schritt, und Sie sind Hackfleisch.«

»Verdammt! Das ist ja die Cohen-Mieze. Mein Gott! Sind Sie ein Psychopath oder was ...«

Dave hörte das leise Husten einer schallgedämpften Waffe. Etwas sank schlaff gegen den Wandschrank und glitt auf den Boden.

Ransome flüsterte mit sanfter, ruhiger Stimme: »Wenn ich sage, halten Sie den Mund, meine ich das auch. Und jetzt, meine Damen, zurück an die Arbeit. Es geht hier nicht um diese Frauen, sondern um den Gesuchten, der uns anscheinend schon wieder abgehauen ist ...«

»Das Fenster, Sir ...«

»Zuerst jemand rüber ins Konferenzzimmer ...«

»Nein, Sir, das Fenster ...«

Ransomes Stimme übertönte die anderen. »Treten Sie beiseite. Lassen Sie mich sehen, was ... mein Gott. Das hätte ich mir denken können.«

Er ist am Fenster, dachte Dave. Er hat das Kabel gesehen. Sie stehen alle bei ihm, mit dem Rücken zu dir. Es wäre so einfach.

Ransome bellte ins Funkgerät: »Das Dach! Elliot hat ein Seil! Papagei, beordern Sie das Reserveteam die Treppe rauf! Schnell! Schnell!«

Papagei brüllte zurück. »Westliche Treppe, Sir! Das ist der einzige Zugang zum Dach!«

»Rauf!«

Sekunden später kehrte wieder Stille ein. Dave atmete tief durch. Er ließ die Schultern sinken und lockerte den Griff an der Jati-Matic. Die ganze Angelegenheit hatte nicht einmal eine Minute gedauert. Sie waren gekommen und wieder verschwunden, und niemand hatte geahnt, daß alles eine Finte war.

Die Leichen, das Blut, die Einschußlöcher, die beiseitegezerrte Leinwand an Bernies zersplittertem Fenster, das Kabel, das draußen baumelte – eine perfekte Täuschung. Ransome hatte sie ihm abgekauft, ohne den Schimmer eines Zweifels.

Vorsicht. Vergiß nicht, was Mamba Jack immer über übertriebenes Selbstvertrauen gesagt hat.

Der sicherste Weg in den Leichensack.

Hatte Ransomes Stimme nicht einen Augenblick lang ein bißchen merkwürdig geklungen?

Vielleicht. Einen Moment hatte sie sich verändert. Sie hatte verwirrt geklungen.

Und?

Geh lieber auf Nummer Sicher.

Dave ließ sich auf den Boden des Wandschranks sinken. Er wischte sich die Hand an seinem Hemd ab und packte die Jati-Matic. Den Kolben drückte er gegen seine Schulter.

Ein 40er Magazin. Gleicht das Gewicht aus.

Er drückte sanft mit der Fingerspitze gegen die Tür des Wandschranks. Sie öffnete sich ein paar Millimeter.

Dave lauschte. Stille. Nicht der geringste Hinweis darauf, daß sich auf der anderen Seite jemand befand. Er drückte die Tür ein weiteres Stück auf.

Immer noch nichts.

Und weiter. Und ganz auf.

Dave trat über die Leiche des Mannes, den Ransome erschossen hatte.

Bernies Büro war leer.

Noch ein Fenster war kaputt, von Ransomes Männern hinaus in die Nacht geschossen. Ein Teil von Bernies schönem

Mahagonischreibtisch, das Viertel, das der Tür am nächsten war, hing in Splittern herunter. Fünf oder sechs Reihen von Einschußlöchern zierten die Wand dahinter. Ein Gemälde von Wyeth war zerstört, die beiden anderen hatten nichts abbekommen. Bernies Sofa bestand nur noch aus Stoff-, Faser- und Holzfetzen. Sein Sideboard taumelte schief im Raum. Die Lampen waren nur noch Porzellanscherben. Und die aufgespießten Köpfe ...

Er holte tief Luft und zwang sich, aus Ekel Wut werden zu lassen. Jemand hatte das Panzergeschoß gestohlen, das Bernie zur Erinnerung an seinen Militärdienst in Korea bekommen hatte. Wenn er den Mann fand, der es genommen hatte, dachte Dave, würde er ihn auch umbringen.

Er robbte zur Tür, die jetzt lose in den Angeln hing, und rollte hinaus auf den Flur. Dann schwang er nach links und zielte mit der Jati-Matic in Höhe der Taille eines stehenden Mannes. Er gab kurz hintereinander eine Reihe schallgedämpfter Schüsse ab und riß die vibrierende Waffe nach rechts.

Die Kugeln schlugen in die Wände ein. Es war niemand da. Der Flur lag leer und kühl im Neonlicht. Die dezente Tapete, der diskrete, beigefarbene Teppichboden, die geschmackvollen, gerahmten Drucke an der Wand, wirkten so wie immer – eine Manageretage wie so viele in Amerika, mit dem kleinen Schönheitsfehler, daß ein paar Kugeln in den Wänden steckten und ein paar blutüberströmte Leichen auf dem Boden lagen.

Dave wirbelte nach links, dann wieder nach rechts.

Du hast 'n Stein im Brett beim lieben Gott. Ransome ist tatsächlich drauf reingefallen.

Ja.

Und jetzt runden wir das Ganze ab.

Genau.

Dave holte das Magazin aus der Jati-Matic und steckte ein neues hinein. Dann hielt er die Waffe schräg vor den Körper und begann zu rennen. Ransome war auf der westlichen

Treppe, Ransome und *alle* seine Männer bis auf die vier im Erdgeschoß.

Dave sprintete zur östlichen Treppe. Er war jetzt ruhig, hatte alles unter Kontrolle. Das war so, seit er die drei Männer im Konferenzzimmer überwältigt hatte. Die alte Ruhe hatte ihn wieder überkommen, die entspannte Einstellung des Profis zu seinem Job. Keine Wut, keine Angst, keine Zweifel. Nur der Job und nichts anderes.

Er langte an der Tür an, riß sie auf und rannte die Treppe hinauf.

49. Stock.

Die Brandschutztür war verschlossen. Dave hatte keine Zeit, sie zu knacken. Er schoß sie auf.

Er rannte. Jetzt hatte er nur noch Sekunden. Ransome würde jeden Augenblick oben auf dem Dach ankommen. Es würde nicht lange dauern, bis er merkte, daß er dazu verführt worden war, genau das zu tun, was ein Kommandant nie tun sollte – seine Truppen an einem Ort zu konzentrieren, zu dem es nur einen Zugang gab.

Dave rannte.

Einen Flur entlang. Rechts ab. Schneller. Wieder eine Biegung vor ihm.

Sein Schwung war so groß, daß er gegen die Wand knallte. Er stolperte, gewann wieder an Geschwindigkeit. Seine Füße tappten auf dem Teppichboden. Er atmete nicht allzu schwer. Er war ruhig, beherrscht, voll innerem Frieden. In weniger als dreißig Sekunden wäre alles vorbei.

Die Brandschutztür zur westlichen Treppe.

Dave blieb stehen. Das fiel ihm nicht leicht, beinahe hätte er gar nicht mehr aufhören mögen mit dem Rennen.

Er preßte das Ohr gegen die Tür. Er hörte nichts. Seine Feinde waren nicht dort.

Er drückte die Tür auf, schob eine seiner Pistolen in den Spalt.

Der Beton war kalt unter seinen Füßen. Über sich hörte er

das gedämpfte Klicken von Absätzen. Es waren noch nicht alle Männer draußen auf dem Dach.

Pech.

Er machte vier schnelle Schritte nach vorn und schaute hinunter. Das Treppenhaus wand sich spiralförmig fünfzig Stockwerke hinunter. Zwei Abschnitte pro Stockwerk, insgesamt hundert. Ein Absatz in jedem Stock und jeweils einer zwischen den Stockwerken. Man konnte bis ganz hinunter sehen. Und bis ganz hinauf.

Und wenn man wußte, wo man hinschauen mußte, sah man, wo das Treppenhaus hinaus aufs Dach führte. Man sah die Unterseite des Betonaufbaus auf dem Dach und die Stelle, wo Dave ein braunes Fläschchen mit kristallisiertem Stickstofftrijodid aufgeklebt hatte.

Gleich macht's wummm!

Dave hob die Jati-Matic. Ein schwieriger Schuß. Er sah zur Tür zurück und schätzte seinen Spielraum ab. Knapp zweieinhalb Meter. Es würde knapp werden. Er würde es schaffen, wenn sein Timing stimmte. Wenn nicht, würde er es nie erfahren.

Er zielte. Da stieg immer noch jemand die Treppe hinauf zum Dach. Dave wartete, bis er aus der Gefahrenzone war.

Das Funkgerät knisterte. Ransome brüllte: »Amsel! Amsel, riegeln Sie ...«

Jetzt ist's soweit!

Dave feuerte.

Die Jati-Matic schlug gegen seine Schulter zurück. Er hechtete auf die Tür zu. Sein Finger war immer noch am Abzug. Kugeln flogen durchs Treppenhaus und prallten vom Beton ab. Die Tür, der Flur, die Sicherheit, all das war nur ein paar Meter entfernt.

Dave preßte die Augen zu. Grelles Weiß, so weiß, so grell. Die Adern in seinen Augenlidern schimmerten glühend rot.

Und Neonhitze, so heiß wie das Herz Gottes.

Und ein Donner, nicht der Donner eines Gewitters draußen

im Farmland, nicht das behäbige Dröhnen und lange Rollen, das ein Junge von seinem Schlafzimmer aus hört, nicht das Warten auf den Blitz und das Zählen der Sekunden, bis man den Donner hört, und dann das Multiplizieren mit 0,2, um zu wissen, wie weit der Ort weg ist, an dem der Blitz eingeschlagen hat.

Kein ferner Donner. Kein naher Donner.

Ein innerer Donner, ein Donner aus dem Inneren des Blitzes.

Der größte Teil seines Körpers befand sich bereits auf der anderen Seite der Tür, als die Druckwelle auf ihn traf. Sie drückte ihn nicht nieder, sondern hob ihn von den Füßen, wirbelte ihn herum und ließ ihn mit dem Kopf nach unten gegen eine Wand krachen, gegen die sie ihn einen Augenblick lang so fest drückte, daß ihm die Luft aus den Lungen gepreßt wurde. Dann ließ sie ihn los, er fiel auf den Boden.

Er fühlte sich, als hätte ihn eine Straßenbande mit Knüppeln verdroschen. Jeder einzelne Muskel, der ganze Körper tat ihm weh.

Er kroch von der Tür weg, die nun völlig verbogen in den Angeln hing. Betonbrocken regneten von der Decke herab, kamen auf dem Boden auf, rollten über den Teppich. Eine Staubwolke legte sich auf Daves Gesicht. Er schnappte nach Luft und kroch weiter.

Wasser.

Am anderen Ende des Flurs befand sich ein Wasserspender. Als Dave ihn erreicht hatte, zog er sich daran hoch und drückte darauf. Er trank gierig und ließ dann das Wasser über sein Gesicht laufen. Metallenes Kreischen hinter ihm. Ein Balken krachte durch die Decke und bohrte sich an der Stelle in den Boden, wo er noch vor Sekunden gelegen hatte.

Jesus, Junge, hast du nicht doch ein bißchen viel von dem Trijodid genommen?«

Nee.

Er trank noch einen Schluck Wasser.

Ein Geräusch – Knistern? Eine Stimme? – drang aus dem Funkgerät. Dave klangen die Ohren. Er verstand nicht ganz ... Er bewegte den Kiefer vor und zurück, schluckte, versuchte seine Ohren freizubekommen. Plop, und er konnte wieder hören.

»... oben? Wiederhole, was zum Teufel war das? Rotkehlchen, melden Sie sich. Rebhuhn, melden Sie sich. Wiederhole, was ist los da oben? Warum meldet sich denn niemand?« Das war Amsel, der Mann in der Eingangshalle.

Dave drückte auf die Sendetaste. »Amsel, was ist los? Wie hat sich das da unten angehört?«

»Wie ein Wahnsinnszugunglück.«

»Hat's jemand auf der Straße gehört? Irgendwelche Aktivitäten da draußen?«

»Nein. Wenn jemand das da draußen gehört hat, meint er bestimmt, das war bloß wieder so 'ne Kanalsprengung. Aber es sind noch andere Leute hier im Gebäude, und ich möchte wetten, daß die jetzt die Feuerwehr holen.«

Gut. Alles, was jetzt kommt, muß schnell gehen.

»Rühren Sie sich nicht von der Stelle, Amsel.«

»Ja. Wer spricht überhaupt?«

»Das werde ich Ihnen sagen.« Ransome. Seine Stimme klang kratzend wie eine alte 78er-Schallplatte.

Dave drückte auf den Knopf. »Hier spricht David Elliot, Amsel. Bewahren Sie kühlen Kopf, und tun Sie nichts Überstürztes, wenn Sie heute noch heil nach Hause kommen wollen.«

Ransome sagte mit leiser Stimme: »Sie erstaunen mich, Mr. Elliot. Ich halte es für ziemlich unwahrscheinlich, daß irgendeiner von uns heute noch heil nach Hause kommt.«

»Doch, wenn Ihre Leute mir zuhören und machen, was ich sage. Amsel, Rebhuhn und alle andern, passen Sie mal auf. Lassen Sie mich als erstes die gegenwärtige Lage beschreiben: Amsel, Sie haben drei Männer. Im 45. Stock sind sechs weitere Männer ...«

»Tot«, fiel Ransome ihm ins Wort.

»Nicht alle. Sie hätten sie sich genauer ansehen sollen. Ich habe nur die erschossen, die mir keine andere Wahl gelassen haben. Denkt daran, Leute, ich hab den ganzen Tag versucht, euch *nicht* umzubringen.«

»Und dabei bedauerlich wenig Erfolg gehabt.«

Dave knirschte mit den Zähnen. Eins zu Null für den guten John Ransome. Er durfte nicht zulassen, daß das Schwein noch weitere Punkte machte – jedenfalls nicht, wenn Dave ihm seine Männer abspenstig machen wollte. »Okay, Ransome, Sie haben da oben auf dem Dach noch, ich würde sagen, ein Dutzend Leute.«

»Sie erwarten doch wohl nicht, daß ich Ihnen das sage, oder?«

»Weniger. Alle, die sich in der Nähe der Treppe oder der Tür aufgehalten haben, sind auf der Verlustliste. Amsel, Sie verfluchter Idiot, der Lärm, den Sie vorher gehört haben, das war ich. Ich hab die Treppe in die Luft gejagt. Alle, die jetzt auf dem Dach sind, können nicht mehr runter.«

»Hier spricht Rotkehlchen. Amsel, benachrichtigen Sie sofort das Hauptquartier.«

»Unterlassen Sie das, Amsel«, herrschte ihn Dave an. »Wenn Sie das Hauptquartier benachrichtigen, gibt's zwei Möglichkeiten: Entweder sie schicken noch mehr Männer oder sie sagen sich, ach, was soll's, lassen wir 'ne Bombe drauffallen. Und in jedem Fall sterben Sie.«

»Hören Sie nicht auf ihn, Amsel.«

»Amsel, wenn die mehr Leute schicken, kriegen sie mich trotzdem nicht. Jedenfalls nicht gleich. Selbst wenn die ein ganzes verdammtes Regiment schicken und jedes Büro einzeln durchsuchen, brauchen sie Stunden. Bis dahin ist längst die Sonne aufgegangen. Es sind wieder Leute auf der Straße. Die ersten Pendler kommen. Die Stadt wacht auf.«

»Amsel, ich habe Ihnen einen direkten Befehl erteilt. Rufen Sie das Hauptquartier.«

»Und wissen Sie, was ich dann mache? Ich warte bis zur

Rush-hour. Dann stürze ich mich aus einem Fenster. Vielleicht aus dem zehnten Stock, vielleicht auch aus dem vierzigsten. Ist egal, wo, denn wenn ich auf dem Asphalt aufschlage, ist mein Blut überall. Haben Sie sich mal die Straße angeschaut, nachdem der arme Bernie Levy gesprungen ist, Amsel? Bei mir wird's nicht anders sein.«

»Amsel, ich muß Sie nicht an die Strafe erinnern, die auf Befehlsverweigerung steht, oder?«

»Sie haben doch gehört, was Ihr Boss vorhin über mein Blut gesagt hat, oder? Es ist voller Viren oder Erreger oder wie das Teufelszeug heißt. Wer es erwischt, kriegt die Krankheit. Denken Sie dran, Amsel, wie weit Bernies Blut weggespritzt ist. Denken Sie dran, wie viele Leute mein Blut in die Nase und in den Mund kriegen, wenn ich in der Rush-hour aus dem Fenster springe.«

»Tun Sie Ihre Pflicht, Amsel, rufen Sie ...«

Amsel würgte Ransome ab. »Und wie sehen meine Alternativen aus? Ich sterbe, wenn Sie springen. Ich sterbe, wenn die die Bombe abwerfen. Und ich sterbe, wenn ich Sie hier rauslasse, weil Ihr Erreger alle Menschen auf der Welt töten wird.«

»Ich geh nicht raus. Das ist mein Angebot.«

Amsel gab ihm keine Antwort. Nach einem Augenblick des Schweigens lachte Ransome leise. »Das ist ja höchst interessant, Mr. Elliot, wirklich. Sagen Sie, was haben Sie vor? Sie wollen doch wohl nicht behaupten, daß Ihnen jetzt in diesem späten Stadium der Angelegenheit noch eine neue Lösung zu unserem kleinen Problem eingefallen ist.«

»Doch. Wollen Sie sie hören?«

Ransome schnaubte verächtlich. »Sprechen Sie.«

»Zuerst möchte ich Amsel etwas fragen: Amsel, wissen Sie, was Ihr Freund Rotkehlchen, mein Freund Ransome, getan hat? Was für eine hübsche kleine Überraschung er für mich in Bernard Levys Büro vorbereitet hat?«

»Äh ...«

»Wie steht's mit Ihnen, Papagei? Sind Sie mal raufgegangen und haben sich die Sache angesehen?«

»Nein. Ich war zwei Stockwerke weiter unten im Reserveteam. Warum fragen Sie?«

»Sagen Sie's ihnen, Ransome. Sie waren doch so verdammt stolz darauf, also sagen Sie's ihnen auch.«

Dave hörte ein Zischen und ein Schnappen. Also hatten Ransomes Zigaretten und sein Feuerzeug die Detonation überstanden. »Ich sehe keinerlei Grund, warum ich das tun sollte, Mr. Elliot. Außerdem nimmt jemand wie ich von jemandem wie Ihnen keine Befehle entgegen.«

»Na schön. Dann mache ich's für Sie. Papagei, Amsel und alle andern mal herhören: Euer Boß hat ein paar Köpfe abgeschnitten und sie auf Pfähle aufgespießt.« Dave schwieg einen Moment, um eine größere Wirkung zu erzielen. »Frauenköpfe.«

Jemand, Dave wußte nicht, wer, stieß einen Fluch aus.

Ransomes Stimme veränderte sich ein wenig, kaum wahrnehmbar. »Sie haben einen Fehler gemacht, Mr. Elliot. Mehr als einen. Wenn Sie genauer hingesehen hätten, wäre Ihnen aufgefallen ...«

»Daß Sie Marge Cohen noch immer als Geisel halten? Tja, das tun Sie nicht. Ich habe sie gefunden und befreit, und sie ist längst hier raus.«

Ransome flüsterte: »Sie Hurensohn.«

»Na schön, kommen wir zur Sache.« Dave sprach mit zusammengepreßten Zähnen und hatte Mühe, seine Stimme unter Kontrolle zu halten. »Männer, ich möchte euch sagen: Euer Boß hat Frauenköpfe aufgespießt. Habt ihr das verstanden, Leute? Habt ihr kapiert, was euer perverser Kommandeur in seiner Freizeit gemacht hat? Ich sag's euch noch einmal – euer Boß hat Frauen geköpft.«

»Psychologische Kriegführung. Erprobte Praktiken ...«

»Vergessen Sie's, Ransome. Das ist doch bloß eine faule Ausrede. Männer, er möchte, daß ihr glaubt, er hat's nur getan, damit ich ausflippe. Ich war in Nam. Das wißt ihr Männer. Und als ich da war, hat jemand das gleiche mit ein paar vietnamesischen Frauen gemacht – er hat ihnen die Köpfe abgeschnitten. Damals bin ich ausgerastet, und euer Boß hat sich gedacht, wahrscheinlich macht er das wieder. Den Grund möchte euch Ransome schmackhaft machen. Aber das ist nicht der einzige Grund. Und es ist auch nicht der wahre Grund. Der wahre Grund, der Grund, warum er das getan hat ...«

»Halten Sie den Mund, Elliot. Wer hat Ihnen die Erlaubnis gegeben, sich hier als Psychiater aufzuspielen?«

»... ist, weil er gern ...«

»Lieutenant Elliot hat seine eigenen Männer und seinen Kommandeur verraten.«

» ... « Dave schluckte.

»Das hat er in Nam gemacht. Er hat seinen Kommandeur verpfiffen. Hat ihn vor's Kriegsgericht gebracht, ihn und fünf von seinen eigenen Männern. Dem könnt ihr nicht glauben. Kein Wort. Der ist ein Judas.«

»Genau.« Dave hielt das Funkgerät mit weiß hervortretenden Knöcheln, so fest er konnte. »Sie haben recht, Ransome. Und ich wette, daß mindestens einer von Ihren Männern – vielleicht sogar mehr – das gleiche machen wird.« Dave senkte die Stimme und sprach in aufrichtigem Tonfall weiter. »Einer von euch *wird* Ransome verraten. Ihr werdet es machen, weil es das einzig Richtige ist, vielleicht auch, weil ihr sonst nachts nicht mehr schlafen könnt oder weil ihr wie euer Boß bis zum Hals in der Scheiße sitzt, wenn irgend jemand rausfindet, was hier gelaufen ist.«

Ransome schnaubte verächtlich. »Quatsch. Ich bin ermächtigt ...«

»Frauen zu köpfen, Frauen zu verstümmeln? Hey, ihr Männer, wenn Ransome solche Anweisungen hat, würde ich die gern Schwarz auf Weiß sehen. Ich meine, wenn ich an eurer Stelle wäre ...«

»Euch kann nichts passieren. Ich bin der Befehlshaber hier und kann voll zur Verantwortung gezogen werden ...«

Dave konterte: »Der Befehlshaber kommt im Regelfall mit einer Bewährungsstrafe davon. Das Fußvolk erwischt's. So ist es immer schon gewesen, und daran wird sich auch nichts ändern. Ich hab noch keinen Soldaten kennengelernt, der das nicht gewußt hätte, Ransome.«

»Mr. Elliot, ich habe genug von Ihnen. Amsel, ich habe Ihnen befohlen, das Hauptquartier zu rufen. Befolgen Sie meine Anweisungen.«

»Tun Sie's nicht, Amsel. Lassen Sie sich lieber mein Angebot durch den Kopf gehen. Entweder Sie akzeptieren's oder Sie sterben.«

Das Funkgerät verstummte. Die Sekunden verstrichen. Daves Hände wurden feucht. Er wagte nicht, das Funkgerät wegzulegen, um sie sich abzuwischen.

Endlich sagte Amsel etwas. »Reden Sie, Sir. Ich glaube, wir sollten uns Ihr Angebot anhören. Ich meine, wenn niemand etwas dagegen hat.«

»Sie enttäuschen mich, Amsel«, flüsterte Ransome. »Ich darf Sie an folgendes erinnern: Wenn er ein Angebot hätte machen wollen, hätte er das schon den ganzen Vormittag machen können.«

Jetzt hast du ihn, Junge.

Dave hakte nach: »Rebhuhn, glauben Sie das? Sie waren immer am nächsten bei Ransome. Nun machen Sie schon, Rebhuhn, sagen Sie uns, sagen Sie Ihren Kumpels, was passiert wäre, wenn ich das versucht hätte.«

Ransomes Stimme wurde ein bißchen lauter: »Halten Sie den Mund, Rebhuhn! *Ich* antworte darauf. Ihr Männer wißt alle: Wenn Mr. Elliot ein bißchen Entgegenkommen oder auch nur die geringste Bereitschaft zur Kooperation gezeigt hätte, wenn er sich wie ein erwachsener Mensch verhalten hätte, was wir alle von ihm erwarten konnten ...«

Rebhuhn fiel ihm ins Wort: »Dann hätten Sie ihn abgeknallt.«

Ransomes Stimme kippte: »Verdammt, Rebhuhn! Und Amsel, ich hab Ihnen, verdammt noch mal, einen Befehl gegeben, und den befolgen Sie jetzt, verdammt noch mal!«

Dave bemühte sich, seine Stimme ruhig zu halten. Das war gar nicht so leicht. »Mein Tauschgeschäft ist simpel. Ich will nur Ransome. Liefern Sie ihn mir aus, geben Sie ihn mir ein paar Minuten lang, und wenn ich fertig bin ...«

»Lügner! Gottverdammte, hinterhältige Ratte!«

»Wenn ich fertig bin mit dem, was ich tun muß – was jeder von Ihnen machen würde –, lege ich meine Waffen ab und liefere mich Ihnen aus.«

»Das ist Bockmist, verdammter Bockmist! Hört nicht auf ihn!«

Dave zwang sich, müde und resigniert zu klingen. »Wahrscheinlich haben die Aufzüge bei der Detonation dran glauben müssen, Amsel. Also komme ich diese Treppe runter, die nördliche. Ohne Waffen. Keine Tricks. Hände erhoben. Dann liegt's an Ihnen. Wenn Sie mich abknallen wollen, okay. Soviel ich weiß, habe ich sowieso nicht mehr lange zu leben. Wenn Sie das Hauptquartier rufen wollen, ist mir das auch recht. Machen Sie, was Sie wollen. Es ist mir egal. Ich möchte bloß ein paar Minuten allein mit Ihrem Boß verbringen.«

»Du Scheißkerl! Meinst du, die Männer sind so blöd ...«

Eine andere Stimme unterbrach Ransome. Rebhuhn fragte leise: »Wie wollen Sie ihn kriegen? Er ist hier oben. Und Sie sind da unten.«

»Ich bin grad auf dem Weg in Bernie Levys Büro. In einer Minute bin ich da. Es hängt ein Seil vom Dach. Besser gesagt, ein Kabel, auf der nördlichen Seite. Binden Sie Ransome fest und lassen Sie ihn zu Levys Fenster herunter – zu dem kaputten. Aber ziehen Sie ihn zuerst aus. Ich will ihn splitternackt.«

Ransome knurrte: »Aber, aber, Mr. Elliot, ich hab ja gar nicht gewußt, daß Sie *solche* Gefühle für mich hegen.«

Dave schenkte ihm keine Beachtung. »Rebhuhn, Amsel? Sind wir im Geschäft?«

Am anderen Ende der Funkverbindung herrschte Schweigen. Dave hielt den Atem an. Nun hing alles von der Loyalität ab. Wie treu waren Ransomes Männer ihrem Anführer ergeben? Die Loyalität mancher Soldaten war so stark, daß sie das Maß des reinen Gehorsams überstieg. Wenn der Mann, dem sie folgten, der richtige war, konnte nichts das Band zwischen ihm und ihnen zertrennen. Lieber würden sie sterben.

Doch der Offizier, dem sie dieses Vertrauen entgegenbrachten, mußte es sich zuerst erworben haben. Und Ransome hatte das wahrscheinlich nicht, dachte Dave.

Rebhuhn war ganz seiner Meinung.

»Ja.« Rebhuhns Stimme klang militärisch barsch. Dave wußte, daß er die Wahrheit sagte.

Ransome brüllte: »LASS DEINE DRECKIGEN FINGER VON MIR DU MÖSENMEMME SONST BRING ICH DICH VOR EIN EXEKUTIONSKOMMANDO TRAU DICH JA NICHT MICH ANZURÜHREN DU HURENSOHN SONST NAGEL ICH DIR DEINEN SCHWANZ AN DIE ...«

Dave hörte Stöhnen und gedämpfte Obszönitäten. Ransomes Funkgerät gab ein Geräusch wie zerknülltes Zellophan von sich.

»Rebhuhn«, fragte Dave, »Rebhuhn, hören Sie mich?«

»Ja, Mr. Elliot. Wo sind Sie?«

»Fast in Levys Büro. Ich bin jetzt im Flur.«

»Wir sind soweit. Wir können ihn runterlassen.«

»Moment noch, Rebhuhn. Welche Schuhgröße hat er?«

»47, würde ich sagen.«

Dave betrat Bernies Büro. Gemetzel und sinnloser Terror, der Stoff, aus dem jeder Krieg der Geschichte gemacht ist. Am besten, man beachtete es gar nicht. Das war die einzige Möglichkeit für den Soldaten, nicht den Verstand zu verlieren.

»Wunderbar. Lassen Sie ihm die Schuhe an. Sonst nichts. Nicht einmal die Socken. Nur die Schuhe. Verstanden, Rebhuhn?«

»Ja, verstanden, Mr. Elliot.«

»Sagen Sie Dave zu mir.«

»Er ist auf dem Weg nach unten ... Mr. Elliot.«

Dave ging zum Fenster und schlug die Leinwand zurück. Dann sah er nach oben. Die Männer hatten Ransomes Körper gerade über die Kante der Brüstung gehievt. Er war nackt, weiß und muskulös – auf brutale Weise schön. Sogar aus dieser Entfernung konnte Dave sehen, daß seine Haut von einem Netz aus Narben überzogen war.

Der Mann hat sich ein Verwundetenabzeichen verdient. Vielleicht sogar mehr als eines.

Ransome hatte mittlerweile die Beherrschung wiedererlangt. Er schrie nicht mehr, er fluchte nicht mehr. Seine Stimme klang ruhig und flach, moduliert nur durch seinen leichten Appalachenakzent. »Ich bin sehr enttäuscht von euch Männern. Ihr geht mit dieser Situation nicht so verantwortungsbewußt um, wie man es von Profis erwarten würde. Aber es ist immer noch Zeit ...«

Dave drückte auf die Sendetaste des Funkgeräts. »Rebhuhn, lassen Sie ihn nicht ganz herunter. Ich sage Ihnen, wann Sie aufhören sollen. Und vielleicht können Sie ihn ein bißchen nach links schwenken, damit ich ihn erreichen kann.«

»Roger, Mr. Elliot.«

»... immer noch Zeit, den Spieß umzudrehen. Ihr Männer kennt mich. Ihr wißt, daß ich fair bin. Ich bin bereit, diese unselige Abweichung von eurer Pflicht zu vergessen. Aber wenn ihr weitermacht, habe ich keine andere Bezeichnung dafür als Meuterei. Ich möchte, daß ihr Männer ...«

Ransome verdrehte sich. Sein Körper schrammte an der Granitverkleidung entlang. Dave zuckte zusammen. Ransome verzog keine Miene.

»... über Meuterei nachdenkt. Und ich möchte, daß ihr an eure Pflicht denkt. Ich bin zuversichtlich, Männer, daß ihr die richtige und vernünftige Entscheidung trefft, wenn ihr an eure Pflicht denkt.«

Dave schaltete das Funkgerät ein. »Rebhuhn, noch eineinhalb Meter, dann stopp.«

»Verstanden.«

Rebhuhn und die anderen Männer auf dem Dach waren nicht allzu sanft mit Ransome umgesprungen. Seine Knöchel hatten sie fest mit Kabel zusammengeschnürt. Die Blutzirkulation war abgeschnitten, seine Füße hatten einen häßlichen purpurfarbenen Ton. Die Arme hatten sie ihm hinter den Rücken gebunden. Das Kabel war so eng um seine Taille geschlungen, daß das Fleisch zwischen den einzelnen Schlingen herausquoll. Ransome hatte Schmerzen, aber natürlich zeigte er es nicht. Das taten Männer wie Ransome nie.

Dave trat vom Fenster zurück. Ransomes beschuhte Füße erschienen. Dann seine nackten Waden. »Halt«, sagte Dave.

»Verstanden.«

Ransome kicherte. »Sie machen was falsch, Mr. Elliot. Die müssen mich noch einen halben Meter weiter runterlassen, wenn Sie meinen Schwanz lutschen wollen.«

Dave schenkte ihm keine Beachtung. Er griff nach Ransomes linkem Fuß und löste seine Schuhbänder.

»Was ist, Mr. Elliot, meinen Sie, ich verstecke ein Maschinengewehr Kaliber 50 da drin?«

Dave zog auch den rechten Schuh von Ransomes Fuß und schlüpfte hinein. Perfekt, genau wie der linke.

Ransome lachte wie über einen ganz persönlichen Witz. »Na, wie schön für Sie. Sie haben den ganzen Tag versucht zu beweisen, daß Sie in meine Fußstapfen treten können. Jetzt glauben Sie, es geschafft zu haben. Aber das haben Sie nicht.«

Dave bückte sich und band die Schnürsenkel zu.

»Während Sie Ihren kleinen vorübergehenden Triumph auskosten, darf ich Ihnen sagen, daß mir Ihre Vorgehensweise keineswegs peinlich ist, wie Sie vielleicht gedacht haben. Und wenn Sie meinen, daß Sie meinen Willen brechen können, dann haben Sie sich auch getäuscht.«

Dave richtete sich auf. Dann beugte er sich aus dem Fenster

und packte eine von Ransomes Waden. Er sprach ins Funkgerät: »Rebhuhn, haben Sie gehört, was Ransome über meine Lage gesagt hat?«

Rebhuhn klang ein wenig verwirrt. »Ja, Sir. Warum fragen Sie?«

»Alles?«

»Ja, Sir.«

»Alles über die drei Phasen der Krankheit? Zuerst im Blut, dann in den Körperflüssigkeiten und schließlich im Atmungssystem?«

»Ja, Sir, ich hab es gehört.«

»Und Sie sind sicher, daß Sie alles verstanden haben?«

»Ja, das bin ich, Sir.«

»Und Sie wissen, daß ich gerade in der zweiten Phase bin? Daß sich die Krankheit über mein Blut, meinen Urin und meinen Speichel ausbreiten kann? Und Sie haben auch die Sache mit dem Trinken aus demselben Glas und den Küssen gehört?«

»Jawohl Sir. Darf ich fragen, warum Sie diese Fragen stellen?«

»Sicher«, antwortete Dave. »Oder noch besser: Schauen Sie einfach über die Brüstung.«

David Elliot sah in das Gesicht seines Feindes. Er haßte den Mann nicht mehr. Wenn überhaupt, empfand er so etwas wie Mitleid für ihn.

Ransome erwiderte seinen Blick wütend.

Dave lächelte. Seltsam, es war ein ehrliches Lächeln, durchaus freundlich.

In Ransomes Augen funkelte der Zorn. »Sind Sie nun endlich so weit, Mr. Elliot? Nun machen Sie schon, Mann, machen Sie. Ich kann's kaum erwarten zu sehen, was für perverses Zeug Sie sich ausgedacht haben.«

Daves Lächeln wurde breiter. Er sprach lauter, damit auch die Männer auf dem Dach ihn hören konnten. »Was ich mir ausgedacht habe, mein Freund? Küsse. Das ist alles. Küsse, und vielleicht beiß ich Sie ein bißchen.«

Während David Elliot Marge Cohen aus einem zersplitterten Fenster hob, hörte er, wie Ransome, weit weg, aber dennoch deutlich, wahnsinnig vor Angst in die Nacht hinausbrüllte.

Und sie hörten ihn auch noch, als sie ins Morgengrauen flohen.

Epilog

Schlaf; und wenn das Leben bitter dir war, verzeih,
wenn schön, sag Dank; du hast nicht mehr zu leben;
zu danken ist gut, und zu vergeben.

Algernon Charles Swinburne, »*Ave Atque Vale*«

Ein einzelner Mann zu Pferd.

Sein Name ist David Elliot. Er ist schlaksig und dunkel, noch nicht blaß von seiner tödlichen Krankheit.

Dieser Ritt ist seine letzte Reise. Der Tod, das weiß er, erwartet ihn an ihrem Ende.

Seine Augen sind braun und würden ernst wirken, wäre da nicht dieses Lächeln um ihre Winkel.

Er weiß, daß er allein sterben wird, und er hat sich damit abgefunden. Der Herbst steht vor der Tür, auch bis zum Winter dauert es nicht mehr lange; seine Leiche wird man erst finden, wenn der Sommer kommt.

Dieses Wissen ist zum Teil für dieses Lächeln verantwortlich. Der Erreger, der schon bald die dritte, tödliche Phase erreichen wird, braucht einen lebenden Wirt. So wird er, indem er weit entfernt von anderen Menschen stirbt, das töten, was ihn getötet hat.

Es gibt noch andere Gründe für sein Lächeln, aber die sind persönlicher Natur.

Heute befindet er sich mehr als 200 Meilen östlich von San Francisco, im Hochland der Sierras. Er hat die Wasserscheide gestern überquert und sich das Pferd von einem Mann mit wettergegerbter Haut geben lassen, der kein Jahr älter geworden zu sein scheint, seit Dave das letzte Mal da war.

Dave hat dem Mann Geld und eine Handvoll Briefe gegeben. Die Briefe sind an eine Adresse am Sutton Place, an ein Büro in Basel, an ein Studentenwohnheim der Columbia University und an eine Ranch in Colorado adressiert. Der Mann hat das Geld gezählt, ledern gelächelt, die Briefe in seiner

Hemdtasche verstaut und versprochen, sie erst nach dem ersten Schnee dieses Winters aufzugeben.

Nun reitet David Elliot nach Westen in die hohe Bergfestung, eine holprige Anhöhe hinauf zu einem kleinen Tal, das er einmal gesehen und nie wieder vergessen hat. Es gibt keinen Weg, aber er weiß, wohin er muß. Jeder Meter – Granit, grau, schwarz geädert – ist noch in seinem Gedächtnis, als wäre er erst gestern hiergewesen.

Er hat sich nicht rasiert. Ein Dreitagebart ziert seine Wangen, sein Kinn und seine Oberlippe. Er wünscht, er würde schneller wachsen. Es wäre schön, am Ende einen Schnurrbart zu haben.

Dave holt ein Taschentuch heraus. Er lüpft den Rand seines Strohschlapphuts und wischt den Schweiß weg. Er weiß, wie weit er noch reiten muß. Es ist nur noch eine Stunde.

Die Sonne geht schon fast unter, als er ankommt. Die Luft ist erfüllt von goldenem Licht. Er erklimmt eine kleine Anhöhe, schaut hinunter, hält den Atem an. Das Tal ist so schön, daß ihm fast das Herz stehenbleibt. In der Mitte liegt, grüner als eine Flasche, der smaragdgrüne See, an den er sich immer erinnert hat, genauso, wie er sich an die sanften Schatten des Abends erinnert, die natürlich darauf ruhen. Nichts bewegt sich. Und ja – die Luft ist wie Sekt.

Dieser eine Augenblick ist der schönste in seinem Leben, der schönste, den er je erlebt hat. Er weiß, daß er als einziger von allen Menschen die Gnade erfahren hat, ihn ein zweites Mal zu erleben. Und dieses Wissen erfüllt sein Herz mit Freude.

THE SPECIALIST CONSULTING GROUP, Inc.
Unter Bezugnahme auf Dokument 04-95/27. Okt.

Projektverwaltungsamt
Postadresse 172, LFMDUSA 20817

AN: Verteiler, per Fax
VON: Projektverwaltung, Projekt 79-1-18
BETR.: Status

Die Projektverwaltung teilt Ihnen folgendes mit:

1. Neue Testergebnisse weisen darauf hin, daß die Überlebensfähigkeit des Erregers 138.12.b vom Grad der Sauerstoffsättigung im Körper des Wirts abhängig ist. Die Wirksamkeit des Erregers nimmt logarithmisch ab, und zwar nach der Formel f(x) = -2,17E+5 * ln(x) + 4,71 E+5, wobei x der Atmosphärendruck in Millibar ist. In 1300 Meter Höhe über dem Meeresspiegel ±5% tritt der Erreger in einen Ruhezustand ein. Oberhalb einer Höhe von 2100 Metern ±5% stirbt der Erreger zu 100% ab. Die Mitarbeiter der Abteilung Forschung und Entwicklung weisen darauf hin, daß diese Ergebnisse überraschend sind, und entschuldigen sich für allfällige Unannehmlichkeiten aufgrund dieses Versehens. Sie weisen ferner darauf hin, daß für die Wirksamkeit des Erregers unterhalb einer Höhe von 600 Metern ±5% nach wie vor dieselben Parameter gelten.

2. Nachforschungen vor Ort haben ergeben, daß die fragliche Person ELLIOT David Perry am 29. September dieses Jahres ein Lager unterhalb des Mount Excelsior im Bundesstaat Kalifornien (38° 07' nördlicher Breite und 118° 53' westlicher Länge) erreicht hat. Gemäß den Landkarten der Nationalen Geographischen Gesellschaft wird für dieses Lager eine Höhe von 2875,5 Metern über dem Meer angegeben. Folglich ist mit hoher Wahrscheinlichkeit anzunehmen, daß die betreffende Person sich gegenwärtig am Leben befindet. Weitere Angaben über nachfolgende Ortswechsel sowie den derzeitigen Aufenthaltsort des Betreffenden liegen zur Zeit nicht vor.

3. Die fragliche Person KREUTER, John James, Colonel, US Army Ret., verließ sein Büro in Basel, Schweiz, am 14. Oktober dieses Jahres. Weitere Angaben über nachfolgende Ortswechsel sowie den derzeitigen Aufenthaltsort des Betreffenden liegen zur Zeit nicht vor.

4. Laut Zollunterlagen wurde die fragliche Person COHEN, Marigold Field, am 28. September dieses Jahres von der Einwanderungsbehörde der Schweiz registriert. Bis zum 14. Oktober dieses Jahres hielt sich die Betreffende im Hotel Mercure in Luzern, Schweiz, auf. Weitere Angaben über nachfolgende Ortswechsel sowie den derzeitigen Aufenthaltsort der Betreffenden liegen zur Zeit nicht vor.

5. Nach Dafürhalten der Projektverwaltung liegt die Gefahr möglicher Vergeltungsaktionen seitens des genannten ELLIOT, voraussichtlich in Zusammenarbeit mit dem genannten KREUTER, außerhalb jeglichen akzeptablen Risikos. Die betroffenen Mitarbeiter werden hiermit angewiesen, Präventivmaßnahmen auf höchster Stufe zu ergreifen.

6. Behalten Sie einen klaren Kopf, meine Herren. Allem Anschein nach steht uns eine heikle Situation bevor.

LTF/mj

Nachbemerkung des Autors

1946 entdeckten alliierte Untersuchungsausschüsse zur Aufdeckung von Kriegsverbrechen, daß Dr. Shiro Ishii, General der kaiserlichen japanischen Armee und Kommandeur einer militärischen Organisation, bekannt unter der Bezeichnung »Einheit 731«, das größte und weltweit fortschrittlichste Labor für biologische Waffen in der Mandschurei eingerichtet hatte. Später fanden sich Außenstellen in Tokio und an anderen Orten. Belege zeigen, daß Ishii und seine Assistenten in verschiedenen Lagern in Südostasien ausgedehnte biologische Waffentests an chinesischen Zivilisten und amerikanischen und britischen Kriegsgefangenen durchgeführt hatten.

Merkwürdigerweise wurde Dr. Ishii nie zur Verantwortung gezogen. Vielmehr durfte er sich eines langen und angenehmen Ruhestandes mit einer erklecklichen Pension von der japanischen Regierung sowie mit Einkünften, deren Quelle bis zum heutigen Tage nicht aufgedeckt ist, erfreuen.

Die wenigen Akten, die der Öffentlichkeit zugänglich sind, geben mehrdeutige Auskunft über den Verbleib der umfangreichen Forschungsberichte von Dr. Ishii und seinen Assistenten.

Karin Fossum
Stumme Schreie

Roman. Aus dem Norwegischen von Gabriele Haefs.
318 Seiten. Geb.

Ihre zarten, dunkelhäutigen Füße stecken in goldenen Sandalen, und ihr langes Haar liegt im Gras wie eine schwarze Schlange. Es gibt nur wenige Stellen auf dem seidigen Stoff ihres blaugrünen Kleides, die nicht von Blut getränkt sind – und trotz all seiner Erfahrung fällt es Kommissar Konrad Sejer schwer, beim Anblick der Leiche die Fassung zu bewahren.
Aber niemand hier scheint die Tote zu kennen. Was hatte sie in diesem abgelegenen Flecken Elvestad verloren, und warum ist sie so schrecklich mißhandelt worden? Eine Mauer des Schweigens umgibt Sejer, bis jemand den ersten Fehler macht: Einar Sund, der unbemerkt einen fremden Koffer in dem dunklen Wasser eines Waldsees verschwinden lassen will ...
Karin Fossums scharfsichtiger, wortkarger Kommissar Konrad Sejer untersucht den aufwühlenden Fall der toten Inderin Poona Bai. Warum mußte die junge Frau aus Bombay sterben – keine zwölf Stunden, nachdem sie zum ersten Mal in ihrem Leben norwegischen Boden betreten hatte?